옮긴이

정영목 번역가로 활동하며, 현재 이화여대 통역번역대학원 교수로 재직중이다. 옮긴 책으로 『선셋 리미티드』 『미국의 목가』 『에브리맨』 『포트노이의 불평』 [illegible] 『눈먼 자들의 도시』 『왜 나는 너를 [illegible] 번역상을, 『유럽문화사 [illegible] 했다.

박종윤 서울대 [illegible] 다. 현재 번역가로 활동 [illegible] 식하고 먹어라』 『르네상스 [illegible] 짐승이다』 『클린』 등이 있다.

손명희 연세대 인문학부와 이화여대 통역번역대학원을 졸업하고 프리랜서 번역가로 활동하고 있다. 옮긴 책으로 『못 말리는 여자들』 시리즈, 『세계 역사 체험학습책』, 『최상의 행복에 이르는 지혜』 등이 있다.

이혜정 이화여대 통역번역대학원을 졸업했다. 옮긴 책으로는 『두려움과 맞선 용기 있는 탐험가』 『호기심으로 세상을 진화시킨 과학자』 『붓으로 세상을 품은 미술가』 『자신을 희생하여 병마와 싸운 의사』가 있다.

정해영 이화여대 통역번역대학원을 졸업하고 현재 전문번역가로 활동중이다. 옮긴 책으로는 『리버보이』 『빌리 엘리어트』 『에이전시』 『곰과 함께』 『멍 때리기』 『올드 오스트레일리아』 『비틀보이』 『사랑에 빠진 단테』 『세기의 소설, 레미제라블』 『판데믹: 바이러스의 위협』 『이 폐허를 응시하라』 『페미니스트 99』 『내 귀에 바벨피시』 『회계는 어떻게 역사를 지배해왔는가』 『두 번째 스무 살』 등이 있다.

최희영 연세대 화공과와 동대학원을 졸업하고 이화여대 통역번역대학원 번역과를 졸업했다. 현재 EBS 특선 다큐를 번역하고 있다. 옮긴 책으로 『파시즘』(공역), 『톨스토이 작품선』(공역), 『좌뇌 우뇌 모두 활용하는 슈퍼캠프 학습법』 등이 있다.

로알드 달
THE BEST OF
ROALD DAHL
베스트 단편 2

클로드의 개

CLAUD'S DOG

로알드 달 소설
정영목 외 옮김

교유서가

차례

클로드의 개

C l a u d ' s D o g

세계 챔피언

온종일, 우리는 손님이 없는 시간을 틈타 주유소 사무실 탁자 위로 몸을 숙인 채 건포도를 준비했다. 물에 불린 건포도는 알이 굵고 말랑말랑했으며, 면도날로 칼집을 내면 껍질이 벌어지면서 젤리 같은 속살이 쉽게 밀려나왔다.

건포도가 자그마치 196알이나 되었기 때문에, 일을 마치기도 전에 저녁이 다 되었다.

"정말 훌륭해!"

두 손을 싹싹 비비며 클로드가 소리쳤다.

"지금 몇시지, 고든?"

"다섯시 좀 넘었어."

창문을 통해 스테이션 왜건 한 대가 주유기 앞에 멈추는 모습이 보였다. 운전석에는 여자가 탔고, 뒷좌석에서는 여덟

명의 아이들이 아이스크림을 먹고 있었다.

"곧 출발해야 하는데. 해질녘까지 도착하지 못하면 모두 물거품이 돼버린다구."

클로드는 안절부절못했다. 얼굴이 벌겋게 달아오르고 두 눈이 휘둥그레진 모습은 일전에 경견 대회에 나갔을 때나 클라리스와 밤 데이트가 있을 때와 비슷했다.

우리 둘은 밖으로 나갔고, 클로드는 여자가 원하는 만큼 기름을 넣어주었다. 여자가 떠나자, 그는 주유소 진입로 한복판에 서서 걱정스러운 듯 실눈을 뜨고 해를 올려다보았다. 해는 벌써 계곡 저편 산등성이를 따라 줄지어 선 나무들 위로 겨우 한 뼘 거리까지 내려와 있었다.

"좋아. 가게 문 닫자."

내가 말했다.

그는 주유기에서 주유기로 바삐 오가며 작은 맹꽁이자물쇠로 받침대에 걸려 있는 노즐을 일일이 잠갔다.

"노란 작업복은 벗는 게 좋겠어."

클로드가 말했다.

"왜 그래야 되는데?"

"달빛 아래서 보면 꼭 등대처럼 빛날 거야."

"괜찮을 거 같은데."

"괜찮지가 않다니까. 제발 그 옷 벗고 가, 고든. 3분 있다 보자."

그는 주유소 뒤편 이동주택 안으로 사라졌고, 나는 집으로 들어가서 노란 작업복을 벗고 파란 옷으로 갈아입었다.

다시 만났을 때 클로드는 검은색 바지와 짙은 암녹색 터틀넥 스웨터 차림이었다. 머리에는 갈색 천모자를 깊이 눌러써서 차양이 눈 밑까지 내려와 있었다. 꼭 아파치 분장을 한 나이트클럽 광대처럼 보였다.

"이 속에 있는 게 뭐야?"

그의 허리춤에 불룩하게 나온 것을 보며 내가 물었다.

그는 스웨터를 들어올리더니 배에다 동여맨 얇고 큼지막한 흰색 면 자루 두 장을 보여주었다.

"여기다 넣어오려고."

클로드가 은밀하게 말했다.

"그렇군."

"어서 가자."

"아무래도 차를 가져가는 편이 나을 것 같은데."

"그건 너무 위험해. 주차해놓았다가 들키기라도 하면 어쩌려구."

"하지만 숲까지 5킬로미터 이상 올라가야 하잖아."

"맞아. 하지만 만일 들키기라도 하는 날엔 족히 여섯 달은 유치장에서 썩어야 한다구. 그것쯤은 너도 알겠지?"

"그런 말 안 했잖아."

내가 항의했다.

"그랬나?"

"그럼 난 안 갈래. 사소한 일에 목숨 걸고 싶지 않아."

"걸어가면 괜찮을 텐데 뭐. 어서 가자."

하늘에 조그맣고 새하얀 조각구름들이 고요히 걸려 있는 쾌청한 초저녁이었다. 계곡은 선선하고 조용했다. 우리는 두 개의 산 사이에 옥스퍼드 방향으로 나 있는 도로의 한쪽 풀 덮인 가장자리를 따라 걷기 시작했다.

"건포도 가져왔어?"

클로드의 말이었다.

"주머니에 있어."

"좋아. 잘했어."

10분 후 우리는 도로에서 왼편으로 꺾어 양쪽에 높다랗게 산울타리가 쳐진 좁은 길로 들어섰다. 여기서부터는 쭉 오르막길이다.

"파수꾼이 몇 명이나 되지?"

내가 물었다.

"세 명."

클로드는 반쯤 피운 담배를 집어던졌다. 하지만 이내 다시 담배에 불을 붙이며 말을 이었다.

"내가 원래 새로운 방법을 탐탁지 않아 하는 거 알지? 특히 이런 일에는 말이야."

"물론 알지."

"하지만 고든, 이번에는 꼭 멋지게 성공할 것 같아."

"그럴까?"

"두말하면 잔소리지."

"네 생각이 맞아야 할 텐데."

"우린 밀렵의 역사를 화려하게 장식할 거야. 하지만 아무한테도 발설하면 안 되는 거 알지? 만에 하나 새어나가기라도 한다면 동네방네 우리를 흉내내는 멍청이들이 넘쳐나서 결국 꿩이라고는 한 마리도 남아나지 않을 거야."

"입도 벙긋 안 할게."

"정말 자부심을 가질 만해. 수백 년 동안 이 문제를 연구한 수재들은 많지만 너의 몇 분의 일만큼이라도 멋진 방법을 생각해낸 사람은 아무도 없을 거야. 그런데 왜 진작 얘기 안 했지?"

그가 물었다.

"물어본 적 없잖아."

내가 대꾸했다.

사실이었다. 사실 바로 전날까지만 해도 클로드는 밀렵이라는 신성한 주제에 대해 나와 이야기를 나누려 해본 적조차 없었다. 일을 끝낸 여름밤이면, 그가 머리에 모자를 쓰고 살금살금 이동주택을 빠져나가 숲 쪽 길로 사라지는 모습이 꽤 자주 눈에 띄었다. 가끔 주유소 창문으로 그 모습을 바라보면서 도대체 이 녀석이 무슨 꿍꿍이속인지, 쥐죽은듯 고요한 밤에 나무 아래에서 무슨 수작을 꾸미는 건지 궁금한 생각이 들기도 했다. 그는 한번 나가면 늦도록 돌아오지 않았고, 돌아올 때 직접 전리품을 들고 오는 법도 없었다. 하지만 다음 날 오후가 되면 항상 우리가 먹을 꿩이나 토끼 또는 자고새 한 쌍이 주유소 뒤 창고에 매달려 있었다. 나로서는 어떻게 그가 그런 일을 했는지 도무지 짐작이 가지 않았다.

올여름께 그는 유난히 활동이 잦았고, 지난 두어 달 동안은 더욱 박차를 가하여 일주일에 네 번 혹은 다섯 번은 밖에 나갔다. 하지만 그것이 전부가 아니었다. 최근 들어 밀렵에 대한 그의 태도 전체에 이해할 수 없는 미묘한 변화가 일어난 듯했다. 그는 전보다 더 진지하고 열성적인 태도로 묵묵히 이 일에 임했다. 나는 이것은 더이상 장난이 아니라 하나의 성전(聖戰)이며, 눈에 보이지 않는 저주스러운 적을 향해 클로드 단독으로 벌이는 일종의 개인적인 전쟁이 되었다는 느낌을 받았다.

하지만 누구와의 전쟁인가?

확신할 수는 없지만, 아마도 땅주인이자 꿩들의 주인이기도 한 그 유명한 빅터 헤이즐 씨가 아닌가 하는 의심이 들었다. 헤이즐 씨는 파이와 소시지 제조업자로, 이루 말할 수 없이 거만한 사람이었다. 그는 어마어마한 부자였으며 그가 가진 땅만 해도 계곡 양쪽으로 수 킬로미터씩 뻗어 있었다. 그는 자수성가한 인물로, 멋이라고는 조금도 찾아볼 수 없었으며, 그렇다고 덕망 있는 사람도 아니었다. 자신도 한때는 신분이 보잘것없었지만 이제 그런 사람들을 업신여기며 자신이 보기에 제대로 되었다고 믿는 사람들과 어울리려고 필사적으로 노력했다. 멋진 조끼를 입고 다녔고, 사냥개를 데리고 사냥을 했으며, 사냥 파티를 열기도 했다. 주중에는 공장으로 가는 길에 검은색 대형 롤스로이스를 타고 우리 주유소 앞을 지나치기도 했는데, 차가 휙 스쳐갈 때 가끔 운전대 위로 커다랗고 번들거리는 푸주한의 얼굴이 순간적으로 눈에 띄기도 했다. 그의 얼굴은 햄처럼 발그스레하고 온통 물컹물컹한 데다, 고기를 너무 많이 먹은 탓인지 항상 통통 부어올라 있었다.

여하튼 어제 오후, 클로드가 불쑥 내게 말했다.

"오늘도 헤이즐의 숲에 갈 거야. 같이 안 갈래?"

"누구, 나?"

"이번이 올해에 꿩을 잡을 마지막 기회야. 사냥철이 토요일에 시작하니까 그때부터는 꿩이 사방으로 흩어질 거야. 뭐,

몇 마리 남아 있지도 않겠지만."

"왜 갑자기 나를 끼워주는 거야?"

미심쩍은 생각에 내가 물었다.

"그냥, 고든. 별다른 뜻은 없어."

"위험할까?"

그는 아무 대답이 없었다.

"몸에 총이나 뭐 그런 걸 숨겨 가겠지?"

"총이라고! 지금껏 꿩을 총으로 쏜 사람은 없었다구. 몰랐어? 헤이즐의 숲에서 딱총이라도 쐈다가는 금방 파수꾼들한테 들키고 말걸."

"그럼 어쩔 건데?"

"으음."

그는 이렇게 말하며 눈을 지그시 감았다. 그 모습에서 뭔가 속내를 감춘 듯한 비밀스러움이 엿보였다. 긴 침묵이 흐른 뒤 그가 다시 입을 열었다.

"비밀 지킬 수 있어?"

"물론이지."

"이 얘기는 평생 누구에게도 한 적이 없어, 고든."

"이거 대단한 영광인걸. 입 하나는 무거우니까 염려 말고 얘기해."

그는 머리를 돌려 옅은 색 눈으로 나를 뚫어지게 쳐다보았다. 소를 연상시키는 커다랗고 촉촉한 두 눈이 어찌나 가까이 다가왔던지, 눈동자에 비친 내 얼굴을 볼 수 있을 정도였다.

"이제부터 내가 세상에서 제일 확실한 꿩 밀렵 비법 세 가지를 전수해주지. 그리고 너는 이 짧은 여행에 초대된 손님이니까 오늘 우리가 어떤 방법을 쓸지 선택할 기회를 줄게. 어때?"

"뭔가 함정이 있는 거 같은데."

"함정 같은 건 없어, 고든. 맹세해."

"좋아, 어디 얘기해봐."

"중요한 이야기니까 잘 들어. 자, 첫번째 비법이야."

그는 잠시 말을 멈춘 후 담배를 한 모금 길게 빨아들였다.

"꿩은 건포도라면 사족을 못 써."

그가 낮은 소리로 속삭였다.

"건포도?"

"그래, 그냥 보통 건포도 말이야. 그걸 아주 광적으로 좋아한다니까. 우리 아빠가 지금으로부터 40여 년 전에 발견한 사실이야. 그리고 앞으로 내가 말해줄 방법은 모두 아빠가 발명한 거야."

"언제는 아빠가 주정뱅이라더니."

"그래, 그럴지도 모르지. 하지만 밀렵에도 비상한 재주가 있었어. 아마 영국 역사상 최고의 밀렵꾼일걸. 아빠는 학자처럼 밀렵을 연구하셨다니까."

"그랬어?"

"농담 아니야. 정말이라고."

"그래, 믿어."

"아빠가 순전히 실험 목적으로 뒷마당에 일등급 수평아리를 떼로 풀어놓고 키웠다는 얘기, 내가 했던가?"

"수평아리?"

"그래. 꿩을 잡을 묘안이 떠오를 때마다, 어떻게 되나 보려고 일단 수평아리에게 실험을 해봤어. 그렇게 해서 건포도를 발견한 거야. 말총 방법도 그렇게 발명했어."

클로드는 이야기를 잠시 멈추고, 엿듣는 사람이 없는지 확인이라도 하려는 듯 어깨 너머를 살폈다.

"이제 방법을 설명해줄게. 일단 건포도 몇 알을 하룻밤 물에 담가서 오동통하고 촉촉하고 먹음직스럽게 만들어. 그런 다음 질 좋고 뻣뻣한 말총을 조금 가져다가 손가락 한 마디 길이로 자르는 거야. 그런 다음 건포도 알갱이 속에 말총을 밀어넣어서 건포도 양쪽으로 손톱만큼씩 삐져나오게 만들면 돼. 무슨 소린지 알겠어?"

"응."

"그럼, 꿩이 와서는 건포도를 먹을 거 아냐? 나무 뒤에서 그놈을 지켜보고 있다고 치자. 다음 순간에 무슨 일이 일어날까?"

"목에 박히겠군."

"그야 뻔한 거고. 놀라운 사실이 하나 더 있다구. 이것도 아빠가 발견한 건데, 건포도가 목에 박히는 순간 새는 한 발짝도 움직이지 못한다는 거야! 놈은 그 자리에 박힌 것처럼 꼼짝 않고 서서, 꼭 피스톤처럼 우스꽝스럽게 목을 위아래로 펌프질한다니까. 그럼 그냥 숨어 있던 곳에서 조용히 걸어나가 손으로 집어오기만 하면 돼."

"그 말은 못 믿겠는걸."

"맹세해. 일단 말총이 목에 박히면, 귀에다 총을 들이대고 쏴도 꿈쩍 안 한다니까. 물론 이건 딱히 설명하기도 곤란하고 대수로울 것도 없는 일이지만, 그래도 보통 사람이 발견할 수 있는 건 아니지."

그는 잠시 말을 멈추었다. 위대한 발명가인 아버지에 대한 추억에 잠긴 그의 두 눈은 자부심으로 반짝였다.

"그게 첫번째 방법이야. 두번째 방법은 더 간단해. 준비할 거라곤 낚싯줄이 전부야. 낚싯바늘에 건포도를 끼운 다음, 물고기를 낚듯 꿩을 낚으면 돼. 낚싯줄을 40미터쯤 풀고, 관목들 사이에 배를 깔고 엎드려서 꿩이 낚싯바늘을 물 때까지 기다리는 거야. 그런 다음, 그냥 당기기만 하면 돼."

"그건 너희 아빠 작품 같지 않은데."

"낚시꾼들 사이에서 인기 있는 방법이야."

그는 내 말을 못 들은 척하고 계속 말했다.

"성에 찰 만큼 바다로 못 나가는 낚시광들 말이야. 그런 사람들한테는 이 방법이 항수 어린 전율을 주지. 이 방법은 다 좋은데 좀 시끄러운 게 흠이야. 꿩을 잡아당길 때, 그놈들이 지독히도 끽끽 울어대거든. 그럼 숲속에서 파수꾼들이 전부 뛰어올 거란 말이지."

"세번째 방법은 뭔데?"

내가 물었다.

"어, 세번째야말로 밀렵법의 진수지. 우리 아빠가 돌아가시기 전에 마지막으로 고안해낸 방법이야."

"최후의 역작이라!"

"맞아, 고든. 난 아직도 그날 일을 생생하게 기억해. 일요일 아침이었는데 아빠가 커다란 수평아리를 손에 들고 갑자기 부엌으로 들어와서 이러시는 거야. '드디어 해낸 것 같다.' 얼굴에 희색이 돌고 두 눈은 긍지로 빛났지. 아빠는 살금살금 걸어들어와서 식탁 한가운데에 수평아리를 올려놓고는 말했어. '확실히 이번에는 잘된 거 같아.' '뭐가 잘됐다는 거예요?' 싱크대에서 일하던 엄마가 대꾸하더니, 아빠를 돌아보며 한마디 덧붙였어. '여보, 그 더러운 것 좀 식탁에서 내려놓지 그래요.' 수평아리 머리에는 아이스크림콘을 엎어놓은 것처럼 재미나게 생긴 작은 종이 모자가 씌워져 있었고, 아빠는 자랑스러운 듯 손으로 모자를 가리키셨지. '한번 건드려보렴. 그놈은 한 발짝도 못 움직인단다.' 아빠가 말했어. 수평아리는 한 발로 종이 모자를 긁어대며 벗어나려고 발버둥을 치기 시작했지만 마치 풀로 붙인 것처럼 벗겨지지 않았어. '지구상에 있는 모든 새들은 눈을 가려놓으면 도망가지 못하는 법이지.' 아빠는 이렇게 말하며 손가락으로 수평아리를 콕콕 찔러 식탁 위에서 밀기 시작했어. 그래도 전혀 알아차리지 못하더라구. '이놈 가져가.' 아빠는 엄마에게 말했어. '내가 이 방법을 발명한 기념으로 이놈을 잡아서 저녁상에 올리자구.' 그런 뒤 곧바로 내 팔을 잡더니 빠르게 문 쪽으로 걸어갔어. 우리는 들판을 가로질러서 해든햄 저편 한때 버킹엄 공작의 땅이었던 거대한 숲속으로 갔고, 두 시간도 안 돼서 통통하게 살이 오른 사랑스러운 꿩을 다섯 마리나 잡았지. 그냥 가게에서 꿩을 사는 것만큼이나 간단하더라구."

한숨 돌리려고 클로드가 말을 멈추었다. 경이로운 유년 시절의 추억을 뒤돌아보는 그의 두 눈은 꿈을 꾸는 것처럼 크고 촉촉했다.

"이해가 잘 안 돼. 어떻게 숲속에 사는 꿩의 머리에 종이 모자를 씌운다는 거야?"

내가 물었다.

"넌 상상도 못할걸."

"그래. 짐작이 안 가."

"들어봐. 우선 땅에 작은 구멍을 파는 거야. 그런 뒤, 종이를 구부려 원뿔형으로 만든 다음, 컵처럼 뻥 뚫린 쪽이 위로 오게 해서 구멍에 끼워 넣어. 그리고 컵 안쪽에 끈끈이를 바르고 건포도를 몇 알 떨어뜨리는 거야. 동시에 주변 땅에 원뿔까지 이어지도록 일렬로 건포도를 뿌리면 돼. 꿩이 그 흔적을 따라와서 건포도를 먹으려고 정신없이 머리를 구멍에 집어넣으면, 다음 순간 모자가 씌워져 눈을 가리고 결국 아무것도 못 보게 되지. 누가 생각해냈는지 정말 기막히지 않아, 고든? 그렇게 생각 안 해?"

"너희 아빠 천재시구나."

내가 말했다.

"이제 네가 골라봐. 세 가지 중 가장 마음에 드는 방법을 고르면 오늘밤 그 방법을 쓸 거야."

"그런데 세 가지 다 조잡하고 시시하다는 생각이 안 드니?"

"조잡하다고?"

클로드는 아연실색해서 소리쳤다.

"세상에! 지난 6개월 동안 돈 한 푼 안 내고 거의 매일 꿩고기를 구워먹게 해준 게 누군데?"

그는 몸을 돌려 작업장 문 쪽으로 걸어갔다. 내 말에 무척이나 마음이 상한 모양이었다.

"잠깐만, 기다려봐."

내가 말했다.

"같이 갈래, 말래?"

"갈게. 그런데 우선 하나만 물어볼게. 나한테 괜찮은 생각이 있거든."

"참아줘. 밀렵의 '밀' 자도 모르면서 무슨 얘길 하려고 그래?"

"지난달에 내가 허리 아플 때 의사가 준 수면제 기억나?"

"수면제가 어떻다는 거야?"

"꿩한테라고 수면제가 통하지 말란 법이 있을까?"

클로드는 눈을 감고 딱하다는 듯 머리를 가로저었다.

"잠깐 내 얘기 들어봐."

"생각해볼 가치도 없어. 세상에 그런 이상한 빨간 캡슐을 삼킬 새가 어디 있어? 기껏 생각해낸 게 고작 그거야?"

"건포도를 잊은 모양인데. 자 들어봐. 우선 건포도를 구해야 돼. 건포도를 물에 담가서 불려. 그런 다음 면도칼로 한쪽에 조그만 홈을 내고 속을 약간 파놓는 거야. 그리고 빨간 수면제 캡슐을 열고, 가루를 그 속에 쏟아넣어. 그러고 나서 바늘하고 실로 아주 꼼꼼하게 그 구멍을 꿰매면?"

곁눈으로 보니 클로드의 입이 서서히 벌어지기 시작했다.

"자, 이제 세코날(원래는 보편적으로 처방되는 수면제였으나 지금은 환각제로 사용되고 있는 붉은색 캡슐 약—옮긴이) 0.2그램이 든 건포도를 마련했다 치자. 그럼 어떻게 되겠냐. 어지간하면 사람도 의식을 잃을 텐데, 새라면 오죽하겠어!"

나는 클로드가 내 말을 충분히 이해할 수 있는 시간을 주기 위해 10초간 말을 멈추었다.

"게다가, 이 방법을 쓰면 정말 크게 한탕할 수 있어. 원한다면 건포도 스무 알도 준비할 수가 있다구. 우린 그저 해질녘에 사육장 주변에 건포도를 뿌려놓고 가면 돼. 반시간 후쯤 우리가 돌아와보면 약효가 슬슬 나타나기 시작해서 나무 위에서 잠든 꿩들은 갑자기 어지럼증 때문에 비틀거리며 중심을 잡으려고 하겠지. 건포도를 한 알이라도 먹은 꿩은 곧 졸도해서 땅에 떨어질 거야. 이봐, 꿩들이 나무에서 사과처럼 떨어질 거라구! 우리가 할 일은 그저 가서 줍기만 하면 되는 거야!"

클로드는 황홀한 표정으로 나를 보았다.

"세상에."

그가 나지막하게 탄성을 질렀다.

"그리고 파수꾼들이 우릴 잡지도 못할 거야. 우린 그냥 여기저기 건포도를 뿌리며 숲을 걸어다니기만 할 테니까, 우리를 지켜본다 해도 우리가 뭘 하는지 전혀 눈치채지 못

할 거야."

내가 말했다.

"고든, 그 방법이 성공한다면, 이건 밀렵 역사에서 혁명이 될 거야."

클로드는 한 손을 내 무릎에 올려놓고 별처럼 반짝거리는 커다란 눈으로 나를 바라보며 말했다.

"그렇게 말해주니 기분좋은데."

"약이 얼마나 남았어?"

"마흔아홉 알. 쉰 알이 있었는데, 한 알만 먹고 그대로야."

"마흔아홉 알로는 부족한데. 적어도 2백 알은 필요해."

"정신 나갔어?"

내가 소리쳤다.

그는 천천히 문 옆으로 걸어가서는 내게 등을 돌린 채 하늘을 바라보았다.

"최소한 2백 알은 있어야 해. 그렇지 않으면 의미가 없어."

그가 조용히 말했다.

무슨 소리를 하는 걸까? 나는 궁금한 생각이 들었다. 도대체 무슨 속셈일까?

"이번이 사냥철이 시작되기 전에 우리에게 주어진 마지막 기회야."

"더이상 못 구해."

"너도 우리가 빈손으로 돌아오길 바라진 않겠지?"

"하지만 왜 꼭 그렇게 많아야 돼?'

클로드는 고개를 돌려 커다랗고 순진무구한 눈으로 나를 보았다.

"왜 많으면 안 되지? 많아도 탈이야?"

그는 나지막이 말했다.

아이고! 이 사고뭉치가 빅터 헤이즐 씨의 사냥 파티 첫날을 망쳐놓으려는 거구나. 갑자기 그런 생각이 들었다.

"2백 알을 구하면 해볼 만한 가치가 있어."

"불가능해."

"시도는 해볼 수 있잖아, 안 그래?"

헤이즐 씨의 파티는 매년 10월 1일에 시작되는 꽤나 유명한 행사였다. 하나같이 약골로 보이는 트위드 양복 차림의 신사들이 이 행사에 참가하기 위해 총을 운반하는 수행원과 개와 부인을 동반하고 수 킬로미터 밖에서 자가용을 타고 오곤 했다. 그들 중에는 행세깨나 하는 사람도 있었고 단순히 돈만 많은 사람도 있었다. 꿩은 항상 모두에게 고루 돌아갈 정도로 충분했는데, 매년 여름에 어마어마한 비용을 들여서 숲에 정기적으로 수십 마리씩 꿩을 채워놓는 덕분이었다. 소문에 따르면 꿩 한 마리를 사냥하기에 적당한 크기로 키우는 비용이 5파운드(빵 2백 덩이에 해당하는 금액)는 족히 넘었다. 하지만 헤이즐 씨에게 이 일은 돈을 쏟아부을 가치가 있었다. 단 몇 시간 동안이긴 하지만, 어쨌든 그는 이 작은 세계에서 거물이 될 수 있었고, 심지어 주지사까지도 작별인사를 할 때 그의 등을 두드리며 이름을 기억해내려는 성의라도 보였기 때문이다.

"양을 좀 줄이면 어떨까? 캡슐 하나에 든 약을 건포도 네 개에 나눠 담으면 어때?"

클로드가 말했다.

"못 할 것도 없지."

"하지만 꿩 한 마리에 캡슐 4분의 1이 충분할까?"

이 친구 배짱 하나만큼은 알아줄 만했다. 사냥철에 숲에 있는 꿩을 단 한 마리라도 잡는다는 것은 위험천만한 일이었다. 그런데 그는 지금 엄청나게 많은 꿩을 훔치려고 계획하고 있는 것이다.

"4분의 1은 꽤 많은 양이야."

내가 말했다.

"확실해?"

"네가 먹는다 해도 효과가 있을 거야. 그런데 복용하는 양은 몸무게에 비례하니까 필요한 양보다 스무 배는 더 넣는 셈이라구."

"그럼 캡슐 한 알을 4등분하자."

그는 손을 비비며 이렇게 말하고는 계산을 하기 위해 잠시 말을 멈추었다.

"그럼 우린 건포도를 백아흔여섯 알 준비할 수 있겠네!"

"너 그게 얼마나 성가신 일인지 알기나 해? 준비하는 데 족히 몇 시간은 걸릴 거야."

"그럼 어때?"

그가 소리치더니 덧붙였다.

"대신 내일 가면 되잖아. 밤새 건포도를 물에 담가놓았다가, 아침하고 오후 내내 준비하면 돼."

이것이 바로 우리가 한 일 그대로였다.

그로부터 스물네 시간 뒤에 우리는 이곳에 왔다. 우리는 쉬지 않고 40분가량 걸어서 길이 오른쪽으로 휘어진 지점 가까이에 이르렀다. 길은 산등성이를 따라 꿩들이 사는 커다란 숲 쪽으로 뻗어 있었다. 이제 1.5킬로미터 정도 남았다.

"설마 파수꾼이 총을 들고 지키지는 않겠지?"

내가 물었다.

"파수꾼들이야 전부 총이 있지."

내가 전부터 우려하던 바였다. 클로드가 말을 이었다.

"산짐승 퇴치용이야."

"아하."

나는 안심의 탄성을 질렀다.

"물론 이따금 밀렵꾼에게 쏘지 않는다는 보장은 없지만."

"농담하는 거지?"

"천만에. 하지만 등뒤에서만 쏴. 도망갈 때만 쏜단 말이야. 50미터쯤 떨어져서 다리를 공격하길 좋아하지."

"말도 안 돼! 그건 범죄 행위잖아!"

내가 소리쳤다.

"밀렵은 범죄 행위가 아니고?"

클로드가 말했다.

우리는 얼마간 아무 말 없이 걸었다. 이제 해는 우리 오른편의 높다란 산울타리 아래로 내려가 있어서 길에 그늘이 졌다.

"지금이 30년 전이 아닌 게 다행인 줄 알아."

그는 말을 이어갔다.

"그때는 밀렵꾼을 보는 즉시 쏴버렸거든."

"너, 그 소리를 믿어?"

"내가 직접 목격한 사실인걸. 내가 어렸을 때, 부엌에서 아빠는 식탁에 엎드려 있고 엄마가 그 위로 몸을 숙인 채 뭔가를 하고 있는 걸 자주 봤어. 알고 보니 엄마는 감자 씨눈 파내는 칼로 아빠 엉덩이에서 포도탄을 파내는 거였어."

"그만해! 그 말을 들으니 불안해지잖아."

"내 말 믿지, 그렇지?"

"그래, 믿어."

"말년에는 온몸이 작고 하얀 흉터로 뒤덮여서 꼭 눈 오는 거 같았다니까."

"알 만하다."

"사람들은 그걸 밀렵꾼의 궁둥이라고 불렀는데, 여하튼 동네에서 그런 흉터가 하나라도 없는 남자는 없었어. 하지만 우리 아빠가 단연 챔피언이었지."

클로드가 말했다.

"대단하신 양반이군!"

내가 맞장구를 쳤다.

"아빠가 지금 함께했으면 좋을 텐데. 오늘 우리와 함께 이 일을 할 수만 있다면, 아빠는 뭐든 아까워하지 않고 내놓으셨을 거야."

클로드가 아쉬워하며 말했다.

"내 자리라도 양보해드릴 텐데. 기꺼이."

내가 말했다.

정상에 다다르자, 눈앞에 버티고 선 거대한 숲이 보였다. 해가 나무 뒤로 넘어가고 있는 참이라 숲은 전체적으로 어두운 가운데, 나무들 사이로 조그만 황금색 빛들이 반짝였다.

"건포도 이리 줘."

클로드는 내가 넘겨준 건포도 봉지를 주머니에 살짝 집어넣었다.

"일단 숲속에 들어가면 절대 말을 해선 안 돼. 나뭇가지 건드리지 않게 조심하면서 나만 따라와."

5분 뒤 우리는 그곳에 도착했다. 길은 숲까지 바로 이어진 다음 숲의 가장자리를 따라 3백 미터 정도 뻗어나갔다. 숲과 길을 구분 짓는 것이라고는 낮은 산울타리뿐이었다. 클로드는 네 발로 산울타리를 통과했고, 나도 그 뒤를 따랐다.

숲속은 어둡고 선선했다. 이제 햇빛은 전혀 들지 않았다.

"좀 으스스하다."

내가 말했다.

"쉬-잇!"

클로드는 매우 긴장한 상태였다. 그는 내 앞에서 까치발로 축축한 땅을 살며시 디디면서 앞으로 나아갔다. 머리를 계속 움직였고, 눈으로 양옆을 천천히 살피며 위험의 징후를 찾았다. 나도 따라 해보려 했지만, 나무마다 숨어 있는 파수꾼들의 환영이 보이기 시작했기 때문에 곧 포기해버렸다.

그때, 빽빽한 나무가 걷히면서 넓은 하늘이 모습을 드러냈다. 숲속에 있다던 공터가 틀림없었다. 클로드의 말에 따르면, 보통 7월 초에 어린 새들을 숲속으로 데려오는데, 이 새들을 파수꾼들이 먹이와 물을 주며 보살피는 곳이 바로 이 공터이며, 들여온 새들 중 상당수는 습관 때문에 사냥이 시작되기 전까지는 여기를 떠나지 않았다.

"그 공터에는 늘 꿩이 많아."

그는 이렇게 말했었다.

"파수꾼도 많겠지."

"그래. 하지만 사방에 덤불이 무성하니까 우리한테 유리해."

우리는 몸을 숙인 자세로 몇 차례 전력질주를 해서 앞으로 나아갔다. 나무와 나무 사이를 뛰어가고, 멈추고, 기다리고, 귀기울이고 다시 달리는 과정을 여러 차례 반복한 끝에, 우리는 공터 가장자리에 있는 커다란 오리나무 덤불 뒤에 무사히 무릎을 꿇고 앉았다. 클로드는 싱긋 웃으며 팔꿈치로 내 옆구리를 쿡쿡 찌르더니 나뭇가지 사이로 보이는 꿩들을 가리켰다.

그곳은 정말 새들로 가득했다. 나무 그루터기 사이를 활보하고 다니는 새들이 줄잡아 2백 마리는 됐다.

"내 말이 무슨 말이었는지 이제야 알겠지?"

클로드가 속였다.

놀라운 광경이었다. 밀렵꾼의 꿈이 실현되는 장면이었다. 게다가 꿩들은 또 얼마나 가까이에 있는지! 몇 마리는 우리가 무릎을 꿇고 있는 곳에서 겨우 여남은 발짝이나 떨어졌을까? 포동포동하고 부드러운 갈색 털을 가진 암놈들은 어찌나 살이 쪘는지 걸을 때마다 가슴털이 땅에 스칠 정도였다. 날씬하고 수려한 용모의 수놈들은 꼬리가 길었고 빨간 색안경을 낀 것처럼 눈가에 선홍색 테두리가 있었다. 나는 클로드를 쳐다보았다. 그는 입을 약간 벌린 채 흐릿한 눈으로 꿩들을 응시하고 있었다. 소를 닮은 커다란 얼굴은 황홀경에 빠진 표정이었다.

이토록 굉장한 사냥감을 발견한 밀렵꾼들이라면 너 나 할 것 없이 같은 반응을 보일 것이다. 이럴 때 밀렵꾼들은 보석가게 쇼윈도에 진열된 커다란 에메랄드를 바라보는 여자들과 흡사하다. 한 가지 다른 점이 있다면, 여자들 쪽이 노리는 물건에 대한 집착이 더 강해서 그것을 손에 넣기 위해서라면 어떤 수단이나 방법도 마다하지 않는다는 것이다. 밀렵꾼 엉덩이에 박힌 포도탄쯤은 여자들이 기꺼이 감수하려는 대가에 비하면 아무것도 아니었다.

"이봐, 저 파수꾼 보여?"

"어디?"

"저쪽 커다란 나무 옆에. 잘 봐."

"맙소사!"

"괜찮아. 저치는 우릴 못 봐."

우리는 몸을 낮추고 파수꾼을 지켜보았다. 총을 겨드랑이에 끼고 머리에 모자를 쓴 자그마한 체구의 남자였다. 그는 키 작은 말뚝처럼 미동도 않고 서 있었다.

"가자."

내가 속삭였다.

파수꾼의 얼굴은 모자 그림자에 가려 보이지 않았지만, 우리를 똑바로 쳐다보는 것만 같았다.

"여기 더이상 있기 싫어."

내가 다시 말했다.

"쉿."

그는 파수꾼에게서 눈을 떼지 않은 채 천천히 주머니로 손을 뻗어 건포도 한 알을 꺼냈다. 오른쪽 손바닥에 건포도를 놓고 재빠르게 손목을 움직여서 건포도를 공중으로 높이 던졌다. 나는 건포도가 덤불 너머로 날아가서, 고목나무 그루터기 옆에 나란히 서 있는 암꿩 두 마리의 1미터 앞에 떨어지는 것을 지켜보았다. 두 마리 모두 건포도가 떨어진 쪽으로 재빨리 고개를 돌렸다. 그들 중 한 마리가 폴짝폴짝 뛰어가서 잽싸게 땅을 쪼았다. 이제 일은 다 된 것이다.

나는 파수꾼을 올려다보았다. 여전히 움직임이 없었다.

클로드는 두번째 건포도를 땅에 던졌다. 그리고 세번째, 네번째, 다섯번째.

이때 파수꾼이 뒤쪽 숲을 수색하려고 몸을 돌리는 모습이 보였다.

클로드는 번개처럼 재빠르게 주머니에서 종이봉지를 꺼내더니 컵처럼 오므린 오른손에 건포도를 수북이 쏟아부었다.

"그만."

내가 말했다.

하지만 그는 팔을 한번 크게 휘둘러서 관목 너머로 건포도 한줌을 모두 던졌다.

건포도가 마른잎에 떨어지는 빗줄기처럼 후두둑 소리를 내며 땅에 떨어지는 바람에 그곳에 있는 꿩들은 모두 건포도가 떨어지는 모습을 보거나 소리를 들었다. 놈들은 날개를 푸드득거리며 보물을 찾으려고 바삐 움직이기 시작했다.

이때, 목에 스프링이라도 들어 있는 것처럼 파수꾼이 머리를 홱 돌렸다. 꿩들은 모두 미친듯 건포도를 쪼아먹고 있었다. 파수꾼은 빠르게 앞으로 두 걸음을 내디뎠다. 잠시 동안 나는 그가 주변을 샅샅이 수색할 거라고 생각했다. 하지만 그는 그대로 멈춘 채 머리를 들고 눈으로 공터 주변을 천천히 훑기 시작했다.

"따라와. 머리 좀 숙이고."

클로드가 속삭였다. 그는 무슨 원숭잇과 짐승처럼 민첩하게 네 발로 기기 시작했다.

나는 그를 뒤따랐다. 코를 땅에 처박고 큼직하고 빵빵한 엉덩이를 하늘로 치켜든 채 실룩거리는 그의 뒷모습을 보자, 어떻게 '밀렵꾼 궁둥이'가 이 업계에서 일종의 직업병으로 자리 잡게 되었는지 쉽게 이해할 수 있었다.

우리는 그 자세로 백 미터 정도를 기어갔다.

"지금이야, 뛰어."

클로드가 말했다.

우리는 일어서서 뛰기 시작했고, 몇 분 후 산울타리를 통과해 좁은 길로 들어섰다. 이곳은 누구에게나 개방된 사랑스러운 안전지대였다.

"일이 척척 진행되네. 정말 끝내주지?"

숨을 헐떡이며 클로드가 말했다.

다홍빛으로 상기된 그의 큰 얼굴은 승리감으로 빛났다.

"엉망진창이야."

내가 말했다.

"뭐라고?!"

그가 어이없다는 듯 물었다.

"이게 엉망진창 아니고 뭐야. 이제 돌아갈 수도 없어. 숲에 누가 있다는 걸 파수꾼이 알아버렸잖아."

"파수꾼은 쥐뿔도 몰라. 몇 분 후면 숲속은 칠흑처럼 캄캄해질 거고 파수꾼은 저녁 먹으러 집으로 내려갈 거야."

"나도 따라가야겠군."

"왜 그래. 넌 훌륭한 밀렵꾼이잖아."

클로드가 말했다.

그는 산울타리 아래의 풀두덩에 앉아 담뱃불을 붙였다.

이미 해가 져서 어슴푸레해진 청회색 하늘에는 가끔 희미한 금빛이 깜빡였다. 우리 뒤쪽 숲속에서는 나무와 나무 사이의 공간과 그 사이에 드리워진 그림자가 회색에서 검은색으로 바뀌고 있었다.

"수면제가 약효를 내려면 얼마나 걸리지?"

클로드가 물었다.

"저기 누가 온다."

내가 말했다.

남자는 소리도 없이 어둠 속에서 불쑥 나타났는데, 내가 그를 발견했을 때 그는 겨우 30미터 떨어져 있었다.

"젠장, 한 놈이 더 있었군."

클로드가 말했다.

우리는 파수꾼이 우리 쪽으로 걸어오는 모습을 보았다. 그는 엽총을 겨드랑이에 끼고 있었고, 검은색 래브라도 리트리버 한 마리가 그의 발뒤꿈치를 쫓고 있었다. 몇 발짝 밖에서 그가 멈춰 서자, 개도 따라 멈추고는 그의 뒤에 서서 다리 사이로 우리를 노려보았다.

"안녕하세요."

클로드가 싹싹하고 친근하게 말했다.

파수꾼은 큰 키에 예리한 눈, 강인해 보이는 뺨과 위압적이고 거친 손을 가진 깡마른 남자로, 나이는 마흔 살쯤 되어 보였다.

"댁이 누군지 알고 있소. 댁들 둘 다 말이오."

그가 가까이 다가오며 조용히 말했다.

클로드는 대답하지 않았다.

"주유소 사람들이잖소."

얇고 건조한 그의 입술은 거무스름한 각질로 덮여 있었다.

"간선도로 주유소에서 일하는 커비지 씨와 호즈 씨 아니오?"

"지금 게임하자는 겁니까? 스무고개라도 하자는 거예요?"

클로드가 말했다.

파수꾼은 입안 가득 고인 침을 뱉어냈다. 침은 공중으로 날아가서 클로드의 발치에서 15센티미터 정도 떨어진 땅에 퐁 소리를 내며 떨어졌는데, 마치 그곳에 서식하는 어린 굴처럼 보였다.

"썩 꺼져요. 당장 나가란 말이오."

클로드는 풀두덩에 앉아서 담배를 피우며 땅에 떨어진 침 덩어리를 보았다.

"어서 나가시오."

파수꾼은 말을 할 때마다 윗입술이 잇몸 위로 들려 변색한 작은 이들이 드러났다. 그중 몇 개는 까만색이었고, 나머지는 황토색이거나 귤색이었다.

"여기는 사유지가 아니잖소. 그러니 상관 말아요."

클로드가 말했다.

파수꾼은 왼쪽 겨드랑이에 꼈던 총을 오른쪽으로 옮겼다.

"딴맘을 품고 여길 기웃거리는 거 다 알고 있소. 난 당신들을 체포할 수도 있단 말이오."

"무슨 근거로?"

클로드가 말했다.

이런 모든 상황이 나를 불안하게 만들었다.

"한참 동안 댁들을 지켜봤소."

파수꾼이 클로드를 보며 말했다.

"더 어두워지기 전에 산책이나 마저 할까?"

내가 말했다.

클로드는 피우던 담배를 손으로 튕겨내고 자리에서 천천히 일어서며 대답했다.

"좋아, 가자."

우리는 파수꾼을 뒤로하고 다시 샛길을 따라 어슬렁어슬렁 내려갔다. 곧 우리 뒤에 서 있는 남자의 모습이 어슴푸레한 어둠에 가려 보이지 않게 되었다.

"저자가 파수꾼 왕초야. 이름은 라베츠고."

클로드가 말했다.

"어서 여길 빠져나가자."

내가 말했다.

"이리로 와."

클로드가 말했다.

왼쪽에 밭으로 통하는 문 하나가 있었다. 우리는 그 문을 타고 넘어가서 산울타리 뒤에 몸을 숨기고 앉았다.

"라베츠도 금방 저녁 먹으러 갈 거니까 걱정 안 해도 돼."

클로드가 말했다.

우리는 산울타리 뒤에 조용히 앉아서 파수꾼이 우리를 지나쳐 집으로 가기를 기다렸다. 하늘에는 별이 몇 개 보이고, 우리 뒤쪽 산 너머 동쪽에서 환한 하현달이 떠오르고 있었다.

"온다. 움직이지 마."

클로드가 속삭였다.

파수꾼이 좁은 길을 성큼성큼 걸어갔다. 개가 종종걸음을 치며 그의 뒤를 쫓고 있었다. 우리는 그가 지나가는 모습을 산울타리 사이로 지켜보았다.

"오늘은 다시 안 올 거야."

클로드가 말했다.

"어떻게 알아?"

"파수꾼은 어디 사는지 알고 있는 사람은 기다리지 않는 법이야. 아마 우리집 밖에 숨어서 우리가 돌아오는 모습을 감시하겠지."

"그럼 더 큰일이잖아."

"그렇지 않아. 집에 가기 전에 밀렵한 걸 어딘가 숨겨놓으면 돼. 그럼 우릴 못 건드릴 거야."

"다른 파수꾼은 어쩌고? 숲속에 있던 사람 말이야."

"그치도 벌써 집에 갔어."

"어떻게 장담하지?"

"나는 몇 달 동안이나 저치들을 연구해왔어. 정말이야, 고든. 난 저들의 버릇을 전부 알아. 그러니 위험할 게 없어."

나는 내키지 않았지만 그를 따라 숲으로 돌아갔다. 숲속은 칠흑같이 캄캄하고 쥐죽은듯 고요해서, 우리가 조심스럽게 발을 내디딜 때마다 마치 성당 안을 걷고 있는 것처럼 발소리가 숲의 벽에 부딪혀 사방에 울려퍼지는 듯했다.

"건포도를 던진 곳이 여기야."

클로드가 말했다.

나는 관목 사이로 주위를 살폈다.

달빛 아래 숲속의 공터는 침침하고 뿌옇게 보였다.

"파수꾼이 집에 간 거 확실해?"

"틀림없어."

모자 차양 아래로 클로드의 얼굴이 보였다. 창백한 입술,

매끈하고 파리한 빰, 그리고 미세한 흥분의 불꽃이 천천히 넘실대며 춤추는 커다란 두 눈.

"지금쯤 꿩들이 잠들었을까?"

"그럴 거야."

"어디서 자는데?"

"여기저기. 멀리 가진 않았을 거야."

"이제 뭘 하지?"

"여기서 기다리는 거야. 손전등 하나 줄게."

클로드는 내게 만년필처럼 생긴 소형 손전등 하나를 건네줬다.

"필요할 거야."

기분이 좀 나아지기 시작했다.

"나무에 앉아서 자는 놈들을 한번 찾아볼까?"

내가 말했다.

"안 돼."

"꿩들은 잠을 어떻게 자는지 궁금한데."

"자연학습 나온 줄 알아? 제발 좀 조용히 해."

클로드가 말했다.

우리는 무슨 일이 일어나기만을 기다리며 오랫동안 거기에 서 있었다.

"갑자기 불길한 생각이 드네. 잠자는 동안 꿩이 나무 위에서 균형을 유지할 줄 안다면, 수면제를 먹었다고 자다가 떨어진다는 법은 없잖아."

내가 말하자, 클로드가 재빨리 나를 보았다.

"따지고 보면 죽은 것도 아니고, 그냥 잠든 것뿐이잖아."

내가 덧붙였다.

"놈들은 약에 취했어."

클로드가 말했다.

"하지만 깊은 수면 상태에 불과해. 깊이 잠들었다고 떨어지라는 법이 어디 있어?"

무거운 침묵이 흘렀다.

"닭으로 실험을 해볼걸. 아빠 같았으면 그랬을 거야."

클로드가 말했다.

"너희 아빠는 천재셔."

내가 말했다.

그때 우리 뒤에 있는 나무에서 자그맣게 쿵 하는 소리가 났다.

"이봐!"

"쉬이잇!"

우리는 귀를 쫑긋 세웠다.

쿵.

"또 그 소리다!"

모래주머니가 어깨높이에서 떨어지는 것처럼 낮고도 깊은 소리였다.

쿵!

"꿩이야!"

내가 소리쳤다.

"잠깐!"

"꿩이 분명하다구!"

쿵! 쿵!

"네 말이 맞아!"

우리는 숲속으로 뛰어들어갔다.

"다들 어디 갔지?"

"저기! 두 마리는 저기 있다!"

"이럴 줄 알았어."

"계속 찾아봐! 멀리 가진 않았을 테니까."

클로드가 큰소리로 말했다

수색을 시작한 지 1분이나 지났을까. 갑자기 그가 외쳤다.

"여기 하나 있어!"

내가 그에게 갔을 때 그는 멋진 장끼 한 마리를 양손으로 들고 있었다. 우리는 손전등으로 녀석을 자세히 관찰했다.

"완전히 뻗었구먼."

클로드가 말했다.

"아직 살아 있어. 심장고동이 느껴져. 하지만 완전 혼수상태야."

쿵!

"또 떨어진다."

쿵! 쿵!

"두 마리 더!"

쿵!

쿵! 쿵! 쿵!

"세상에나!"

쿵! 쿵! 쿵! 쿵!

쿵! 쿵!

꿩들이 나무 위에서 여기저기로 떨어지기 시작했다. 우리는 손전등을 이리저리 비추며 어둠 속에서 미친듯이 뛰어다니기 시작했다.

쿵! 쿵! 쿵!

하마터면, 한 무더기가 내 머리 위로 떨어질 뻔했다. 나는 꿩들이 떨어질 때 나무 바로 아래 서 있었기 때문에 세 마리 모두 즉시 발견했다. 두 마리는 장끼였고 한 마리는 까투리였다. 꿩들의 몸은 흐느적거렸고, 아직 온기가 남아 있었으며, 손에 느껴지는 깃털의 감촉이 놀랍도록 부드러웠다.

"얘들을 어디다 놓지?"

나는 꿩들의 다리를 잡은 채 큰소리로 물었다.

"여기에 놔, 고든! 여기 환한 데에 그냥 쌓아놓으라구!"

클로드는 달빛을 온몸으로 받으며 양손에 꿩을 가득 들고 공터 언저리에 서 있었다. 얼굴빛은 환했고, 커다란 두 눈은 경탄으로 반짝였다. 그는 방금 세상이 온통 초콜릿으로 만들어졌다는 사실을 발견한 어린아이처럼 초롱초롱한 눈으로 주위를 둘러보았다.

쿵!

쿵! 쿵!

"이거, 너무 많은데."

내가 말했다.

"아름다워."

그는 이렇게 외치면서 손에 든 꿩을 던지고는 좀더 주우려고 뛰어갔다.

쿵! 쿵! 쿵! 쿵!

쿵!

이제 꿩들을 찾기는 쉬웠다. 나무마다 한두 마리씩은 바닥에 떨어져 있었다. 나는 재빨리 여섯 마리를 주웠다. 양손에 세 마리씩 들고 뛰어가서 꿩들이 쌓인 곳에 던졌다. 그리고 여섯 마리 더, 그다음에 또 여섯 마리.

꿩들은 계속 쉴새없이 떨어졌다.

클로드는 이제 환희의 소용돌이에 휩싸인 채, 미치광이 유령처럼 정신없이 나무 사이를 뛰어다녔다. 어둠 속에서 너울거리는 그의 손전등 불빛이 보였다. 그는 새로운 꿩을 찾을 때마다 조그맣게 승리의 탄성을 질렀다.

쿵! 쿵! 쿵!

"재수없는 헤이즐이 이 소릴 들어야 하는 건데."

클로드가 소리쳤다.

"목소리 좀 낮춰. 불안해지잖아."

"뭐가 불안해?"

"목소리 좀 낮추라니까. 파수꾼이 안 갔으면 어쩌려고 그래."

"파수꾼은 무슨! 그치들은 지금 모두 저녁을 먹고 있다니까."

3, 4분 동안 꿩들은 계속 떨어졌다. 그러다 갑자기 떨어지는 소리가 멎었다.

"계속 찾아봐."

클로드가 소리쳤다.

"땅에 떨어진 놈들이 아직 많아."

"아무 탈 없을 때 나가야 하지 않을까?"

"그럴 수 없지."

그가 말했다.

우리는 수색을 계속했다. 우리는 동서남북 할 것 없이 공터 백 미터 반경 내에 있는 나무들을 모두 수색했다. 아마도 꿩이란 꿩은 모두 찾아냈을 것이다. 우리가 꿩들을 한데 모은 장소에는 커다란 장작더미처럼 꿩들이 쌓여 있었다.

"이건 기적이야. 정말로 기막힌 기적이라구."

클로드가 말하며 일종의 무아지경에 빠진 채 자신의 수확물을 바라보았다.

"이제 각자 대여섯 마리씩 가지고 빨리 여기를 빠져나가는 게 좋겠어."

내가 말했다.

"몇 마린지 세어보고 싶어, 고든."

"그럴 시간이 없어."

"세어봐야 해."

"안 돼, 어서 가자."

내가 말했다.

"하나…… 둘…… 셋…… 넷……"

그는 꿩을 한 마리씩 들어서 한쪽에 조심스럽게 놓으며 아주 꼼꼼히 세기 시작했다. 이제 달은 머리 바로 위에 떠서 공터 전체를 환하게 비추고 있었다.

"여기 이렇게 있을 순 없어."

내가 말했다. 나는 두세 발짝 뒷걸음질쳐서 나무 그늘에 몸을 숨기고 그가 일을 마치기를 기다렸다.

"백열일곱…… 백열여덟…… 백열아홉…… 백스물!"

그가 흥분해서 외치고 있었다.

"자그마치 백스무 마리야! 이건 사상 최대야!"

나는 그 말을 추호도 의심하지 않았다.

"우리 아빠가 하룻밤에 최고로 많이 잡은 게 열다섯 마리였어. 아빠는 그 주 내내 술독에 빠져 살았지!"

"그래, 네가 세계 챔피언이야. 이제 준비됐어?"

내가 물었다.

"잠깐만."

그는 이렇게 말한 뒤, 스웨터를 들어올리고는 허리에 감았던 커다란 흰색 면 자루 두 개를 풀어냈다.

"자, 이거 받아."

그는 그중 하나를 내게 넘겨주며 말했다.

"어서 담아."

달빛이 환해서 자루 바닥에 인쇄된 작은 글자까지 보일 정도였다. 런던 S.W. 17, 케스톤 제분소 J.W. 크럼프.

"그놈의 누렁니가 지금 나무 뒤에서 우릴 보고 있는 거 같지 않냐?"

"절대 그럴 리 없어. 그치는 아까 말한 대로 주유소에서 우리가 돌아오길 기다리고 있다구."

클로드가 말했다.

우리는 꿩을 자루에 담기 시작했다. 몸이 흐늘흐늘하고 목도 축 늘어졌지만 깃털 밑에서 아직 온기가 느껴졌다.

"길에 택시가 대기하고 있을 거야."

클로드가 말했다.

"무슨 소리야?"

"난 항상 택시를 타고 가, 고든. 몰랐어?"

나는 몰랐다고 대답했다.

"택시는 비밀 보장이 되잖아. 운전사만 빼면 안에 누가 탔는지 아무도 모르니까. 아빠한테 배웠지."

클로드가 말했다.

"운전사 누구?"

"찰리 킨치, 아저씨는 이 일을 아주 좋아해."

작업이 끝나자 우리는 꿩을 담은 자루를 어깨에 메고 비틀비틀 걸어서 캄캄한 숲을 지나 길 쪽으로 내려오기 시작했다.

"이걸 들고 마을까지 걸어갈 순 없다구."

내가 말했다. 내 자루에는 꿩이 60마리나 들어 있어서 무게가 최소한 70킬로그램은 나갔다.

"걱정 마. 찰리 아저씨는 약속을 어기는 법이 없어."

클로드가 말했다.

우리는 숲의 언저리로 와서 산울타리 사이로 길을 살펴보왔다.

"찰리 아저씨."

클로드가 나지막한 소리로 부르자 5미터쯤 밖에서 택시 운전대를 잡은 노인이 달빛 속으로 머리를 내밀더니 잇몸만 남은 입을 벌리고 음흉하게 웃어 보였다. 우리는 자루를 땅에 질질 끌며 산울타리 사이로 빠져나갔다.

"어서들 와! 그게 뭔가?"

찰리가 말했다.

"양배추예요. 문 좀 열어주세요."

클로드가 말했다.

2분 후 우리는 택시를 타고 마을로 천천히 내려가고 있었다.

이제 환호할 일만 남았다. 클로드는 흥분과 자긍심에 부풀어 한껏 의기양양한 모습이었다. 그는 연신 머리를 앞으로 기울이고 찰리의 어깨를 톡톡 치면서 말했다.

"어때요, 아저씨? 한 건치고는 괜찮죠?"

찰리는 금방이라도 튀어나올 듯한 눈으로 계속 우리 둘 사이 택시 바닥에 놓인 불룩한 자루를 돌아보며 말했다.

"맙소사! 어떻게 한 거야?"

"여섯 쌍은 아저씨 몫이에요."

클로드의 말이었다.

"올해엔 빅터 헤이즐 사냥 개시일에 꿩 구경하기 힘들겠는걸."

찰리가 말했다.

"아마 그럴걸요, 아저씨. 그러기가 십상이죠."

"도대체 백이십 마리나 되는 꿩을 어쩌려고?"

내가 물었다.

"겨우내 꽁꽁 얼려두면 돼. 주유소 냉동실에 개밥하고 같이 보관하지 뭐."

클로드가 말했다.

"설마 오늘밤에 할 건 아니지?"

"그래. 오늘밤은 아니야. 오늘은 베시네 집에 맡길 거야."

"베시 누구?"

"베시 오간."

"베시 오간이라고?"

"항상 베시가 내 운반책이었는데, 몰랐어?"

"전혀 몰랐지. 정말 의외네. 베시라면 잭 오간 목사님의 부인이잖아."

"항상 신망 받는 여자를 운반책으로 선택해야 해. 내 말이 맞죠, 아저씨?"

클로드는 찰리에게 동조를 구했다.

"베시는 정말 똑똑한 여자지."

찰리가 대꾸했다.

우리는 이제 마을을 달리고 있었다. 가로등이 아직 꺼지지 않은 거리에는 술집에서 나와 집으로 향하는 남자들이 여기저기 흐느적거리고 있었다. 나는 생선가게 주인 윌 프라틀리 씨가 옆문을 통해 조용히 자기 가게로 들어가는 모습을 보았다. 바로 위에서 그의 아내가 창문 밖으로 머리를 빼고 있었지만 그는 알아차리지 못했다.

"목사님은 꿩 구이를 유달리 좋아해."

클로드의 말이었다.

"그분은 열여드레 동안 꿩을 매달아놓았다가 두어 번 흔들지. 그러면 깃털이 전부 빠지거든."

찰리가 한마디 거들었다.

택시는 좌회전해서 대문을 통과해 목사관으로 들어갔다. 집안에는 불빛 한 점 없었고 우리와 마주친 사람도 없었다. 클로드와 나는 집 뒤쪽에 있는 석탄 창고에 꿩을 쏟아놓은 다음, 찰리 킨치에게 작별인사를 하고 달빛을 맞으며 빈손으로 돌아왔다. 우리가 주유소로 들어가는 모습을 라베츠가 보았는지 어땠는지는 확실치 않다. 하지만 그런 낌새는 보이지 않았다.

"베시가 온다."

다음날 아침 클로드가 내게 말했다.

"누구 말이야?"

"베시, 베시 오간."

그는 자랑스러운 듯 그녀의 이름을 불렀다. 마치 장군이 자기 휘하에 있는 가장 용맹스러운 부관을 칭할 때처럼 은근히 뻐기는 듯한 태도였다.

나는 그를 따라 밖으로 나갔다.

"저기 있어!"

그가 손가락으로 가리키며 말했다.

저멀리 길 아래에서 우리를 향해 다가오는 자그마한 여자의 형체가 보였다.

"도대체 뭘 밀고 오는 거야?"

내가 물었다.

클로드는 음흉한 눈으로 나를 보았다.

"노획물을 운반하는 안전한 방법은 딱 하나야. 바로 아기 밑에 숨겨 오는 거지."

"그래, 정말 그렇겠군."

내가 중얼거렸다.

"지금 저기엔 두 살배기 크리스토퍼 오간이 탔을 거야. 그 애는 정말 귀여워, 고든."

덮개를 걷은 유모차에 높다랗게 올라앉은 아기의 모습이 조그만 점처럼 간신히 눈에 들어왔다.

"저 꼬맹이 밑에 적어도 6, 70마리는 깔려 있을 거야. 한번 상상해봐."

클로드가 흐뭇해하며 말했다.

"어떻게 유모차에 6, 70마리나 들어가?"

"속이 깊은 유모차라면 가능해. 매트리스를 빼낸 자리에 꿩을 꽉 채우면 되지. 그 위에 시트만 덮으면 준비 끝이야. 기절한 꿩이 얼마나 자리를 조금 차지하는지 알면 깜짝 놀랄걸."

우리는 주유기 옆에 서서 베시가 도착하기를 기다렸다. 바람 한 점 없는 따사로움과 시커메지는 하늘에서 풍기는 천둥 냄새가 공존하는 전형적인 9월의 아침이었다.

"마을을 정면으로 통과해서 오다니 정말 대담하군! 과연 베시야!"

클로드가 말했다.

"좀 다급해 보이는데."

클로드는 피우던 담배꽁초로 새 담배에 불을 붙였다.

"설마, 베시는 서두르는 법이 없어."

그가 말했다.

"저거 봐. 걸음걸이가 이상해."

내가 말했다.

그는 담배연기 사이로 실눈을 뜨고 그녀를 보았다. 그리고 이번에는 담배를 입에서 뗀 뒤 다시 그녀를 보았다.

"어때?"

내가 말했다.

"조금 빨리 걷는 것 같기는 하네. 그렇지?"

그가 조심스럽게 말했다.

"조금이라니? 엄청 빨리 걷잖아."

잠시 침묵이 흘렀다. 클로드는 다가오는 여자를 뚫어져라 쳐다보기 시작했다.

"갑자기 비가 올까봐 그러는지도 몰라, 고든. 틀림없이 그럴 거야. 비가 올 것 같으니까 혹시 아기가 비라도 맞을까 걱정돼서 저러는 거야."

"덮개를 씌우면 되잖아."

그는 아무 대답도 하지 않았다.

"이제 뛴다! 저거 봐!"

내가 외쳤다. 베시가 갑자기 전력질주하기 시작한 것이다.

클로드는 묵묵히 그녀를 바라보았다. 곧이어 찾아온 침묵 속에서 아기의 울음소리가 들리는 것 같았다.

"어떻게 된 거야?"

아무 대답이 없었다.

"아기한테 무슨 일이 생겼나봐. 들어보라구."

내가 말했다.

베시는 우리에게서 2백 미터 정도 떨어져 있었지만 빠른 속도로 거리를 좁히고 있었다.

"아기 울음소리 안 들려?"

내가 물었다.

"악을 쓰며 울고 있어."

멀리서 들리던 작고 새된 소리가 매 순간 점점 커져갔다. 지칠 줄 모르고 미친듯이 울어대는 그 날카로운 소리는 거의 발작에 가까웠다.

"경기를 일으킨 거야. 틀림없어."

클로드가 단언했다.

"그래서 베시가 뛰는 거야, 고든. 빨리 아기를 데려와서 찬물로 열을 식히려는 거지."

"네 말이 맞는 거 같아. 그래, 저 소리를 들어보면 네 말이 맞는 게 확실해."

"꼭 경기는 아니더라도 그 비슷한 이유로 저러는 게 확실해. 아니면 내 손에 장을 지지겠어."

"나도 마찬가지야, 클로드."

클로드는 불안한 듯 주유소 진입로에 깔린 자갈 위에서 제자리걸음을 했다.

"아기들한테는 날마다 별의별 사고가 다 일어나니까 말이야."

그가 말했다.

"그렇지."

"내가 알던 어떤 아기는 유모차 바큇살에 손가락이 낀 적도 있어. 그 애는 결국 손가락을 잃었지. 아주 딱 잘려나가더라구."

"그랬구나."

"이유야 어쨌든, 제발 베시가 그만 뛰면 좋겠는데."

클로드가 초조한 듯 말했다.

베시 뒤로 벽돌을 실은 대형 트럭 한 대가 따라오고 있었다. 트럭 운전사는 속도를 늦추더니 창문 밖으로 머리를 내밀고 그녀를 빤히 쳐다보았다. 베시는 그를 무시하고 계속 발길을 재촉했다. 이제 그녀는 꽤 가까워져서, 나는 그녀가 빨갛게 달아오른 커다란 얼굴로 입을 크게 벌리고 숨을 헐떡거리는 것을 볼 수 있었다. 단정하고 우아하게 낀 흰 장갑이 두드러졌다. 머리 오른쪽에는 버섯처럼 우스꽝스럽게 생긴 작고 흰 모자가 자리잡고 있었다.

갑자기, 유모차에서 커다란 꿩 한 마리가 하늘로 날아올랐다.

클로드가 공포에 질려 외마디 소리를 질렀다.

베시를 따라오던 멍청한 트럭 운전사는 큰소리로 웃기 시작했다.

꿩은 술 취한 것처럼 몇 초간 날개를 퍼덕이며 주위를 돌더니 곧 길옆 풀밭에 추락했다. 트럭 뒤에 따라오던 식료품차가 경적을 울리며 재촉하기 시작했다.

베시는 계속 달렸다.

그때, 휙—!

두번째 꿩이 유모차에서 날아올랐다.

세번째, 네번째, 그리고 다섯번째.

"맙소사! 수면제 때문이야. 수면제 약효가 떨어진 거야!"

내가 말했다.

클로드는 한마디도 하지 않았다.

베시는 마지막 50미터를 엄청난 속도로 질주했다. 마침내 그녀가 주유소 진입로로 커브를 돌며 들어오자 유모차에서 꿩들이 사방으로 날아올랐다.

"도대체 어떻게 된 거예요?"

그녀가 소리쳤다.

"어서 뒤로 가요. 뒤로 가라고요."

내가 큰소리로 말했다.

하지만 그녀는 정확히 첫번째 주유기에 유모차를 바싹 붙여 세웠고, 우리가 그녀에게 도달하기 전에 울부짖는 아이를 두 팔로 안아 유모차에서 빼냈다.

"안 돼요! 안 돼!"

클로드가 그녀에게 뛰어가며 부르짖었다.

"아이를 꺼내면 안 돼! 다시 앉혀! 시트를 눌러요!"

하지만 그녀는 그 소리가 귀에 들어오지 않는 듯했다. 갑자기 아이의 무게가 사라진 유모차에서 족히 오륙십 마리는 되는 꿩들이 무리를 지어 날아올랐다. 머리 위 하늘은 온통 더 높이 오르려고 정신없이 날갯짓을 하는 거대한 갈색 새떼로 뒤덮였다.

클로드와 나는 진입로를 동분서주하며 팔을 휘둘러 새를 쫓기 시작했다.

"저리 가! 훠이! 저리 가란 말이야!"

우리는 소리쳤다.

하지만 약에서 덜 깬 꿩들은 우리의 존재를 전혀 알아차리지 못했고, 1분도 채 안 돼서 다시 돌아와 메뚜기떼처럼 주유소 앞마당에 자리를 잡았다. 이제 주유소는 온통 꿩들로 뒤덮였다. 꿩들은 지붕 가장자리와 주유기 위쪽에 돌출돼 있는 콘크리트 차양을 따라 빽빽하게 앉아 있었고, 사무실 창문턱에는 적어도 10여 마리가 매달려 있었다. 몇 마리는 윤활유병이 놓인 선반으로 떨어졌고 다른 놈들은 내 중고차들 보닛 위에서 이리저리 미끄럼질 쳤다. 꼬리가 멋진 장끼 한 놈은 주유기 꼭대기에 위풍당당하게 자리를 잡았고, 약이 덜 깨서 높은 곳에 앉지 못하는 놈들은 우리 발치에 이리저리 흩어져 조그만 눈을 깜빡이며 날개만 퍼덕거렸다.

길 건너에는 벽돌 트럭과 식료품차 뒤로 차의 행렬이 이어지기 시작했고, 몇몇 사람들은 무슨 일인지 좀더 가까이서 보려고 차에서 내려 길을 건너오고 있었다.

나는 시계를 보았다. 아홉시 20분 전이었다. 당장이라도 마을 쪽에서 커다란 검은색 차가 도로를 따라 질주해 올지 모른다는 불안감이 엄습했다. 롤스로이스 운전대 뒤로 소시지와 파이 제조업자 빅터 헤이즐의 얼굴이, 그 크고 번들거리는 푸주한의 얼굴이 보이는 듯했다.

"애가 꿩한테 쪼여서 산산조각날 뻔했잖아요!"

베시가 울부짖는 아기를 가슴에 꽉 껴안으며 악을 쓰자, 클로드가 하얗게 질린 얼굴로 말했다.

"집에 가요, 베시."

나는 클로드에게 말했다.

"문 닫아. 간판 불도 끄고. 오늘 장사 끝이야."

피지 씨

결전의 날에 우리 둘은 모두 일찍 일어났다.

나는 면도를 하러 어슬렁거리며 부엌으로 들어갔지만, 클로드는 곧바로 옷을 차려입고 밀짚을 준비하러 나갔다. 부엌이 건물 앞쪽에 있어서, 계곡 건너 산마루에 줄지어 선 나무들 뒤로 해가 막 솟아오르는 풍경이 창문 밖으로 보였다.

클로드가 밀짚을 한 아름씩 안고 창밖을 지날 때마다 거울 가장자리 너머로 숨을 죽이고 잔뜩 열중한 그의 얼굴이 보였다. 총알처럼 둥글고 커다란 머리를 앞으로 쑥 내밀고 있었는데, 이마에 온통 물결 모양의 깊은 주름이 잡혀 있었다. 내가 그의 이런 표정을 본 것은 지금까지 딱 한 번뿐이었는데, 클라리스에게 청혼했던 어느 날 저녁이 바로 그랬다. 오늘은 흥분한 나머지 걸음걸이마저 이상했다. 클로드는 마치 주유소 주변의 콘크리트 바닥이 뜨거워서 발바닥이 데기라도 할 것처럼 살금살금 걸었다. 그리고 재키가 불편하지 않도록 밴 뒤에다 밀짚을 깔고 또 깔았다.

그런 후에 클로드는 부엌으로 들어와 아침을 차렸다. 나는 그가 화덕에 한 냄비 가득 수프를 얹고 젓기 시작하는 것을 지켜보았다. 그는 말고기 수프가 끓어오를 때까지 기다란 쇠국자로 쉬지 않고 저으면서, 메스껍도록 들척지근한 김 속에 30초가 멀다 하고 코를 박았다. 그러더니 냄비 안에 다른 부재료, 즉 껍질 벗긴 양파 세 개, 어린 당근 몇 개, 쐐기풀 싹 한 컵, 발렌타인표 육수 한 큰술, 간유 열두 방울을 집어넣기 시작했는데, 재료가 마치 섬세한 베네치아산 유리병이라도 되는 양 커다랗고 통통한 손가락 끝으로 조심조심 다루었다. 그리고 아이스박스에서 다진 말고기를 조금 꺼내 양을 잰 뒤 재키의 밥그릇에 한 줌을 담고 다른 그릇에는 세 줌을 넣었다. 마지막으로는 다 끓인 수프를 양쪽 그릇의 고기 위에 골고루 나누어 부었다.

이것은 그가 지난 다섯 달 동안 아침마다 거행해온 의식이었지만, 오늘처럼 숨을 죽여가며 집중하기는 처음이었다. 입을 열기는커녕 내 쪽을 돌아보지도 않다가 몸을 돌려 개들을 부르러 다시 나갈 때에는 심지어 그의 뒷목과 어깨까지도 이렇게 속삭이는 것 같았다. '아이고, 오늘은 제발 잘못되는 일

이 없기를. 오늘만큼은 내가 허튼짓을 하지 않기를.'

나는 그가 우리 안에 있는 개들에게 줄을 매면서 나지막하게 말을 거는 소리를 들었다. 그가 개들을 부엌으로 데려왔을 때, 개들은 아침밥이 먹고 싶어 펄쩍펄쩍 뛰고 줄을 당기면서 야단이었다. 앞발로 서기도 하고 거대한 꼬리를 채찍처럼 양옆으로 흔들기도 했다.

클로드가 마침내 입을 열었다.

"자, 어느 쪽이게?"

그는 여느 아침 같으면 나더러 담배 한 갑이라도 걸어보라고 부추겼을 테지만, 오늘은 더 큰 것이 걸린 만큼 자신감만 북돋워주어도 좋겠다는 표정이었다.

내가 아름답고, 쌍둥이처럼 똑같이 생긴데다 키가 크고, 털이 반드러운 검둥개 두 마리 주위를 한 바퀴 걸으며 놀아보는 동안, 클로드는 가만히 지켜보다가 내 시야를 가리지 않도록 끈을 팔 길이만큼 늦추어 잡고 옆으로 비켜섰다.

나는 지금껏 한 번도 통한 적이 없는 방법을 다시 한번 써보았다.

"재키! 이봐, 재키!"

생김새도 똑같고 표정도 똑같은 두 개의 머리가 동시에 휙 돌아 내 쪽을 향했다. 똑같이 생긴 샛노란 눈 네 개가 반짝이며 내 눈을 빤히 들여다보았다. 전에는 한 마리의 눈이 다른 쪽보다 좀더 짙은 노랑이라고 생각한 적도 있었다. 재키는 가슴이 더 두둑하고 엉덩이 근육이 조금 더 발달했다고 생각한 적도 있었다. 하지만 다른 점이라고는 전혀 없었다.

"어서."

클로드가 말했다. 그는 오늘이야말로 내가 틀려주기를 간절히 바라고 있었다.

나는 입을 열었다.

"이쪽이야. 이놈이 재키라구."

"어느 쪽?"

"왼쪽."

그가 갑자기 얼굴이 환해지면서 소리쳤다.

"거봐! 이번에도 틀렸어!"

"맞는 것 같은데."

"분명히 틀렸어. 이봐 고든, 이야기 하나 해줄까? 네가 아침마다 재키를 맞혀보려고 애쓸 때 나는 뭘 했는지 알아?"

"뭘 했는데?"

"몰래 세어보았지. 넌 절반도 맞히지 못했어! 차라리 동전던지기를 하는 게 낫겠더라!"

이 말은 곧, (두 마리를 매일 나란히 놓고 보아온) 내가 제대로 맞히지 못할 정도라면 우리가 피지 씨를 겁낼 필요도 없다는 뜻이었다. 클로드는 피지 씨가 가짜 경주견을 잘 잡아내기로 유명하다는 사실을 알고 있었지만, 전혀 차이가 없다면 두 마리를 구분하기가 쉽지 않다는 사실 또한 잘 알고 있었다.

그는 먹이가 든 그릇을 바닥에 내려놓았다. 오늘 출전할 재키에게는 일부러 고기가 적게 든 쪽을 밀어주었다. 개들이 먹는 모습을 바라보는 그의 얼굴에 다시 걱정스러운 빛이 역력했다. 옅은 빛깔의 커다란 눈은 얼마 전까지만 해도 오직 클라리스만을 위해 아껴두었던 표정, 사랑에 빠져 녹아버릴 것처럼 황홀한 표정으로 재키를 뚫어져라 바라보았다.

"있잖아, 고든. 내가 늘 하던 이야기가 바로 이거야. 지난 백년 동안 세상에는 별의별 가짜 경주견이 다 있었어. 개중에는 쓸 만한 놈도 있고, 별 볼 일 없는 놈도 있었지. 하지만 이런 경우는 경견 대회 사상 최초라구."

"그래, 네 말이 맞았으면 좋겠다."

나는 이렇게 대꾸해주었다. 그리고 내 기억은 넉 달 전, 클로드가 밴을 빌려달라고 하더니 어디 가는지 말도 없이 에일즈베리 방향으로 훌쩍 떠나버렸던 크리스마스 직전의 얼어붙듯이 추웠던 오후로 거슬러올라갔다. 나는 그가 클라리스를 만나러 간다고 생각했지만, 그는 오후 늦게 이 개를 데리고 돌아왔던 것이다. 어떤 남자한테 35실링을 주고 산 개라고 했다.

"잘 뛴다던?"

나는 그렇게 물었다. 우리는 주유기 옆에 서 있었다. 클로드는 개를 맨 줄을 잡고 선 채 자신이 데려온 개를 바라보았다. 개의 등에 함박눈이 몇 송이 내려앉았다. 밴은 아직 시동도 끄지 않은 채였다.

"빠르냐구!"

"이렇게 느린 개는 평생 처음일걸!"

"그런 개를 뭐하러 샀어?"

그러자 소를 닮은 그 커다란 얼굴에 은밀하고 교활한 표정이 떠올랐다.

"흠. 이놈이 재키랑 비슷하게 생겼다는 생각이 들어서. 어때?"

"그 말을 들으니 좀 닮아 보이기도 한다."

그는 나에게 줄을 건네주었다. 나는 새로 온 개가 몸을 말릴 수 있도록 안으로 데려갔다. 그사이 클로드는 밖으로 나가 자기가 끔찍이 아끼는 녀석을 우리에서 데려왔다. 두 마리를 한자리에서 처음 보았을 때, 그가 뒤로 물러서며 감탄하던 기억이 새롭다.

"세상에!"

클로드는 마치 유령이라도 본 사람처럼 꼼짝하지 않고 개들 앞에 서 있었다. 그러더니 말없이 민첩하게 움직이기 시작했다. 그는 무릎을 꿇고 앉아 두 마리를 하나하나 꼼꼼히 비교해보기 시작했다. 순간순간 더해가는 그의 흥분이 나에게까지 전해지면서 방안이 점점 더워진다는 생각마저 들었다. 그는 말 한마디 없이 한참 동안 두 마리를 살펴보았는데, 마리당 열여덟 개나 되는 발톱이며 며느리발톱을 나란히 놓고 색깔까지 모두 비교해보았다. 마침내 클로드는 일어서면서 입을 열었다.

"이봐. 둘을 데리고 방안을 몇 바퀴 돌아주겠어?"

그는 화덕에 기대어 서서 눈을 반쯤 감고 머리를 한쪽으로 기울인 채 얼굴을 찌푸리고 입술을 잘근잘근 깨물면서 두 마리를 5, 6분가량 지켜보았다. 그러더니, 자기가 처음 본 것을 믿지 못하겠다는 듯이 다시 무릎을 꿇고 개들을 한번 더 꼼꼼히 비교해보았다. 하지만 그는 개들을 다 살펴보기도 전에 벌떡 일어나서 나를 바라보았다. 잔뜩 긴장해서 굳은 얼굴이었는데 신기하게도 콧구멍이며 눈 주위가 하얗게 변해 있었다.

"좋았어."

클로드의 목소리가 떨렸다.

"알겠어? 다 됐다구. 우린 이제 부자야."

그때부터 부엌에서 우리 둘 사이의 비밀 회담이 시작되었다. 우리는 세세한 계획을 세우고, 가장 적합한 경주로를 고른 뒤, 드디어 2주에 한 번씩 총 여덟 번에 걸쳐 내가 운영하는 주유소를 닫고 (오후 반나절 치의 손님을 다 포기해가면서) 가짜 경주견을 차에 태워 옥스퍼드까지 가서 헤딩리의 초라한 사설 경견장에 내보냈다. 큰돈이 오가는 곳이기는 했지만 시설이래봤자 줄을 연결해 경주로를 표시하는 낡은 말뚝 한 줄, 뒤집어 세운 자전거로 만든 모형 토끼 조종장치, 멀리 출발점에 있는 문 달린 우리 여섯 개와 출발 신호원 정도가 고작이었다. 우리는 16주에 걸쳐 총 여덟 번 이 가짜 경주견을 데리고 가서 피지 씨에게 심사를 받고, 몸이 꽁꽁 얼도록 차가운 비가 오는 가운데 사람들 주변을 얼쩡거리며 칠판에 분필로 개 이름이 쓰일 차례를 기다렸다. 우리는 개에게 블랙 팬서라는 이름을 붙여주었다. 출전할 차례가 되면 늘 클로드가 개를 출발점으로 데리고 내려가고 나는 결승점에 서서 기다렸다. 경기가 끝난 뒤 다른 개를 공격할 목적으로 집시들이 슬쩍 내보내곤 하는 싸움개들에게서 우리 개를 떼어놓기 위해서였다.

하지만 이 개를 그렇게 여러 번 거기까지 데리고 가 달리게 하고선, 무슨 일이 있어도 꼭 꼴찌로 들어와주기를 기도하면서 지켜보자니 마음 한구석이 착잡했다. 사실 이 늙은 개는 뜀박질을 전혀 할 줄 몰랐기 때문에 기도는커녕 걱정조차 해본 적 없었다. 이 개는 꼭 게처럼 뛰었다. 꼴찌를 하지 못했던 것은 앰버 플래시라는 커다란 갈색 개가 웅덩이에 발이 빠지는 바람에 뒷다리가 부러져서 세 발로 결승점에 들어왔을 때 한 번뿐이었다. 하지만 우리 개는 그때조차 간신히 꼴찌를 면한 정도였다. 우리는 이런 식으로 블랙 팬서를 잡종들이 출전하는 최하위 조까지 곧장 끌어내렸다. 마지막으로 출전했을 때에는 모든 견권업자(犬券業者)들이 25 대 1이나 30 대 1의 승률을 내걸고 우리 개의 이름을 소리치면서 사람들에게 돈을 걸어달라고 사정할 지경이었다.

화창한 4월이 된 지금, 드디어 재키가 대신 나가 뛸 차례가 왔다. 클로드는 피지 씨가 이 느림보에게 질려버린 나머지 아예 참가를 금지할지도 모르기 때문에 더이상 가짜 경주견을 내보내면 안 된다고 말했다. 지금이 심리적으로 적기일 뿐만 아니라, 재키는 나가기만 하면 30~50견신(犬身, 결승점을 통과하는 앞뒤 경주견의 거리 차를 말할 때 사용하는 단위로, 1견신은 개 한 마리의 몸길이에 해당한다—옮긴이) 차이로 이길 것이라는 말도 했다.

재키는 강아지 때부터 클로드의 손에 컸는데, 이제 겨우 15개월짜리였지만 발이 무척 빨랐다. 아직 경기에 나간 적은 한 번도 없었지만, 우리는 옥스브리지에 있는 작은 사설 훈련장에서 재키를 훈련시킬 때 시간을 재보았기 때문에 재키가 빠르다는 것을 알고 있었다. 재키가 7개월이 된 이래 클로드는 일요일마다 개를 이 훈련장에 데려갔는데, 딱 한 번 예방접종을 시키러 갔던 때를 제외하고는 훈련을 거른 적이 없었다. 클로드는 재키가 피지 씨의 경주에서 일급으로 인정받을 만큼 빠르지는 않겠지만, 지금 상태에서 잡종들이 참가하는 최하위 조에서 뛴다면 경주 도중 한 번 넘어졌다가 다시 뛴다고 해도 넉넉히 20견신 차이로 이길 수 있다고 했다. 뭐, 어쨌든 10~15견신 정도는 너끈하다는 것이 클로드의 말이었다.

그래서 오늘 아침 내가 할 일이라고는 마을 은행에 가서 내 몫으로 50파운드, 클로드에게 가불해줄 50파운드를 인출한 뒤, 열두시에 주유소 문을 닫고 주유기에다 '금일 휴업'이라는 표지판을 걸어두는 것뿐이었다. 클로드가 가짜를 뒤쪽 우리에 넣은 뒤 재키를 밴에 태우고 나면 바로 출발이었다. 나는 클로드만큼 흥분한 상태는 아니었다. 그도 그럴 것이, 나는 클로드와는 달리 경주에서 이겨야만 집을 산다든지 결혼을 할 수 있다는 식의 중요한 조건이 걸린 처지가 아니었다. 클로드처럼 개 사육장에서 그레이하운드에 둘러싸이다시피 해서 태어나지도 않았고, 클로드처럼 저녁에 클라리스를 만날 때 외에는 종일 개 생각만 하면서 돌아다니지도 않았다. 나는 중고차 매매는 물론 주유소 운영 때문에 바쁜 처지이기는 했지만, 클로드가 개를 데리고 노닥거린다 해도 별로 신경 쓰이지 않았다. 특히 오늘 같은 날은 정말로 이겨주기만 한다면 더더군다나 신경쓰고 싶지 않았다. 사실, 우리가 걸 금액과 딸지도 모르는 금액을 생각했을 때 뱃속이 약간 짜릿해졌다는 점은 인정해야겠다.

클로드가 아침식사를 끝낸 개들을 데리고 들판으로 나가 잠시 산책을 시키는 사이, 나는 옷을 차려입고 달걀 프라이를 만들었다. 그런 뒤 은행으로 가서 (죄다 1파운드짜리로) 돈을 찾아왔다. 남은 아침나절은 손님을 맞느라 눈 깜짝할 새 지나가버렸다.

나는 열두시 정각에 주유소 문을 닫고 주유기에 표지판을 걸었다. 클로드는 뒤쪽에서 재키를 데리고 나왔는데, 한 손에 불그레한 갈색 마분지로 만든 커다란 서류가방을 들고 있었다.

"가방은 왜?"

"돈 담으려고."

클로드의 대답이었다.

"2천 파운드를 호주머니에 다 넣을 수는 없다고 네 입으로 말했잖아."

꽃송이들이 산울타리마다 활짝 피어나고 길 건너 커다란 너도밤나무의 연둣빛 새순 사이로 햇살이 비치는 아름다운 봄날이었다. 재키는 정말 근사해 보였다. 양쪽 엉덩이에는 커다랗고 딱딱한 근육이 멜론 덩어리만하게 솟아 있고, 털은 검정 벨벳처럼 반드르르하니 윤기가 흘렀다. 클로드가 가방을 차에 싣는 사이, 개는 발끝으로 껑충거리고 돌아다니며 기력을 과시했다. 그러더니 자기가 경주에 출전해 2천 파운드를 따고 영광의 우승견이 될 예정임을 알기라도 하는 양 나를 올려다보며 씨익 웃었다. 재키는 지금껏 내가 본 개 중에서 입을 활짝 벌리고 웃는 모습이 사람과 가장 흡사한 개였다. 윗입술을 들어올리는 것은 물론이요, 입 가장자리를 어찌나 잡아당기는지 제일 안쪽 어금니 한두 개만 빼고 입안에 든 이빨이라는 이빨은 모조리 다 보였다. 나는 재키가 이런 모습을 보일 때마다 무심결에 낄낄거리는 웃음소리가 나오길 기다리곤 했다.

우리는 밴을 타고 출발했다. 운전대는 내가 잡았다. 클로드는 조수석에 앉고, 재키는 뒷자리에 깔아놓은 밀짚 위에 서서 우리 어깨 위로 앞유리 너머를 바라보았다. 클로드는 길이 급하게 꺾일 때 재키가 나뒹굴기라도 할까봐 연신 뒤를 돌아보고 안간힘을 쓰며 개를 눕히려 들었지만, 개는 너무 들떠 있어서 클로드에게 씨익 웃어 보이며 커다란 꼬리를 흔드는 일 외에 다른 건 안중에도 없었다.

"돈은 가져왔겠지, 고든?"

클로드는 잠시도 가만있지 못하고 줄담배를 피워댔다.

"그래."

"내 몫도?"

"전부 105파운드 준비했어. 5파운드는 네 말대로 미끼가 멈춰서 경주가 무효가 되는 일이 없도록 토끼 몰이꾼한테 먹일 돈이야."

"좋아, 좋다구. 아주 잘했어."

클로드가 추워 죽겠다는 듯이 두 손을 싹싹 비비며 말했다.

우리는 그레이트 미센든의 작고 좁은 중심가를 따라서 내려갔다. 러민스 씨가 아침나절 치의 맥주 한잔을 하러 내그즈헤드로 들어가는 모습이 얼핏 보였다. 우리는 마을 밖에서 좌회전해서 프린세스 리즈버로우 쪽으로 방향을 잡고 칠턴스 언덕마루로 올라갔다. 프린세스 리즈버로우에서 옥스퍼드까지는 30킬로미터밖에 되지 않았다.

이제 우리 둘 다 입을 다물면서 일종의 긴장감이 감돌기 시작했다. 우리는 각자 느끼는 두려움과 흥분을 가라앉히느라고 한마디 말도 없이 조용히 앉아 있었다. 클로드는 담배를 피워 물었다가 반쯤 피운 뒤에 창밖으로 던져버리기를 반복했다. 그는 경견장에 가는 날이면 으레 오가는 길 내내 쉴새없이 나불나불 수다를 떨면서 자기가 지금까지 개들을 데리고 무슨 일을 했는지, 어떤 일자리를 경험해봤는지, 어디에 가보았는지, 얼마를 땄는지 하는 이야기들을 늘어놓았다. 그뿐만 아니라 다른 사람들이 개들을 어떻게 다루는지, 도둑질이나 학대 등등 개주인들이 사설 경견장에서 어떤 기상천외

한 속임수를 써먹는지에 대해서도 신이 나서 떠벌렸다. 하지만 오늘만큼은 스스로 입조심을 해야겠다고 생각하는 모양이었다. 이 점이라면 나도 동감이었다. 나는 운전석에 앉아 도로를 바라보며, 클로드가 이 신기한 그레이하운드 경기 부정에 대해 해주었던 이야기를 떠올리면서 지금 당장의 일을 생각하지 않으려고 안간힘을 썼다.

경견장에서 일어나는 부정행위에 대해 클로드보다 많이 아는 사람은 세상에 없다고 맹세해도 좋다. 우리가 가짜 경주견을 구해서 한탕하기로 결심한 이래, 그는 나를 교육하는 일을 떠맡았다. 그 결과 이제는 어디까지나 이론뿐이기는 해도 나 역시 경견장 부정에 대해 클로드만큼이나 많이 알게 되었다.

교육은 우리가 부엌에서 처음 작전회의를 했을 때 시작되었다. 가짜 경주견이 온 다음날, 우리는 부엌에 앉아 창밖에 보이는 손님들을 구경하고 있었다. 클로드는 우리가 해야 할 일을 열심히 설명하던 중이었다. 나는 최대한 열심히 그의 설명을 따라잡으려고 했지만, 결국 한 가지 의문을 도저히 억누르지 못하고 말을 꺼냈다.

"난 왜 애초에 가짜 경주견을 써야 하는지 통 모르겠어. 재키만 내보내서 처음 여섯 번은 꼴찌를 하도록 '방해'해주는 편이 더 안전하지 않아? 나중에 컨디션이 좋고 준비가 되었을 때 마음대로 달리게 해주면 되잖아. 제대로 하기만 하면 결과는 똑같지 않을까? 적발될 위험도 없고."

내 말이 불씨가 되었던 모양이다. 클로드가 내 쪽으로 고개를 홱 돌렸다.

"세상에! 그런 말은 하지도 마! 나는 방해 따위는 절대 하지 않는다는 걸 알아주면 좋겠어. 도대체 무슨 생각을 한 거야, 고든?"

그는 내 말에 정말로 충격을 받고 마음이 상한 것 같았다.

"난 뭐가 문제인지 모르겠어."

"내 말 똑똑히 들어, 고든. 잘 달리는 개를 방해하는 짓은 개의 가슴을 찢어놓는다구. 좋은 경주견은 자기가 빠르다는 사실을 잘 알아. 다른 개들이 모두 자기 앞에서 달리고 있는데 따라잡을 수 없다고 생각해봐. 그러면 장담하건대 개는 가슴이 찢어져. 네가 개주인들이 개를 방해하는 방법을 두어 가지만 알아도 그런 말은 꺼내지도 않았을 거야."

"예를 들면 어떤 방법을 쓰는데?"

내가 물었다.

"달리는 속도를 줄일 수만 있다면 못하는 짓이 없지. 게다가 괜찮은 그레이하운드라면 한두 번 방해하는 걸로는 어림도 없어. 얼마나 기세 좋게 날뛰는지 경주 장면만 보여줘도 주인이 줄을 놓칠 만큼 법석을 떨걸. 나는 다리가 부러졌는데도 마저 달리겠다고 고집하는 놈들을 여럿 봤어."

그는 생각에 잠겨 옅은 빛깔의 커다란 눈으로 나를 바라보면서 잠시 말을 끊었다. 더할 나위 없이 진지하고 골똘한 표정이었다. 그러더니 다시 입을 열었다.

"일을 제대로 해내자면 먼저 너한테 이야기를 좀 해줘야겠다. 그래야 너도 우리가 무슨 일을 하려는지 정확히 알지."

"그래, 말해줘. 궁금해."

그는 잠시 동안 말없이 창밖을 바라보다가 음침한 어조로 이야기를 시작했다.

"무엇보다, 개를 데리고 경견장에 나오는 친구들은 솜씨가 보통 좋은 게 아니야. 그 점을 알아둬야 해. 상상을 초월하는 예술의 경지지."

그는 다시 말을 멈추고 생각을 가다듬었다.

"이제 개를 방해하는 방법에 대해 예를 들어가면서 설명해 줄게. 제일 흔한 방법은 조르기야."

"조르기?"

"그래. 개를 끈으로 조르는 거야. 제일 많이 쓰는 방법이지. 재갈 끈으로 목을 꽉 조여서 숨도 쉬기 어렵게 만드는 거야. 영리한 사람이라면 끈 구멍을 얼마큼 조절해야 개가 경주에서 탈락할지 척 보면 알아. 정말로 꽉 조여버리면 개는 꼴찌로 들어오게 되지. 더운 날 끈이 너무 조인 탓에 경주 도중 쓰러져 죽는 개도 많아. 완전히 질식사하는 셈인데, 보기에도 끔찍스러워. 검은색 면사로 발가락 두 개를 한데 묶어놓는 사람도 있어. 그러면 개가 제대로 뛸 수 없거든. 개의 균형을 무너뜨리는 거야."

"그 방법은 좀 나아 보인다."

"씹던 껌을 개 꼬리 밑, 그러니까 꼬리와 몸통이 맞닿는 곳에 붙여놓는 작자들도 있지. 웃을 일이 아니야."

그는 잔뜩 성난 어조로 말을 이었다.

"개가 달릴 때면 꼬리는 쉬지 않고 조금씩 아래위로 흔들리게 되어 있어. 그러면 주인이 붙여놓은 껌 때문에 꼬리가 개의 몸에서 살이 제일 부드러운 엉덩이 부분의 털에 들러붙게 돼. 이 세상에 그런 걸 좋아하는 개는 없지. 또 수면제를 쓰기도 해. 최근에 유행하는 방법이야. 의사들이 하듯이 개 몸무게에 따라 양을 달리하는데, 가루 양을 조절하면 개의 속력을 5견신, 10견신, 15견신씩 마음대로 늦출 수 있어. 이런 방법은 모두 평범한 축에 들지."

클로드는 이야기를 계속했다.

"사실 이 정도는 아무것도 아니야. 다른 치들, 특히 집시들이 쓰는 방해법에 비하면 정말 아무것도 아니지. 개를 출발선의 우리 안에 갖다 넣을 때 집시들이 쓰는 방법 같은 건 입에 담기에도 역겨워. 너라면 제아무리 철천지원수한테라도 차마

하지 못할 짓이야."

그는 좀더 자세히 설명해주었다. 과연 끔찍한 내용으로, 하나같이 개의 몸에 순간적으로 상처를 내어 고통을 주는 짓들이었다. 그는 설명하는 김에 개를 우승시킬 때 쓰는 방법까지 말해주었다.

"개를 빨리 달리게 만드는 방법에도 개를 뒤처지게 만드는 방법만큼 고약한 것들이 많지."

그는 은근하고 비밀스러운 얼굴로 소리를 낮추며 말을 이어갔다.

"그중에서도 노루발풀이 제일 흔할 거야. 엉덩이에 털이 하나도 없거나 온몸 여기저기 털이 숭숭 빠진 개를 보면 노루발풀을 쓴 줄 알라구. 경기가 시작되기 직전에 그걸 개의 몸에 박박 문질러놓는 거야. 슬론 연고를 쓰는 사람도 가끔 있지만, 대부분은 노루발풀을 써. 정말 끔찍하게 따갑지. 너무 따가워서 개는 고통에서 벗어나려고 전속력으로 달리고 또 달리는 일 외에는 아무 생각도 하지 못하게 돼. 특별한 약을 주사하기도 하지. 들어둬, 이건 경기장에 나오는 놈들 대부분은 무식해서 잘 모르는 방법이라구. 최신 기술이거든. 훈련사한테 돈을 먹여서 대형 경기에나 나가는 개를 하루 동안 몰래 빌려 런던에서 큰 차를 타고 오는 치들이나 써먹는 방법이야. 바로 그런 놈들이 주사법을 쓴다구."

부엌 식탁에 앉아 입에는 담배를 물고, 연기 때문에 눈을 가늘게 떠 눈가에 잔주름이 잡힌 채 나를 바라보던 그의 얼굴이 떠오른다. 그는 이렇게 말을 이었다.

"고든, 이건 꼭 기억해둬. 그치들은 마음만 내키면 개를 우승시키려고 무슨 짓이든 해. 하지만 그놈들이 무슨 짓을 한다 해도, 원래 생겨먹은 것 이상으로 빨리 뛸 수 있는 개는 이 세상에 한 마리도 없어. 그러니까 우리는 재키를 하위 조로 끌어내리기만 하면 돼. 제아무리 노루발풀이며 주사를 동원해봤자 하위 조에서 뛰는 개들은 재키 근처에도 못 와. 생강을 쓴다 해도 어림없지."

"생강?"

"그래. 생강도 많이들 써. 날생강을 호두만하게 잘라서 경기 시작 5분 전쯤에 개한테 밀어넣는 거야."

"입에 넣는단 말이야? 개가 그걸 먹어?"

"아니. 입이 아니야."

그의 대답이었다.

이야기는 그런 식으로 계속되었다. 나중에 가짜를 차에 태워 경주장을 오가는 동안 나는 이 신기한 경기에 대해 점점 더 많이 알게 되었다. 특히 개를 방해하거나 더 빨리 달리게 만드는 방법에 해박해졌는데, 심지어는 사용하는 약의 이름과 사용량까지도 알게 되었다. 모형 토끼 뒤를 쫓아갈 생각이 별로 없는 개들에게 쓰는 '쥐 처방'에 대한 이야기도 들었다. 쥐 한 마리를 깡통에 넣어서 개의 목에 둘러매는 방법으로, 깡통 뚜껑에는 작은 구멍을 내놓는다. 구멍의 크기는 쥐가 고개를 내밀어 개를 물어뜯을 만큼은 되지만, 개가 쥐를 어떻게 해볼 수 있을 만큼은 못 된다. 제자리를 빙빙 돌면서 목을 물어뜯기다보면 개는 당연히 반쯤 미쳐버리지만, 개가 깡통을 흔들수록 쥐가 개를 무는 횟수는 많아질 수밖에 없다. 그러다 마침내 사람이 쥐를 풀어주면, 그때까지만 해도 생쥐 한 마리 못 죽이고 꼬리만 흔들던 양순한 개가 사납게 덤벼들어 쥐를 갈가리 찢어발긴다. 이런 짓을 몇 번 되풀이하면 개는 정말 무시무시한 맹수가 되어 진짜 토끼가 아닌 모형 토끼라도 상관없이 무엇이든 뒤를 쫓아가게 된다. 물론 클로드 본인은 이렇게 말했다.

"알아둬. 나는 절대 그런 짓 안 해."

우리는 이제 칠턴스를 지나 너도밤나무숲 비탈을 내려가서 옥스퍼드 남쪽 느릅나무와 떡갈나무가 서 있는 평지로 들어섰다. 클로드는 내 옆에 말없이 앉아 불안감을 달래려고 담배를 피우면서도 2, 3분이 멀다 하고 재키가 괜찮은지 뒷좌석을 돌아보았다. 개는 겨우 자리에 누웠다. 클로드가 돌아보고 부드럽게 무슨 말을 속삭일 때마다 개가 알아들었다는 듯이 꼬리를 살짝 흔들었고, 그 바람에 밀짚이 바스락거렸다.

곧 테임으로 들어설 예정이었다. 테임은 장이 서는 날이면 사람들이 넓은 중심가에 우리를 만들어 돼지며 소, 양을 가두는 곳이다. 일 년에 한 번 축제가 열리면 마을 한복판에 있는 이 거리가 그네며 회전목마, 범퍼카, 집시들의 이동식 주택으로 북적거렸다. 클로드는 테임에서 태어났는데, 여길 지나갈 때마다 그 이야기를 빼놓는 법이 없었다.

아니나다를까 그는 첫번째 집이 눈에 들어오자마자 이야기를 시작했다.

"흠, 테임이구나. 알다시피 난 테임에서 태어나 자랐어, 고든."

"전에도 얘기했잖아."

"꼬맹이 땐 여기서 참 웃기는 짓 많이 하고 놀았지."

그가 향수에 젖은 듯이 말했다.

"그랬겠지."

클로드는 잠시 말을 멈추었다가, 점점 고조되는 긴장감을 풀고 싶었던지 문득 어린 시절 이야기를 꺼냈다.

"옆집에 사내애가 하나 살았지."

그가 말을 계속했다.

"이름이 길버트 검이었어. 작은 얼굴이 족제비처럼 날카로워 보이고 한쪽 다리가 조금 짧은 친구였어. 나랑 둘이서 말도 안 되는 짓을 많이 저질렀다구. 그중 하나가 어떤 짓이었는지 알아, 고든?"

"어쨌는데?"

"토요일 밤에 엄마랑 아빠가 술집에 가고 나면 둘이서 우리집 부엌에 같이 들어갔어. 가스통에서 관을 떼어내서 물이 가득찬 우유병 안에 집어넣으면 부글부글 거품이 일었지. 다 되면 마주앉아서 그걸 찻잔에 따라 마셨다니까."

"그게 그렇게 맛있었어?"

"맛있기는! 메스꺼웠어! 그래도 설탕을 듬뿍 집어넣으면 그럭저럭 먹을 만해."

"그런 걸 왜 마셨는데?"

클로드는 몸을 돌려 믿지 못하겠다는 얼굴로 날 보았다.

"그럼 너는 '스네이크 워터'를 마셔본 적이 한 번도 없다는 말이야?"

"있다고는 못하겠다."

"난 어릴 때 다들 하는 짓인 줄 알았는데! 마시면 취하게 돼. 맛이 형편없어서 그렇지 포도주랑 비슷한데, 가스 거품을 얼마나 오래 내느냐에 따라 독한 정도가 달라지지. 우리는 토요일 밤이면 부엌에서 같이 어질어질하니 취하도록 마셨어. 기분 끝내줬지. 어느 날 집에 일찍 들어온 아빠한테 들키기 전까지는 말이야. 그날 밤 일은 죽을 때까지 못 잊을 거야. 나는 우유병을 붙들고 있었고, 병 안에서는 가스 거품이 기분

좋게 보글거렸지. 길버트는 내 신호가 떨어지면 바로 가스를 잠글 준비를 하고 바닥에 무릎을 꿇고 있었어. 그런데 갑자기 아빠가 들어오신 거야."

"뭐라고 하셨어?"

"아이고 맙소사, 무시무시했지. 한마디도 하지 않으셨어. 그냥 문 옆에 서서 더듬더듬 허리띠를 찾더니 천천히 버클을 끄르고 허리띠를 바지에서 빼시더라구. 계속 날 노려보면서 말이야. 엄청나게 덩치 좋은 분이어서 손은 석탄 깨는 망치처럼 크고 구레나룻이 시커먼데다 뺨에는 온통 보라색 실핏줄이 퍼져 있었지. 아빠는 성큼성큼 다가와서 내 멱살을 잡더니, 허리띠 버클 달린 쪽으로 있는 힘껏 날 때리기 시작했어. 고든, 솔직히 그때는 아빠가 날 죽이는 줄로만 알았어. 그래도 나중에는 손을 멈추더니 다시 허리띠를 매는 거야. 천천히 조심스럽게 버클을 채우고 옷매무새를 가다듬은 뒤, 아빠는 마셨던 술을 다 토해버렸어. 그러더니 부엌에서 나가서 다시 술집으로 가시지 뭐야. 끝까지 한마디도 없으셨지. 내 평생 그렇게 두들겨맞은 적은 처음이었어."

"그때가 몇 살이었는데?"

"여덟 살쯤 됐을까."

옥스퍼드가 가까워지자, 클로드는 다시 잠잠해졌다. 그는 쉬지 않고 고개를 돌려 재키가 괜찮은지 살펴보고 어루만지거나 머리를 쓰다듬어주었는데, 한번은 아예 몸을 돌려 의자에 무릎을 꿇고 개가 깔고 있던 밀짚을 모아 다독여주면서 바람이 들면 안 되네 어쩌네 중얼거리기도 했다. 우리는 옥스퍼드 외곽을 돌아 좁은 시골길이 얽혀 있는 곳으로 들어섰다. 잠시 후에는 좁고 울퉁불퉁한 길에 들어서서 걷거나 자전거를 타고 가는 남녀의 행렬을 따라잡았다. 남자들 중 몇 명은 그레이하운드와 함께였다. 우리 앞에는 커다란 세단이 한 대 가고 있었는데, 뒷좌석에 남자 두 명이 개를 사이에 끼고 앉아 있는 모습이 백미러에 비쳐 보였다.

"전국에서 몰려들지."

클로드가 음산한 목소리로 말을 이었다.

"저쪽은 아마 런던에서 일부러 여기까지 왔을걸. 어디 커다란 경견장에서 오늘 오후만 쓰기로 하고 개를 살짝 빌려왔겠지. 틀림없이 큰 경주에서 뛰는 놈을 내줬을 거야."

"재키랑 같은 조가 아니면 좋겠다."

"걱정하지 마. 새로 온 개는 무조건 선두 조에 넣게 되어 있어. 피지 씨가 특히 신경쓰는 규칙이지."

클로드의 말이었다.

들판으로 들어가는 문이 하나 열려 있었는데, 우리가 차를 몰고 들어가기 전에 피지 씨의 아내가 앞으로 나와서 입장료를 받았다.

클로드가 말했다.

"피지 씨는 자기 마누라한테도 힘만 있으면 그 염병할 페달을 돌리라고 시켰을 거야. 저 영감은 필요 이상으로 사람을 쓰는 법이 없거든."

나는 들판을 가로질러 언덕 위로 올라가서, 산울타리를 따라 나란히 줄지어 선 다른 자동차들 옆에 우리 차를 세웠다. 클로드는 차에서 내리자마자 재키를 내려주려고 잽싸게 뒤쪽으로 돌아갔다. 나는 차 옆에 선 채 기다렸다. 경기장은 가파른 언덕이 있는 너른 들판으로, 우리는 아래쪽이 내려다보이는 언덕 꼭대기에 있었다. 멀리 경주 직전에 개를 가둬놓는 우리와 경주로를 표시하는 나무말뚝이 보였다. 경주로는 들판 가장자리를 따라 이어지다가 직각으로 꺾여 관중이 모여 있는 언덕 위 결승 지점까지 올라왔다. 결승선 30미터쯤 뒤에는 뒤집힌 자전거로 만든 모형 토끼 조종장치가 보였다. 운반이 간편하다는 이유로 시골 경견 대회에서는 자전거를 뒤집어 세워놓고 모형 토끼 조종장치로 쓰는 경우가 많았다. 조종장치는 땅에 기둥 네 개를 박은 뒤 2.5미터 정도 높이에 얇은 판자로 단을 만들고, 그 위에 흔히 보는 낡은 자전거 한 대를 바퀴가 하늘을 향하도록 거꾸로 고정해놓은 것이었다. 우선 자전거 뒷바퀴가 경주로 쪽을 바라보게 설치한 다음 뒷바퀴에서 타이어를 제거하고 오목한 금속 테두리만 남겨놓는

다. 이 테두리 쇠에는 미끼를 잡아당기는 줄의 한쪽 끝이 붙어 있어서, 토끼 몰이꾼은 자전거 뒤쪽에 버티고 선 채 손으로 페달을 돌리는 방법으로 줄을 테두리 쇠에 감는다. 이렇게 하면 모형 토끼를 최대 시속 40킬로미터까지 마음대로 끌어당길 수 있다. 경기가 한 번 끝날 때마다 바퀴에 감긴 줄을 풀어 모형 토끼를 (줄이 붙어 있는 채로) 출발선 앞까지 다시 가져다놓고 새 경주를 준비한다. 토끼 몰이꾼은 높은 단 위에서 경주 상황을 지켜보면서 모형 토끼가 늘 선두견의 바로 앞에 위치하도록 속도를 조절한다. 그는 전혀 아니다 싶은 개가 우승할 것처럼 보이면 언제라도 토끼를 세워서 경주를 '무효'로 만들어버릴 수도 있다. 갑자기 페달을 뒤로 돌려서 줄이 바큇살에 얽히게 만들어버리는 것이다. 갑자기 1초 정도 토끼의 속도를 늦추어서 선두견이 머뭇거리는 사이 다른 개들이 따라잡게 만들기도 한다. 요컨대 토끼 몰이꾼은 경주에서 무척 중요한 역할을 하는 사람이다.

피지 씨의 몰이꾼은 이미 단 위에 자리를 잡고 있었다. 파란색 스웨터를 입은 건장한 남자로, 자전거에 기대 담배를 피우면서 연기 너머로 아래쪽에 모여든 사람들을 내려다보고 있었다.

영국에는 이런 경주를 동일한 장소에서 일 년에 일곱 번 이상 열지 못하게 정해놓은 이상한 법이 있었다. 피지 씨의 장비가 모두 옮기기 쉬운 것도 다 그런 이유 때문이었다. 일곱 번을 다 채운 뒤에는 이웃 들판으로 옮기면 그뿐이었다. 그는 법에는 전혀 신경을 쓰지 않았다.

이미 사람들이 꽤 많이 모여들었으며 견권업자들은 경기장 오른편에 일렬로 가판대를 차리는 중이었다. 클로드는 밴에서 재키를 내려준 뒤, 사람들에 둘러싸인 승마바지 차림의 작고 땅딸막한 남자 쪽으로 개를 데려갔다. 그 남자가 바로 피지 씨였다. 주변에 모여든 사람들은 각자 줄을 맨 개 한 마리씩을 데려왔는데, 피지 씨는 왼손에 접어서 든 수첩에다가 계속해서 이름을 적고 있었다. 나는 구경할 생각으로 어슬렁어슬렁 다가갔다.

"이 개 이름은 뭔가?"

공책 위에 연필을 세운 채 피지 씨가 물었다.

"미드나이트요."

검둥개 주인이 대답했다.

"미드나이트. 됐어. 적었네."

"제인."

그 옆사람이 말했다.

"어디 보세. 제인…… 제인…… 음, 됐네."

"솔저."

개주인은 낡아서 반들거리는 군청색 더블 양복 차림에 이가 길어 보이는 꺽다리 남자였다. 그는 '솔저'라는 말을 하면서 줄을 잡지 않은 손으로 바지 뒤쪽을 천천히 긁적이기 시작했다.

피지 씨는 몸을 숙이고 개를 검사하기 시작했다. 상대방은 하늘을 올려다보았다.

"데려가."

피지 씨가 말했다.

남자는 힐끗 고개를 돌렸다. 긁적거리던 손도 멈추었다.

"어서, 데려가라구."

"이봐요, 피지 씨."

남자가 기다란 이 사이로 약간 혀 짧은 소리를 냈다.

"말도 안 되는 소리는 하지도 말아요."

"돌아가, 래리. 괜히 시간 뺏지 말고. 솔저는 오른쪽 발가락 두 개가 희다는 사실을 자네도 잘 알 텐데."

"이봐요, 피지 씨. 솔저를 안 본 지가 적어도 여섯 달은 됐잖아요."

남자가 사정했다.

"그만둬, 래리. 돌아가라구. 자네하고 실랑이할 시간 없네."

피지 씨는 조금도 화난 얼굴이 아니었다.

"다음."

그가 말했다.

나는 클로드가 재키를 데리고 앞으로 나서는 것을 보았다. 소처럼 생긴 커다란 얼굴은 표정 없이 잔뜩 긴장해 있었고, 눈은 피지 씨의 머리에서 1미터쯤 위쪽 어딘가를 응시하고 있었으며, 줄을 어찌나 세게 쥐었는지 손마디가 작은 양파를 일렬로 세워놓은 것처럼 하얬다. 그의 기분이 어떨지는 훤히 짐작이 갔다. 그 순간은 나도 클로드와 똑같은 기분이어서, 피지 씨가 갑자기 웃음을 터뜨리자 심장이 덜컹 내려앉았다.

"이것 봐라!"

그가 소리쳤다.

"블랙 팬서 아니신가. 챔피언 납셨네그려."

"예, 피지 씨."

클로드가 말했다.

"흠, 내 한마디 함세."

피지 씨가 아직도 웃음기가 덜 가신 얼굴로 말을 이었다.

"당장 도로 데려가도 돼. 이놈은 필요 없어."

"하지만 피지 씨……"

"자넬 생각해서 예닐곱 번씩이나 출전시켜줬으면 충분해. 당장 쏴 죽이고 끝을 내지 그래?"

"그러지 말고 제 말 좀 들어보세요, 피지 씨. 한 번만 더 내보내주시면 다시는 부탁하지 않겠습니다."

"절대로 안 돼! 오늘 나온 개들만으로도 힘에 부친다구. 저런 굼벵이까지 끼워줄 자리가 없어."

나는 클로드가 울음을 터뜨리는 줄로만 알았다.

"정말입니다, 피지 씨."

클로드가 말했다.

"전 두 주 내내 아침 여섯시에 일어나서 달리기도 시키고 마사지도 해주고 비프스테이크도 사 먹였어요. 지난번 뛰었던 개와는 전혀 다른 개라니까요, 믿어주세요."

'다른 개'라는 말에 피지 씨는 바늘에 찔리기라도 한 것처럼 펄쩍 뛰었다.

"그게 무슨 소리야! 다른 개라니!"

그가 소리쳤다.

클로드를 위해서 해두는 소리지만, 그는 정신이 아주 나가지는 않았던 모양인지 잽싸게 말을 돌렸다.

"왜 이래요, 피지 씨. 절 그런 놈으로 생각하지 마세요. 그런 뜻이 아닌 줄 잘 알지 않습니까."

"알았어. 알았다구. 어쨌든 데려가. 이렇게 느린 개를 경주에 내보내다니 말이 안 되지. 이놈을 데리고 그만 돌아가게. 부탁이네. 자네 때문에 경주가 자꾸 늦어지잖아."

나는 클로드를 지켜보고 있었다. 클로드는 피지 씨를 지켜보고 있었다. 피지 씨는 다음 개가 들어오기를 기다리며 사방을 두리번거리고 있었다. 그는 갈색 트위드 재킷 속에 노란색 스웨터를 입었는데, 가슴팍에 보이는 노란 줄과 승마바지 차림의 가느다란 다리, 이쪽저쪽으로 머리를 휙휙 돌리는 모습을 보니 꼭 안절부절못하며 설쳐대는 작은 오색방울새 같다는 생각이 들었다.

클로드가 한 발 앞으로 나섰다. 화가 나서 얼굴이 설핏 보라색으로 변했고 침을 삼키느라 목젖이 아래위로 움직였다.

"제 말 좀 들어보세요, 피지 씨. 정말로 발이 많이 빨라졌다구요. 이 개가 꼴찌를 면한다는 데 1파운드 걸겠습니다. 돈은 여기 있어요."

피지 씨는 천천히 돌아서서 클로드를 바라보았다. 그는 이렇게 물었다.

"자네 허풍쟁이인가?"

"전 1파운드 겁니다. 돈 여기 있어요. 제 말에 대한 증거로요."

의심을 살 것이 뻔한 위험한 행동이었지만, 클로드는 더이상 남은 방법이 없다는 걸 알고 있었다. 피지 씨가 몸을 숙여서 개를 살펴보는 동안 침묵이 흘렀다. 피지 씨의 눈이 천천히 개의 온몸을 구석구석 샅샅이 살폈다. 이 남자의 철저함과 놀라운 기억력은 감탄스럽다못해 무시무시할 지경이었다. 제각기 다르면서도 비슷비슷한 개 수백 마리의 모양과 색깔, 특징을 머릿속에 죄다 담아두고 있었다. 그에게는 작은 흉터,

벌어진 발가락, 뒷무릎의 옴폭하니 팬 곳, 조금 덜 도드라진 엉덩이, 약간 더 짙은 색의 얼룩무늬 등 작은 실마리 하나만으로도 충분했다. 언제나 하나도 빠짐없이 기억하고 있었으니까 말이다.

나는 재키 위로 몸을 구부린 그를 지켜보았다. 통통한 얼굴이 불그레하고, 꽉 다문 입은 워낙 작아서 웃어도 제대로 늘어나지 않을 것처럼 보였다. 눈은 개에게 고정되어 매섭게 번득이는 두 대의 작은 카메라 같았다.

"글쎄, 어쨌든 같은 개는 맞구먼."

그가 몸을 일으키며 말했다.

"당연한 말씀입니다! 도대체 절 어떤 놈으로 생각하셨어요, 피지 씨?"

클로드가 소리쳤다.

"허풍쟁이지. 난 그렇게 생각한다네. 하지만 1파운드를 거저 버는 것도 괜찮겠지. 지난번 경주에서 앰버 플래시가 세 발로도 이놈을 제칠 뻔했다는 사실을 잊지는 않았겠지?"

"그땐 이놈이 몸 상태가 안 좋았어요."

클로드의 말이었다.

"그때는 요즘처럼 달리기를 하지도, 비프스테이크를 먹지도, 마사지를 받지도 않았거든요. 그런데 피지 씨, 내기에 이기려고 일부러 이놈을 선두 조에 배치하진 않으시겠죠? 이놈은 최하위 조에 속한 개예요. 피지 씨, 아시죠?"

피지 씨는 웃음을 터뜨렸다. 그 조그만 단추 같은 입이 열리면서 자그마한 동그라미가 되었다. 그는 웃으면서 함께 웃고 있는 주위 사람들을 바라보았다. 그러더니 클로드의 어깨에 털북숭이 손을 얹으면서 말했다.

"잘 듣게나. 내 개들은 내가 알아. 1파운드 한 장 받겠다고 잔머리 굴릴 필요는 없다구. 최하위 조로 넣어주지."

"그래요. 그래야 내기가 되지요."

클로드는 이렇게 대꾸한 뒤 재키를 데리고 자리를 떴다. 나는 클로드 쪽으로 갔다.

"세상에, 고든. 끝장나는 줄 알았어."

"나도 떨리더라."

"어쨌든 참가 성공이야."

클로드가 말했다. 그러더니 다시 숨죽인 표정으로 돌아가 땅이 너무 뜨거워서 발이라도 델 것처럼 잰걸음으로 우스꽝스럽게 걷기 시작했다.

사람들이 계속해서 경기장으로 들어오고 있었다. 군중은 이미 그 수가 3백은 되어 보였다. 잘 차려입은 신사숙녀들이 아니라, 지저분한 얼굴에 치아 상태도 불량하고 눈을 잽싸게 흘금거리며 냄새를 잘 맡는 남자와 여자들이었다. 대도시의 쓰레기들. 깨진 하수관 틈새로 오물처럼 방울방울 새어나와 길을 따라 문안까지 흘러들어서 들판 안쪽 언덕 꼭대기에 작고 퀴퀴한 웅덩이를 이루는 족속. 건달패와 집시들, 견권업자, 도시의 하수도관에서 새어나온 쓰레기와 구정물, 각종 부스러기와 찌꺼기가 모두 한자리에 모여 있었다. 개를 데려온 사람도 있고, 그냥 온 사람도 있었다. 개들은 조각끈을 이어 만든 줄에 매인 채 끌려왔다. 머리를 축 늘어뜨린 가련한 개도 있고, 바싹 마르고 지저분한데다 딱딱한 판자 위에서 자느라 엉덩이가 문드러진 개도 있고, 주둥이가 회색이고 불쌍하게 생긴 늙은 개도 있고, 약을 먹인 개, 빨리 달리지 못하도록 배 터지게 죽을 먹여놓은 개, 걸을 때 다리가 뻣뻣한 개도 있었다. 그중에서도 하얀 개 한 마리는 걸음걸이가 유난히 뻣뻣해 보였다.

"클로드, 저 흰 개는 왜 저렇게 뻣뻣하지?"

"어느 개?"

"저기 저놈."

"아. 알겠다. 매달아놓아서 그래."

"매달아놓는다구?"

"그래, 매다는 거야. 하루 스물네 시간 다리가 대롱대롱하도록 공중에 매달아놓는 거야."

"세상에. 도대체 왜?"

"당연히 뛰는 속도를 늦추려고 하는 짓이지. 약물을 쓰거나 죽을 먹이거나 목을 조르는 일을 싫어하는 사람도 있거든. 그래서 개를 매다는 거야."

"그렇구나."

"아니면 사포로 갈기도 해. 개 발바닥을 까칠한 사포로 갈아서 껍질을 벗겨버리면 달릴 때 아프거든."

"그래, 알겠어."

그때 몸 상태도 좋고 더 기운찬 개들이 보였다. 꿀꿀이죽이나 딱딱한 빵이나 양배추 삶은 물이 아니라 매일 말고기를 얻어먹는 놈들로, 가죽에 윤기가 흐르고, 기세 좋게 꼬리를 흔들고, 주인이 거머쥔 줄을 당기면서 힘차게 걷고, 약물에 찌들지도 않고, 억지로 배를 채워야 하는 일도 없는 개들이었다. 하지만 이들은 처음의 개들보다 오히려 더 불행한 쪽으로, 재갈끈이 네 구멍 정도 더 조여질 운명이었다.

이봐, 그래도 숨은 쉴 수 있도록 해야 돼. 완전히 목을 졸라버리지는 말라구. 경기 도중에 쓰러지면 곤란하지. 약간 씩씩거릴 정도로만 해둬. 씩씩거리는 소리가 들릴 때까지 한 번에 한 구멍씩 조여 들어가는 거야. 입을 벌리고 헐떡거리기 시작하면 딱 좋다구. 하지만 눈이 튀어나올 정도는 안 돼. 그러니 조심해줘, 알겠지? 됐어?

알겠습니다.

"어디 한적한 곳으로 가자, 고든. 재키가 다른 개들을 보고 흥분하면 좋을 일 없잖아."

우리는 언덕 위, 차를 세워둔 곳으로 갔다. 그리고 일렬로 선 차 앞을 왔다갔다하면서 개를 계속 걷게 해주었다. 어떤 차 안에는 데리고 온 개들과 같이 앉아 있는 남자들이 있었다. 이들은 우리가 지나갈 때마다 창문 너머로 험상궂게 인상을 썼다.

"조심해, 고든. 말썽이 생기면 안 돼."

"그럼, 물론이지."

차 안에서 기다리는 놈들은 최고급 개들이었다. 차 안에 몰래 감추어두었다가 등록할 때만 잽싸게 꺼내 가명으로 등록을 마치는 즉시 차 안으로 데리고 들어가서 마지막 순간까지 기다리는 것이다. 그리고 경기 직전에 출발선에 있는 우리로 데려갔다가 경기가 끝나는 즉시 시끄러운 건달들이 가까이 몰려들어 구경하지 못하도록 다시 차 안으로 데리고 들어간다. 대형 경견장에서 일하는 훈련사가 그렇게 지시해놓았기 때문이다.

좋소, 데려가시오. 하지만 다른 사람들이 절대 알아보지 못하게 하시오. 이 개를 아는 사람만도 수천 명이니 조심해야 된다는 말이오. 빌리는 값은 50파운드요.

이 개들은 매우 빨리 달리는 놈들이었다. 하지만 대부분은 만에 하나를 생각해서 주사를 놓을 테니까 어느 정도 빠른지는 크게 중요하지 않았다. 차 안에서 피하주사로 에테르 1.5 시시를 아주 천천히 놓는다. 어떤 개라도 이 주사를 맞으면 10견신은 빨라진다. 에테르 대신 기름에 녹인 카페인, 장뇌를 쓸 때도 간혹 있었다. 이런 약물도 개를 빨리 달리게 만든다. 큰 차 안에 탄 남자들은 이런 일이라면 모르는 것이 없었다. 일부는 위스키를 쓸 줄도 알았다. 하지만 위스키는 정맥에 주사해야 하는데, 정맥주사를 놓기란 그리 쉬운 일이 아니다. 정맥을 놓칠지도 모른다. 정맥을 놓쳐서 효과가 없으면 어떡하나? 그래서 에테르나 카페인, 드물게는 장뇌를 쓰는 것이다.

이봐, 지금 당장은 너무 많이 주지 마. 개 몸무게가 얼마나 되지?

21.5킬로그램입니다.

그럼 됐어. 아까 그 남자가 한 말 기억하겠지? 잠깐만 기다리게. 종이에 적어두었거든. 찾았다. 몸무게 3.7킬로그램당 0.1시시는 3백 미터 경주에서 5견신에 해당한다. 계산해볼 테니 기다려보라구. 아이고, 대충 하는 편이 낫겠네. 그냥 자네가 알아서 하게나. 어쨌든 같이 뛸 놈들도 내 손으로 골랐으니 아무 문제 없을 거야. 피지 영감에게는 10파운드짜리를 한 장 먹여놓았지. 염병할 돈을 주면서 이렇게 말했어. 피지 씨, 당신이 마음에 들어서 주는 생일 선물이라오. 그러니까 피지 씨가 이렇게 대답하더라구. 정말 고맙소. 언제나 인심도

좋고 듬직하시구먼.

큰 차에 탄 남자들은 개의 속도를 늦출 때 클로르부탈을 사용한다. 클로르부탈은 경주 전날 밤에 쓸 수 있고, 특히 남의 개에게 주사하기 좋기 때문에 대단히 유용하다. 혹은 페티딘을 쓰거나 페티딘과 히오스신을 섞어 쓰기도 한다.

"도박을 좋아하는 시골 귀족 나리들이 많이도 모였네."

클로드의 말이었다.

"정말 그렇군."

"주머니 조심해, 고든. 돈은 잘 숨겨뒀지?"

우리는 일렬로 세워놓은 차 뒤로 돌아가 차와 산울타리 사이로 걸었다. 그런데 갑자기 재키가 빳빳해졌다. 재키는 몸을 웅크린 채 빳빳한 자세로 줄을 잡아당기며 앞으로 나아가기 시작했다. 30미터 정도 앞쪽에 남자 두 명이 보였다. 한 명은 커다란 갈색 그레이하운드를 데리고 있었는데, 그 개 역시 재키처럼 빳빳하게 긴장해 있었다. 다른 사람은 양손으로 웬 자루를 잡고 있었다.

"잘 봐둬. 개한테 죽일 대상을 주는 거야."

클로드가 속삭였다.

자루에서 풀 위로 작고 하얀 토끼 한 마리가 굴러 나왔다. 하얀 솜털이 복슬복슬하고 순한 새끼 토끼였다. 토끼는 몸을 일으킨 뒤 토끼가 흔히 그러듯 코를 땅에 가까이 댄 채 가만히 웅크리고 앉았다. 겁에 질린 토끼였다. 자루 속에 있다가 갑자기 풀밭 위, 눈부신 빛 속으로 나왔으니 정신이 없을 만도 했다. 이제 미친듯이 흥분한 개는 펄쩍펄쩍 뛰면서 줄을 잡아당기고 땅을 할퀴는가 하면 연신 낑낑거리면서 앞으로 튀어나가지 못해 안달이었다. 그 순간 토끼도 개를 보았다. 공포로 온몸이 마비된 토끼는 목을 움츠리고 움직이지 않았다. 남자가 줄을 잡았던 손으로 개의 목걸이를 붙들자, 개는 안간힘을 다해 몸을 뒤틀고 펄쩍거리면서 손을 뿌리치려 들었다. 다른 남자가 토끼를 발로 밀었다. 하지만 토끼는 겁에 질린 나머지 꼼짝도 하지 않았다. 남자는 다시 토끼를 축구공처럼 가볍게 찼다. 토끼는 몇 바퀴 데굴데굴 굴렀다가 몸을 바로잡은 뒤 개 반대쪽으로 풀밭 위를 뛰기 시작했다. 다른 남자가 개를 풀어주자 개가 한번 크게 뛰어올라 와락 토끼를 덮쳤으며, 곧이어 깩깩거리는 소리가 들렸다. 아주 크지는 않았지만 괴로움에 찬 날카로운 비명이 꽤 오래 이어졌다.

"바로 저거야. 개한테 죽이는 법을 가르치는 거지."

클로드가 입을 열었다.

"별로 마음에 들지 않는군."

"저런 작자들이 한둘이 아니라고 내가 전에도 말했잖아, 고든. 경기 전에 개를 흥분시키는 거지."

"그래도 난 싫어."

"나도 마찬가지야. 하지만 다들 그러는걸. 대형 경기장 훈련사들도 하는 짓이야. 나는 점잖은 놈들이 하는 야만스러운 짓거리라고 하지."

우리는 그 자리를 떴다. 우리 아래쪽 비탈에서는 시시각각 관중이 불어나고 있었다. 관중 뒤로는 이미 견권업자들이 붉은색과 금색, 푸른색으로 이름을 써놓은 가판대를 길게 일렬로 세워놓고 자리를 잡고 있었다. 업자들은 한 손에는 숫자를 매긴 견권 꾸러미를 들고, 다른 손에는 분필을 들었으며, 그 뒤에는 서기가 장부와 연필을 들고 앉아 있었다. 그때 피지 씨가 눈에 들어왔다. 그는 땅에 말뚝을 박아 못으로 고정한 칠판 쪽으로 걸어오는 참이었다. 클로드가 입을 열었다.

"이제 첫 경주에 나오는 개 이름을 적을 거야. 가자, 어서!"

우리는 급히 언덕을 내려가 군중 속에 끼어들었다. 피지 씨는 종이 표지로 된 수첩을 보면서 참가견 명단을 칠판에 쓰고 있었다. 지켜보는 사람들 위로 조마조마한 침묵이 흘렀다.

1. 샐리
2. 스리 퀴드
3. 스네일박스 레이디
4. 블랙 팬서
5. 위스키

6. 라킷

"들어갔다!"

클로드가 속삭였다.

"첫 경기야! 4번 경주로다! 잘 들어, 고든! 몰이꾼한테 보여주게 빨리 5파운드짜리 한 장 줘."

클로드는 흥분한 나머지 제대로 말도 못했다. 코와 눈 주위에는 다시 핏기가 사라지고, 5파운드를 건네받는 손도 와들와들 떨고 있었다. 자전거 페달을 돌릴 몰이꾼은 나무판자 단 위에 올라선 채 파란 스웨터 차림으로 담배를 피우는 중이었다. 클로드는 가까이 다가가 단 밑에서 위를 쳐다보면서 말을 걸었다.

"5파운드요."

클로드는 작게 접은 지폐를 손바닥 위에 올려놓고 소곤거렸다.

남자는 고개도 까딱하지 않고 지폐를 힐끗 곁눈질했다.

"이번 경기에서 토끼를 제대로만 감아주면 줄게요. 멈추거나 속도를 줄이지도 말고 빨리만 감으면 돼요. 알겠죠?"

남자는 움직이지 않았지만, 거의 눈에 띄지도 않을 만큼 눈썹을 움직여 보였다. 클로드는 몸을 돌려 이쪽으로 왔다.

"잘 들어, 고든. 돈을 내 말처럼 조금씩조금씩 나눠서 걸어.

줄을 따라 죽 돌면서 배당률이 떨어지지 않게 조금씩 뿌리라구. 나는 재키를 데리고 최대한 천천히 내려가면서 시간을 벌게. 알겠지?"

"그래."

"결승점에 서서 기다리다가 재키를 잡아주는 것도 잊으면 안 돼. 토끼를 놓고 싸움이 벌어질 때 다른 개들한테서 완전히 떼어놓아야 한다구. 내가 목걸이랑 줄을 들고 달려갈 때까지 단단히 잡고 놓아주지 마. 저 위스키란 놈은 집시 개라서 앞을 가로막는 개는 다리를 찢어발겨놓을 거야."

"알았어. 가자."

나는 클로드가 재키를 결승점 말뚝 쪽으로 데려가 커다랗게 '4'라고 쓰인 노란색 옷과 재갈을 받아드는 것을 보았다. 경주에 나갈 나머지 다섯 마리도 거기 있었는데, 개주인들은 저마다 개에게 숫자가 쓰인 옷을 입히고 재갈을 손보느라 법석을 떨었다. 피지 씨는 꽉 끼는 승마바지 차림으로 조바심을 내며 설쳐대는 새처럼 팔짝팔짝 뛰어다니면서 지휘를 하고 있었다. 한번은 클로드에게 뭐라고 말을 붙이면서 웃어 보이기도 했지만, 클로드는 그냥 모른 척해버렸다. 곧 개주인들은 모두 자기 개를 데리고 경주로를 따라 내려갈 것이다. 언덕 아래 들판 한쪽 구석에 자리잡은 출발선까지 가는 길은 멀었다. 걸어서 가려면 10분은 족히 걸릴 것이다. 적어도 10분은 여유가 있는 셈이구나. 나는 이렇게 생각하고 나란히 자리 잡은 견권업자들 앞에 예닐곱 줄로 늘어선 사람들 속을 뚫고 들어가기 시작했다.

"위스키에 1 대 1! 위스키 1 대 1! 샐리 5 대 2! 위스키 1 대 1! 스네일박스 4 대 1! 거세요! 어서들 서두르십쇼! 어디 걸겠소?"

업자들의 칠판에 적힌 블랙 팬서의 승률은 하나같이 25 대 1이었다. 나는 사람들 사이를 조금씩 뚫고 나아가 제일 가까운 곳에 자리잡은 견권업자에게 다가갔다.

"블랙 팬서에 3파운드."

나는 이렇게 말하며 돈을 내밀었다.

궤짝 위에 앉아 있던 남자는 자홍색 얼굴에 입 가장자리에는 뭔가 허연 것이 묻어 있었다. 그는 돈을 한 번에 낚아채서 가방 안에 떨어뜨렸다.

"블랙 팬서에 75 대 3파운드. 42번."

그의 말이었다. 그가 내게 표를 건네주자 서기가 내기 내용을 적어두었다.

나는 물러서서 재빨리 표 뒷면에 75 대 3이라고 적은 뒤, 돈을 넣어둔 윗도리 안주머니 속에 표를 찔러넣었다.

계속 이런 식으로 현금을 조금씩만 뿌리면 들킬 염려는 없었다. 게다가 나는 전에도 가짜를 출전시킬 때마다 클로드가 시킨 대로 반드시 몇 파운드씩을 걸었다. 진짜 결전의 날에도 의심을 사지 않으려는 의도였다. 자신감이 생긴 나는 줄을 따라가면서 견권업자마다 3파운드씩을 걸었다. 서두르지는 않았지만, 쓸데없이 시간을 낭비하지도 않았다. 나는 돈을 걸고 나면 반드시 표 뒷면에 금액을 적은 뒤 주머니에 찔러넣었다. 견권업자는 모두 열일곱 명이었다. 한 번 돌고 나니 표가 모두 열일곱 장이 되었다. 총 51파운드를 똑같이 나누어서 건 셈이었다. 아직 49파운드가 남았다. 나는 언덕 아래를 힐끗 내려다보았다. 한 명은 벌써 개와 함께 출발점에 도착했다. 다른 사람들도 이제 2, 30미터밖에 떨어져 있지 않았다. 클로드만 예외였다. 클로드와 재키는 아직 전체 거리의 절반밖에 가지 못했다. 낡고 두꺼운 갈색 외투를 입고, 열심히 줄을 잡아당기며 앞서가는 재키와는 대조적으로 천천히 어슬렁거리며 걸어가는 클로드가 보였다. 한번은 아예 완전히 멈춰 서더니 땅에서 무언가를 줍는 척 몸을 구부리기도 했다. 다시 걸음을 떼어놓았을 때, 그는 약간 절룩거리면서 전보다 더 천천히 걸었다. 나는 서둘러 줄 반대쪽 끝으로 가서 다시 돈을 걸기 시작했다.

"블랙 팬서에 3파운드."

자홍색 얼굴에 입가에는 허연 것이 묻어 있던 견권업자는 잽싸게 날 쳐다보더니 아까도 돈을 걸었다는 사실을 기억해

냈다. 그는 재빠르다못해 거의 예술의 경지라 할 만한 손놀림 한 번으로 손가락들을 핥더니 25라는 숫자를 칠판에서 깨끗이 지웠다. 젖은 손가락이 블랙 팬서의 이름 옆에 짙은 색의 작은 얼룩을 남겼다.

"좋소. 75 대 3파운드로 한번 더. 하지만 더이상은 안 돼요."

그는 이렇게 말하더니 목소리를 높여 소리쳤다.

"블랙 팬서에 15 대 1! 팬서에 15!"

줄지어 선 견권업자들의 칠판에는 블랙 팬서의 이름 옆에 25라는 숫자가 모두 지워지고 이제는 15라는 숫자가 대신 적혔다. 나는 서둘러 돈을 걸었다. 내가 한 바퀴를 다 돌았을 즈음에는 견권업자들도 이제 충분하다고 생각했는지 더이상 팬서의 이름을 부르지 않았다. 이들은 한 사람당 고작 6파운드씩을 받았지만, 곧 150파운드를 잃게 될 처지였다. 내게는 고마운 일이었지만, 시골 사설 경견장에 나와 앉은 삼류 업자들이 경주 한 번에 잃기에는 꽤나 많은 액수였다. 나는 일을 잘 처리했다는 생각에 으쓱해졌다. 이제 사들인 견권이 무척 많았다. 주머니에서 꺼내어 세어보았더니 손에 쥔 표 다발이 얇은 카드 한 갑만했다. 모두 서른다섯 장이었다. 그러면 총 얼마를 딴다는 거지? 어디 보자…… 자그마치 2천 파운드가 넘겠다. 클로드는 재키가 30견신은 너끈히 앞설 거라고 말했다. 그런데 클로드는 어디 있지?

멀리 언덕 아래, 출발점 우리 옆에 나란히 선 갈색 외투 차림의 남자와 커다란 검둥개가 눈에 들어왔다. 다른 개들은 벌써 우리 안에 다 들어간 뒤였고 개주인들은 걸어나오는 중이었다. 클로드는 몸을 굽히고 재키를 달래어 4번 우리로 들여보낸 뒤 우리 문을 닫았다. 그러고는 몸을 돌려 외투자락을 펄럭거리면서 언덕 위 관중석 쪽으로 달려 올라오기 시작했다. 그는 달리면서도 계속해서 뒤를 돌아보았다.

개들이 들어간 우리 옆쪽에는 출발 신호원이 서서 손을 들고 수건을 흔들고 있었다. 경주로 반대쪽 결승점 뒤쪽, 내가 서 있는 자리에서 상당히 가까운 곳에는 파란 스웨터 차림의 아까 그 사내가 나무판자 단 위에서 뒤집힌 자전거를 타고 앉아 있었다. 그는 신호를 보자 마주 손을 흔들더니 손으로 페달을 돌리기 시작했다. 그러자 멀리서 아주 작고 하얀 점이 (사실은 축구공에 하얀 토끼가죽을 씌워 만든 모형 토끼지만) 출발선에서 점점 멀어지면서 속력을 내기 시작했다. 곧이어 우리 문이 열리고 개들이 뛰쳐나왔다. 다 같이 하나의 시커먼 덩어리가 되어 달리는 통에 여섯 마리가 아니라 커다란 개 한 마리가 달리는 것처럼 보였다. 하지만 재키는 경기가 시작되자마자 선두로 나섰다. 나는 몸 색깔로 재키를 알아보았다. 여섯 마리 중 검둥개는 재키뿐이었다. 그래, 재키구나. 움직이면 안 돼. 나는 생각했다. 근육 한번 움찔하지도 말고, 눈꺼풀은 물론 발가락이며 손가락 하나도 까딱하지 마. 가만히 서서 꼼짝하지 말아야지. 달리는 걸 지켜보자. 힘내라, 잭슨! 아니, 소리지르지는 마. 소리지르면 재수가 없지. 움직이면 안 돼. 20초면 다 끝난다구. 이제 가파른 비탈을 지나서 언덕을 올라온다. 분명 15~20견신 차는 벌어졌어. 20견신은 되고도 남겠네. 아니, 거리는 재지 마. 재수가 없어. 움직이면 안 돼. 머리도 돌리지 마. 곁눈질로 지켜봐야지. 잭슨이 달리는 걸 보라구! 몸을 바짝 낮추고 전속력으로 올라온다. 이제는 이겼다! 질 수가 없어……

내가 다가갔을 때 재키는 재갈을 문 입으로 토끼가죽을 물어뜯으면서 토끼를 억지로 집어 올리려고 버둥거리는 중이었다. 갑자기 뒤에서 다른 개들이 덤벼들어 재키 위에 올라타더니 곧 토끼를 차지하려는 난투극이 벌어졌다. 나는 재키의 목을 끌어안고 클로드가 시킨 대로 싸움판에서 멀리 끌어낸 뒤 풀 위에 무릎을 꿇고 앉아 개를 두 팔로 꼭 끌어안았다. 다른 사람들은 자기 개를 붙들기까지 한참 동안 애를 먹었다.

그때 클로드가 거칠게 숨을 몰아쉬면서 내 옆에 나타났다. 그는 숨이 찬데다 흥분해서 제대로 말도 못하는 상태로 재키의 재갈을 벗기고 줄 달린 목걸이를 씌웠다. 피지 씨도 옆에 있었다. 그는 엉덩이에 양손을 올리고 서서 단추 같은 입을 버섯처럼 꼭 오므린 채, 두 개의 작은 카메라 같은 눈으로 재키를 새삼 뚫어져라 보았다.

"이런 속셈이었군, 응?"

그가 말했다.

클로드는 개 위에 몸을 숙이고 아무 말도 듣지 못한 척했다.

"다시는 여기 얼씬거리지 마. 알아들어?"

그래도 클로드는 재키의 목걸이를 만지작거리기만 했다.

우리 뒤쪽에서 누군가 이렇게 말하는 소리가 들렸다.

"저 인상 쓰고 있는 넙데데한 자식이 피지 영감한테 제대로 한 방 먹였네."

그 말에 다른 누군가가 껄껄 웃었다. 피지 씨는 가버렸다. 클로드는 재키를 데리고 일어서더니 단 위에서 내려와 있던 파란 스웨터 차림의 토끼 몰이꾼에게 다가갔다.

"한 대 하죠."

클로드가 담뱃갑을 내밀면서 말했다.

남자는 한 개비를 집었다. 클로드가 작게 접어 손가락 사이에 끼워 들었던 5파운드짜리 지폐도 담배와 함께 사라졌다.

"고맙습니다."

클로드의 말이었다.

"정말 고맙습니다."

"됐수."

남자가 짤막하게 대꾸했다.

클로드가 내 쪽으로 몸을 돌렸다.

"돈은 다 걸었지, 고든?"

그는 연신 펄쩍거리면서 손을 비벼대거나 재키를 토닥여 주었는데, 말을 하는 입술이 떨렸다.

"그래. 반은 25 대 1에 걸고, 반은 15 대 1에 걸었어."

"세상에, 고든. 끝내준다. 가방 가져올 테니 여기서 기다려."

"재키나 데려가. 차 안에 앉아서 기다리라구. 좀 있다 보자."

나는 이렇게 대꾸했다.

견권업자들 주변에는 이제 아무도 없었다. 받을 돈이 있는 사람은 나 하나뿐이었다. 나는 천천히 춤을 추듯 걸었다. 가슴 가득 뿌듯한 기분을 느끼면서, 나는 줄 제일 첫번째에 자리잡은 견권업자 쪽으로 향했다. 얼굴이 자홍색이고 입가에 허연 것이 묻었던 사람이었다. 나는 그 앞에 서서 표 다발을 더듬어 그에게서 받은 두 장을 찾느라 한참 뜸을 들였다. 업자의 이름은 시드 프레쳇이었다. 붉은색 칠을 한 판자에 금색 글씨로 큼지막하게 이름을 써놓았다. 시드 프레쳇. 중부지방 최고 승률. 즉시 지급.

나는 그에게 첫번째 표를 건네주면서 이렇게 말했다.

"78파운드요."

달콤한 노랫가락처럼 듣기 좋은 말이라 나는 한번 더 되풀이했다.

"이 표에 78파운드 주시오."

프레첫 씨를 보면서 고소하다는 생각이 들지는 않았다. 사실은 그가 상당히 마음에 들기 시작한 참이었다. 그렇게 많은 돈을 받아간다는 사실에 미안하기까지 했다. 그의 아내와 아이들이 나 때문에 고생하는 일은 없었으면 좋겠다는 생각이 들었다.

"42번."

프레첫 씨가 커다란 장부를 든 서기를 돌아보면서 말했다.

"42가 78파운드를 달라는데."

서기가 기록된 내기 내역을 손가락으로 짚어가면서 훑어보는 동안 잠시 침묵이 흘렀다. 그는 두 번을 연거푸 살펴보더니, 자기 상전을 올려다보면서 머리를 절레절레 흔들기 시작했다.

"안 돼요, 주지 마세요. 스네일박스 레이디한테 건 표예요."

궤짝 위에 서 있던 프레첫 씨는 몸을 숙여 장부를 자세히 들여다보았다. 서기의 말에 당황한 모양이었다. 커다란 자홍색 얼굴은 진정으로 근심 어린 표정이었다.

저 서기 녀석, 순 얼간이잖아. 나는 이렇게 생각했다. 프레쳇 씨도 당장 그렇게 말하겠지.

하지만 프레쳇 씨가 다시 내게로 몸을 돌렸을 때, 그의 눈은 적의로 가득차 가늘어져 있었다. 그는 소리를 낮추어 말했다.

"이봐. 젊은 양반. 이런 짓 하지 맙시다. 스네일박스에 걸었다는 걸 본인도 잘 알잖소. 무슨 속셈이야?"

"난 분명히 블랙 팬서에 걸었다구요. 승률 25 대 1로 3파운드씩 두 번이요. 두번째 표도 여기 있어요."

그는 이번에는 장부를 확인해볼 생각도 하지 않았다.

"여보쇼, 당신은 스네일박스에 걸었잖아. 아까 왔던 것도 기억나."

그는 이 말과 함께 내게서 몸을 돌리더니 젖은 걸레로 방금 끝난 경주 참가견들의 이름을 칠판에서 지우기 시작했다. 그의 뒤에서는 서기가 장부를 덮고 담배를 한 대 피워 무는 참이었다. 나는 그대로 선 채 그들을 지켜보았다. 온몸에서 송골송골 땀이 솟았다.

"나도 장부 좀 봅시다."

프레쳇 씨는 젖은 걸레에 코를 풀더니 걸레를 땅에 떨어뜨렸다. 그가 말했다.

"여보쇼. 그만 귀찮게 하고 꺼져주시지?"

경마에서 흔히 쓰는 마권과 달리, 견권업자의 견권에는 내기 내역이 절대로 표시되는 법이 없다는 게 문제였다. 뉴마켓의 실버 링이든, 에스코트의 로열 인클로저든, 혹은 옥스퍼드 근교의 작은 사설 경견장이든 상관없이. 나라 안 모든 경견장에서는 그것이 일반적인 관행이었다. 돈을 걸면 견권업자의 이름과 일련번호가 적힌 표 한 장밖에 주지 않았다. 내기의 구체적인 내용은 업자의 서기가 장부에다 견권 번호와 나란히 기입했으며, 또 마땅히 그렇게 해야 했다. 하지만 그 장부를 빼면 어느 쪽에 돈을 걸었는지 증거가 하나도 없는 것이다.

"가시지. 그만 꺼지라구."

프레첫 씨의 말이었다.

나는 한 발 물러서서 일렬로 자리잡은 견권업자들을 힐끗 돌아다보았다. 내 쪽을 보는 사람은 아무도 없었다. 모두들 나무로 된 간판 옆 작은 나무 궤짝 위에 미동도 않고 서서 앞쪽 군중 속 어딘가를 똑바로 보고 있을 뿐이었다. 나는 이웃한 견권업자에게 가서 표를 내밀었다.

"25 대 1로 블랙 팬서에 3파운드 걸었소."

나는 엄숙하게 말했다.

"78파운드를 받아야 돼요."

얼굴이 붉고 말캉말캉한 이 남자 역시 프레첫 씨와 똑같이 행동했다. 서기에게 물어보고 장부를 들여다본 다음 똑같은 대답을 한 것이다.

"도대체 왜 이래?"

그가 마치 여덟 살짜리 어린애를 대하듯 조용히 말했다.

"이렇게 바보 같은 짓을 하려 들다니."

나는 아까보다 뒤로 더 물러나서 분통을 터뜨렸다.

"이 더러운 도둑놈들! 네놈들 모두 똑같아!"

견권업자들의 머리가 줄을 따라 인형처럼 자동으로 홱홱 돌아 내 쪽을 향했다. 하지만 표정에는 전혀 변함이 없었다. 움직인 것은 열일곱 명 모두의 머리뿐으로, 열일곱 쌍의 차가운 눈이 무표정하게 나를 내려다보았다. 조금이라도 관심을 보이는 사람은 아무도 없었다. 마치 이렇게 말하는 것 같았다.

"누가 무슨 말을 했나? 안 들리는걸. 오늘 날씨 참 좋구먼."

소동이 일어날 낌새를 챈 사람들이 모여들기 시작했다. 나는 다시 프레쳇 씨에게 달려가 바로 앞에 서서 손가락으로 배를 찌르며 소리질렀다.

"날도둑놈! 비열하고 썩어빠진 도둑놈!"

놀랍게도, 프레쳇 씨는 이 일에 화가 난 기미조차 없었다. 그는 이렇게 받아쳤다.

"내가 언제 그랬어? 남 말 하시네."

그러더니 갑자기 개구리처럼 커다란 입을 벌려 씨익 웃어 보였다. 그는 군중을 향해 목청을 돋우었다.

"남 말 하고 있다구!"

갑자기 모든 사람이 왁자하니 웃음을 터뜨렸다. 일렬로 서 있던 견권업자들이 되살아나서 서로서로 돌아보며 웃고, 내 쪽을 손가락질하면서 소리쳤다.

"남 말 하고 있네! 남 말 하고 있어!"

이제는 다른 사람들도 함께 소리를 질러대기 시작했다. 나는 그 소리를 들으면서 카드 한 갑만큼이나 두꺼운 표 다발을 손에 든 채 식은땀을 흘리며 프레쳇 씨 옆 잔디 위에 서 있었다. 다른 사람들의 머리 너머로, 칠판 옆에 서서 이미 다음 경주의 참가견 이름을 분필로 쓰고 있는 피지 씨가 보였다. 그 뒤쪽, 저멀리 언덕 위에는 가방을 든 채 내가 오기만을 기다리는 클로드가 보였다.

집으로 돌아갈 때였다.

쥐잡이 사내

그날 오후 쥐잡이 사내가 주유소에 왔다. 그는 자동차 진입로를 따라 살금살금 다가왔는데, 그 걸음걸이가 어찌나 조심스럽고 가벼웠던지 자갈 밟는 소리도 나지 않았다. 한쪽 어깨에 군용 배낭을 둘러멘 그는 큼직한 주머니가 달린 검은색 구식 재킷 차림이었다. 밤색 코듀로이 바지의 무릎 둘레에는 하얀 끈을 동여매고 있었다.

"무슨 일이시오?"

클로드는 이렇게 물었지만 사실 그가 누구인지 잘 알고 있었다.

"설치류 처리반에서 나왔습니다."

그는 조그맣고 검은 눈을 이리저리 굴리며 주위를 둘러보았다.

"쥐 잡으러 오신 분이오?"

"바로 그렇습니다."

그는 갈색 피부의 깡마른 남자로, 얼굴선이 날카로웠고 위쪽의 누런 앞니 두 개가 툭 튀어나와 아랫입술을 덮고 있었다. 갸름하고 뾰족한 귀는 목덜미에 가까울 정도로 뒤쪽에 붙어 있었다. 눈은 검은색에 가까웠지만, 사람을 볼 때면 노란색도 언뜻언뜻 비쳤다.

"무척 빨리 오셨군요."

"보건 당국에서 특별 지시가 있어서 말이죠."

"그럼 댁이 쥐를 모조리 잡아줄 겁니까?"

"예."

속내를 감춘 듯한 그의 검은 눈은 평생을 땅굴 속에서 조심스레 주변을 엿보며 살아가는 짐승에게서나 볼 수 있는 그런 종류의 눈이었다.

"어떻게 잡을 거요?"

"음, 그야 그놈들이 어디 있느냐에 달렸지요."

그는 음침하게 말했다.

"쥐덫을 놓겠죠?"

"쥐덫이라구요? 그렇게 해서 쥐가 몇 마리나 잡히겠어요? 쥐가 토끼인 줄 아시나본데!"

쥐잡이가 질색을 하며 소리쳤다. 그는 얼굴을 높이 들어 코를 표나게 실룩거리며 킁킁댔다.

“아니, 덫으로 쥐를 잡기는 힘들지. 쥐들이 얼마나 영리한데. 쥐를 잡으려면 놈들에 대해 잘 알아야 해요. 이 일을 하려면 쥐에 대해 잘 알아야 한다 이 말이지.”

그는 한심하다는 듯 그렇게 덧붙였다.

그때 나는 홀린 듯이 그를 빤히 바라보는 클로드의 모습을 볼 수 있었다.

“쥐란 놈들은 개보다도 영리하단 말씀이야.”

“헛소리 마쇼.”

“그놈들이 어떤 짓을 하는지 알아요? 사람을 지켜본다구요. 쥐를 잡으려고 이것저것 준비를 하는 동안, 그놈들은 어두운 곳에 앉아서 조용히 지켜본다 이거요.”

그는 힘줄이 불거진 목을 앞으로 쭉 빼며 몸을 웅크렸다.

“그래서 어떻게 한다는 거요?”

흥미가 동했는지 클로드가 물었다.

“아, 바로 그게 문제지요. 그래서 쥐를 잘 알아야 한다니까.”

“어떻게 잡는데요?”

“방법이야 다양하죠. 여러 가지 방법이 있고말고요.”

곁눈질을 하며 쥐잡이가 말했다.

그는 잠시 말을 멈추고, 마치 세상을 달관한 사람이라도 되는 듯이 볼썽사나운 머리를 위아래로 끄덕이더니 곧 말을 이었다.

"다 놈들이 있는 곳이 어디냐에 달렸지요. 설마 하수구 작업을 해야 하는 건 아니겠죠?"

"하수구 작업은 필요 없소."

"하수구 작업은 까다로워서 말이죠."

그는 연신 실룩거리던 코끝을 왼쪽으로 돌린 채 킁킁거리며 말을 이었다.

"정말 까다롭죠."

"뭐, 특별히 그럴 것 같지는 않은데요."

"어허! 어려울 것 같지 않으시다? 댁이 하수구에서 작업하는 모습을 한번 봐야겠네요. 댁이라면 과연 어떻게 할지 궁금하거든."

"아, 간단하죠. 나라면 그냥 독살할 거요."

"그러면 어디에 독을 놓을지 한번 물어볼까요?"

"하수구 바닥이지, 어디긴 어디겠소?"

"그렇지!"

그는 의기양양하게 말했다.

"내 그럴 줄 알았지! 하수구 바닥에 독을 놓다니! 그럼 어떻게 되는지 알아요? 독이고 뭐고 전부 휩쓸려나가고 말걸요. 하수도는 강처럼 흐르니까 말이죠."

"그야 댁의 생각이지. 그저 댁의 생각일 뿐이잖소."

클로드가 말했다.

"난 사실을 말하는 거요."

"좋아요. 그렇다면 댁은 어떻게 하시겠소, 만물박사 양반?"

"그래서 하수구 작업은 쥐를 잘 알아야 한다니까."

"뜸들이지 말고 어서 말해봐요."

"자, 지금부터 내가 하는 얘길 잘 들어요."

한걸음 다가와서 말하는 쥐잡이의 목소리는 마치 대단한 업계의 비법이라도 전수하는 양 비밀스럽고 은밀했다.

"쥐가 설치류라는 사실을 명심해야 해요. 쥐한테 뭘 주잖아요? 그게 뭐든 상관없어요. 쥐가 처음 보는 것으로 뭔가를 주면, 쥐들이 어떻게 하는지 알아요? 일단 앞니로 갉아본답니다. 자 이제, 댁이 하수구 작업을 한다고 칩시다. 어떻게 할 건가요?"

그는 개구리의 울음소리처럼 낮고 걸걸한 목소리로, 단어 하나하나가 맛깔스러운 음식이라도 되는 양 음미하듯 입술을 적시며 말했다. 그의 강하면서도 부드러운 버킹엄셔 시골 억양은 클로드와 흡사했지만, 클로드에 비해 목소리가 더 걸걸했고 말 한마디 한마디가 입에 착착 달라붙는 듯했다.

"할일이라고는 봉투, 그냥 평범한 누런 봉투에다 석고가루를 가득 채워서 그걸 하수구로 가지고 내려가는 것뿐이지요.

그게 전부라니까요. 그러고 나서 물에 안 닿게 봉투를 하수구 천장에 매달아놓는 거예요. 알아들어요? 물에 안 닿으면서도 쥐가 잡을 수 있는 정도의 높이여야 한단 말입니다."

클로드는 열심히 귀를 기울였다.

"그럼 준비 끝이에요. 교활한 쥐가 하수구로 헤엄쳐 들어오면 봉투를 발견하게 될 거고 놈은 멈추어서 냄새를 맡아볼 텐데, 아시다시피 석고가루에서는 지독한 냄새가 별로 나지 않죠. 그러면 놈이 어떻게 할까요?"

"갉아보겠죠."

클로드가 신이 나서 대꾸했다.

"맞아요! 그거예요! 바로 맞혔어요! 쥐는 봉투를 갉아먹기 시작해서 결국 입 안 가득 석고가루가 차게 된다 이 말이죠."

"그래서요?"

"그럼 녀석은 처리되는 거죠."

"처리? 죽는다는 소리요?"

"죽다마다. 돌처럼 굳어서 죽게 되죠."

"하지만 석고가루에는 독성이 없잖소."

"어허! 이거 보세요. 댁이 뭘 모르시나본데, 석고가루는 부풀어오르는 속성이 있단 말입니다. 젖으면 부풀어오르는 게 석고가루지요. 그게 쥐의 뱃속으로 들어가면 창자가 부풀어 올라서 순식간에 쥐를 죽인단 말이에요."

"설마!"

"그래서 쥐를 잘 알아야 한다니까."

그는 은근한 자긍심으로 빛나는 얼굴 바로 앞으로 두 손을 가져가서 힘줄 선 손끝을 서로 맞대고 비벼댔다. 클로드는 넋 놓고 그 모습을 바라보았다.

"그래, 쥐는 어디 있나요?"

낮고 걸걸한 목소리로 '쥐'라고 말할 때, 그는 흡사 녹인 버터로 입가심이라도 하는 사람처럼 풍부하고 부드러운 맛을 한껏 음미하는 듯했다.

"그놈의 쥐들이 어디 있는지 한번 볼까요."

"저기 길 건너 건초더미에 있소."

"집에 있는 게 아니고요?"

실망한 표정을 감추지 못하며 그가 물었다.

"건초더미에만 있고 다른 곳은 깨끗해요."

"장담컨대, 놈들은 집안에도 있을 거예요. 한밤중에 아무도 모르게 부엌에 들어가서 병균을 퍼뜨리고 다닐 게 분명해요. 아픈 사람은 없나요?"

처음에는 나를, 다음에는 클로드를 보며 그가 물었다.

"우린 모두 멀쩡해요."

"확실한가요?"

"그럼요."

"그걸 어떻게 장담하지요? 병에 걸리고도 몇 주 동안이나 느끼지 못할 수도 있는데. 그러다 갑자기 뻥! 그렇게 일이 터지는 거라니까요. 그래서 아버스넛 박사가 비범한 분이라는 거 아니겠어요. 그분이 나를 이렇게 빨리 보낸 데에는 다 깊은 뜻이 있었던 게 분명해요. 병균의 확산을 막으라는 거지."

그는 자신이 보건 당국 책임자라도 되는 양 행세했다. 그는 또 우리가 흑사병에 걸리지 않아서 무척이나 실망한 쥐들의 수장처럼 보이기도 했다.

"하지만 우린 아무렇지 않다니까요."

클로드가 긴장하며 말했다.

쥐잡이는 다시 한번 우리 얼굴을 살펴보았지만 더이상 무슨 말을 하지는 않았다.

"이제 건초더미에서 쥐를 어떻게 잡을 거요?"

쥐잡이는 이를 드러내 보이며 음흉하게 웃었다. 그는 배낭에 손을 넣어 커다란 깡통을 꺼내서 얼굴 높이로 들어올리고는 깡통 옆선 너머로 클로드를 보았다.

"도—옥!"

그가 속삭였다. 길게 늘인 발음이 퍽이나 조용하면서도, 음침하고 위험스럽게 들렸다.

"치명적인 독, 바로 이겁니다."

그는 이렇게 말한 뒤, 깡통을 잡고 위아래로 흔들면서 무게를 가늠했다.

"이 정도면 사람도 백만 명은 죽일 수 있지요!"

"무시무시하군요!"

클로드가 말했다.

"그렇죠. 이걸 한 숟가락이라도 가지고 있다가 들키면 6개월 동안은 철창신세일걸요."

그는 혀로 입술에 침을 바르며 말했다. 그는 말할 때마다 목을 앞으로 길게 빼는 버릇이 있었다.

"한번 보여드릴까?"

그가 주머니에서 동전을 꺼내 깡통 뚜껑을 벌리며 물었다.

"이제 됐다. 됐어!"

그는 깡통이 사랑스러운 연인이라도 되는 듯 애정어린 목소리로 말하고는 클로드 쪽으로 내밀었다.

"옥수수요? 아니면 보리?"

"귀리지요. 독에 푹 절인 귀리. 한 알이라도 먹었다 하면, 5분도 안 돼서 저세상 사람이 될 거예요."

"정말이오?"

"그렇다니까. 그러니 내가 항상 이 깡통에서 눈을 떼선 안 된단 말이지."

그는 깡통을 부드럽게 어루만지며 살살 흔들었다. 그러자 깡통 속에서 귀리 낟알들이 쓸리는 소리가 났다.

"하지만 오늘은 아니에요. 오늘 당장 놈들이 이걸 먹게 되는 건 아니지요. 처음부터 독을 놓지는 않을 테니까. 안 놓다마다. 쥐에 대해 알아야 할 게 있는데, 놈들은 아주 의심이 많다 이 말씀이죠. 지독하게 의심이 많지. 그러니 오늘은 독이 들어 있지 않은 먹음직스럽고 깨끗하고 맛좋은 날알만 놓고 갈 생각입니다. 포동포동 살을 찌워야지요. 오늘은 그것만 할 거예요. 내일도 마찬가지고. 그렇게 며칠만 지나면 끝내주는 귀리맛 때문에 근처에 있는 쥐라는 쥐는 모조리 꼬일 게 뻔하지요."

"상당히 영리하시네."

"영리해야 이 일을 하지요. 쥐보다 영리해야 합니다. 이건 중요한 얘기라구요."

"거의 쥐가 돼야겠군."

엉겁결에 내 입에서 이런 말이 튀어나왔다. 아차 싶었지만, 그를 눈앞에서 보고 있던 나로서는 달리 어쩔 도리가 없었다. 하지만 쥐잡이의 반응은 의외였다.

"바로 그거야! 이제 뭘 좀 아시네. 지금 정말 중요한 말을 한 겁니다. 훌륭한 쥐잡이는 무엇보다 쥐처럼 돼야 해요! 쥐보다 영리해야 하는데, 사실 그게 그렇게 쉽지는 않죠."

그가 큰소리로 말했다.

"물론 쉽지 않겠죠."

"이제 그만 가죠. 여기서 종일 이러고 있을 수는 없거든요. 레이디 리오노라 벤슨이 장원에서 다급히 나를 찾고 있을 테니."

"그런 곳에도 쥐가 있나요?"

"어디인들 쥐가 없을라고요?"

쥐잡이는 이렇게 말하고는 느릿느릿 걸어서 길 건너에 있는 건초더미로 갔고 우리는 그 모습을 바라보았다. 그가 걷는 모습은 신기하리만치 쥐와 비슷했다. 그는 유연한 무릎을 이용해서 섬세하다 싶을 만큼 천천히 걸었으며, 발에서 자갈 밟는 소리도 전혀 나지 않았다. 그는 민첩하게 문을 뛰어넘어 밭으로 들어가서는 건초더미 주변을 잽싸게 돌며 땅에다 귀리를 몇 줌 뿌렸다.

이튿날 그는 다시 와서 똑같은 일을 반복했다.

그는 그 이튿날도 찾아왔지만, 이번에는 독이 든 귀리를 썼다. 하지만 바닥에 뿌리는 대신, 건초더미 귀퉁이마다 조심스럽게 몇 알씩 놔두었다.

"혹시 개 키우세요?"

독귀리를 놓은 지 사흘째 되던 날 그는 길을 건너 돌아와서는 이렇게 물었다.

"그렇소만."

"개가 온몸이 비비 꼬여서 끔찍하게 죽는 꼴을 보고 싶으면, 저기 들어가게 그냥 놔두든지. 알아서 해요."

"조심할 테니 걱정일랑 마쇼."

클로드가 말했다.

다음날 그는 또 왔다. 이번에는 쥐의 시체를 주워 담으러 온 것이었다.

"낡은 자루 하나 있어요? 죽은 쥐를 담을 자루가 필요할 것 같은데."

그의 모습은 득의양양하다못해 오만하기까지 했으며, 새까만 두 눈은 자부심으로 번득였다. 이제 곧 자신의 솜씨를 관중에게 증명해 보일 수 있다는 기대에 한껏 부푼 듯했다.

클로드가 자루를 가져오자, 우리는 쥐잡이를 앞세우고 길을 건너갔다. 클로드와 나는 문 위로 몸을 쭉 빼고 그의 모습을 지켜보았다. 쥐잡이는 건초더미를 여기저기 들추면서, 몸을 숙이고 독귀리를 살펴보았다.

"뭔가 잘못됐어."

그가 중얼거렸다. 낮았지만 분노로 으르렁대는 목소리였다. 그는 귀리를 놓아두었던 다른 쪽 귀퉁이로 천천히 걸어가서 무릎을 꿇고 자세히 살폈다.

"잘못돼도 한참 잘못됐어."

"무슨 일이오?"

아무 대답이 없었지만 그가 쳐놓은 미끼에 쥐가 걸려들지 않은 것만은 분명했다.

"여기 쥐들이 보통 영리한 게 아니군."

내가 말했다.

"내 말이 바로 그 말이야, 고든. 우리가 어떻게 해볼 수 있는 놈들이 아니라구."

사내가 문 쪽으로 성큼성큼 걸어왔다. 얼굴과 코 주변, 누런 앞니 두 개가 아랫입술을 꽉 깨물고 있는 모습에서 그가 얼마나 약이 올랐는지 단번에 알아차릴 수 있었다.

"쓸데없는 소리."

그가 나를 보며 말했다.

"여기 쥐라고 다를 건 없어요. 누군가 그놈들한테 먹이를 대준 것뿐이지. 어디에선가 맛난 먹잇감이 잔뜩 생긴 게 틀림없어요. 배가 터질 만큼 부르지 않고서야 귀리를 마다할 쥐는 세상에 없거든."

"그놈들이 영리해서 그렇다니까요."

클로드가 말했다.

사내는 불쾌한 기색으로 등을 돌렸다. 그는 다시 한번 무릎을 꿇고 꽃삽으로 독이 든 귀리를 퍼서 조심스럽게 깡통에 도로 쏟아붓기 시작했다. 그가 일을 마친 뒤, 우리 셋은 길을 건너 다시 주유소로 돌아왔다.

주유기 옆에 서 있는 그는 딱하고 초라한 쥐잡이 모습 그대로였으며, 얼굴을 보아하니 무언가를 열심히 궁리하고 있는 듯했다. 그는 의기소침해져서 오늘의 실패에 대해 골똘히 생각했다. 속내를 감춘 듯한 음흉한 눈빛을 띤 채, 작은 혀로 누런 앞니 한 귀퉁이를 핥으면서 입술을 적시고 있었다. 입술을 마르게 놔두면 큰일이라도 나는 모양이었다. 그는 살짝 눈을 들어 재빨리 나를 훔쳐보더니 이번에는 클로드를 훑어보았다. 그러고는 코끝을 실룩대며 킁킁거렸다. 그는 몸을 천천히 흔들며 서너 번 발뒤꿈치를 들었다 내렸다 하면서 낮고 은밀한 목소리로 말했다.

"이것 좀 볼래요?"

그는 실추된 명예를 회복하려는 게 분명했다.

"뭘 말이오?"

"신기한 걸 구경할 생각 없어요?"

그는 이렇게 말하며 재킷에 달린 속이 깊고 커다란 주머니에 손을 집어넣더니 살아 있는 거대한 쥐 한 마리를 두 손가락으로 집어서 꺼냈다.

"어이쿠!"

"어허! 바로 이겁니다."

그는 몸을 약간 웅크리고 목을 앞으로 빼면서 우리를 곁눈질했다. 손에는 그 거대한 갈색 쥐가 들려 있었다. 엄지와 다른 손가락 하나로 녀석의 목을 잡아서 머리를 단단히 조이고 있었기 때문에, 녀석은 머리를 돌려 손을 물 엄두도 내지 못했다.

"원래 쥐를 주머니에 넣고 다니시오?"

"항상 몸 어딘가에 한두 마리씩은 가지고 다니죠."

그는 그 상태에서 나머지 한 손을 다른 주머니에 넣어 몸집이 작은 흰 족제비를 꺼내 보여주었다.

"흰 족제비요."

그는 족제비 목을 잡고 들어올리며 말했다.

흰 족제비는 그를 잘 아는 듯 그의 손아귀에서 얌전히 있었다.

"흰 족제비처럼 쥐를 빨리 죽이는 짐승도 없지요. 이놈처럼 쥐가 무서워하는 것도 없구요."

그는 얼굴 높이에서 쥐와 족제비를 잡은 두 손을 가운데로 가져갔다. 이제 족제비의 코는 쥐의 얼굴에서 겨우 한 뼘 정도 떨어져 있을 뿐이었다. 흰 족제비는 분홍빛이 도는 작고 동그란 눈으로 쥐를 무섭게 노려보았다. 그러자 쥐는 그 살육자에게서 한 발짝이라도 더 멀어지려 기를 썼다.

"자, 잘 봐요."

그가 말했다.

그는 목에 단추를 채우지 않은 카키색 셔츠 속으로 쥐를 미끄러뜨렸다. 셔츠는 맨살과 바로 닿아 있었다. 그는 손이 자유로워지자마자 재킷의 단추를 끌러서 불룩해진 셔츠를 보여주었다. 허리띠 때문에 쥐가 허리 아래로는 내려가지 못했다.

다음으로, 족제비도 셔츠 안으로 미끄러뜨렸다.

그 즉시 셔츠 안에서 커다란 소동이 벌어졌다. 쥐가 사내의 몸 위를 이리저리 뛰어다니고 족제비가 그 뒤를 쫓는 듯했다. 빙글빙글 돌기를 예닐곱 차례, 커다란 덩어리를 쫓고 있던 조그만 덩어리는 한 바퀴 두 바퀴 돌 때마다 목표물에 차츰 접근해서 둘 사이의 거리를 좁혀가더니, 어느 순간 두 덩어리가 겹쳐졌다. 이내 한차례의 몸싸움이 뒤따랐으며 날카로운 비명소리도 몇 차례 났다.

이 공연이 진행되는 내내, 쥐잡이는 두 다리를 벌리고 양팔을 느슨하게 내려뜨린 채, 새까만 눈으로 클로드를 응시했다. 그는 미동도 없이 가만히 서 있었다. 이윽고 그는 셔츠 안에 손을 넣어 흰 족제비를 꺼내고 다른 한 손으로는 죽은 쥐를 꺼냈다. 족제비의 하얀 주둥이 주위에 여기저기 빨간 피가 묻어 있었다.

"영 께름칙하군."

"틀림없이 전에 이런 거 본 적 없을 거예요, 그렇죠?"

쥐잡이가 물었다.

"있다고는 못하겠소."

내가 말했다.

"그러다 창자를 물어뜯기는 수가 있지."

클로드는 말은 이렇게 했지만 내심 감명을 받은 기색이 역력했다. 그러자 쥐잡이는 다시 우쭐해졌다.

"더 신기한 걸 보실 테요? 눈으로 보지 않고는 절대 믿지 못할 광경인데."

"또 무슨?"

우리는 주유소 진입로에 서 있었다. 무척이나 상쾌하고 따사로운 11월 아침이었다. 자동차 두 대가 주유기 앞에 일렬로 차를 대자, 클로드는 주유기로 가서 기름을 넣어주었다.

"글쎄, 보시겠냐니까?"

쥐잡이가 물었다.

나는 약간은 걱정스러운 눈으로 클로드를 흘긋 보았다.

"좋아요, 어디 한번 봅시다."

쥐잡이는 죽은 쥐를 한쪽 주머니, 족제비를 다른 주머니에 넣었다. 그런 다음 자루 속으로 손을 뻗더니, 글쎄 살아 있는 쥐를 또 한 마리 꺼내서 보여주는 게 아닌가.

"아이고 세상에!"

클로드가 말했다.

"내가 항상 한두 마리씩 갖고 다닌다고 말했죠?"

그는 조용하고 단호한 어조로 말했다.

"이 일을 하려면 쥐를 잘 알아야 해요. 이놈은 시궁쥐입니다. 재수 없을 정도로 교활하고 늙은 시궁쥐지요. 이놈이 계속 나를 관찰하는 거 보이죠? 내가 무슨 짓을 할까 궁금해서 이래요. 보이죠?"

"기분이 영 찜찜하군."

"이제 어쩔 거요?"

내가 물었다. 방금 전에 보았던 것보다 더 불쾌한 광경을 보게 되리라는 예감이 들었다.

"끈 좀 갖다주시죠."

클로드는 끈을 가져다주었다.

사내는 왼손으로 쥐의 한쪽 뒷다리에 끈을 묶었다. 쥐는 기를 쓰며 머리를 움직여 무슨 일이 일어나는지 보려 했지만 그가 엄지와 검지로 목을 단단히 조이고 있었으므로 그러기는 불가능했다.

"자! 안에 탁자가 있습니까?"

그가 두리번거리며 물었다.

"쥐는 안에 못 들여요."

내가 말했다.

"어쩐다…… 탁자가 필요한데. 아니면 탁자처럼 평평한 것도 괜찮고."

"자동차 보닛은 어때요?"

클로드가 말했다.

우리는 자동차로 걸어갔고, 사내는 늙은 시궁쥐를 보닛에 올려놓았다. 그는 끈의 한쪽 끝을 자동차 앞유리에 있는 와이퍼에 매달아서 쥐가 도망가지 못하도록 했다.

쥐는 처음에는 의심에 가득차서 몸을 웅크린 채 미동도 하지 않았다. 이 몸집이 큰 회색 쥐의 눈은 말똥말똥하고 새까맸으며, 물때가 낀 꼬리는 길게 곡선을 그리며 보닛 위에 놓여 있었다. 쥐는 쥐잡이에게서 눈길을 돌린 듯했지만 사실은 그를 곁눈질로 보며 앞으로 어찌해야 할지 탐색하고 있었다. 사내가 몇 발짝 뒤로 물러서자, 쥐는 이내 긴장을 늦추었다. 놈은 웅크리고 앉아서 가슴에 난 회색 털을 핥기 시작했다. 그런 다음 두 앞발로 주둥이를 긁었다. 곁에 서 있는 세 남자에 대해서는 별로 신경쓰지 않는 듯했다.

"자, 우리 가볍게 내기 한번 해볼까요?"

쥐잡이가 말했다.

"우린 내기 안 합니다."

내가 말했다.

"그냥 재미삼아 하자는 거예요. 내기를 하면 더 재미있어지니까 말이죠."

"무슨 내기를 하자는 거요?"

"난 내가 손을 안 쓰고 쥐를 죽일 수 있다는 데 돈을 걸 거예요. 주머니에 손을 집어넣고 절대 쓰지 않도록 하죠."

"그럼 발로 차겠군."

클로드가 말했다.

그 쥐잡이는 분명 우리한테서 돈을 따겠다는 속셈이었다. 나는 쥐를 보고 있자니까 속이 약간 메스꺼워졌다. 놈이 곧 죽게 된다는 사실 자체보다도, 놈의 죽음이 하나의 재밋거리가 된다는 사실 때문이었다.

"아니요. 발도 안 쓸 거예요."

"팔도 말이오?"

클로드가 물었다.

"팔도, 다리도, 손도 안 쓰지요."

"그럼 깔고 앉을 거요?"

"아니요, 뭉개버릴 생각은 없어요."

"그럼 어디 한번 봅시다."

"일단 돈을 걸어야죠. 1파운드 걸어요."

"어림없는 소리. 왜 우리가 당신한테 1파운드를 줘야 하오?"

"그럼 뭘 걸게요?"

"안 걸 거요."

"그럼 별수 없군. 없던 일로 하죠."

그는 와이퍼에서 끈을 빼는 시늉을 했다.

"1실링(영국의 옛 화폐단위로 현재는 통용되지 않음. 1/20 파운드—옮긴이) 걸겠소."

클로드가 말했다. 뱃속이 느글거리는 느낌은 더 심해졌지만, 나는 신비한 자석에 이끌리듯 이 거래에 이끌려서, 자리를 뜨는 것은 고사하고 한 걸음도 움직일 수 없었다.

"댁도 걸 거죠?"

"난 싫소."

내가 말했다.

"도대체 왜 그러는 거죠?"

쥐잡이가 물었다.

"그냥 내기를 하고 싶지 않을 뿐이오."

"그럼 그까짓 1실링 때문에 나더러 이 짓을 하란 말이에요?"

"누가 하라고 했소?"

내가 치받았다.

"돈은 어디 있죠?"

그는 체념한 듯 클로드에게 물었다.

클로드는 보닛 위 라디에이터 근처에 1실링짜리 동전을 올려놓았다. 쥐잡이는 6펜스(영국의 화폐단위인 페니의 복수형으로 1페니는 1/12실링에 해당함—옮긴이)짜리 동전 두 개를 꺼내서 클로드의 돈 옆에 놓았다. 그가 돈을 올려놓으려 손을 뺀자, 쥐는 움찔하며 머리를 뒤로 빼고 보닛에 몸을 바짝 붙였다.

"자, 이제 내기를 하는 겁니다."

클로드와 나는 몇 발짝 뒤로 물러섰다. 쥐잡이가 앞으로 다가갔다. 그는 손을 주머니에 넣고 허리를 굽혀서 쥐와 얼굴 높이를 맞추었다. 쥐와의 거리는 불과 1미터 정도였다.

그의 두 눈이 쥐의 시선을 붙들었다. 쥐는 극도의 위험을 감지한 듯 긴장으로 몸을 움츠렸지만, 아직 공포를 느끼는 것 같지는 않았다. 녀석이 몸을 움츠리는 모습이 내게는 쥐잡이의 얼굴로 곧 덤벼들려는 준비자세처럼 보였다. 하지만 사내의 눈 속에는 이를 저지하는 어떤 힘이 존재하는 듯했다. 쥐는 서서히 공포에 질려서 웅크린 자세로 천천히 몸을 끌며 뒷걸음치기 시작했고, 그러다가 결국 묶여 있던 끈이 뒷다리를 당기는 상태에 이르렀다. 놈은 끈에서 벗어나기 위해 다리를 홱 당기며, 조금이라도 더 뒤로 가려고 기를 썼다. 그는 쥐 쪽으로 얼굴을 기울인 채 내내 쥐를 지켜보았다. 쥐가 움직일 때마다 그의 얼굴도 따라 움직였다. 갑자기 겁에 질린 쥐가 미친 듯 버둥거리며 비스듬한 방향으로 튀어올랐다. 하지만 묶여 있는 끈이 거의 다리를 잘라낼 만큼 녀석을 꽉 조이고 있었다.

녀석은 보닛 한복판에서 다시 몸을 움츠려 끈이 허용하는 한계까지 멀어지려 했다. 완전히 겁에 질린 나머지 수염이 바르르 떨렸으며 기다란 회색 몸은 긴장으로 뻣뻣해졌다.

바로 이때, 쥐잡이의 얼굴이 조금씩 다가가기 시작했다. 하지만 너무 서서히 다가갔기 때문에, 한 번 볼 때마다 거리가 조금씩 가까워지고 있다는 사실을 제외하면 실제로 움직임을 감지할 수 없을 정도였다. 그는 결코 쥐에게서 눈을 떼지 않았다. 주변을 감도는 팽팽한 긴장감 때문에 나는 갑자기 그에게 멈추라고 소리치고 싶었다. 속이 메스꺼워져서 그만두라고 말하고 싶었지만 그 말이 나오지 않았다. 뭔가 극도로 불쾌한 일이 벌어질 게 분명했다. 쥐처럼 불길하고 기분 나쁜 일. 어쩌면 토악질을 하게 될지도 모를 일이었다. 하지만 그 꼴을 지켜보는 것 외에는 달리 방도가 없었다.

이제 사내의 얼굴은 쥐에게서 30센티 정도 떨어져 있었다. 그리고 25센티, 20센티…… 점점 거리가 줄어들었다. 곧 두 얼굴의 간격은 겨우 한 뼘 정도로 좁혀졌다. 쥐는 긴장과 공포에 휩싸여 자동차 보닛에 몸을 납작하게 밀착했다. 쥐잡이도 긴장하기는 매한가지였으나, 그의 긴장감은 팽팽하게 감긴 용수철처럼 위험하고 활력에 찬 것이었다. 입가에는 미소까지 살짝 떠올랐다.

그러더니 갑자기 그가 덮쳤다.

그는 마치 뱀이 목표물을 공격하듯 하체 근육에서 나온 힘으로 날쌔고 맹렬하게 머리를 앞으로 날렸고, 그 순간 내 눈에 그의 커다랗게 벌어진 입과 두 개의 누런 앞니, 그리고 입을 크게 벌리느라 일그러진 얼굴이 들어왔다.

단순히 보기 싫은 정도가 아니었다. 나는 그만 눈을 감아버렸다. 내가 다시 눈을 떴을 때 쥐는 이미 죽은 뒤였고, 쥐잡이는 주머니에 돈을 넣으며 침을 뱉어내고 있었다.

"이게 바로 그 달착지근한 맛의 비법이라니까."

그가 말을 이었다.

"초콜릿 공장이나 수공업자들이 맛을 내는 재료가 바로 쥐피란 말이죠."

이 말을 할 때, 또 한번 입술을 적시고 입맛을 다시며 음미하는 듯한 표정과 걸쭉하게 쉰 듯한 목소리, '달착지근'이라고 말할 때의 그 끈적끈적한 발음이란!

"그러니 쥐 피 한 방울 먹는다고 해서 무슨 대수겠어요."

그가 말했다.

"역겨운 소리 집어치워요."

클로드가 말했다.

"어! 하지만 사실이 그런 걸 어쩝니까. 댁도 벌써 여러 번 먹었을 텐데. 막대 초콜릿도 장화끈 모양 초콜릿도 모두 쥐피로 만드니까 말이에요."

"그런 소리 듣고 싶지 않으니 그만둬요."

"쥐 피를 큰 솥에 넣고 기다란 막대로 저으면서 보글보글 김이 날 때까지 끓인답니다. 그게 초콜릿 공장의 비법 중 하나지요. 그 사실은 아무도 모르지. 쥐를 공급해주는 쥐잡이들만 빼고 말이죠."

그는 문득 우리의 얼굴이 호기심과 관심 대신 적대감과 혐오감, 분노와 역겨움으로 벌게졌음을 깨달았다. 그는 갑자기 하던 말을 멈추었다. 그리고 더이상은 한마디도 하지 않고 꽁무니를 빼듯 몸을 돌려 주유소 진입로를 지나 큰길로 가버렸다. 마치 거리를 배회하는 한 마리 쥐처럼 느릿하고 가벼운 걸음걸이였다. 발에서는 자갈 밟는 소리조차 나지 않았다.

러민스

해가 언덕 위에 솟아오르고 안개가 걷혔다. 이른 아침, 특히 이런 가을 아침은 개를 데리고 산책하기에는 그만이었다. 이따금 눈부신 금빛으로 물든 잎사귀가 가지에서 떨어져나와 공중에서 천천히 맴돌며 그의 앞쪽 길가 풀 위에 사뿐히 내려앉았다. 머리 위에서는 산들바람이 불어서 너도밤나무들이 수런대는 소리가 들렸다.

클로드 커비지에게는 언제나 이 순간이 하루 중 제일 기분 좋았다. 그는 자기 앞에서 종종걸음치고 있는 개의 물결치듯 흔들리는 반드러운 엉덩이를 흐뭇하게 바라보았다.

"재키."

그가 상냥하게 개를 불렀다.

"이봐, 잭슨. 기분이 어때?"

개는 자기 이름을 부르는 소리에 몸을 반쯤 돌리더니 알아들었다는 표시로 잽싸게 꼬리를 흔들었다.

재키 같은 개는 세상에 또 없지. 그는 생각했다. 쭉 빠진 유선형 몸매, 작고 뾰족한 머리, 노란 눈, 쉬지 않고 킁킁대는 까만 코가 정말 아름답지 않은가. 기다란 목이며, 두툼한 가슴이 우아한 곡선을 그리다가 있는 듯 없는 듯한 배로 연결되어 사라지는 모양 또한 아름답지 않은가. 바닥을 짚는지도 모르게 발끝으로 사뿐사뿐 걷는 자태는 또 어떻고.

"잭슨."

클로드는 개를 불러보았다.

"우리 착한 잭슨."

멀리 산울타리 뒤 오른편으로 작고 옹색한데다 형편없이 낡은 러민스의 농장이 보였다.

저길 들러봐야겠다. 그는 마음을 정했다. 그 정도만 해도 오늘 일로는 충분하지.

우유통을 들고 마당을 가로질러 가던 러민스는 클로드가 길을 따라 내려오는 모습을 보았다. 그는 천천히 들통을 내려놓고 문 쪽으로 나와 울타리 위에 두 팔을 얹고 기다렸다.

"안녕하세요, 러민스 씨."

클로드가 인사를 건넸다. 달걀이 아쉬워서라도 러민스에게는 예의를 차려야 했다.

러민스는 고개를 까딱해 보이고는 문에 기대선 채 살피는 듯한 눈초리로 개를 내려다보았다.

"별 탈 없는 모양이구먼."

러민스가 입을 열었다.

"예, 잘 지내는 편이죠."

"언제 경주에 나가나?"

"저도 모르겠어요, 러민스 씨."

"이거 왜 이러나. 언제쯤 내보낼 셈이야?"

"난 지 이제 겨우 열 달인데요, 러민스 씨. 훈련도 제대로 못해봤어요. 정말이라구요."

러민스는 작고 구슬 같은 눈으로 의심스러운 듯 문짝 너머로 개를 살펴보았다.

"조만간 자네가 저놈을 어디 몰래 내보내서 끝장내버린다는 데 2파운드 걸어도 좋아."

클로드는 불편한 듯 시커먼 길바닥에 발을 비볐다. 그는 개구리처럼 큰 입을 벌려 부러진 이들을 드러내며 눈을 흘금거리는 이 남자가 무척이나 싫었다. 무엇보다, 달걀 때문에 깍듯이 예의를 차려야 한다는 사실이 싫었다.

"저쪽에 있는 아저씨네 건초더미 말인데요."

클로드는 어떻게든 이야기를 돌려보려고 했다.

"쥐가 우글우글해요."

"건초더미에는 원래 쥐가 나오는 법이야."

"이 정도로 심하지는 않아요. 쥐 때문에 관공서랑 문제가 생겼단 말입니다."

러민스는 순간 매섭게 눈을 치떴다. 관공서와 마찰이 생기는 일은 질색이었다. 달걀을 암시장에 내다팔고 돼지를 불법 도축하는 사람이라면 관공서 사람과 얼굴 맞댈 일을 피할 정도의 깜냥은 되는 법이다.

"무슨 문제?"

"쥐잡이를 보냈더라구요."

"겨우 쥐 몇 마리 때문에?"

"몇 마리라뇨! 말도 마세요. 우글우글하다구요!"

"그럴 리가 없는데."

"정말이에요, 러민스 씨. 수백 마리는 될걸요."

"쥐잡이가 다 잡아주지 않았어?"

"잡긴요."

"왜 못 잡았대?"

"재주가 비상한 쥐들이라 그런가보죠."

러민스는 생각에 잠겨 엄지와 검지로 콧방울 한 귀퉁이를 잡고 엄지손가락 끝으로 콧구멍 안쪽을 만지작거리기 시작했다. 그러더니 그가 툭 내뱉었다.

"쥐잡이를 보내줬다고 해도 하나도 안 고마워. 쥐잡이들은 빌어먹을 정부 똘마니들이니까 그런 놈을 보내준다고 해도 내가 고마워할 리가 없지."

"저도 그래요, 러민스 씨. 쥐잡이는 모두 알랑거리기나 하는 치사한 작자들이죠."

"음."

러민스가 모자 밑으로 손가락을 넣어 머리를 긁적이면서 말했다.

"안 그래도 걷으러 갈 참이긴 했어. 뭐, 오늘 당장도 좋겠지. 공무원 따위가 내 물건 옆에 얼쩡거리는 건 질색이야."

"맞아요, 러민스 씨."

"좀 있다 우리가 가지. 버트랑 둘이서."

그는 이 말을 남기고 돌아서서 느릿느릿 마당을 가로질러 멀어져 갔다.

오후 세시경, 덩치가 크고 잘생긴 검정 짐말이 끄는 수레를 타고 길을 따라 올라오는 러민스와 버트의 모습이 보였다. 수레는 주유소 맞은편 밭으로 들어서더니 건초더미 근처에서 멈추어 섰다.

"제법 구경거리가 되겠네. 총을 가져와."

내가 말했다. 클로드는 총을 가져와 탄창을 밀어넣었다.

나는 어슬렁어슬렁 길을 건너가서 열린 문에 기대어 섰다. 러민스는 건초더미 꼭대기에 올라가 이엉을 묶은 밧줄을 잘라내는 중이었다. 버트는 길이가 1미터는 넘어 보이는 긴 칼을 만지작거리며 수레 안에 남아 있었다.

버트는 한쪽 눈이 좀 이상했다. 삶은 물고기 눈깔처럼 온통 연회색인 그 눈은 눈구멍 안에서 꼼짝도 하지 않았지만, 마치 박물관에 전시해놓은 초상화처럼 가는 곳마다 따라다니며 언제나 내 쪽을 쳐다보는 것만 같았다. 내가 어디에 있건, 버트가 어디를 보고 있건 간에, 그 이상한 눈은 늘 비스듬히 내 쪽을 차갑게 노려보고 있었는데, 삶아놓은 양 흐릿한 가운데 자그마한 검정 반점이 박힌 꼴이 꼭 상 위에 오른 물고기 눈깔 같았다.

체격으로 보자면, 버트는 개구리처럼 땅딸막하고 어깨가 떡 벌어진 제 아버지와는 정반대였다. 그는 키가 크고 호리호리하며 연체동물처럼 몸이 흐물흐물한 소년으로, 팔다리가 따로 노는 것은 물론이요 머리조차도 몸통에 제대로 붙어 있지 않고 목에 비해 너무 무겁다는 듯이 한쪽으로 비스듬히 기울어 있었다.

"이 건초더미는 지난 6월에 만들었잖아. 그런데 왜 벌써 걷어내지?"

나는 버트에게 말을 걸었다.

"아버지가 그러재요."

"11월에 새삼스럽게 무슨 건초더미를 새로 쌓는다고 그래."

"아버지가 그러재요."

버트가 되풀이했다. 정상인 눈과 다른 쪽 눈이 모두 멍청하기 짝이 없는 표정으로 물끄러미 이쪽을 바라보았다.

"낟가리를 쌓아서 지붕까지 다 올렸다가 다섯 달 후에 또 뜯어내는 수고를 하다니."

"아버지가 그러재요."

버트는 흘러내리는 콧물을 연신 손등으로 훔쳐 바지에 문질렀다.

"뭐하냐, 버트."

러민스가 부르는 소리에, 소년은 건초더미 위에 올라가 이엉을 걷어낸 자리로 가서 섰다. 그는 칼을 꺼내 단단히 묶어놓은 건초단 안으로 쑤셔넣고, 손잡이를 양손으로 쥐고는 커다란 톱으로 나무라도 베는 양 몸을 건들거리며 건초를 베기 시작했다. 칼날이 마른 건초를 베자 사각거리는 소리가 났는데, 칼이 점점 깊이 들어가면서 소리도 차츰 작아졌다.

"쥐가 나오면 클로드가 솜씨를 발휘할 겁니다."

두 부자는 갑자기 일손을 멈추더니, 손에 총을 들고 길 건너 빨간 주유기에 기대어 선 클로드를 돌아보았다.

"빌어먹을 총 좀 치우라 그래."

러민스가 말했다.

"저 친구는 명사수예요. 아저씨를 쏘진 않아요."

"제아무리 명사수라도 내 눈앞에서 쥐 사격 따위는 못할 줄 알아."

"들으면 기분 나빠할 텐데요."

"당장 치우라 그래."

러민스가 적개심에 차서 으르렁거렸다.

"개새끼나 몽둥이라면 상관없지만 총이라면 신경쓰인다구."

둘은 건초더미 위에서 물끄러미 지켜보다가 클로드가 총을 치운 뒤에야 비로소 말없이 작업을 계속했다. 잠시 후, 버트가 건초더미에서 내려와 수레 위에 올라갔다. 그가 두 팔을 뻗어 건초더미에서 건초 한 단을 잡아당기자, 건초단은 별 부스러기도 없이 버트가 서 있는 수레 안으로 떨어졌다.

진회색에 꼬리가 긴 쥐 한 마리가 건초더미 아래쪽에서 튀어나오더니 쪼르르 산울타리 밑으로 달아났다.

"쥐다."

내가 말했다.

"죽여버려. 몽둥이라도 가져와 때려잡지 그래?"

러민스의 말이었다.

경계신호가 내렸는지 쥐들이 나오는 속도가 점점 더 빨라졌다. 통통하고 몸이 길쭉한 쥐들이 1분당 한두 마리꼴로 몸을 잔뜩 웅크린 채 풀 위를 가로질러 산울타리 밑으로 달려 들어갔다. 말은 쥐가 나올 때마다 그쪽을 보며 귀를 움찔거리고 불안하게 눈을 굴렸다.

버트는 다시 건초더미 위에 올라가 건초를 한 단 더 잘라내는 중이었다. 구경하던 나는 그가 갑자기 손을 멈추는 모습을 보았다. 버트는 잠시 머뭇거리다가 다시 일을 시작했는데, 이번에는 손길이 무척이나 조심스러웠다. 아까와는 달리 칼날이 무언가 단단한 물체에 닿았는지 끼익끼익 하는 소리가 작게 들려왔다.

버트는 칼을 뽑아내 엄지손가락으로 날을 점검했다. 그러고는 자르던 자리에 다시 칼을 조심스레 집어넣고 그 딱딱한 물체에 칼날이 닿을 때까지 살살 내리눌렀다. 이어서 톱질하듯 조심스레 칼질을 시작했는데, 이번에도 끼익끼익 하고 귀에 거슬리는 소리가 났다.

러민스가 어깨 너머로 소년을 돌아보았다. 느슨해진 이엉을 한아름 안아올리던 중이었다. 그는 몸을 앞으로 숙이고 양팔로 짚단을 끌어안다가 갑자기 그 자리에 얼어붙은 채 버트를 바라보았다. 버트는 칼 손잡이를 잡은 채 그대로 서 있었다. 얼굴에는 당황한 빛이 역력했다. 밝고 엷은 푸른색 하늘을 배경으로 건초더미 위에 선 두 사람의 모습은 마치 연푸른 바탕에 검은색으로 새긴 판화 그림처럼 하늘과 선명하게 대조를 이루었다.

그 순간 평소답지 않게 큰 러민스의 목소리가 들렸다. 목소리에는 잔뜩 날이 서 있어서, 목청을 높여도 불안이 그대로 드러났다.

"요새는 건초더미를 만들 때 뭐가 들어가는지 신경도 안 쓰는 자식들이 있단 말이야."

그가 말을 멈추자 다시 정적이 찾아들었다. 두 사람은 여전히 꼼짝도 하지 않았고, 길 건너편 빨간 주유기에 기대어 선 클로드 역시 움직이지 않았다. 사방이 어찌나 조용한지 계곡 아래쪽 이웃 농장에서 안주인이 식사하라고 남편을 부르는 소리가 여기까지 다 들렸다.

그때 다시 러민스가 전혀 소리칠 이유가 없는데도 버럭 소리를 질렀다.

"계속해, 그럼! 마저 잘라버려, 버트! 나무토막 좀 자른다고 빌어먹을 칼날이 상하지는 않아!"

무언가 이상하다는 낌새를 챘는지, 클로드가 어슬렁어슬렁 길을 건너오더니 문에 기대어 섰던 내게 합류했다. 그는 아무 말도 없었지만, 우리 둘 모두 이 부자가 무언가 수상하다는 느낌이 들었던 것 같다. 그들을 둘러싼 침묵도 이상했지만 특히 러민스가 수상해 보였다. 러민스는 겁에 질려 있었다. 버트 역시 겁에 질려 있었다. 둘을 지켜보고 있자니, 기억의 수면 바로 밑에서 작고 희미한 영상 하나가 꿈틀거리기 시작했다.

나는 기억을 되살려 그 영상을 붙잡아보려고 안간힘을 썼다. 거의 붙잡을 뻔도 했지만 곧 미끄러지듯 빠져나가버렸다. 그 뒤를 쫓아가다보니 기억이 여러 달을 되돌아가 온통 노랗던 여름날까지 거슬러올라갔다. 후텁지근한 남풍이 계곡을 따라 불어 내려오고 아름드리 너도밤나무에는 잎이 무성하고 들판이 황금색으로 변하는 추수철에, 건초를 만들고, 건초더미—그래, 건초더미를 쌓았지.

순간, 섬뜩한 느낌에 뱃속까지 찌르르하니 소름이 끼쳤다.

그래, 건초더미를 쌓았지. 언제 쌓았더라? 6월? 분명 그때였다. 구름이 머리 바로 위에 내려와 깔리고 천둥 냄새가 진동하던, 후텁지근한 6월의 어느 날이었다.

러민스는 이렇게 말했다.

"비가 오기 전에 얼른 끝내자구."

그러자 올 지미(Ole Jimmy, ole은 old의 뜻으로 나이든 사람에게 붙여주는 애칭의 일종—옮긴이)가 이렇게 맞받았다.

"비는 안 올 거야. 서두를 거 뭐 있나. 남쪽에 천둥이 쳐봤자 계곡 안까지 안 들어온다는 것 정도는 자네도 알잖나."

수레 안에 버티고 서서 일꾼들에게 갈퀴를 나누어주던 러민스는 그 말에 아무 대꾸도 하지 않았다. 그는 비가 쏟아지기 전에 얼른 건초더미를 다 쌓아야 한다는 생각에만 골몰해 있었다.

"비가 오려면 저녁나절이나 되어야지."

올 지미가 러민스를 바라보면서 같은 이야기를 되풀이했다. 러민스는 그를 마주 쏘아보았는데, 서서히 화가 치밀어오르는지 눈이 번뜩였다.

우리는 오전 내내 잠시도 쉬지 못하고 일했다. 건초를 수레에 쟁이고, 들판을 가로질러 수레를 몰고 가서, 주유소 맞은편 문 옆에서 조금씩 높아져가는 건초더미 위에 다시 건초를 쌓아올리는 일이었다. 천둥이 남쪽에서 우리 쪽으로 다가오다가 다시 물러가면서 희미한 소리를 냈다. 그러다가 어느새 언덕 뒤쪽으로 돌아왔는지 이따금 우르릉거리는 소리가 크게 들리기도 했다. 눈을 들어보니 머리 위로 한 무리의 구름이 높은 곳에서 부는 거센 바람에 떠밀려 이리저리 움직이는 게 보였다. 하지만 땅 위는 후텁지근하니 바람 한 점 없었다. 우리는 후끈한 열기 속에서 셔츠가 온통 땀범벅이 되고 얼굴이 번들번들해진 채 느릿느릿 일을 계속했다.

클로드와 나는 건초더미 위에 올라가 러민스 옆에 자리를 잡고 건초를 쌓아올리는 일을 도왔는데, 날은 찌는 듯 덥고 파리떼가 얼굴 주변에서 잉잉거리고 온몸에 땀이 비 오듯 쏟아지던 기억이 생생하다. 특히, 내 옆에서 얼굴을 잔뜩 찌푸리고 미친듯이 서두르면서 연신 하늘을 바라보고 소리를 질러대며 일꾼들을 다그치던 러민스의 모습이 또렷이 기억난다.

정오가 되자 러민스의 반대에도 불구하고 우리는 점심을 먹을 생각으로 잠시 일손을 놓았다.

클로드와 나, 올 지미는 휴가를 받아 고향에 내려온 윌슨이라는 군인과 함께 산울타리 그늘에 자리잡고 앉았지만, 날이 너무 더워 이런저런 이야기를 나눌 형편이 못 되었다. 윌슨은 빵과 치즈를 약간씩 준비하고, 군용 수통에 냉차를 가득 담아 왔다. 올 지미는 원래 방독면을 넣던 작은 가방을 하나 가져왔는데, 그 안에는 1파인트짜리 맥주 여섯 병이 꽉 들어찬 채 목을 내밀고 있었다.

"들게나."

그가 우리에게 맥주 한 병씩을 권했다.

"제가 아저씨한테 사는 걸로 할게요."

노인의 형편이 어렵다는 사실을 잘 아는 클로드의 말이었다.

"그냥 마시면 돼."

"돈을 드릴게요."

"바보 같은 소리. 그냥 들게."

그는 사람 좋은 노인으로, 불그레한 얼굴은 매일 면도를 해서 언제나 말끔했다. 전에는 목수 일을 했지만 일흔이 되자 일자리에서 밀려나고 말았는데, 그게 몇 년 전의 일이었다. 그 무렵, 일흔이 넘어서도 정정한 그의 모습을 눈여겨보았던 동회에서 그를 새로 지은 놀이터의 관리인 자리에 앉히고, 그네나 시소를 제때 수리하며 아이들이 다치거나 위험한 장난을 하지 않도록 지켜보는 일을 맡겼다.

놀이터 관리인 자리는 나이든 사람에게는 썩 괜찮은 일이었고 다른 사람들도 모두 만족스러워하는 눈치였다. 적어도 어느 토요일까지는 그랬다. 그날 밤 올 지미는 술이 곤드레만드레 취해 중심가 한복판에서 고래고래 노래를 불러댔는데, 그 소리가 어찌나 시끄러웠던지 자던 사람들도 다 일어나 내다볼 정도였다. 다음날 아침, 동회에서는 올 지미가 놀이터에서 어린아이들을 돌보기에는 부적합한 주정뱅이 건달이라는 이유를 붙여 그를 해고해버렸다.

그러자 깜짝 놀랄 일이 벌어졌다. 그가 놀이터에 나오지 못하게 된 첫날이었던 월요일, 아이들이 단 한 명도 놀이터에 나타나지 않았던 것이다.

다음날, 그다음날에도 아이들은 얼씬도 하지 않았다.

그 주가 다 가도록, 그네와 시소, 계단을 타고 올라가는 큰 미끄럼틀은 텅 비어 있었다. 아이들은 놀이터 근처에도 오지 않았다. 그 대신 아이들은 올 지미를 따라 사제관 뒤쪽 밭으로 나가 그가 지켜보는 곳에서 놀았다. 결국 오래지 않아 동회는 이 노인을 다시 놀이터 관리인으로 앉히는 방법 외에는 별다른 대안이 없는 처지가 되었다.

올 지미는 여전히 놀이터 관리인으로 일하면서 여전히 취하도록 술을 마셨지만 더이상은 그 문제를 놓고 왈가왈부하는 사람이 없었다. 그가 자리를 비울 때는 매년 건초 만드는 일을 도우러 가는 며칠뿐이었다. 원래 건초 만드는 일을 무척 좋아했기 때문에 아직은 손을 놓기가 싫었던 것이다.

"한 병 하겠나?"

그가 군인인 윌슨에게 병을 내밀면서 물었다.

"됐습니다. 홍차를 가져왔거든요."

"더운 날에는 홍차가 좋다더구먼."

"예. 전 맥주가 들어가면 졸립니다."

"저, 아저씨."

내가 올 지미에게 말을 걸었다.

"주유소까지 걸어가실 수 있으면 끝내주는 샌드위치를 만들어드릴게요. 같이 안 가실래요?"

"맥주가 많은데 뭘. 나한텐 샌드위치 스무 개보다 맥주 한 병이 더 좋은 양식이야."

그는 이가 다 빠져버린 연분홍색 잇몸을 훤히 드러내며 씨익 웃어 보였다. 워낙 사람 좋아 보이는 웃음이라 잇몸이 보여도 별로 기분 나쁘지 않았다.

우리는 잠시 동안 말없이 앉아 있었다. 윌슨은 가져온 빵과 치즈를 다 먹어치우고 나서 바닥에 벌렁 드러눕더니 쓰고 있던 모자로 얼굴을 덮었다. 맥주를 세 병 비운 올 지미는 마지막 한 병을 클로드와 내게 권했다.

"괜찮아요."

"괜찮아요. 한 병이면 충분합니다."

노인은 어깨를 으쓱해 보이고 병뚜껑을 따더니, 고개를 젖히고 맥주를 부어넣었다. 맥주는 꿀꺽하는 소리도 없이 붓는 대로 술술 넘어갔다. 그는 너무 낡아서 원래의 색깔과 형태를 도통 알아볼 수 없는 모자를 쓰고 있었는데, 머리를 젖혀도 모자는 용케 그 자리에 붙어 있었다.

"러민스는 저 늙은 말한테는 물을 안 줄 모양인가?"

그가 병을 내리더니, 들판 너머 수레에 매인 채 콧김을 뿜고 있는 커다란 짐말을 물끄러미 바라보면서 물었다.

"러민스 씨라면 그럴 거예요."

"말도 우리 사람이나 마찬가지로 때가 되면 목이 마른 법이야."

올 지미는 잠시 말을 멈추었지만, 눈은 여전히 말 쪽으로 향해 있었다.

"저기 자네 사는 데 가면 물 한 통쯤은 있겠지?"

"그럼요."

"그렇다니 말인데, 저 말한테도 물을 좀 주면 어떨까?"

"정말 좋은 생각이에요. 물을 주도록 할게요."

클로드와 나는 둘 다 일어나서 문을 향해 걷기 시작했는데, 그때 내가 뒤돌아서 노인에게 이렇게 소리쳤던 기억이 난다.

"맛있는 샌드위치 정말 안 드실래요? 눈 깜짝할 사이에 만들 수 있는데요."

그는 고개를 젓고는 술병을 흔들어 보이면서 낮잠을 좀 자야겠다고 말했던 것 같다. 우리는 문을 지나 길을 따라서 주유소까지 올라갔다.

우리는 손님을 맞고 점심을 챙겨 먹느라 건초 쌓는 자리를 한 시간 정도 비웠다. 나중에 물통을 든 클로드와 함께 돌아와보니 건초더미가 적어도 2미터는 되어 보일 정도로 높아져 있었다.

"늙은 말한테 물 좀 줄까 해서요."

클로드가 수레 안에 서서 갈퀴로 건초를 쌓아올리느라 정신이 없는 러민스를 잔뜩 노려보며 말했다.

말은 양동이에 덥석 머리를 처박더니 요란하게 푸르륵거리며 물을 마시기 시작했다.

"지미 아저씨는요?"

내가 물었다. 이야기를 처음 꺼낸 사람이었으니 말이 물 먹는 모습을 그도 보았으면 싶어서였다.

그렇게 물어보았을 때, 러민스는 잠깐, 아주 잠깐 허공에 갈퀴를 쳐든 채 주변을 두리번거리면서 뭔가 주저하는 모습을 보였다.

"지미 아저씨 드리려고 샌드위치를 가져왔어요."

내가 덧붙였다.

"그놈의 영감탱이. 맥주를 그렇게나 마셔대더니, 자야겠다며 집에 가버렸어."

러민스의 말이었다.

나는 산울타리를 따라 아까 우리가 올 지미와 앉아 있던 곳까지 돌아가보았다. 풀 사이로 빈 병 다섯 개가 나뒹굴고 있었다. 가방도 그대로였다. 나는 가방을 집어들고 돌아와 러민스에게 보여주었다.

"지미 아저씨가 집에 가신 것 같진 않은데요. 러민스 씨."

나는 기다란 어깨끈을 잡고 가방을 들어올려 보이면서 말했다. 러민스는 가방을 힐끗 쳐다보았지만 아무 대꾸도 하지 않았다. 아까보다 천둥소리가 가까워지고 먹구름도 짙어졌으며 찌는 듯한 더위도 심해졌기 때문에, 그는 서둘러 일을 마무리하느라 정신이 없었다.

나는 가방을 든 채 주유소로 돌아가 손님을 맞으면서 남은 오후를 보냈다. 저녁나절에 비가 쏟아졌을 때 길 건너편을 힐끗 보았더니, 사람들이 건초를 다 쌓은 뒤 건초더미 위에 방수포를 덮고 있었다.

사나흘이 지나자 개초장이가 와서 방수포를 걷어내고 이엉으로 지붕을 만들어 덮었다. 솜씨가 좋은 사람이어서 기다란 짚을 두툼하게 잘 묶어 근사한 지붕을 만들었다. 경사도 적당하고 이엉 끝도 깔끔하게 다듬어놓은 덕에 길에서나 주유소 문간에서 바라보면 기분이 좋았다.

이제 이 모든 기억이 어제 일처럼 한꺼번에 생생하게 밀려들었다. 6월의 덥고 천둥소리 들리던 날에 건초더미를 쌓던 일, 노랗게 물든 들판, 건초에서 풍기던 달짝지근한 풀냄새하며…… 테니스화를 신었던 군인 윌슨, 삶은 고기 눈깔을 한 버트, 깨끗한 얼굴에 주름이 자글자글한 올 지미, 그 분홍색 잇몸, 그리고…… 그래, 러민스. 수레 안에 버티고 서서 비가 쏟아질까 조바심이 나서 하늘을 노려보던 땅딸막한 난쟁이, 러민스.

지금 눈앞에 펼쳐진 광경은 그 당시 모습 그대로였다. 이번에도 러민스는 건초더미 위에서 몸을 숙여 이엉을 한아름 안은 채, 역시 그 자리에 못박힌 듯 꼼짝 않고 있는 꺽다리 버트를 돌아보았고, 부자의 모습은 하늘을 배경으로 그림자처럼 시커멓게 떠올라 보였다. 다시 한번 오싹한 느낌에 뱃속까지 찌르르하니 소름이 끼쳤다.

"마저 잘라버려, 버트."

러민스가 목청을 돋우었다. 버트가 큰 칼에 힘을 주자 칼날이 딱딱한 물체를 자르면서 끼익끼익 새된 소리가 났다. 버트의 표정을 보니 지금 하는 일이 무척이나 싫은 것이 분명했다.

다 자르기까지는 몇 분이 걸렸다. 마침내 칼날이 단단히 묶어놓은 건초단을 자르는 소리가 사각사각 들리기 시작하자, 버트는 고개를 옆으로 돌려 제 아버지를 쳐다보더니 안심한 표정으로 바보처럼 고개를 끄덕이고 벌쭉 웃었다.

"잘라내버리라구!"

러민스는 이렇게 말하고 여전히 꼼짝도 하지 않았다.

버트는 칼을 수직으로 아까만큼 깊게 박아넣고 두번째 칼질에 들어갔다. 그는 칼질이 끝나자 건초더미에서 내려와 수레 안에 서서 짚단을 잡아당겼다. 짚단은 케이크 조각을 잘라낸 것처럼 건초더미에서 깨끗하게 분리돼 수레 안, 버트의 발치 옆에 떨어졌다.

그 순간, 소년은 그 자리에 얼어붙더니 방금 짚단을 잘라낸 건초더미의 단면을 멍청히 바라보았다. 자기가 방금 두 조각 낸 물체가 무엇인지 믿을 수 없다는, 아니 도저히 믿지 못하겠다는 표정이었다.

그 물체의 정체를 누구보다 잘 아는 러민스는 어느새 몸을 돌려 건초더미 반대편으로 서둘러 내려가고 있었다. 몸놀림이 어찌나 잽싸던지 버트가 비명을 지를 무렵에는 이미 문을 지나 길을 반쯤 건너고 있었다.

호디 씨

둘은 차에서 내려 호디 씨네 집 현관 안으로 들어갔다.

"오늘밤엔 아빠가 꽤 곤란한 질문을 퍼부을 것 같아."

클라리스가 소곤거렸다.

"무슨 질문 말이야. 클라리스?"

"늘 하는 소리 있잖아. 직업이 어떻고 장래가 어떻고. 날 제대로 먹여 살릴 수 있겠느냐고 걱정하시겠지."

"재키가 있는데 무슨 걱정이야."

클로드가 대꾸했다.

"한 번만 이겨주면 취직할 필요도 없고……"

"클로드 커비지, 내 말 똑똑히 들어. 아빠 앞에서 재키 이야기는 꺼낼 생각도 하지 마. 입만 벙긋해도 끝장인 줄 알라구. 아빠는 다른 건 다 참아도 그레이하운드 이야기는 못 참아.

명심 또 명심해둬."

"아이고."

"뭔가 다른 얘길 하란 말야. 뭐든지 좋으니까 아빠가 좋아할 만한 이야기를 하라구. 알아들었어?"

그녀는 그렇게 말하며 클로드와 함께 거실로 들어갔다.

호디 씨는 홀아비로, 꽉 다문 입매가 차갑고 심술궂어 보였으며 얼굴에는 영영 지워질 것 같지 않은 불만이 가득했다. 다닥다닥 줄지은 작은 이와 의심 많고 속내를 감춘 듯한 표정은 딸 클라리스와 똑같았지만, 아버지한테서는 딸의 생기발랄함이나 온화함이라고는 찾아볼 수 없었다. 그는 작고 시큼한 돌사과 같은 남자로, 창백한 피부에는 자글자글 주름이 졌고, 대머리 위에는 검은 머리카락 몇 가닥이 겨우 붙어 있었다. 하지만 호디 씨는 외모와는 달리 마을에서 대단한 위치를 차지하는 인물로, 식료품점에서 얼룩 한 점 없는 새하얀 가운을 입고 버터나 설탕같이 귀하기 짝이 없는 생필품을 도맡아 취급했다. 마을 주부들은 모두 그에게 경의를 표했으며, 심지어 상냥한 미소를 지어 보이기까지 했다.

클로드 커비지는 이 집에 찾아와서 단 한 번도 마음 편히 있다가 간 적이 없었는데, 이는 바로 호디 씨가 노리는 바였다. 거실에서 그들은 저마다 찻잔을 들고 벽난로 앞에 둘러앉았다. 호디 씨는 벽난로 오른쪽에 있는 제일 좋은 의자에 자리를 잡고, 클로드와 클라리스는 예의를 차리느라 소파에 서로 멀찍이 떨어져 앉았다. 작은딸 에이더는 왼쪽에 있는 딱딱한 의자에 앉았다. 일동은 벽난로 앞에 둥글게 모여 앉아, 팽팽한 긴장이 흐르는 가운데 띄엄띄엄 말을 주고받으며 차를 홀짝거렸다.

"예, 호디 씨."

클로드가 이야기하는 중이었다.

"고든과 제게는 지금 썩 괜찮은 생각이 몇 가지 있습니다. 이제는 느긋하게 시간을 두고 그중 제일 수지맞는 사업을 선택하는 일만 남았어요."

"어떤 생각 말인가?"

호디 씨가 불만에 가득찬 작은 눈으로 클로드를 뚫어져라 쳐다보면서 물었다.

"아. 그 점이 궁금하시겠죠. 바로 그 이야깁니다."

클로드는 소파 위에서 불편한 듯 몸을 뒤척였다. 차려입고 온 파란색 신사복이 작아서 가슴이 답답한데다 특히 두 다리 사이, 사타구니 부위가 꽉 끼었다. 사실은 꽉 끼는 정도를 넘어 너무 괴로웠기 때문에 당장이라도 바지를 끌어내리고 싶어 죽을 지경이었다.

호디 씨가 다시 입을 열었다.

"내 생각에, 자네가 고든이라 부르는 그 친구는 지금 일도 꽤 괜찮아 보이는데 말씀이야. 왜 굳이 업종을 변경하겠다는 건가?"

"지당하신 말씀입니다, 호디 씨. 사업으로 치자면 최고지요. 하지만 확장해보는 것도 괜찮습니다. 우리는 새로운 사업을 구상중이라서요. 저도 끼어서 한몫 받을 수 있는 일 말입니다."

"그래 어떤 일 말인데?"

호디 씨는 건포도 케이크 조각을 갉작거리고 있었는데, 그 입이 꼭 원을 그리면서 나뭇잎 가장자리를 조금씩 갉아먹는 벌레 입을 연상시켰다.

"그래 어떤 일 말이야?"

그가 재차 물었다.

"호디 씨, 고든과 저는 날마다 장시간 이야기를 나누면서 사업 구상에 매달리고 있어요."

"그래 어떤 일 말인가?"

그가 가차없이 되물었다.

클라리스가 곁눈질로 클로드에게 용기를 북돋워주었다. 클로드는 커다란 눈을 천천히 돌려 호디 씨를 쳐다보았지만, 대답은 하지 않았다. 그는 호디 씨가 언제나 이런 식으로 질문을 퍼붓고 눈을 부라리면서 자기를 무슨 부하 대하듯 몰아붙이지 않았으면 싶었다.

"그래 어떤 일 말인가?"

호디 씨가 끈질기게 묻자 클로드도 이번에는 그냥 빠져나갈 수 없다는 걸 깨달았다. 이 늙은이가 자기를 궁지에 몰아넣으려 한다는 직감이 들었다.

"글쎄요."

그는 심호흡을 한 뒤 입을 열었다.

"본궤도에 오르기 전에는 자세히 말씀드리고 싶지 않습니다. 아직은 머릿속에서 이런저런 궁리를 해보는 데 불과하거든요."

호디 씨가 짜증을 냈다.

"내 말은 구상중인 사업의 종류 정도만이라도 이야기해달라는 걸세. 설마 남들 보기에 부끄러운 사업은 아니겠지?"

"호디 씨, 설마 저희가 조금이라도 남부끄러운 일을 생각했겠습니까?"

호디 씨는 툴툴거리더니 클로드를 노려보면서 천천히 차를 휘저었다. 클라리스는 겁에 질려 입도 벙긋하지 못하고 소파에 앉은 채 벽난로 속만 들여다보았다.

"나는 사업을 벌인다는 것 자체가 맘에 안 드네."

호디 씨는 그 자신이 사업을 해보지 못했다는 사실을 슬쩍 얼버무리면서 딱 잘라 말했다.

"남자라면 번듯하고 좋은 직장 이상 바랄 것이 없지. 남부끄럽지 않은 환경에 남부끄럽지 않은 일 말일세. 사업은 속임수가 판을 치기 때문에 마음에 안 들어."

"요는 말씀입니다."

클로드는 이제 거의 필사적이었다.

"전 그저 제 아내 될 사람이 바랄 만한 것을 전부 갖춰주고 싶을 따름입니다. 같이 살 집, 가구, 정원, 세탁기까지 세상에서 제일 좋은 것으로 말입니다. 전 그렇게 하고 싶은데, 그러자면 평범한 월급만 가지고는 불가능하지 않겠습니까? 직접 사업에 뛰어들지 않는 이상 그만한 돈을 벌기는 어렵습니다. 이 점에서는 분명 제 의견에 동의하시지요?"

평생 평범한 월급밖에 만져보지 못한 호디 씨의 입장에서는 그리 달갑잖은 의견이었다.

"지금 자네 말은, 내가 우리 가족에게 해주는 것 정도로는 모자란다는 얘기인가?"

"그럴 리가 있습니까!"

클로드가 깜짝 놀라 소리쳤다.

"호디 씨께서는 대단한 직장에 다니시잖아요. 호디 씨, 그건 이야기가 다르지요."

"그래, 자네는 지금 무슨 종류의 사업을 생각하고 있다는 말인가?"

호디 씨가 끈질기게 물고 늘어졌다.

클로드는 차를 홀짝거리면서 시간을 끌었다. 그냥 이 자리에서 있는 그대로의 진실을 다 말해버리면 저 고약한 늙은이가 어떤 표정을 지을까. 이렇게 말해버리면 어떨까. 호디 씨, 정말로 궁금하시다면 말씀드리죠. 저희한테 그레이하운드 한 쌍이 있는데 한 놈은 진짜 경주견이고 한 놈은 생김새만 비슷한 가짜예요. 이놈들로 사설 경견 대회 역사상 최고의 도박을 벌일 생각입니다. 그는 자기가 그렇게 말해버리면 저 늙은이가 도대체 어떤 표정을 지을지 보고 싶어 죽을 지경이었다.

모두들 손에 찻잔을 든 채 클로드를 주목하면서 그가 말을 계속하기만을 기다렸다. 그들은 내심 마음에 드는 이야기가 나오기를 기대하고 있었다.

"글쎄요."

클로드는 머리를 굴리며 천천히 입을 열었다.

"사실은 오래전부터 생각해둔 바가 있습니다. 고든이 하는 중고차 매매업이나 다른 어떤 사업보다 돈을 많이 벌 수 있으면서도 실제 비용은 전혀 들지 않는 사업이죠."

좀 낫구나. 그는 속으로 생각했다. 그래, 이런 식으로 계속하면 되겠어.

"그럼 어떤 사업이란 말인가?"

"좀 별난 거라서요, 호디 씨. 백만 명 중 한 명도 믿지 않을 이야기지요."

"글쎄, 그게 뭐냐니까?"

호디 씨는 옆에 있는 작은 탁자 위에 조심스레 찻잔을 내려놓고는 집중해서 듣겠다는 표시로 몸을 앞으로 내밀었다. 클로드는 그를 지켜보다가, 이 사람 같은 족속은 모두 자신의 적이라는 사실을 어느 때보다 절실히 깨달았다. 바로 호디 씨 같은 족속이 문제였다. 이들은 모두 똑같았다. 그는 이런 사람들이 어떤지 잘 알고 있었다. 깨끗하고 못생긴 손이며 창백한 피부, 독살스러운 입, 양복 조끼 아래 볼록 튀어나온 배, 휘어진데다 늘 개기름이 줄줄 흐르는 코, 빈약한 턱, 의심스러워하는 빛을 띠고 획획 돌아가는 까만 눈. 호디 씨 족속. 아이고 맙소사.

"자, 그게 뭔가?"

"그야말로 노다지죠, 호디 씨. 정말입니다."

"내 귀로 직접 들어야 믿겠네."

"정말 간단하면서도 놀라운 발상이라 대부분은 시도조차 해보지 않는 일입니다."

클로드는 문득 할 이야기가 떠올랐다. 사실 그것은 오랫동안 심각하게 생각해보았던 일, 언제나 해보고 싶었던 일이기도 했다. 그는 앞으로 몸을 숙이고 찻잔을 탁자 위, 호디 씨가 내려놓은 찻잔 옆에 조심스레 내려놓았다. 그런 뒤에는 손을 어디에 두어야 할지 몰라서 손바닥을 아래로 한 채 무릎 위에 올려놓았다.

"자, 이 사람아, 말해보게. 그게 뭔가?"

"구더기입니다."

클로드가 나지막하게 대답했다.

호디 씨는 물벼락이라도 맞은 듯 몸을 홱 젖혔다.

"구더기? 구더기라고! 도대체 그게 무슨 소린가, 구더기라니?"

그가 대경실색해서 말했다.

클로드는 이 단어가 자부심이 있는 식료품상 앞에서는 감히 입에 담아서는 안 될 말이라는 사실을 깜빡 잊고 있었다. 에이더가 깔깔거리기 시작했지만, 클라리스가 어찌나 매섭게 눈을 부라렸던지 웃음은 입가에서 금방 사그라졌다.

"돈이 나오는 구멍이 바로 거깁니다. 구더기 공장을 시작하는 거예요."

"지금 농담이랍시고 하는 얘긴가?"

"진담입니다, 호디 씨. 좀 별나게 들리시겠지만, 처음 들어서 그렇지 사실은 노다지 사업이죠."

"구더기 공장이라니! 농담 말게, 커비지! 정신 차려!"

클라리스는 아버지가 애인을 커비지라고 부르지 않았으면 했다.

"호디 씨. 구더기 공장 이야기를 한 번도 들어본 적이 없으시죠?"

"당연한 소리!"

"하지만 지금은 지배인이며 공장장까지 다 갖춘 커다란 구더기 공장이 여럿 운영중입니다. 그리고 혹시 아십니까, 호디 씨? 이런 공장들이 수백만 파운드를 벌어들이고 있어요!"

"헛소리 말게, 이 사람아."

"떼돈을 버는 이유를 아십니까?"

클로드는 잠시 말을 멈추었지만, 말을 듣는 상대방의 얼굴이 조금씩 노랗게 변하고 있다는 사실은 미처 깨닫지 못했다.

"구더기 수요가 엄청나기 때문이지요, 호디 씨."

그 순간, 호디 씨의 귀에는 또다른 목소리, 계산대 맞은편에 선 고객들의 목소리가 들리고 있었다. 예를 들어, 그가 버터를 주문 받은 양만큼 자르는 동안 계산대 너머 래비츠 부인이 서 있는 것이다. 래비츠 부인은 코밑에 갈색 수염이 거무스름하고 언제나 요란하게 떠들며 말끝마다 '흠, 흠, 흠'을 달고 다니는 여자였다. 그의 귀에는 부인이 이렇게 말하는 소리가 들려왔다. 흠, 흠, 흠, 호디 씨, 클라리스가 지난주에 결혼했다면서요. 축하드려요, 참 잘됐네요. 그런데 사위가 무슨 일을 한다고 하셨던가요, 호디 씨?

구더기 공장 사장이랍니다, 래비츠 부인.

아니, 사양하겠어. 그는 적의에 찬 작은 눈으로 클로드를 노려보면서 생각했다. 정말 정말 사양이고말고. 절대로 싫어.

"나는 구더기를 돈 주고 산 일이 평생 한 번도 없네."

그가 점잔을 빼면서 잘라 말했다.

"그렇게 말씀하실 줄 알았습니다, 호디 씨. 저도 그런 적은 없습니다. 우리가 아는 사람 대부분은 구더기를 사본 적이 없을 겁니다. 하지만 다른 말씀을 한번 드려보지요. 이를테면…… 크라운 휠과 피니언(crown wheel and pinion, 동력 전달 장치에 쓰이는 부속의 일종—옮긴이) 같은 물건을 사본 적이 몇 번이나 되시죠?"

약삭빠른 질문이었다. 클로드는 슬며시 엉큼한 미소를 지었다.

"그게 구더기랑 무슨 상관인가?"

"상관이 있고말고요. 제 말씀은, 특정한 사람들이 특정 상품을 구입한다는 겁니다. 호디 씨께서는 크라운 휠과 피니언 같은 부속을 사보신 일이 평생 한 번도 없지만, 지금 이 순간 그런 물건을 만들어 팔면서 돈을 버는 사람이 한 명도 없다고는 말씀 못하시겠죠. 그런 사람들이 실제로 있으니까요. 구더기도 마찬가집니다!"

"돈을 줘가면서 구더기를 산다는 기분 나쁜 사람들이 누군지 말해주겠나?"

"바로 낚시꾼들입니다, 호디 씨. 재미삼아 낚시를 하는 사람들 말입니다. 주말마다 강에 낚시하러 가는 사람이 전국에 수십만 명은 되는데, 모두 구더기를 필요로 하지요. 구더기 값으로 상당한 돈을 지불할 의사도 있구요. 일요일에 말로강 상류로 나가보시면 사람들이 강둑에 줄지어 앉아 있는 모습이 보일 겁니다. 양쪽 둑 위에 줄줄이 붙어앉아 있다니까요."

"그 사람들은 돈을 주고 구더기를 사지 않네. 정원 흙을 파서 벌레를 잡지."

"죄송하지만, 호디 씨께서는 틀리셨어요. 완전히 틀리셨다 이겁니다. 그 사람들은 여느 벌레가 아니라 구더기가 필요해요."

"그렇다면 직접 땅을 파서 잡겠지."

"좋아서 직접 나서는 사람은 없지요. 한번 생각해보세요, 호디 씨. 토요일 오후에 낚시를 나갈 참인데 깔끔하게 포장된 구더기 한 깡통이 우편으로 배달되어 온다고 하면, 낚시 가방에 그걸 집어넣고 그대로 출발하면 끝입니다. 단돈 1실링. 기껏해야 2실링만 주면 문간까지 배달해주는데 굳이 벌레며 구더기를 잡겠다고 땅을 파는 사람들이 있을까요?"

"그렇다면 자네가 구더기 공장을 어떤 식으로 운영할 생각인지 물어봐도 되겠나?"

그는 '구더기'라는 말이 마치 상한 음식 찌꺼기라도 되는 양 얼굴을 잔뜩 찡그리며 내뱉었다.

"구더기 공장 운영만큼 쉬운 일도 없습니다."

클로드는 이제 자신감이 생겨서 본격적인 이야기를 늘어놓고 있었다.

"낡은 드럼통 두 개, 썩은 고기 몇 덩어리나 양머리 하나만 준비하면 됩니다. 그리고 고기를 드럼통 안에 넣으면 할일은 끝이죠. 나머지는 파리가 다 알아서 합니다."

그 순간 호디 씨의 얼굴을 한 번만 보았더라도 클로드는 바로 이야기를 그만두었을 것이다.

"물론 말처럼 쉽지만은 않지요. 그다음에는 구더기한테 특별식을 먹여야 하거든요. 밀기울과 우유를 줘야 합니다. 나중에 구더기가 자라서 통통하게 살이 오르면 1파인트짜리 깡통에 담아서 고객들에게 우송해주면 됩니다. 1파인트당 5실링씩 받고 파는 겁니다. 1파인트당 5실링이나요! 한번 생각해 보세요, 호디 씨! 들어보니 청파리 한 마리가 낳는 구더기 양이 20파인트는 족히 된다지 뭡니까!"

클로드는 자기 무릎을 철썩 치면서 소리쳤다. 그리고 잠깐 말을 끊었지만, 이번에는 생각을 가다듬기 위해서였다. 이제는 그 무엇도 그의 열변을 막을 수가 없었다.

"호디 씨께서 모르시는 이야기가 또 있습니다. 괜찮은 구더기 공장이라면 그냥 평범한 구더기 양식만 하지는 않습니다. 낚시꾼이라면 누구나 자기 나름의 취향이 있는 법이죠. 구더기가 제일 흔하기는 하지만, 갯지렁이를 쓰기도 합니다. 갯지렁이만 고집하는 낚시꾼도 있거든요. 색깔이 있는 구더기를 찾기도 하구요. 구더기는 보통 흰색이지만, 먹이를 조절하면 색색가지 구더기를 만들 수 있습니다. 먹이만 제대로 가려서 준다면 빨간색, 녹색, 검은색은 물론이고 심지어 파란색 구더기도 가능합니다. 구더기 공장에서 제일 어려운 건 파란색 구더기를 만드는 일이에요, 호디 씨."

클로드는 숨이 차서 말을 멈추었다. 그의 눈앞에는 부자가 되고 싶다는 꿈을 꿀 때마다 눈에 선했던 광경이 다시 떠올랐다. 커다란 굴뚝이 여럿 달린 공장 건물이 우뚝 솟아 있고 쇠로 된 정문으로 행복해 보이는 일꾼들이 물결처럼 밀려들었다. 클로드 자신은 으리으리한 사무실에 자리잡고 앉아 침착하게 빈틈없이 공장 운영을 지시하고 있었다.

"바로 이 순간에도 이런 연구를 하는 똑똑한 친구들이 여럿이란 말입니다."

그는 말을 계속했다.

"그러니 혼자 뒤처지지 않으려면 빨리 시작해야 합니다. 그게 바로 큰 사업을 하는 비결이죠. 남들보다 먼저 뛰어들어야 한다는 말씀이에요, 호디 씨."

클라리스, 에이더, 그리고 둘의 아버지는 꼼짝도 않고 앉은 자세 그대로 앞만 쳐다보고 있었다. 어느 누구도 움직이거나 입을 열지 않았다. 클로드만 정신없이 이야기를 쏟아놓았다.

"우편으로 부칠 때 구더기들이 살아 있는지만 확인해주면 됩니다. 꿈틀거리는 것이 중요하거든요. 구더기가 꿈틀거리지 않는다면 아무 소용이 없으니까요. 그리고 사업이 본궤도에 올라 돈을 좀 만지게 되면 온실을 몇 개 만들 생각입니다."

클로드는 다시 말을 멈추고 턱을 쓰다듬었다.

"구더기 공장에 온실이 왜 필요한지 궁금하시겠죠? 자, 이유를 말씀드리겠습니다. 겨울에 파리를 키우려는 겁니다."

"그만하면 됐네. 이야기 고맙네, 커비지."

호디 씨가 갑자기 입을 열었다.

클로드는 그제야 눈을 들어 처음으로 상대의 얼굴 표정을 보았다. 순간 그는 그대로 얼어붙었다.

"더이상은 듣고 싶지 않네."

호디 씨가 되풀이했다.

"호디 씨, 전 말입니다, 따님에게 무엇이든 다 주고 싶을 따름입니다. 전 정말 자나깨나 이 생각뿐이란 말입니다, 호디 씨."

클로드가 소리쳤다.

"그렇다면 구더기의 도움 없이 해내길 바라네."

"아빠! 클로드한테 그런 식으로 말씀하시면 못 참아요."

클라리스가 깜짝 놀라 소리쳤다.

"애야, 참견은 고맙다만 나는 내 식대로 말해야겠다."

"이제 가봐야겠습니다."

클로드가 말했다.

"안녕히 계십시오."

조지 포지*

Georgy Porgy

• 영국 전승 동요의 주인공으로 여자아이에게 키스를 해서 울린 사내아이.

결코 자화자찬하고 싶지는 않지만, 여러모로 볼 때 나도 이젠 제법 성숙하고 원만한 성격의 어른이 되었다고 말할 수 있겠다. 여행도 많이 했고 책도 많이 읽었다. 그리스어와 라틴어도 할 줄 안다. 과학도 좀 안다. 다른 사람들이 드러내는 약간의 자유주의적인 정치 성향도 참아낼 수 있다. 15세기 마드리갈(14세기와 16세기에 이탈리아에서 성행한 세속(世俗) 성악곡—옮긴이)의 변천사에 관한 기록도 상당히 많이 수집했다. 다른 사람의 임종도 많이 지켜보았다. 게다가 그동안 내가 단상 위에서 한 설교는 많은 사람들의 인생에 영향을 미쳤다. 적어도 나는 그랬기를 바란다.

하지만 이 모든 것에도 불구하고 지금까지 살아오면서—아, 글쎄. 뭐라고 해야 할까—그러니까 내가 지금까지 한 번도 여자와 가깝게 지낸 적이 없다는 말을 하고 넘어가야겠다.

정말 솔직히 말하는데, 3주 전까지만 해도 여자가 울타리를 넘기 위해 계단에 올라설 때처럼 어쩔 수 없이 거들어야 하는 경우를 빼고는 여자한테 손가락 하나 대본 적이 없다. 그럴 때조차 어깨나 허리같이 옷에 덮여 맨살이 드러나지 않는 부분에만 손이 닿도록 애썼다. 여자의 맨살에 내 살이 직접 닿는 것을 절대 못 참기 때문이다. 피부가 서로 스치면, 그러니까 내 살이 여자의 살에 닿으면, 그게 다리이건 목이건 얼굴이건 손이건, 아니면 그냥 손가락이건 간에 비위가 몹시도 상했다. 그래서 여자와 인사할 때면 언제나 뒷짐을 져서 부득이하게 생길지도 모르는 악수의 상황을 피하고는 했다.

한 걸음 더 나아가 나는 설사 맨살이 아니라도 여자와 닿기만 하면 무척 어지러워진다는 말도 해야겠다. 줄을 설 때 여자가 내 옆에 가까이 서서 몸이 닿거나, 아니면 버스에 탔을 때 여자가 내 옆에 앉아서 엉덩이와 허벅지가 서로 닿으면 내 얼굴은 미친듯이 벌게지면서 땀방울이 정수리에서부터 마구 흘러내리기 시작한다.

사춘기에 막 접어든 소년이라면 몸의 그런 반응이 지극히 정상적일지 모른다. 대자연은 사춘기 소년에게 좀더 커서 신사처럼 행동할 수 있을 때까지 참으라는 뜻으로 더이상 나아가지 못하게 정지 신호를 보내기 때문이다. 그건 인정한다.

하지만 서른한 살이나 먹은 내가 왜 그런 일로 힘들어해야 하는지 도대체 이유를 모르겠다. 나는 유혹을 참도록 잘 훈련되어 있고 저속한 열정 따위에 무릎 꿇을 사람도 아니다.

만일 내가 조금이라도 외모에 자신이 없어서 그런다면 또 말이 될지 모르겠다. 하지만 그 역시 아니다. 내 입으로 이런 말 하기는 좀 그렇지만 외모 면에서 볼 때 나는 운이 좋은 편이다. 내 키는 맨발로 쟀을 때 165센티미터 정도 되며, 어깨는 약간 아래로 처지긴 했지만 그래도 내 작고 말쑥한 체구와는 균형이 잘 맞는다(나는 키가 지나치게 크지 않은 남자의 경우엔 어깨가 약간 처져 있으면 섬세함과 미묘한 부드러움을 풍긴다고 생각한다. 그렇다고 생각하지 않나?). 어쨌든 내 외모는 보통 수준은 된다. 그리고 치아도 아주 가지런하다(윗니가 약간 앞으로 튀어나오기는 했지만 말이다). 내 머리는 눈에 띄게 밝은 황갈색으로 숱이 아주 많다.

하지만 세상에 이런 일이 있나! 나보다 훨씬 더 작고 볼품없는 사람들조차 여자 앞에서 침착한 모습을 보인다. 정말이지, 그런 사람들이 얼마나 부럽던지! 그동안 줄곧 보아왔던, 남자와 여자 사이에서 일어나는 접촉이라는 그 유쾌한 의식을 조금이라도 맛보기를 나는 얼마나 원했는지 모른다. 남녀가 손을 잡고, 볼을 맞대며 인사하고, 팔짱을 끼고, 저녁 식탁 밑에서 무릎과 무릎, 발과 발이 닿고, 그중에서도 특히 꽉 껴

안고 춤을 추는 그런 순간을 얼마나 바랐는지 모른다.

하지만 불행히도 이 모두가 내 몫이 아닌 듯했다. 안타깝게도 그런 순간들을 피하면서 살아야 했으니 말이다. 피하다니, 말은 쉽다. 그러나 사실 런던 환락가에서 멀리 떨어진 시골 마을에 살고 있는 이 미천한 목사에게조차 그걸 피하는 일은 쉽지 않았다.

내 양떼—무슨 의미인지 알 거라 생각한다—중에는 여자가 지나치게 많았다. 우리 교구에만 수십 명에 달했다. 안타까운 것은 결혼 못 한 노처녀가 60퍼센트 이상이라는 점이었다. 말하자면 신성한 결혼생활의 혜택을 전혀 누리지 못하는 사람들이 그만큼이었다는 소리이다.

미치고 팔짝 뛸 노릇이었다.

어릴 때 내가 엄마한테 어떤 식으로 가정교육을 받았는지 아는 사람이라면 이 정도 일쯤이야 대수롭지 않게 극복하려니 생각할 것이다. 물론 가정교육을 끝마칠 때까지 엄마가 살아만 있었더라면 당연히 그랬을 것이다. 하지만 슬프게도 엄마는 내가 아직 어렸을 때 세상을 뜨고 말았다.

엄마는 멋진 여자였다. 팔목마다 커다란 팔찌를 대여섯 개씩 꼈다. 팔찌에는 별의별 게 다 매달려 있어서 움직일 때마다 짤랑짤랑 소리가 났다. 팔찌 소리만 들으면 엄마가 어디 있는지 알 수 있었다. 소의 목에 단 방울보다 나았다. 저녁이 되면 엄마는 검정 바지를 입고 소파 위에 책상다리를 하고 앉아 검정 파이프로 줄담배를 피워대곤 했고, 나는 바닥에 쭈그리고 앉아 엄마를 바라보았다.

"조지, 너도 마티니 좀 마셔볼래?"

엄마는 늘 그렇게 물었다.

"그만하지, 여보. 그러면 애가 제대로 크겠어?"

아빠는 그런 엄마에게 주의를 주곤 했다.

"마셔봐. 겁낼 거 하나 없어. 좀 마셔보래두."

나는 언제나 엄마가 하라는 대로 했다.

"이제 그만해. 맛을 봤으면 됐잖아."

아빠가 끼어들었다.

"보리스, 방해하지 말아요. 이건 아주 중요하다구요."

엄마는 아이에게 감추는 것이 있어서는 안 된다고 생각했다. 모든 걸 다 보여주고, 직접 경험하게 해야 한다는 주의였다.

"우리 아이가 다른 애들하고 지저분한 이야기를 하며 돌아다니거나, 말해주는 사람이 없다는 이유로 짐작만 해야 한다면 난 절대 못 참아요."

아이에게 전부를 다 말해주자. 꼭 들려주어야 한다.

"이리 오렴, 조지. 하나님에 대해 네가 알아야 할 이야기를 해주마."

엄마는 나를 재울 때 동화책을 읽어준 적이 없었다. 그 대신 여러 가지 이야기를 해주었다. 매일 밤 항상 다른 이야기였다.

"이리 오려무나, 조지. 오늘은 무함마드 얘기를 해줄게."

엄마는 검정 바지를 입고 책상다리를 하고 소파에 앉아 있었다. 그러고는 기다란 검정 파이프를 든 손을 뻗어 내게 가까이 오라고 느릿느릿 묘한 손짓을 했다. 그럴 때마다 팔찌에서 짤랑짤랑 소리가 났다.

"만일 종교가 꼭 있어야 한다면 내 생각엔 이슬람교도 좋을 것 같구나. 건강하게 사는 것을 중요하게 여기는 종교거든. 부인도 많이 거느릴 수 있고, 또 담배나 술을 해서는 안 되지."

"왜 안 돼요, 엄마?"

"부인이 많으면 건강해야 하고 정력도 좋아야 하니까."

"정력이 뭔데요?"

"그 얘기는 내일 해주마, 우리 아가. 한 번에 한 가지 이야기만 하자꾸나. 이슬람교도는 또 절대, 절대 변비에 안 걸린단다."

"이봐, 클레어. 애한테 사실만 이야기해줘."

아빠는 읽고 있던 책에서 눈을 떼고 엄마를 쳐다보면서 그렇게 말했다.

"여보, 당신은 뭘 몰라요. 당신이 매일 아침, 점심, 저녁으로 메카를 향해 이마를 땅에 대고 절한다고 생각해봐요. 뒤쪽에 문제가 덜 생길 수도 있지 않겠어요?"

나는 엄마가 해주는 이야기를 좋아했다. 엄마가 하는 말의 반밖에는 이해하지 못했지만 말이다. 엄마는 정말 비밀만 골라 이야기해주었다. 그리고 세상에서 비밀 이야기를 듣는 것만큼 재미있는 일은 없다.

"조지, 이리 오렴. 오늘은 아빠가 어떻게 돈을 벌어오시는지 이야기해줄게."

"클레어, 이제 그만하지."

"아니, 왜요, 여보. 왜 애한테 비밀을 만들죠? 애가 훨씬 나쁜 것만 상상할 거 아니에요."

엄마가 성에 대해 자세히 말해주기 시작했을 무렵 나는 정확히 열 살이었다. 성 이야기는 정말이지 가장 큰 비밀거리였고 그래서인지 가장 짜릿하기도 했다.

"이리 오렴, 조지. 네가 어떻게 해서 이 세상에 태어나게 됐는지 맨 처음부터 얘기해줄게."

그때 아빠는 조용히 눈을 들더니 무언가 매우 중요한 얘기라도 할 것처럼 입을 크게 벌렸다. 하지만 엄마가 반짝거리는 눈으로 아빠를 계속 쳐다보자, 아빠는 결국 한마디도 않고 다시 천천히 책을 읽기 시작했다.

"가여운 네 아빠가 부끄러우신가보다."

엄마는 나한테만 보내는 비밀스러운 미소를 지어 보였다. 다른 누구에게도 보낸 적 없고 오직 나에게만 보내는 미소였다. 입가 한쪽에만 살짝 비치는 미소로, 입 언저리에서부터 눈까지 주름이 예쁘게 잡혀 꼭 윙크하는 것처럼 보였다.

"아가야, 엄마는 네가 부끄러움 같은 건 절대 느끼지 않았으면 좋겠어. 그리고 아빠가 너 때문에 쑥스러워한다는 생각은 조금도 하지 않길 바란다."

아빠는 의자에 앉은 채 몸을 비비 꼬기 시작했다.

"이런, 네 아빠는 나와 둘이 있을 때조차 이런 이야기를 하는 걸 부끄러워한다니까. 아내인 나와 있을 때도 말이야."

"이런 이야기가 뭔데요?"

그때 아빠는 자리에서 일어나 조용히 방을 나가셨다.

엄마가 돌아가신 것은 그로부터 아마 일주일쯤 지나서였을 것이다. 어쩌면 더 나중일지도 모르겠다. 확실하지는 않다. 엄마가 돌아가실 무렵이 성 이야기가 끝났을 즈음이라는 것밖에는 모른다. 엄마의 죽음으로 끝나고 만 일련의 짧은 사건들에는 나 자신도 관련이 있기 때문에, 아직까지도 그날 밤의 기이한 일이 마치 어제처럼 뚜렷이 기억난다. 언제라도 내 기억 속의 전원을 켜기만 하면 영화처럼 그날 밤 일이 눈앞에 그대로 펼쳐진다. 언제나 똑같다. 그리고 항상 같은 장소에서 끝난다. 더 짧지도 길지도 않다. 그리고 언제나 어둠 속의 은막에서부터 이상하리만큼 갑작스레 시작한다. 저 위 어딘가에서 내 이름을 부르는 엄마의 목소리가 들려온다.

"조지, 일어나. 조지, 일어나래도!"

그다음에는 눈앞에 밝은 불빛이 들어온다. 눈부신 빛을 발하는 은막 한가운데에서 엄마의 목소리가 아득히 퍼져나온다.

"조지, 얼른 일어나서 옷 입어라. 빨리! 아래층으로 내려와. 보여줄 게 있어. 빨리, 아가야. 서둘러! 신발 신고. 밖으로 나갈 거야."

"밖으로 나가야 되나요?"

"그래, 엄마 말 들어. 얼른 신발 신고 나오렴."

나는 너무 졸려서 걷기도 힘들었다. 하지만 엄마는 내 손을 꼭 잡고 아래층으로 내려갔다. 현관문을 나서자 물을 머금은 스펀지가 뺨에 닿듯이 찬바람이 느껴졌다. 나는 눈을 크게 뜨고 밤새 내린 서리로 반짝이는 잔디와 가느다란 초승달 빛을 배경으로 어두컴컴하게 서 있는 삼나무의 커다란 가지를 바라보았다. 머리 위에 보이는 하늘에는 무수히 많은 별들이 나선을 그리며 돌고 있었다.

엄마와 나는 서둘러 잔디밭을 지났다. 엄마 팔에서는 팔찌가 짤랑거렸고, 나는 엄마를 따라잡기 위해 거의 뛰다시피 했다. 한걸음 한걸음 뗄 때마다 발밑에서 서리 맞은 풀이 사각거렸다.

"조세핀이 지금 막 아기를 낳기 시작했어. 정말 좋은 기회야. 전부를 다 볼 수 있으니까."

창고에 도착하니 안에서 환한 불빛이 새어나왔다. 우리는 창고 안으로 들어섰다. 아빠도 없고, 차도 없어서 그런지 창고가 넓고 황량해 보였다. 콘크리트 바닥의 찬 기운이 내 침실용 슬리퍼 밑창을 타고 올라왔다. 조세핀은 창고 구석에 있는 야트막한 우리 속 짚더미 위에 누워 있었다. 털이 푸르스름하고 몸집이 큰 조세핀은 엄마와 내가 가까이 다가가자 작은 분홍색 눈으로 의심스러운 듯이 쳐다보았다. 조세핀의 남편인 나폴레옹은 반대쪽 구석에 있는 우리에서 앞발을 번쩍 들고 서서 초조하게 철망을 긁어대고 있었다.

"보렴!"

엄마가 크게 말했다.

"지금 첫째 아기가 막 나오고 있지? 그래, 거의 다 나왔구나!"

엄마와 나는 기어서 조세핀에게 다가갔다. 나는 쭈그려 앉아서 우리의 철망에 얼굴을 바짝 갖다댔다. 황홀했다. 토끼의 몸속에서 다른 토끼가 나오고 있었다. 신비한, 아니 정말 눈부신 광경이었다. 정말 짧은 순간이었다.

"아기 토끼가 투명한 막 같은 것에 싸여서 나오는 모습 좀 봐! 엄마가 아기를 정성스럽게 돌보는 모습도 보렴! 가엾게도 수건이 없구나. 설사 있더라도 토끼가 발로 어떻게 수건을 잡겠니. 그래서 혀로 아기를 깨끗이 핥아주는 거란다."

엄마 토끼는 걱정스러운 듯 작은 분홍색 눈을 엄마와 내가 있는 쪽으로 돌렸고, 자세를 바꾸어 아기 토끼가 보이지 않게 몸으로 가렸다.

"이쪽으로 오려무나. 조세핀이 자세를 바꾸었어. 아기를 숨기려는 것 같다."

엄마와 나는 반대편으로 갔다. 엄마 토끼는 우리가 움직이는 대로 시선을 옮겼다. 2미터쯤 떨어진 곳에서 아빠 토끼가 철망을 긁으며 미친듯이 겅중거렸다.

"나폴레옹이 왜 저렇게 흥분했어요?"

내가 엄마에게 물었다.

"글쎄, 잘 모르겠는걸. 신경쓰지 마. 그냥 조세핀만 보렴. 금방 하나를 더 낳을 것 같아. 아기 토끼를 어떻게 핥아주는지 잘 보라구. 사람도 아기를 낳으면 엄마가 저렇게 아기를 돌본단다! 엄마도 너를 낳고 조세핀과 똑같이 했다는 게 신기하지 않니?"

푸르스름한 털의 몸집이 큰 엄마 토끼는 계속 엄마와 내 쪽을 쳐다보았고 다시 한번 아기를 코로 밀어내며 천천히 반대편으로 돌아앉았다. 그러고는 계속해서 아기를 핥으며 닦아주었다.

"엄마가 본능적으로 무얼 해야 할지 안다는 게 정말 대단하지 않니? 상상해보렴, 아가야. 아기 토끼가 너고 엄마 토끼가 나라고 말이야. 잠깐, 이쪽으로 와서 더 자세히 보렴."

엄마와 나는 아기 토끼를 더 잘 보기 위해 무릎걸음으로 기어서 우리 뒤편으로 갔다.

"엄마가 아기를 애지중지하며 온몸에 뽀뽀하는 것 좀 봐. 저기 봐! 진짜 입을 맞추고 있잖아. 꼭 엄마와 너 같지 않니?"

나는 자세히 보았다. 입맞추는 것치고는 좀 이상했다.

"엄마!"

내가 소리쳤다.

"아기를 잡아먹어요!"

정말 그랬다. 아기 토끼의 머리가 빠르게 엄마 토끼의 입속으로 사라지고 있었다.

"엄마! 빨리요!"

하지만 내 비명소리가 채 가라앉기도 전에 조그만 아기 토끼의 분홍빛 몸은 엄마 토끼의 목구멍 속으로 빨려들어가버렸다.

나는 얼른 몸을 돌렸다. 그다음 기억나는 것은 내 얼굴로부터 15센티미터도 채 떨어지지 않은 높이에 있는 엄마 얼굴을 내가 똑바로 쳐다보고 있었다는 사실이다. 분명 엄마는 무언가 말하려고 애쓰는 모습이었다. 어쩌면 너무 놀라서 아무 말도 할 수 없는 상태였을지도 모른다. 어쨌든 내 눈에 들어온 것은 엄마 입뿐이었다. 붉은색의 커다란 입이 점점 커지더니 결국 안이 둥글고 어두컴컴한 구멍으로 변했다. 나는 또 소리를 질렀다. 이번에는 멈출 수가 없었다. 그때 엄마가 갑자기 손을 내미는 바람에 엄마 살에 내 살이 닿았다. 엄마의 길고 차디찬 손가락이 내 손을 움켜잡는 느낌이 들었다. 나는 펄쩍 뛰며 엄마 손을 뿌리치고 캄캄한 밖을 향해 미친듯이 뛰쳐나갔다. 자동차 진입로를 따라 대문까지 내내 소리를 지르며 달렸다. 내 비명소리 뒤로 어둠 속에서 짤랑거리는 소리가 들려왔다. 엄마가 가까이 다가오자 그 소리는 점점 더 커졌다. 나는 좁은 길을 따라 언덕까지 달렸다. 그리고 다리 건너편의 차도까지 내달렸다. 차도에는 차들이 전조등을 번쩍이며 시속 백 킬로미터로 달리고 있었다. 짤랑거리는 소리도 계속 이어졌다.

그때 내 뒤 어딘가에서 자동차가 끼익 하며 급정거하는 날카로운 소리가 들렸다. 그리고 정적. 나는 그때서야 짤랑거리는 팔찌 소리가 더이상 들리지 않는다는 것을 깨달았다.

가여운 엄마.

조금만 더 오래 살았더라면.

엄마 때문에 끔찍한 토끼 사건을 겪었다는 것은 인정한다. 하지만 엄마 잘못은 아니었다. 어쨌든 엄마와 나 사이에는 언제나 이렇게 이상한 일들이 많이 일어났다. 그리고 나는 그런 일들이 일종의 단련 과정이었으며, 잃은 것보다는 얻은 것이 많았다고 생각하게 되었다. 내가 엄마한테 배울 것을 다 배울 때까지 엄마가 살아 있었더라면 맨 처음에 이야기한 그런 어려움 따위는 겪지 않았으리라고 확신한다.

이제 그 이야기를 좀더 해야겠다. 엄마 이야기를 하려던 것은 아니었다. 원래 하려던 이야기는 엄마하고는 아무 상관이 없다. 이제 엄마 이야기는 하지 않겠다.

우리 교구의 노처녀들 얘기를 하고 있었지. 노처녀라. 단어 자체도 추하다. 안 그런가? 노처녀 하면 입가에 주름이 자글자글하고 늙어서 가죽만 남은 암탉이나 승마바지를 입고 소리를 질러대며 온 집안을 돌아다니는, 상스럽고 덩치 큰 괴물이 떠오른다. 하지만 우리 교구의 노처녀들은 그 정도는 아니었다. 다들 깔끔하고 건강하고, 체격이 좋은 여자들이었다. 대부분 좋은 집안의 부유한 환경에서 자랐으며, 보통의 미혼 남자라면 분명 그런 아가씨들과 함께 어울리는 것을 좋아했을 것이다.

처음에는, 그러니까 이곳으로 부임한 지 얼마 되지 않았을 때에는 상황이 그렇게 나쁘지 않았다. 내 직업과 옷차림 덕분에 어느 정도 보호받는다는 느낌이었다. 게다가 나는 냉정하고 점잖은 태도가 몸에 배어 있었다. 사람들이 나한테 친밀감을 느끼지 않도록 계산된 행동이기는 했지만 말이다. 덕분에 처음 몇 달 동안은 우리 교구 안을 자유롭게 돌아다닐 수 있었다. 자선바자회에서 자기 마음대로 팔짱을 끼는 여자나, 저녁식사 때 양념통을 건네면서 슬쩍 손을 건드리는 여자도 없었다. 정말 행복했다. 지난 수년 동안 이렇게 행복한 적은 없었다. 낯선 이와 얘기할 때 집게손가락 끝으로 귓불을 튕기며 불안해하던 바보스러운 습관조차 사라졌었다.

이때부터 약 6개월 정도가 나의 제1기였다. 그 후에 문제가 생겼다.

나처럼 건강한 남자는 아무리 거리를 유지한다 해도 여자와 얽히는 일을 무한정 피할 수는 없다. 될 리가 없지. 오히려 역효과만 생길 뿐이다.

휘스트 게임(보통 네 사람이 하는 카드 게임—옮긴이)을 할 때도 여자들이 방 건너편에서 슬쩍슬쩍 나를 훔쳐보는 모습이 보였다. 서로 속삭이며, 고개를 끄덕이며, 입술을 혀로 핥으며, 담배를 빨며, 어떻게 하면 접근할 수 있을지 모의하면서 말이다. 하지만 늘 수군댈 뿐이었다. 어떨 때는 여자들이 하는 말이 조금씩 들리기도 했다. "수줍음이 정말 많은 사람이야…… 조금 긴장한 것 같은데, 아니니? 아니야. 많이 긴장했어…… 곁에 누가 있어줘야 해. 긴장을 풀고 싶을 거야…… 우리가 긴장을 풀도록 도와주자구." 그리고 몇 주가 지나면서 서서히 여자들이 나한테 접근하기 시작했다. 나는 여자들이 그러리라는 것을 알았다. 처음에는 자기들의 정체를 드러내는 행동을 하지는 않았지만, 나는 느낄 수 있었다.

그때가 나의 제2기였다. 거의 일 년 가까이 계속되었다. 정말 견디기 힘든 시기였다. 하지만 그것도 마지막 3기에 비하면 천국이었다.

이 여자들은 이제 원거리에서 가끔씩 저격하는 데 그치지 않았다. 총칼을 옆에 차고 숲에서 갑자기 튀어나와 공격하기 시작했다. 끔찍하고 두려웠다. 남자를 무너뜨리는 방법 중 예기치 못한 기습만큼 효과적인 것은 없다. 하지만 나는 겁쟁이가 아니다. 적군이 나와 덩치가 비슷한 한 명 정도라면 무슨 일이 있어도 내 영토를 지켜낼 수 있다. 하지만 이 공격은 분명 전략적으로 조직된 대규모 군대의 짓이었다.

첫번째는 엘핀스턴 양이었다. 덩치가 크고 얼굴에 사마귀가 난 여자였다. 나는 오르간에 쓸 건반 송풍 장치를 새로 마련하는 데 쓸 기부금을 부탁하기 위해 오후에 엘핀스턴 양을 방문했다. 서재에서 재미있는 대화가 오고간 후, 엘핀스턴 양은 2기니(영국의 옛 금화로 1기니는 현재의 21실링에 해당함—옮긴이) 상당의 수표를 우아하게 건넸다. 나는 번거롭게 배웅

나올 필요는 없다고 말하고 모자를 가지러 거실로 갔다. 모자를 막 잡으려는데 갑자기—엘핀스턴 양이 까치발로 내 뒤를 따라온 게 분명했다—정말 갑자기 그녀 팔의 맨살이 내 팔에 닿으면서 미끄러지는 느낌이 들었다. 그녀는 금방 내 손에 깍지를 끼더니 손을 세게 잡았다. 내 손이 마치 구강 스프레이의 손잡이라도 되듯이 그녀는 손에 힘을 줬다가 뺐다, 줬다가 뺐다 했다.

"당신 항상 목사인 척하는데, 진짜 그래요?"

엘핀스턴 양이 내게 속삭였다.

이런!

지금 내가 할 수 있는 말은 내 팔 밑으로 미끄러지듯 들어오는 엘핀스턴 양의 팔이 꼭 내 팔목을 휘감는 코브라처럼 느껴졌다는 것뿐이다. 나는 엘핀스턴 양의 팔을 뿌리치고 현관문을 밀며 뒤도 안 돌아보고 진입로를 따라 도망쳐 나왔다.

바로 그다음날 마을회관에서 바자회가 열렸다(건반 송풍 장치를 장만하기 위한 바자회였다). 바자회가 거의 끝나갈 무렵 나는 구석에 조용히 서서 차를 마시며 동네 사람들이 판매대에 몰려 있는 모습을 보고 있었다. 그때 갑자기 내 뒤에서 목소리가 들려왔다.

"이봐요, 당신 눈이 굶주림으로 가득차 있군요."

다음 순간 그녀는 늘씬하고 곡선미 넘치는 몸을 나한테 기대며 손톱을 빨갛게 칠한 손으로 커다란 코코넛 케이크 조각을 내 입에 넣어주려 했다.

"프래틀리 양, 왜 이러세요!"

하지만 프래틀리 양은 나를 벽으로 밀어 세웠다. 한 손에는 찻잔, 다른 한 손에는 찻잔 받침접시를 들고 있던 나로서는 도저히 어떻게 해볼 도리가 없었다. 온몸에서 땀이 쏟아지기 시작했고, 프래틀리 양이 내 입으로 쑤셔넣은 케이크 조각이 아니었더라면 솔직히 말해 나는 소리를 질렀을지도 모른다.

불쾌한 사건이었다. 하지만 그다음에 일어난 일은 더 심했다.

다음날은 언윈 양이었다. 언윈 양은 엘핀스턴 양과 프래틀리 양의 절친한 친구였고 이 사실을 아는 나로서는 당연히 조심했어야 했다. 하지만 몇 주 전 나에게 직접 섬세하게 수놓은 무릎덮개를 선물한, 다소곳하고 아담한 아가씨가 누군가에게 무례하게 굴 것이라고 상상이나 했겠는가? 그러니까 그런 언윈 양이 자기 집 지하실에 있는 영국식 벽화를 보여준다며 가자고 했을 때 나는 그녀가 끔찍한 생각을 품고 있다고는 꿈에도 생각지 못했다. 하지만 그녀는 그런 생각을 하고 있었다.

그날의 만남을 자세히 말하고 싶지는 않다. 너무 고통스럽기 때문이다. 하지만 다음에 일어난 일도 그에 못지않았다.

그때부터 거의 매일 새롭게 황당한 일들이 생겼다. 나는 신경쇠약에 걸렸다. 어떨 때는 내가 무엇을 하고 있는지조차 몰랐다. 글래디스 피처 양의 결혼식에서는 발인 때 쓰는 설교문을 읽었고, 해리스 부인의 아기 세례식 때는 물이 담긴 세례용 대야 속에 아기를 빠뜨렸다. 지난 2년 동안 나지 않았던 두드러기가 성가시게 목 한쪽에 다시 나기 시작했고, 귓불을 만지작거리는 짜증스러운 습관도 다시 나타났는데 전보다 상태가 훨씬 심해졌다. 머리를 빗을 때마다 머리카락도 빠졌다. 내가 뒤로 물러서는 속도가 빠를수록 그녀들이 내게 다가오는 속도도 빨라졌다. 여자들은 그런 법이다. 남자의 얌전하고 수줍어하는 모습만큼 여자들을 자극하는 것은 없는 듯하다. 그리고 남자의 숨은 본심을 어쩌다 알게 되면—이건 정말 하기 힘든 말이지만—그러니까, 나한테서 찾아낸 것처럼 남자의 눈에 숨어 있는 은밀한 욕망의 불꽃을 발견하는 순간 여자들은 두 배로 악착같아진다.

이제는 눈치챘겠지만 사실 나는 여자한테 미쳐 있었다.

그래, 안다. 지금까지 한 말이 있으니 믿기 어려울 거라고 생각한다. 하지만 진짜 맞는 말이다. 그러니까 내가 경계심을 느끼는 때는 여자들이 나한테 손가락을 대거나 몸을 기댈 때뿐이다. 여자들이 나한테서 멀찌감치 떨어져만 있어준다면 나도 다른 사람들이 문어나 독이 오른 뱀처럼 손댈 수 없는 대상을 바라볼 때와 같이 신기하고 황홀한 기분으로 몇 시간이고 한없이 여자들을 바라볼 수 있다. 나는 소매 아래로 보이는 여자들의 매끄럽고 하얀 맨살을 좋아한다. 꼭 껍질 벗긴 바나나의 신비스러운 속살 같다. 특히 몸에 달라붙는 옷을 입은 여자가 방을 가로질러 걸어가는 모습을 보면 무척이나 흥분된다. 특히 여자가 굽 높은 구두를 신고 걸어갈 때 보이는 다리의 뒷모습을 좋아한다. 무릎 뒤쪽의 힘줄이 팽팽하게 긴장된 모습이 보기 좋다. 다리가 곧 끊어질 듯이 팽팽하게 잡아 늘여놓은 튼튼한 고무줄 같아 보인다. 때때로 여름 오후에 레이디 버드웰의 응접실 창가에 앉아 찻잔 가장자리 너머로 수영장을 바라보다가 여자들 수영복의 윗도리와 아랫도리 사이로 볕에 잘 그을린 배가 살짝 도드라진 모습이 눈에 띌 때면 좀 심하다 싶을 정도로 가슴이 벌렁거리곤 했다.

그런 생각을 하는 것 자체는 잘못이 아니다. 남자라면 가끔 그런 생각을 몰래 하는 법이다. 하지만 나는 그런 생각을 하면서 심하게 죄의식을 느꼈다. 스스로에게 계속 물었다. 이 여자들이 부끄러운 줄도 모르고 하는 행동들이 내 책임은 아닐까? 내 눈에서 번쩍이는 불빛이(나도 조절할 수가 없다) 이 여자들의 욕망을 불러일으켜 그런 행동을 하도록 부추기는 것은 아닐까? 이 아가씨들을 볼 때마다 나도 모르게 유혹의 신호를 보내는 것은 아닐까? 내가 정말 그런가?

아니면 여자에게만 있는 본성 때문에 그런 잔인한 행동들을 하는 것일까?

나는 이 문제의 답을 이미 짐작하고 있었다. 하지만 그것으로는 충분하지 않았다. 내 양심은 어림짐작만으로는 절대 만족하지 않는다. 증거가 있어야 했다. 이런 일들이 누구의 잘못인지 밝혀내야만 했다. 나냐, 그 여자들이냐. 나는 그런 목표를 가지고 있었고, 그래서 스넬링의 쥐를 이용해서 내가 개발한 간단한 실험을 하기로 했다.

일 년 전쯤 나는 빌리 스넬링이라는 말썽꾸러기 성가대 아이와 문제가 좀 있었다. 이 아이는 3주 연속 주일마다 흰 쥐 한 쌍을 데려와 설교 도중 예배당 안에 풀어놓았다. 결국 나는 쥐를 압수했고 집으로 데려가 목사관 정원 아래쪽에 있는 우리에 넣어두었다. 오로지 인도적인 차원에서 계속 먹이를 주었을 뿐인데 쥐들은 별다른 부추김 없이도 매우 빠르게 번식해나갔다. 둘은 다섯이 되었고, 다섯은 곧 열둘이 되었다.

이때 나는 이 쥐들을 연구 목적으로 사용해야겠다고 생각했다. 암컷과 수컷이 각각 여섯 마리씩으로 정확히 같았다. 이상적인 조건이었다.

처음에 나는 성별에 따라 쥐를 두 개의 우리에 따로 갈라놓았다. 그리고 3주 정도를 그대로 두었다. 쥐는 매우 음탕한 동물이기 때문에 어떤 동물학자라도 3주면 쥐에게 지나치게 긴 별거의 시간이었다고 할 것이다. 내 짐작으로는 쥐를 일주일 동안 강제로 금욕시킨다면 엘핀스턴 양이나 프래틀리 양 같은 여자를 대략 일 년 정도 금욕시킨 것과 같지 않을까 싶었다. 그러니까 내가 실제 조건을 제대로 잘 재현했다고 보아도 되겠다.

3주가 지나고 나서 나는 가운데가 작은 장애물로 막힌 커다란 상자 하나를 준비했다. 한쪽에는 암컷을, 다른 쪽에는 수컷을 넣었다. 2.5센티미터 정도의 간격으로 가느다란 철사를 세 줄 설치했고, 철삿줄을 따라 강력한 전기를 흘려보냈다.

실험 과정에 현실감을 더하기 위해 나는 각각의 암컷에게 이름을 붙여주었다. 덩치가 제일 크고 수염이 가장 긴 녀석을 엘핀스턴 양이라 했다. 꼬리가 짧고 굵은 놈은 프래틀리 양이라 불렀다. 그리고 가장 왜소한 놈을 언윈 양이라 했다. 나머지도 죽 이름을 붙여주었다. 물론 수컷들은 모두 나였다.

나는 의자를 가까이 가져와 뒤로 기대앉아서 어떤 일이 벌어지는지 살펴보았다.

원래 쥐들은 의심이 많은 동물이라 가운데를 막고 있는 것은 철삿줄뿐이었지만 암컷과 수컷 어느 쪽도 움직이려 들지 않았다. 수컷들은 철삿줄을 사이에 두고 암컷들을 노려보았다. 암컷들도 수컷들이 자기 쪽으로 넘어오기를 기다리면서 수컷들을 노려보았다. 양쪽 모두가 욕정으로 긴장하는 모습이었다. 쥐들은 수염을 떨었고, 코를 씰룩거렸으며, 간간이 긴 꼬리로 상자의 벽을 세게 쳐댔다.

한참 후 수컷 하나가 무리에서 멀어지며 배를 바닥에 붙이고 철삿줄을 향해 조심스럽게 다가갔다. 그러다가 철삿줄을 건드려서 바로 감전되고 말았다. 나머지 열한 마리의 쥐는 바짝 얼어 꼼짝도 하지 못했다.

9분 30초 동안 어느 쪽 쥐도 움직이지 않았다. 하지만 수컷들이 죽은 동료를 보고 있는 동안에도 암컷들은 오로지 수컷들만 바라보았다.

그러더니 갑자기 짧은 꼬리의 프래틀리 양이 더이상 참을 수 없었었던지 앞으로 뛰어나왔다. 그녀는 그만 철삿줄을 건드려서 죽고 말았다.

수컷들은 바닥에 납작하게 엎드려 조심스럽게 철사줄 근처에 죽어 있는 두 동료를 바라보았다. 암컷들 역시 심하게 동요하는 듯했다. 그리고 한참 동안 어느 쪽도 움직이지 않았다.

이제는 언윈 양이 참을 수 없다는 신호를 보내기 시작했다. 소리가 들릴 정도로 씩씩거리더니 분홍색 코끝을 양옆으로 흔들어댔다. 그러고는 마치 팔굽혀펴기라도 하듯 몸을 위아래로 빠르게 흔들어대기 시작했다. 이어 남아 있는 암컷 네 마리를 둘러보고 "난 간다. 친구들!"이라고 외치기라도 하듯이 꼬리를 공중으로 높이 쳐들며 철사줄을 향해 힘차게 나아갔다. 그러더니 철삿줄 사이로 머리를 들이밀다가 그 자리에서 죽고 말았다.

16분이 지나고 포스터 양이 처음으로 움직임을 보이기 시작했다. 포스터 양은 마을에 사는 여자로 고양이를 키웠다. 최근 중심가에 있는 자기 집 앞에 포스터 고양이 사육장이라는 간판을 내달 정도로 뻔뻔한 여자였다. 고양이와 함께 오랫동안 살아서인지 고양이의 안 좋은 습관을 죄다 닮은 듯이 보였고, 가까이 올 때마다 그녀가 입에 물고 있는 러시아산 담배가 연기를 내뿜고 있음에도 불구하고 약하지만 코를 찌르는 듯한 고양이 냄새가 났다. 포스터 양은 본능을 다스리는 능력이 남들보다 뛰어나서인지 한 번도 나를 공격하지 않았다. 하지만 포스터 양이 수컷을 향해 필사적으로 달려오다가 어리석게 죽는 모습을 보고 있자니까 약간 만족스럽기도 했다.

다음은 몽고메리 스미스 양이었다. 아담한 체구에 의지가 분명한 여자지만, 예전에 주교와 약혼한 사이였다고 나를 속이려 한 적이 있었다. 몽고메리 스미스 양은 가장 아래 철삿줄 밑을 지나려다 죽었다. 역시 그 여자가 사는 방식이 그대로 나타나는구나. 나는 그렇게 생각했다.

아직 남아 있는 다섯 마리의 수컷은 그대로 움직이지 않은 채 기다리고 있었다.

다섯번째는 플럼리 양이었다. 플럼리 양은 매우 사악한 여자였다. 헌금 주머니에 쪽지를 연달아 슬쩍슬쩍 넣어 나에게 보내곤 했다. 한번은 주일날 아침 예배를 마치고 교회사무실에서 돈을 세다가 접혀 있는 10실링 지폐 안에서 쪽지를 발견했다.

"오늘 설교 때 보니 가엾게도 목사님 목이 좀 쉰 듯하더군요. 제 체리 폐병약 한 병을 가져다드릴게요. 드시면 목이 가라앉을 거예요. 깊은 애정을 담아서. 유니스 플럼리가."

플럼리 양은 천천히 철삿줄 쪽으로 가더니 킁킁거리며 가운데 철삿줄의 냄새를 맡았다. 이윽고 가까이 다가서는 순간, 250볼트의 전기가 온몸으로 흘러들어갔다.

수컷 다섯 마리는 살육의 현장을 지켜보면서 제자리에 가만히 있었다.

이제 암컷 쪽에는 엘핀스턴 양만 남았다.

30분 동안 엘핀스턴 양과 수컷 어느 쪽도 움직이지 않았다. 마침내 수컷 한 마리가 살살 움직이더니 한 걸음 앞으로 나섰다. 그리고 머뭇거리며 한참 생각을 하는 듯하다가, 천천히 몸을 웅크리며 다시 바닥에 엎드렸다.

분명 엘핀스턴 양은 크게 실망했을 것이다. 엘핀스턴 양은 갑자기 눈을 부라리며 철삿줄을 향해 돌진했다. 그녀는 철사줄을 멋지게 뛰어넘으려다 뒷다리 하나가 맨 윗줄에 걸리는 바람에 다른 암컷들처럼 죽고 말았다.

간단하고 독창적인—내 입으로 이렇게 말하니까 좀 쑥스럽기는 하다—실험을 지켜본 것이 나한테 얼마나 큰 도움이 되었는지 말로 다 표현할 수 없다. 믿을 수 없을 정도로 음탕하고 도저히 억제가 안 되는 여자들의 본성이 한번에 완전히 드러난 셈이었다. 남자들의 결백함이 입증되었고 내 양심도 깨끗해졌다. 그동안 끊임없이 나를 괴롭히던 죄책감이 눈 깜짝할 사이에 창밖으로 날아가버렸다. 내가 결백하다는 사실을 깨닫게 되자 갑자기 나 자신이 매우 강하고 고결한 사람이라는 느낌이 들었다.

나는 잠시 목사관 정원을 두르고 있는 검은색 철제 울타리에 전기를 통하게 하면 어떨까 하는 괴상한 생각을 해보기도 했다. 그냥 문에만 설치해도 괜찮을 것이다. 나는 서재 의자에 편안하게 앉아 창문을 통해 엘핀스턴 양과 프래틀리 양, 언윈 양이 차례로 문으로 들어오다가 가엾은 남자를 괴롭힌 벌을 받는 모습을 상상했다.

바보 같은 생각이나 하고 있을 때가 아니지.

지금부터 내가 할 일은 내 주변에 눈에 보이지 않는 전기 철조망을 치는 거야. 내 도덕성으로 완벽한 철조망을 만들어야지. 나는 그렇게 중얼거렸다. 그리고 철조망 뒤에 안전하게 앉아 적들이 차례로 달려드는 모습을 지켜봐야지.

우선 무뚝뚝한 태도부터 배워야겠다. 딱딱거리면서 말하고 웃음을 자제해야지. 적이 다가오더라도 뒤로 물러서거나 하지는 않을 거야. 내 영토를 지킬 것이고, 나를 공격하려는 여자를 노려볼 것이며, 만일 그 여자가 도발적인 말을 해오면 날카롭게 대꾸할 거야.

다음날 나는 바로 그런 기분으로 레이디 버드웰의 테니스 모임에 가려고 집을 나섰다.

나는 테니스를 치지는 않았지만 레이디 버드웰은 고맙게도 내게 경기가 끝날 때쯤인 여섯시 정도에 들러서 손님들과 어울려달라고 부탁을 했다. 성직자가 참석하는 모임에는 어떤 분위기가 조성된다고 믿는 것 같았다. 저녁식사 후 1시간 15분 정도 피아노 연주를 해주었으면 하고 바라는 것도 같았다. 아니면 마드리갈이 지난 몇 세기에 걸쳐 어떻게 발달해왔는지 손님들에게 재미있게 이야기해주기를 바라는 듯도 했다.

나는 자전거를 타고 여섯시 정각에 레이디 버드웰의 집 대문 앞에 도착했고 진입로를 따라서 안으로 한참 동안 페달을 밟아 올라갔다. 6월의 첫 주라서 그런지 길 양쪽으로 분홍색과 보라색의 진달래가 가득했다. 평소와 다르게 나는 기분이 좋았고 전혀 겁이 나지 않았다. 전날의 쥐 실험 덕분에 이제는 어느 누구에게도 놀라지 않을 것 같았다. 나는 무슨 일이 일어날지 정확히 알았고, 또 그에 맞게 준비도 잘 갖추고 있었다. 내 주위에는 철조망도 있었다.

"안녕하세요, 목사님."

레이디 버드웰이 두 팔을 벌리고 다가오며 큰소리로 인사를 했다.

나는 내 영토 위에 서서 그 여자의 눈을 똑바로 쳐다보며 말했다.

"버드웰은 잘 지내죠? 여전히 런던에 있나요?"

레이디 버드웰은 남편인 버드웰 경을 한 번도 만나보지 못한 사람이 그런 식으로 남편을 지칭하는 것을 들어본 적이 없을 것이다. 레이디 버드웰은 갑자기 그 자리에 멈춰 섰다. 이상한 눈으로 나를 바라보았는데, 어떻게 대답해야 할지 모르는 듯했다.

"괜찮다면 저 혼자 자리를 찾아 앉겠습니다."

나는 그렇게 말하고, 레이디 버드웰 옆을 지나 아홉이나 열 명 남짓한 손님들이 등나무 의자에 편안하게 앉아 있는 테라스를 향해 걸어갔다. 다들 음료수를 마시고 있었다. 대부분 여자들이었다. 늘 오는 손님들이었고 전부 하얀색 테니스 복장이었다. 손님들 사이를 성큼성큼 걸어갈 때 수수한 내 검은색 옷으로 인해 이날 행사와 내가 동떨어져 있다는 것을 느꼈다.

여자들은 나에게 미소로 인사를 건넸다. 나도 목례로 답하면서 빈 의자에 앉았다. 하지만 웃지는 않았다.

"이 이야기는 다음번에 계속해야겠어요."

엘핀스턴 양의 목소리가 들려왔다.

"목사님이 허락하지 않으실걸요."

엘핀스턴 양은 낄낄거리며 깔보는 듯한 눈빛으로 나를 쳐다보았다. 엘핀스턴 양은 분명 내가 평소처럼 긴장해서 웃으며 제 마음이 얼마나 넓은데 그러시냐고 말하기를 기다렸을 것이다. 하지만 나는 그러지 않았다. 약간 경멸하는 듯한 기색이 드러날 때까지 윗입술 한쪽을 치켜올리며 미소를 지었다(그날 아침 거울을 보며 얼마나 연습했는지 모른다). 그러고는 큰 목소리로 바로 맞받아쳤다.

"멘스 사나 인 코르포레 사노."

"뭐라구요?"

엘핀스턴 양이 큰소리로 물었다.

"한번 더 말씀해주시겠어요, 목사님?"

"건강한 몸에 건강한 정신이 깃든다고 했습니다. 저희 가족의 생활 신조거든요."

한참 동안 어색한 침묵이 흘렀다. 여자들끼리 얼굴을 찌푸리고, 고개를 흔들며, 서로 눈길을 주고받는 모습이 보였다.

"목사님 기분이 별로인 것 같아요."

포스터 양이 말을 이었다.

"한잔하셔야겠어요."

포스터 양이 바로 고양이를 키우는 그 여자이다.

"고맙습니다만, 술은 마시지 않습니다. 아시면서요."

"그럼 시원한 화채 좀 가져다드릴까요?"

내 오른쪽 뒤에서 갑자기 누군가의 나지막한 목소리가 들려왔다. 그 목소리에 순수하게 나를 염려하는 느낌이 들어 있어 나는 뒤를 돌아다보았다.

한 달 전쯤에 한 번 만난 적이 있는 특이한 미인이었다. 그녀는 로치 양으로 그때도 아주 독특한 사람이라는 생각을 했다. 특히 다소곳하고 말이 없는 모습에 감명을 받았다. 로치 양이 이곳에 있는 걸 보니 마음이 편안해졌다. 물론 그녀는 어떻게 하면 나를 한번 찔러볼까 하고 노리는 그런 종류의 사람이 아니었다.

"자전거로 그 먼길을 달려오셨으니 얼마나 피곤하시겠어요."

로치 양은 그렇게 말했다.

나는 의자에 앉은 채 몸을 돌려 로치 양을 조심스럽게 쳐다보았다. 정말 특이한 여자였다. 여자치고는 근육이 꽤 발달했고, 넓은 어깨에 튼튼한 팔, 거기에 불룩 튀어나온 종아리까지, 정말 평범해 보이지 않았다. 오후에 테니스를 쳐서 달구어진 몸이 아직 식지 않은 듯했다. 얼굴에는 건강해 보이는 붉은 기운이 감돌았다.

“정말 감사합니다, 로치 양. 하지만 술 종류는 전혀 마시지 않습니다. 그냥 레모네이드 정도면……”

“화채에는 과일만 들어 있어요, 사제님.”

나는 나를 ‘사제님’이라고 부르는 사람이 정말 좋다. 사제라 하면 엄격한 규율과 계급이 떠오르면서 군인 같은 느낌이 든다.

“화채라구요? 그건 해롭지 않죠.”

엘핀스턴 양이 말했다.

“목사님, 화채에는 비타민 C밖에 없어요.”

포스터 양도 한마디했다.

“레모네이드 같은 탄산음료보다는 훨씬 낫죠. 탄산이 위벽에 얼마나 안 좋은데요.”

레이디 버드웰도 거들었다.

“제가 가져다드릴게요.”

로치 양이 나를 보고 웃으며 말했다. 정말 환한 웃음이었다. 다른 여자들과는 달리 웃는 입 귀퉁이에 엉큼하거나 장난스러운 흔적이 없었다.

로치 양은 자리에서 일어나 음료수가 놓여 있는 탁자로 갔다. 로치 양이 오렌지, 사과, 오이, 포도를 순서대로 얇게 썰어 컵에 담는 모습이 보였다. 그러고는 병에 담긴 음료수를 컵에 잔뜩 따랐다. 안경을 안 쓰고 있었기 때문에 병에 뭐라고 쓰여 있는지 보이지 않았다. 짐인지, 팀인지, 핌인지. 어쨌든 그 비슷한 글씨였다.

"아직 많이 남아 있으면 좋겠는데. 우리집 욕심꾸러기 아이들이 정말 좋아하거든요."

레이디 버드웰이 큰소리로 말했다.

"아직 많아요."

로치 양이 대답했다. 로치 양은 화채를 내 쪽으로 가져와 탁자에 내려놓았다.

맛을 보지 않아도 아이들이 왜 화채를 좋아하는지는 금방 알 수 있었다. 음료수 자체는 노란빛이 도는 붉은색이었고, 커다란 과일 조각들이 얼음 사이사이와 음료수 표면에 둥둥 떠 있었다. 로치 양은 그 위에 민트 잎을 살짝 얹어서 가져왔다. 나를 위해 특별히 민트 잎을 얹은 듯이 보였는데, 단맛을 약간 가시게 하고 너무 애들 것처럼 보이지 않게 하려고 그런 것 같았다.

"과일을 너무 많이 넣었나요, 사제님?"

"먹을 만합니다."

나는 한 모금 마시며 말을 이었다.

"정말 맛있네요."

로치 양이 한참 걸려 만든 화채를 한 번에 다 먹어버리자니 좀 미안한 생각이 들었다. 하지만 시원한 맛이 좋아서 참을 수가 없었다.

"한 잔 더 해다 드릴까요?"

내 손에 있는 컵을 바로 가져가지 않고 탁자 위에 올려놓을 때까지 기다렸다가 말하는 태도가 마음에 들었다.

"저라면 민트 잎은 먹지 않을 거예요."

엘핀스턴 양이 말했다.

"안에 들어가서 한 병 더 내오는 게 낫겠어요. 모자랄 것 같네요, 밀드레드."

레이디 버드웰이 말했다.

"그래주시겠어요? 저 혼자 먹어도 몇 병은 먹거든요."

로치 양은 그렇게 대답하고 나서 나에게 말했다.

"사제님도 제가 말랐다고는 생각하지 않으실 거 같은데요."

"무슨 그런 말씀을."

나는 강하게 부정했다. 로치 양이 화채를 한 컵 더 만드는 것을 지켜보는데, 병을 들어올릴 때 물결치는 근육이 눈에 띄었다. 뒤에서 보니 로치 양의 목이 눈에 띄게 아름다웠다. 소위 현대 미인의 목처럼 가늘고 여위지 않았으며 오히려 굵고 튼튼한 편에 속했다. 그리고 근육이 불거진 목의 양쪽에는 가느다란 힘줄이 매끈하게 뻗어 있었다. 보통 이렇게 생긴 사람의 나이는 짐작하기 어려운 법이지만, 내 생각에 마흔여덟이나 아홉은 넘지 않은 듯했다.

화채를 두 잔째 비우고 나니 정말 이상한 기분이 들었다. 내 몸이 의자에서 붕 떠오르는 느낌이었다. 따뜻한 바람이 물결치듯 내 밑으로 불어와 나를 높이, 더 높이 띄우는 것 같았다. 몸이 비눗방울처럼 떠오르는 듯했다. 주변의 모든 사물도 같이 떠올라 위아래로 움직이며 옆으로 빙글빙글 도는 것처럼 느껴졌다. 정말 기분이 좋아졌다. 노래를 부르고 싶은 욕구를 억누르기 힘들었다.

"기분좋으시죠?"

로치 양의 목소리가 수십 킬로미터 밖에서 들려오는 듯했다. 그쪽으로 고개를 돌려보니 로치 양은 의외로 나와 아주 가까운 곳에 있었다. 로치 양도 둥둥 떠서 위아래로 움직이고 있었다.

"최고예요. 정말 기분 최고예요."

로치 양의 커다란 얼굴은 분홍빛이었다. 나와 상당히 가까이 있어서 로치 양의 양볼을 융단처럼 덮고 있는 잔털까지 보였다. 그리고 로치 양의 머리카락은 한올 한올이 태양빛을 반사하여 금처럼 빛이 났다. 갑자기 손을 뻗어 로치 양의 볼을 어루만지고 싶다는 생각이 들었다. 솔직히 말하면 로치 양이 내 볼을 만지려 했어도 거부하지 않았을 것이다.

"저기요, 루피너스꽃 보러 정원에 가지 않을래요?"

로치 양이 나지막이 물었다.

"그럼요. 아주 좋아요. 뭐든 말씀만 하세요."

레이디 버드웰의 집에는 크리켓 놀이를 할 정도로 넓은 잔디밭이 펼쳐져 있었고 한쪽 옆에는 조지왕조풍의 정자가 있었다. 다음에 생각나는 것은 내가 정자 안에 있는 긴 의자에 앉아 있고 로치 양은 바로 내 옆에 있었다는 것이다. 나는 여전히 둥둥 떠다니며 위아래로 움직이고 있었고 로치 양도 마찬가지였다. 그리고 정자도 가끔씩 위아래로 움직였다. 하지만 기분은 좋았다. 나는 로치 양에게 노래를 불러달라고 부탁했다.

"지금은 안 돼요."

로치 양은 두 팔로 나를 끌어안았는데, 자기 가슴을 내 가슴에 대고 아플 정도로 세게 눌렀다.

"그만해요."

내 목소리는 점점 사그라들었다.

"훨씬 좋네요."

로치 양은 말을 이었다.

"정말 훨씬 좋아요, 그렇죠?"

로치 양이나 다른 어떤 여자가 한 시간 전에 나한테 그런 행동을 했더라면 일이 어떻게 되었을지 나도 잘 모른다. 아마

기절했을지도 모른다. 어쩌면 죽었을 수도 있다. 하지만 이제 내가, 예전과 달라진 게 없는 내가 여기서 여자의 굵은 두 팔이 맨살로 내 몸을 감싸고 있는 순간을 정말로 즐기고 있다. 또한 정말 신기한 것은 나 역시 그녀를 끌어안고 싶어졌다는 사실이다.

나는 엄지와 검지로 로치 양의 귓불을 만지며 장난스럽게 잡아당겼다.

"장난꾸러기."

로치 양이 말했다.

나는 귓불을 더 꾹 누르며 세게 잡아당겼다. 로치 양은 한껏 달아올라서 돼지처럼 킁킁거리며 콧숨을 몰아쉬었다. 씩씩대는 숨소리가 점점 커졌다.

"키스해요."

로치 양이 내게 명령했다.

"뭐라구요?"

"빨리, 키스하라구요."

그 순간 로치 양의 입이 보였다. 그 커다란 입이 서서히 나한테 다가오는 모습이 보였다. 입은 벌어지면서 점점 가까이 다가왔다. 크기도 점점 커졌다. 갑자기 속이 뒤집히면서 나는 겁에 질려 빳빳하게 굳어버렸다.

"안 돼요! 하지 마세요!"

나는 날카롭게 소리쳤다.

분명히 말할 수 있는 것은 태어나서 그 입만큼 무서운 것을 본 적이 없다는 사실이다. 그렇게 그녀의 입이 다가오자 나는 견딜 수가 없었다. 벌겋게 달군 쇠붙이를 내 얼굴에 들이민다 해도 그렇게 정신을 못 차릴 정도로 겁나지는 않을 것이다. 정말이다. 로치 양의 튼튼한 팔이 나를 감싸서 움직이지 못하게 꽉 조였다. 입은 다가오면서 점점 커졌다. 그러더니 갑자기 바로 내 앞에서 딱 멈추었다. 커다랗고 축축했다. 마치 동굴 같았다. 그리고 바로 다음 순간, 나는 그 입안에 있었다.

커다란 입속에 내가 들어가 있었다는 말이다. 나는 혀 위에 배를 깔고 엎드려 있었다. 내 다리는 목구멍 아래 어딘가에 박혀 있었다. 본능적으로 지금 빨리 나가지 않으면 예전 그 아기 토끼처럼 산 채로 먹힐지도 모른다는 생각이 들었다. 그때 빨아들이는 힘이 느껴지면서 발이 아래로 빨려들어갔다. 나는 얼른 팔을 뻗어 아래쪽 앞니를 꼭 붙잡고서 살려고 발버둥쳤다. 입 바로 안쪽에 머리가 있었기 때문에 입술 사이로 바깥세상이 보였다. 정자의 매끈매끈한 나무 바닥 위로 햇빛이 밝게 빛났고, 흰 테니스 운동화를 신은 커다란 발이 바닥을 딛고 서 있었다.

나는 앞니 끝을 꼭 잡았다. 밑에서 빨아들이는 힘을 물리치며 바깥을 향해 천천히 몸을 끌어당겼다. 그때 로치 양이 갑자기 윗니로 내 주먹을 잘근잘근 씹기 시작했다. 나는 잡고 있던 손을 놓을 수밖에 없었다. 그러자 목구멍을 따라 발부터 아래로 미끄러졌다. 나는 떨어지면서 손에 잡히는 대로 아무거나 미친듯이 부여잡았다. 하지만 손에 닿는 것마다 너무 매끈하고 반질반질해서 도저히 잡을 수가 없었다. 아래로 미끄러지면서 마지막 어금니가 있는 곳을 막 지나가는데 왼쪽으로 반짝하는 금빛이 보였다. 내 머리 위로 5센티미터 정도 떨어진 곳에 분명 목젖으로 보이는 물체가 굵고 벌건 종유석처럼 목구멍 천장에 매달려 있었다. 나는 두 손으로 목젖을 부여잡았으나 주르르 미끄러지면서 그냥 아래로 빨려들어가고 말았다.

다음에는 살려달라고 소리친 기억밖에 없다. 그러나 목구멍 주인이 숨을 쉬면서 내는 바람소리에 가려 내 목소리는 잘 들리지도 않았다. 사나운 바람이 계속 불었다. 예측할 수 없는 희한한 바람이 아주 차가웠다가(공기가 들어올 때), 아주 뜨거웠다가(공기가 나갈 때) 했다.

나는 간신히 뾰족한 살덩어리—아마 후두개(喉頭蓋)라고 생각된다—에 팔을 걸었다. 그리고 잠시 동안 거기 매달린 채 빨아들이는 힘에 저항하면서 후두의 벽에 디딜 곳이 없는지 발로 더듬었다. 하지만 목구멍에서 나를 들어올릴 만큼 강한, 삼키는 힘이 느껴지면서 그만 갑자기 아래로 떨어졌다.

그때부터 손에 걸리는 것이라고는 하나도 없었다. 내 발이 위의 윗부분 허공에 대롱대롱 매달릴 때까지 아래로, 아래로 계속 떨어졌다. 그때 느리지만 강력한 연동 운동이 일어나면서 내 발을 아래로 잡아끌었다. 밑으로, 밑으로, 밑으로……

저멀리 바깥에서 여자들이 재잘거리는 소리가 아련히 들려왔다.

"그럴 리가……"

"하지만 밀드레드, 정말 끔찍……"

"그 남자 분명 정신이 나갔지……"

"입이 얼마나 아플까. 어머. 이것 봐……"

"섹스 중독자……"

"사디스트……"

"누가 주교님께 편지를 써서……"

그리고 로치 양의 목소리가 들렸는데, 잉꼬처럼 새된 목소리로 욕을 해댔다.

"내 손에 안 죽은 게 다행이지, 나쁜 자식…… 내가 이렇게 말했어. 이봐요, 이 뽑을 일 있으면 내가 치과에 가지, 빌어먹을 목사 따위한테 가겠냐고…… 내가 언제 그러라고 했냔 말이지……"

"지금 그 사람 어디 있어, 밀드레드?"

"누가 알겠어. 빌어먹을 정자 안에 있을 거야. 아마."

"얘들아, 우리가 가서 없애버리자!"

이런, 이런. 3주가 지난 지금 와서 생각해보니 만일 그때 감각이 있었더라면 악몽 같던 그날 오후를 어떻게 견뎌냈을지 상상도 가지 않는다.

마녀 같은 여자들 무리와 어울리는 것은 매우 위험하다. 약이 바짝 오른 그 여자들이 그날 정자에서 나를 붙잡았더라면 아마 내 사지를 그 자리에서 갈기갈기 찢었을지도 모른다.

아니면 두 손이 묶인 채 레이디 버드웰과 로치 양이 이끄는 사람들 행렬에 끌려 마을의 큰길을 지나 경찰서까지 갔을지도 모른다.

하지만 물론 그들은 나를 잡지 못했다.

그때도 잡지 못했고 아직도 못 잡았다. 만일 운만 계속 따라준다면 이 여자들에게서 완전히 도망칠 가능성이 높다는 생각도 든다. 아니면 최소한 그 사건 전부를 잊을 때까지 몇 달 정도라도 도망 다닐 수는 있을 것이다.

짐작했겠지만 나는 완전히 숨어서 지내야 했다. 공적인 일이나 사회생활도 당분간 끊어야 했다. 이럴 때는 글을 쓰는 것이 가장 좋은 일이며 나는 매일 몇 시간씩 문장들과 함께 시간을 보내고 있다. 나는 각각의 문장을 작은 바퀴라고 생각한다. 내 목표는 수백 개의 문장을 한데 모아놓고 계속 연결해서 크기가 제각각인 톱니바퀴가 맞물려 전부 다른 속도로 돌아가는 것처럼 만드는 것이다. 그리고 아주 작은 바퀴 옆에 아주 큰 바퀴를 붙이고, 천천히 돌아가는 큰 바퀴 옆에 붙은 작은 바퀴가 윙윙거리는 소리를 내며 아주 빠르게 돌아가도록 하려고 한다. 정말 매우 어려운 작업이다.

저녁에는 마드리갈도 부른다. 하지만 내 하프시코드가 무척이나 그립다.

그래도 지금 내가 있는 곳이 그렇게 나쁘지는 않다. 할 수 있는 한 편안히 지내려고 한다. 지금 있는 곳은 분명 십이지장의 가운데 부분으로 오른쪽 신장 앞에서 밑으로 곧장 떨어지는 절벽 바로 직전에 있는 작은 공간이다. 바닥은 꽤 평평하다. 사실 로치 양의 목구멍을 타고 밑으로 떨어졌을 때 제일 먼저 닿은 평평한 곳이기도 하다. 그렇기 때문에 떨어지다가 여기에서 멈추게 된 것이다. 위와 작은창자(엄마가 보여주던 그림이 아직도 기억난다)가 연결되는 과육 모양의 구멍이 내 위쪽에 있다. 아마 유문(幽門)인 듯했다. 내 밑에는 웃기게 생긴 조그만 구멍이 벽에 나 있고 이 구멍은 췌장이 십이지장의 아랫부분과 연결된 곳이다.

나처럼 보수적인 남자에게는 이상야릇하고 시시한 것들뿐이었다. 개인적으로 나는 떡갈나무로 만든 기구와 쪽모이 세공을 한 마룻바닥을 좋아한다. 하지만 여기에도 나를 매우 즐겁게 해주는 것이 있는데 바로 나를 둘러싸고 있는 벽들이다. 여기 벽들은 속을 채운 쿠션처럼 아름답고 부드러우며 그래서 마음대로 벽에 몸을 던져도 다치지 않는다.

놀라운 사실은 여기에 다른 사람들도 몇 명 있다는 것인데, 정말 다행히도 전부 남자였다. 무슨 이유에서인지 모두 하얀 옷을 입고 있었고, 자기가 매우 바쁘고 중요한 인물이라도 되는 듯이 부산하게 돌아다녔다. 사실 아주 무지한 사람들뿐이었다. 자기들이 있는 곳이 어디인지도 몰랐다. 내가 말해주려고 했지만 들으려고도 하지 않았다. 어쩔 때는 이 사람들 때문에 화도 나고 실망도 해서 참지 못하고 소리를 지르기도 했다. 하지만 그럴 때면 이들은 교활하고 의심스러운 표정을 지으며 뒤로 천천히 물러나면서 말했다.

"이제 됐어요. 진정하세요, 진정하세요, 목사님. 착하죠. 진정하세요."

도대체 그게 무슨 말인가?

하지만 매일 아침식사를 한 후 나를 찾아오는 나이든 남자 하나는 다른 사람들에 비해 좀더 현실적으로 사는 것처럼 보였다. 이 남자는 예의도 알았고 위엄도 있었다. 내 방에 조용히 앉아 내가 하는 말을 듣기만 하는 것을 보니 외로운 사람일지도 모른다는 생각이 들었다. 다만 문제라면, 우리가 지금 있는 곳에 대한 얘기가 나올 때마다 내가 탈출할 수 있게 도와주겠다는 말을 한다는 것이다. 오늘 아침에도 그 말을 하는 바람에 꽤 심하게 언쟁을 벌였다.

"모르시겠어요? 저는 도망가고 싶지 않아요."

나는 참을성 있게 말했다.

"목사님, 도대체 왜 그러십니까?"

"계속 말씀드렸잖아요. 그 여자들이 지금 밖에서 나를 찾고 있다구요."

"누가요?"

"엘핀스턴 양하고 로치 양, 프래틀리 양, 그리고 다른 여자들 다 말이에요."

"말도 안 됩니다!"

"정말 그렇다니까요. 아마 댁도 쫓고 있을 거예요. 아니라고 하시겠지만요."

"그렇지 않습니다. 날 쫓고 있지 않다구요."

"그럼 댁이 지금 여기서 뭘 하고 있는 건지 물어봐도 되겠어요?"

남자에게는 꽤 어려운 질문이었던 것 같다. 어떻게 대답해야 할지 모르는 듯했다.

"분명 로치 양하고 어울리다가 저처럼 삼켜졌을 거예요. 분명 그렇게 된 걸 거예요. 받아들이기 부끄럽겠지만요."

내가 그렇게 말하자 남자의 얼굴이 창백해지더니 크게 실망한 기색이었다. 나는 미안한 생각이 들었다.

"제가 노래 하나 불러드릴까요?"

내가 물었다.

하지만 이 남자는 대답도 않고 자리에서 일어나 조용히 복도 쪽으로 걸어나갔다.

"기운 내세요."

내가 남자의 뒤통수에 대고 소리쳤다.

"그렇게 기죽지 말아요. 길르앗에는 언제나 유향이 있게 마련이니까요." (예레미야서 8장 22절, "길르앗에는 유향이 있지 아니한가 그곳에는 의사가 있지 아니한가 딸 내 백성이 치료를 받지 못함은 어찌됨인고"를 인용한 말—옮긴이)

로열 젤리

Royal Jelly

"앨버트, 정말이지 걱정돼 죽겠어."

테일러 부인은 자신의 왼팔에 꼼짝 않고 안겨 있는 아기를 뚫어져라 바라보며 말했다.

"분명히 뭔가 잘못됐어."

속이 들여다보일 정도로 얇은 피부가 아기의 얼굴 뼈 위에 팽팽하게 한 겹 입혀져 있었다.

"다시 줘봐."

앨버트 테일러가 말했다.

"아무 소용 없을 거야."

"메이벌, 계속해봐야지."

그녀는 뜨거운 물이 담긴 냄비에서 젖병을 꺼내 손목 안쪽에 우유를 몇 방울 떨어뜨려 온도가 적당한지 살폈다.

"자, 아가야, 일어나서 조금만 더 먹으렴."

그녀가 속삭였다.

탁자에 놓인 작은 램프가 그녀 주변에 부드럽게 노란빛을 비추었다.

"제발. 조금만 더 먹어."

남편은 잡지 너머로 아내를 바라보았다. 메이벌은 피로에 지쳐 쓰러질 듯 보였다. 여느 때 같으면 의젓하고 차분했을 그녀의 계란형 얼굴은 창백하고 수척했으며 절망적인 표정이었다. 하지만 그럼에도 고개를 떨구고 아기를 물끄러미 내려다보고 있는 모습은 무척 아름다웠다.

"봐, 아무 소용 없잖아. 안 먹는다니까."

그녀가 중얼거렸다.

메이벌은 전등 빛에 젖병을 비추며 눈을 가늘게 뜨고는 눈금을 읽었다.

"또 30밀리리터 먹은 게 다네. 아니 그것도 안 되잖아. 겨우 20밀리리터. 이렇게 먹고서 제대로 크기나 하겠어? 앨버트, 심각해. 걱정돼 죽겠어."

"알아."

"뭐가 문제인지만 알아도 좋을 텐데."

"메이벌, 잘못된 거 없어. 그냥 시간문제야."

"확실히 무언가 문제가 있어."

"로빈슨 선생님이 아니라고 했잖아."

"한번 보라고."

메이벌이 일어서며 말을 이었다.

"태어난 지 6주나 된 아기의 몸무게가 계속 줄어서 태어났을 때보다 1킬로그램이나 덜 나간다는 게 말이 된다고 생각해? 이 다리 좀 보라고! 뼈하고 가죽만 남았어!"

조그마한 아기가 미동도 없이 그녀의 팔에 안겨 힘없이 늘어져 있었다.

"메이벌, 로빈슨 선생님이 걱정 좀 그만하라고 했잖아. 다른 의사 선생님도 그랬어."

"하! 정말 대단치도 않군! 그래. 걱정 집어치울게!"

"그만해, 메이벌."

"나보고 어쩌라는 건데? 별일 아니다, 그렇게 생각하라고?"

"의사 선생님이 그렇게 말하지는 않았어."

"의사라면 아주 지긋지긋해! 모두 다 똑같아!"

그녀는 울부짖듯 말하더니 아기를 안은 채 재빨리 방을 나서서 계단 쪽으로 향했다.

앨버트 테일러는 그대로 방에 남아 있었다.

잠시 후 바로 위층 침실에서 메이벌이 이리저리 움직이는 소리, 안절부절못하며 리놀륨 바닥 위를 탁탁탁 빠르게 걷는 소리가 들렸다. 곧 발소리가 멈추겠지. 그러면 그는 일어나 그녀를 따라 올라가봐야 할 터였다. 침실로 들어가보면 아내는 아기 침대 옆에서 아기를 바라보며 그저 흐느껴 울고 있기 일쑤였다.

"앨버트, 아기가 굶어죽겠어."

그녀는 그렇게 말하곤 했다.

"절대 굶어죽지 않아."

"난 알아. 굶어죽을 거라구. 그리고 앨버트."

"응?"

"당신도 그렇게 생각하지? 그런데 인정하고 싶지 않은 거야. 그렇지?"

요즘은 매일 밤이 그렇게 흘러갔다.

지난주 부부가 아기를 다시 병원에 데려갔을 때, 의사는 찬찬히 아기를 진찰한 후 아무 이상이 없다고 말했다.

"선생님, 9년 걸려서 가진 아기예요. 아기한테 무슨 일이 생기면 전 죽어요."

메이벌이 말했다.

그때가 엿새 전이고, 그후 아기는 150그램이 또 빠졌다.

하지만 걱정한다고 별다른 수가 있는 건 아니지. 앨버트 테일러는 스스로에게 타일렀다. 이럴 때는 그저 의사를 믿는 수밖에 없지 않은가. 그는 무릎에 놓여 있던 잡지를 집어들고 목차를 훑으며 무슨 내용이 들어 있는지 살펴보았다.

5월의 벌 소식

꿀을 이용한 요리법

양봉업자와 B제약회사

노제마병(Nosema. 꿀벌에게 나타나는 내부기생충성 전염병—옮긴이) 통제 사례

로열 젤리에 관한 최신 정보

금주의 양봉장

밀랍의 치료 효과

꽃꿀을 토해 꿀을 만드는 벌

영국 양봉업자 연례 만찬

협회 소식

앨버트 테일러는 언제나 벌과 관련된 것들에 매료되었다. 어린 시절 그는 종종 맨손으로 벌을 잡아서 집으로 달려와 어머니에게 보여주었다. 때로는 얼굴에 벌을 올려놓고 뺨이며 목을 기어다니도록 내버려두기도 하였다. 그런데 신기하게도 그는 한 번도 벌에 쏘인 적이 없었다. 오히려 벌들이 그와 노는 것을 즐기는 듯했다. 벌들은 그의 얼굴에서 떨어지려 하지 않았다. 하지만 그가 벌들을 떼어놓고 싶으면 그저 가볍게 손으로 떨기만 하면 되었다. 물론 벌들은 곧 돌아와 그의 팔이며 손, 무릎 등 맨살이 드러나는 곳이면 어디에나 다시

앉곤 했다.

벽돌공이었던 아버지는 아들의 땀구멍에서 부정한 것이 흘러나와 곤충에게 최면을 거는 것이라며 불길한 징조라고 말했다. 하지만 어머니는 그런 아들의 능력을 신의 선물이라며 심지어 새를 사랑한 성 프란체스코(St. Francis of Assisi, 이탈리아의 아시시라는 작은 마을에서 태어났으며, 가난한 삶을 위해 부와 권력을 포기한, 존경받는 성자 가운데 한 명이다. 새들과 무척 친해 심지어 비둘기, 까마귀 같은 새들이 나무로 모여들어 그의 설교를 듣고 공손히 머리를 숙여 절했다는 일화도 있다—옮긴이)에 아들을 비유하기도 했다.

커가면서 앨버트 테일러의 벌에 대한 관심은 집착으로 발전했다. 열두 살 때 그는 처음으로 자신의 벌통을 만들었다. 이듬해 여름 그의 벌통에도 꿀벌들이 날아들기 시작했다. 2년 뒤 그가 열네 살이 되었을 때, 아버지의 작은 뒷마당 울타리에는 자그마치 다섯 개의 벌통이 나란히 놓이게 되었다. 그는 꿀 생산과 별도로 자신의 여왕벌을 키우기 시작했다. 모조 여왕벌집에 일벌의 애벌레를 집어넣어 여왕벌로 키우는 일은 복잡하고 세심한 주의가 필요했다.

그는 벌집에서 꿀을 꺼낼 때도 연기를 피울 필요가 없었고, 손에 장갑을 끼지도 머리에 망을 뒤집어쓰지도 않았다. 분명히 소년과 벌 사이에는 이상한 교감이 있었다. 마을의 가게며 술집에서 사람들은 일종의 존경심을 갖고 그에 대해 이야기하기 시작했다. 그리고 꿀을 사러 그의 집을 찾아오기 시작했다.

열여덟 살에 그는 마을에서 골짜기를 따라 약 2킬로미터 떨어진 체리 과수원 옆에 1에이커 정도의 황량한 목초지를 얻어서 사업을 시작했다. 11년이 지난 지금 그는 바로 그 자리의 6에이커의 땅에서 240개의 벌통을 키우고 있으며, 자신이 직접 지은 작은 집도 한 채 있다. 아이를 갖는 데 9년이 걸린 점만 빼면, 스무 살에 한 결혼도 성공적이었다. 사실 이 작고 이상한 아기가 태어나 제대로 먹지를 않아 살이 빠지면서 이들 부부의 애를 태우기 전까지 앨버트 테일러에게는 매사가 순조로웠다.

그는 잡지에서 눈을 거두고 딸아이에 대해 생각하기 시작했다.

그날 저녁 아기가 우유를 먹으려고 눈을 떴을 때, 그는 아기 눈을 유심히 바라보다 그 희미하고 멍한 눈빛에 소스라치게 놀라고 말았다. 눈과 뇌의 연결 고리가 끊어져, 눈이 작은 회색 구슬처럼 눈구멍을 혼자 떠다니는 것처럼 보였다.

의사들이 대체 뭘 알기나 하면서 말을 하는 건가?

그는 재떨이로 손을 뻗어 성냥개비로 파이프 대통에서 천천히 재를 떨어내기 시작했다.

언제 옥스퍼드에 있는 큰 병원에 아기를 데려가봐야지. 위층에 올라갈 때 메이벌에게 그렇게 제안하는 게 좋을 것 같았다.

아내가 침실을 이리저리 돌아다니는 소리는 여전했다. 그러나 소리가 희미해진 것으로 보아 슬리퍼로 갈아 신은 모양이었다.

그는 관심을 다시 잡지로 돌렸다. 「노제마병 통제 사례」라는 글을 다 읽고 페이지를 넘겨서 「로열 젤리에 관한 최신 정보」라는 글을 읽기 시작했다. 그는 자신이 모르는 내용이 있을 거라고는 생각지 않았다.

'로열 젤리라고 하는 이 놀라운 물질은 무엇인가?'

그는 글을 읽으면서 옆 탁자로 손을 뻗어 담배통을 집어들고 파이프를 채우기 시작했다.

> 유모봉(乳母蜂)들은 방금 알에서 부화한 애벌레에게 자신의 몸에서 분비한 로열 젤리를 먹인다. 척추동물의 유선이 젖을 생산하는 것과 같은 방식으로 벌의 인두선은 로열 젤리를 분비한다. 벌을 제외하고는 어떤 곤충도 이런 식으로 진화하지 않았기 때문에, 이는 생물학적 측면에서 상당히 흥미로운 일이다.

뻔한 이야기지. 그는 속으로 중얼거렸다. 하지만 달리 할일이 없었기 때문에 계속 읽어나갔다.

> 일에서 부화한 후 처음 3일 동안은 모든 애벌레가 고농축 상태 그대로 로열 젤리를 먹게 된다. 그러나 이 시기가 지나면 수벌이나 일벌이 될 애벌레는 꿀과 꽃가루로 상당히 희석된 로열 젤리를 먹게 된다. 반면 여왕벌이 될 애벌레는 유충기 내내 순수한 로열 젤리만 먹는다.

위쪽 침실에서 들리던 발소리가 갑자기 멈췄다. 집 전체가 고요했다. 그는 성냥을 그어 파이프에 불을 붙였다.

> 로열 젤리만 먹은 꿀벌 애벌레의 몸무게가 5일 만에 1,500배 증가하는 것으로 보아 이는 놀라운 영양물질임이 분명하다.

그는 어쩐 일인지 전에는 한 번도 애벌레의 몸무게가 얼마나 늘어나는지 생각해본 적이 없었는데, 이 기사를 읽으면서 그렇구나 하는 생각이 들었다.

> 이는 3.4킬로그램인 아기의 몸무게가 5일 만에 5톤으로 늘어나는 것과 같다.

앨버트 테일러는 멈췄다가 그 문장을 다시 읽었다.

세 번이나 읽었다.

3.4킬로그램인 아기가……

"메이벌! 메이벌! 빨리 내려와봐!"

그는 의자에서 벌떡 일어서며 소리쳤다.

그리고 계단 앞으로 가서 아내를 불렀다.

아무런 대답이 없었다.

그는 계단을 뛰어올라가 층계참에서 불을 켰다. 침실 문은 닫혀 있었다. 그는 층계참을 지나 침실 문을 열고 문간에 서서 어두운 방안을 들여다보았다.

"메이벌, 잠깐만 아래층으로 내려올래? 방금 좋은 생각이 났어. 아기에 관한 거야."

층계참의 불빛이 침대에 희미한 빛을 드리우면서, 얼굴을 베개에 묻고 팔을 앞으로 뻗은 채 엎드려 있는 아내의 모습이 어렴풋이 눈에 들어왔다. 그녀는 또 울고 있었다.

"메이벌, 잠깐만 내려와봐. 중요한 일이야."

그는 다가가서 아내의 어깨를 어루만지며 말했다.

"저리 가. 나 좀 혼자 내버려둬."

"내가 무슨 생각 하는지 궁금하지 않아?"

"앨버트, 지쳤어. 이젠 너무 지쳐서 어떻게 해야 할지도 모르겠다고. 더이상은 안 될 것 같아. 못 견디겠어."

그녀는 흐느끼며 말했다.

잠시 정적이 흘렀다. 앨버트 테일러는 아내를 뒤로하고 천천히 아기 침대로 걸어가서 침대 속을 들여다보았다. 너무 어두워서 아기의 얼굴은 보이지 않았다. 하지만 몸을 굽히니 희미하지만 빠른 아기 숨소리가 들렸다.

"우유는 언제 먹여야 돼?"

"두시일 거야."

"그다음은?"

"아침 여섯시."

"두 번 다 내가 줄게. 가서 자."

그녀는 대답하지 않았다.

"메이벌, 제대로 침대에 들어가 자. 알겠어? 걱정 그만하고. 앞으로 열두 시간은 내가 다 알아서 할게. 이러다가는 신경쇠약에 걸린다고."

"그래, 알았어."

"우리 꼬맹이는 내가 지금 빈방으로 데리고 갈게. 자명종 시계도 가져갈 테니까, 당신은 그냥 누워서 쉬어. 우리 걱정은 하지 말고. 알았지?"

그는 벌써 문간에서 아기 침대를 밖으로 밀고 있었다.

"으흑, 앨버트."

그녀가 흐느끼며 말했다.

"조금도 걱정하지 말고 내게 맡기라고."

"앨버트……"

"응?"

"앨버트, 사랑해."

"메이벌, 나도 사랑해. 이제 자도록 해."

다음날 아침 거의 열한시가 되어서야 앨버트 테일러는 아내를 다시 볼 수 있었다.

"어머나, 앨버트, 시계 좀 봐! 나 열두 시간은 잤나봐. 어때? 별일 없었어?"

그녀는 슬리퍼에 가운 차림으로 계단을 뛰어내려오며 소리쳤다.

앨버트는 조용히 안락의자에 앉아서 파이프를 피우며 조간신문을 보고 있었다. 아기는 그의 발치에 놓인 간이침대에 누워 있었다.

"잘 잤어?"

그가 웃으며 말했다.

그녀는 달려와 침대 안을 들여다보았다.

"앨버트, 아기가 뭐 좀 먹었어? 우유 몇 번 먹였어? 열시에 또 한번 먹여야 되는 거 알고 있었던 거야?"

앨버트 테일러는 신문을 사각형으로 반듯이 접어서 작은 탁자 위에 올려놓았다.

"새벽 두시에 먹였는데, 겨우 15밀리리터 정도 먹었어. 아침 여섯시에도 먹였는데, 그때는 조금 더 많이 먹었어. 60밀리리터……"

"60밀리리터나! 앨버트, 대단하다!"

"마지막 먹은 게 겨우 10분 전이야. 벽난로 위에 젖병 있어. 딱 30밀리리터 남았어. 그러니까 90밀리리터 먹은 거지. 어때?"

그는 자신의 업적에 뿌듯해서 싱글벙글이었다.

메이벌은 재빨리 무릎을 꿇고 앉아 자세히 아기를 들여다보았다.

"좋아졌지? 얼굴에 살이 오른 것 같지 않아?"

그는 신이 나서 물었다.

"이상한 소리 같겠지만, 진짜 그런 것 같네. 앨버트, 대단해! 어떻게 먹였어?"

"때가 된 거지. 그게 다야. 의사가 말했던 대로 때가 되면 다 먹게 돼 있어."

"앨버트, 당신 말이 맞게 해달라고 하나님한테 빌어야겠어."

"당연히 내 말이 맞지. 이제부터 지켜보라고."

메이벌은 사랑스러운 눈길로 아기를 바라보았다.

"메이벌, 당신도 훨씬 좋아 보인다."

"한결 나아졌어. 어젯밤엔 미안했어."

"이렇게 하자. 앞으로 밤에는 내가 우유를 먹일게. 당신은 낮에 먹여."

앨버트가 말했다.

그녀는 얼굴을 찡그리고는 침대 건너편에 앉아 있는 남편을 쳐다보며 대답했다.

"아니, 안 돼. 당신한테 그럴 순 없지."

"당신이 신경쇠약으로 쓰러질까봐 그래."

"걱정 마. 잠 좀 잤으니까 괜찮아."

"같이하는 게 훨씬 좋잖아."

"아니, 앨버트. 이건 내 일이고, 내가 할 거야. 어젯밤 같은 일은 다시는 없을 거야."

잠시 정적이 흘렀다. 앨버트 테일러는 입에 물고 있던 파이프를 빼서 대통 안에 든 담뱃가루를 살펴보았다.

"좋아. 그렇다면 나는 허드렛일만 할게. 젖병 소독하고 우유 타서 담아놓고. 그럼 당신도 조금 편할 거야."

그녀는 남편이 갑자기 뭔가에 홀린 게 아닌가 의아해하면서 앨버트를 조심스럽게 바라보았다.

"메이벌, 있잖아, 내가 생각해봤는데……"

"응."

"지금까지 아기 돌보는 데 내가 손 하나 까딱 안 했다는 생각이 들었어."

"그렇지 않아."

"아니야. 그래서 지금부터 나도 내 몫을 해야겠다고 결심했어. 우유 타기와 젖병 소독은 내가 맡을게. 알았지?"

"정말 고마워. 그런데 꼭 그러지 않아도 돼……"

"제발! 내가 하고 싶어서 그래. 지난번 세 번은 내가 줬고 또 잘했잖아. 다음은 언제 줘야 돼? 두시 맞지?"

"응."

"타놨어. 다 준비되어 있으니까, 시간 되면 당신은 그냥 식료품 선반에서 젖병을 가져다가 데우기만 하면 돼. 편하지. 그렇지?"

메이벌은 일어나 남편에게 다가가 볼에 키스를 했다.

"자기는 정말 좋은 사람이야. 알면 알수록 더 사랑하게 된다니까."

그날 정오가 훨씬 지났을 때 앨버트는 밖에 나가 따뜻한 햇볕 아래에서 벌통 일을 보고 있었다. 그때 집에서 부르는 소리가 들렸다.

"앨버트! 앨버트! 이리 와봐!"

메이벌이 이렇게 소리치며 미나리아재비를 헤치면서 달려왔다. 그는 무슨 일인지 궁금해서 그녀가 오는 쪽으로 걸어나갔다.

"앨버트, 무슨 일인지 맞혀봐."

"뭔데?"

"방금 두시에 우유를 먹였거든. 그런데 다 먹어버렸어."

"정말?"

"한 방울도 안 남겼어. 너무 좋아! 이제 괜찮아질 거야! 당신 말대로 먹을 때가 되었나봐!"

그녀는 남편에게 다가가 두 팔로 그의 목을 감싸안았다. 앨버트는 웃으며 아내의 등을 토닥였다. 그리고 그녀에게 정말로 장한 엄마라고 말했다.

"앨버트, 들어와서 다음번에도 다 먹는지 한번 볼래?"

그는 무슨 일이 있어도 꼭 보겠다고 말했다. 그녀는 다시 한번 남편을 잠시 끌어안았다가 돌아서서 노래를 부르며 풀 사이를 팔짝팔짝 뛰어 집으로 돌아갔다.

다음번 우유 줄 시간인 여섯시가 점점 다가오자 일종의 긴장감이 감돌았다. 다섯시 반, 부부는 벌써 거실 의자에 앉아 우유 줄 시간을 기다리고 있었다. 벽난로 위에 놓인 냄비의 따뜻한 물 속에 젖병이 세워져 있었다. 아기는 소파 위의 간이침대에서 자고 있었다.

여섯시 20분 전, 아기가 잠에서 깨어 목이 터져라 울기 시작했다.

"내 말이 맞지!"

테일러 부인은 탄성을 지르며 말을 이었다.

"우유 달라고 하네. 앨버트, 빨리 아기를 안아서 나한테 줘. 젖병 먼저 주고."

그는 먼저 젖병을 건네주고 아기를 아내의 무릎에 앉혔다. 메이벌은 젖병 꼭지를 조심스럽게 아기 입술에 갖다댔다. 아기는 잇몸으로 젖꼭지를 물고는 빠르고 힘차게, 게걸스럽게 빨기 시작했다.

"앨버트, 대단하지 않아?"

그녀가 웃으며 말했다.

"메이벌, 놀랍다."

7, 8분 후 병 속의 내용물은 전부 아기의 목구멍 속으로 사라져버렸다.

"이쁘기도 하지. 또 120밀리리터야."

그녀는 기쁨을 참지 못했다.

앨버트 테일러는 앉은 채로 몸을 숙여 아기의 얼굴을 빤히 들여다보더니 입을 열었다.

"이상하다. 벌써 몸무게가 늘어난 것 같아. 어때?"

엄마는 아기를 내려다보았다.

"메이벌, 어제보다 더 크고 살도 찐 것 같지 않아?"

"그럴지도 모르지. 잘 모르겠어. 하지만 이렇게 짧은 시간에 몸무게가 늘 리 있겠어? 아무튼 이제 제대로 먹으니까 됐어."

"고비를 넘긴 거야. 당신, 이제 걱정 안 해도 된다고."

"이제 걱정 안 해."

"내가 위층에 올라가서 아기 침대를 우리 방으로 옮겨놓을까?"

"그래."

앨버트는 위층에 올라가서 침대를 옮겼다. 메이벌은 아기를 안고 뒤따라 올라가 기저귀를 갈아준 다음 아기를 가만히 침대에 눕혔다. 그러고는 아기에게 홑이불과 담요를 덮어주었다.

"앨버트, 정말 사랑스럽지? 지금껏 당신이 본 아기 중에서 제일 예쁘지?"

그녀가 속삭였다.

"메이벌, 아기가 자니까 조용히 하자. 아래층으로 내려가서 저녁 먹어야지. 우리 둘 다 엄청 힘 뺐잖아."

식사를 마치고 앨버트는 잡지와 파이프를, 테일러 부인은 뜨개질 거리를 들고 둘 다 거실 안락의자에 자리를 잡았다. 전날 밤과는 사뭇 다른 광경이었다. 갑자기 모든 긴장이 풀어져버렸다. 테일러 부인의 갸름하고 매력적인 얼굴에는 즐거움이 가득했다. 뺨은 홍조를 띠었고, 눈은 반짝반짝 빛났으며, 입은 꿈에 부푼 양 연신 웃음을 지었다. 때때로 뜨개질 거리에서 눈을 떼고 애정어린 눈으로 남편을 바라보곤 했다. 가끔은 몇 초간 뜨개질하던 손을 완전히 멈추고 가만히 앉아 천장을 바라보며, 혹시 위층에서 아기가 울지나 않는지 귀를 기울였다.

"앨버트."

잠시 후 그녀가 말했다.

"왜, 여보?"

"어젯밤 침실에 뛰어들어와서 나한테 하려던 말이 뭐야? 아기에 대해서 좋은 생각이 났다고 했잖아."

앨버트 테일러는 잡지를 무릎에 내려놓고 한동안 장난스러운 눈빛으로 그녀를 바라보았다.

"내가 그랬어?"

"응."

그녀는 남편이 말하기를 기다렸다. 하지만 그는 아무 말도 하지 않았다.

"뭐 엄청 재미있는 얘기야? 왜 그렇게 싱글거려?"

"그래, 그냥 재미있는 얘기야."

"여보, 말해봐."

"말을 해야 할지 말아야 할지 모르겠네. 지금까지 속였다고 뭐라고 할 텐데."

그녀는 남편이 지금처럼 즐거워하는 모습을 본 적이 거의 없었다. 그래서 그녀도 같이 웃어주며 남편을 부추겼다.

"이 말을 들으면 당신이 어떤 얼굴을 할지 궁금한데?"

"앨버트, 대체 무슨 일인데?"

그는 부인에게 그만 다그치라는 듯이 잠시 말을 멈췄다.

"당신이 생각해도 아기가 좋아졌지. 그렇지?"

그가 물었다.

"당연하지."

"아기가 갑자기 엄청나게 먹어대는 것 같지 않아? 완전 딴판으로 보이지?"

"그래, 그런 것 같아."

"그럼 됐어. 알겠지, 다 내가 한 거라고."

그가 히죽거리며 말했다.

"하다니, 뭘 해?"

"내가 아기를 고쳤다고."

"그래, 당신이 그랬다고 생각해."

테일러 부인은 뜨개질을 계속했다.

"내 말 안 믿지, 그렇지?"

"앨버트, 당연히 믿어. 전부 당신 덕이야."

"그럼 내가 어떻게 했을까?"

"글쎄."

그녀는 잠시 생각하더니 말을 이었다.

"그냥 우유를 잘 타는 거겠지. 당신이 우유를 타면서부터 아기가 잘 먹잖아."

"우유 타는 데 무슨 기술이라도 있단 말이야?"

"분명히 그런 것 같아."

그녀는 계속 뜨개질을 하면서, 남자들이 참 우습다는 생각에 속으로 미소를 지었다.

"내가 비결을 하나 말해주지. 그래, 당신 말이 맞아. 하지만 어떻게 타느냐보다는 무얼 넣느냐가 더 중요해. 메이벌, 알겠어?"

테일러 부인은 뜨개질을 멈추고 잽싸게 고개를 들어 남편을 쳐다보았다.

"앨버트, 아기 우유에 뭘 넣었다는 말은 아니지?"

그는 앉은자리에서 그저 빙긋이 웃었다.

"뭐야, 넣었다는 거야, 아니라는 거야?"

"넣었을 수도 있지."

"그 말 못 믿겠는데."

그는 이를 드러내며 아주 묘한 웃음을 지었다.

"앨버트, 이런 걸로 장난치지 마."

"알았어, 여보."

"아기 우유에 뭐 넣지 않았지? 그렇지? 앨버트, 솔직히 대답해. 갓난아기한테는 심각할 수도 있단 말이야."

"그래, 넣었어."

"앨버트 테일러! 어떻게 그런 짓을!"

"흥분하지 마. 다 말할게. 제발 화부터 내지 마."

"맥주구나! 그래 알겠어. 맥주구나!"

그녀가 소리쳤다.

"메이벌, 제발 그렇게 멍청한 소리 좀 하지 마."

"그럼 뭔데?"

앨버트는 파이프를 옆에 있는 탁자에 조심스럽게 내려놓고 의자 뒤로 몸을 기댔다.

"여보, 내가 로열 젤리 얘기하는 거 들어본 적 있어?"

"아니, 없는데."

"신기한 일이야. 정말 신기해. 어젯밤 갑자기 로열 젤리를 아기 우유에 넣으면 어떨까 하는 생각이 들더라고……"

"어떻게 그런 생각을 할 수 있어!"

"당신은 그게 뭔지도 모르잖아."

"그게 뭔지는 상관없어. 그런 이물질을 아기 우유에 넣으면 안 된단 말이야. 미쳤어."

"메이벌, 전혀 해롭지 않아. 안 그러면 내가 그걸 넣었겠어? 벌에서 얻는 거야."

"내가 그 생각을 했어야 하는 건데."

"아주 귀해서 아무나 먹을 수 있는 것도 아니야. 먹을 여유가 되더라도 한 번에 한 방울 정도라고."

"그럼, 우리 아기한테 얼마나 먹였는지 한번 물어볼게."

"그래, 그게 중요하지. 내 생각엔 우리 아기가 우유를 네 번 먹으면서 다른 사람들이 먹는 양의 한 50배는 먹었을 거야. 어때 놀랐지?"

"앨버트. 장난치지 마."

"정말이야."

그는 뿌듯해하며 말했다.

그녀는 입을 조금 벌린 채 이맛살을 찌푸리며 남편을 빤히 바라보았다.

"메이벌, 로열 젤리를 사려면 얼마나 비싼지 알아? 요즘 로열 젤리를 광고하는 미국 회사가 하나 있는데 5백 그램 한 병에 5백 달러 정도 한다고. 5백 달러라니까! 금보다 더 비싸단 말이야!"

그녀는 그의 말을 조금도 이해하지 못했다.

"내가 보여주지."

앨버트는 벌떡 일어나 거실 맞은편, 벌에 관한 책을 모두 모아둔 커다란 책장으로 갔다. 맨 위 칸에는 〈미국꿀벌학회지〉를 비롯하여 〈영국꿀벌학회지〉, 〈양봉협회지〉 및 기타 다른 잡지의 지난 호가 깔끔하게 쌓여 있었다. 그는 〈미국꿀벌학회지〉 최근호를 꺼내어 뒷부분의 안내 광고 페이지를 펼쳤다.

"여기 있구나. 내가 말했잖아. '도매가에 로열 젤리 팝니다—5백 그램 한 병에 480달러.'"

그는 읽어보라면서 잡지를 건넸다.

"이제 내 말 믿겠어? 실제로 뉴욕에 있는 가게라고. 메이벌, 여기 이렇게 써 있어."

"갓난아기한테 먹여도 된다는 말은 없잖아. 앨버트. 도대체 무슨 생각으로 그런 거야? 정말 모르겠네."

"아기가 좋아졌잖아. 안 그래?"

"그게 좋아진 건지 어떻게 알아?"

"메이벌, 바보 같은 소리 하지 마. 당신도 봤잖아."

"그럼 다른 사람들은 왜 아기한테 안 먹이는데?"

"내가 계속 말했잖아. 너무 비싸다고. 백만장자 한두 명 빼고 그냥 먹기 위해 로열 젤리를 살 수 있는 사람은 사실 없어. 여성용 크림을 만드는 큰 화장품 회사에서나 로열 젤리를 산다고. 관심을 끌려는 거지. 커다란 크림 한 통에 로열 젤리를 눈곱만큼 넣어도 크림이 엄청난 값에 불티나게 팔리거든. 이런 회사에서는 로열 젤리가 주름을 없애준다고 선전한다고."

"정말 주름이 없어져?"

"내가 그걸 어떻게 알겠어?"

그는 다시 의자로 돌아가며 말을 이었다.

"그런 건 중요하지 않아. 중요한 건 몇 시간 만에 우리 아기가 좋아졌다는 거지. 그러니까 계속해서 아기에게 줘야 한다는 거야. 잠깐 내 말 좀 먼저 들어봐. 밖에 벌통이 250개 있다고. 아기한테 로열 젤리를 충분히 먹이려면 백 개 정도는 로열 젤리 생산으로 돌려야 하거든."

"앨버트 테일러. 정신나갔어?"

눈을 동그랗게 뜨고 남편을 쳐다보며 그녀가 말했다.

"내 말 좀 끝까지 들어봐. 응?"

"안 돼, 절대로. 아기한테 그 끔찍한 젤리를 한 방울도 주면 안 돼. 알았어?"

"메이벌, 그런데……"

"그건 그렇다 치고, 작년에 우리 꿀 수확도 형편없었잖아. 벌통 갖고 또 그러면 무슨 일이 일어날지 장담 못해."

"메이벌, 벌통에는 아무 문제 없어."

"당신도 알다시피 작년엔 평년의 반밖에 수확을 못했잖아."

"내 말 좀 들어봐. 응? 로열 젤리가 얼마나 놀라운 건지 설명해줄게."

"당신, 그게 어떤 건지도 아직 말 안 했어."

"알았어, 메이벌. 그것도 말할게. 들어볼래? 말할 수 있는 기회를 좀 달라고."

그녀는 한숨을 내쉬고는 다시 뜨개질 거리를 잡았다.

"앨버트, 속시원하게 털어놓는 게 좋을 거야. 그래 어디 한번 말해봐."

그는 어떻게 시작해야 할지 몰라 잠시 머뭇거렸다. 양봉에 대해 잘 알지 못하는 사람에게 이런 것을 설명하기란 쉽지 않을 것이다.

"각각의 집단에 여왕벌이 한 마리뿐인 건 알지?"

"어."

"그리고 이 여왕벌이 알을 낳는 것도?"

"그래. 그 정도는 알아."

"좋아. 사실 여왕벌은 두 가지 종류의 알을 낳아. 그건 몰랐었지? 그래, 그게 꿀벌의 불가사의 중 하나야. 하나는 수벌이 되고 다른 하나는 일벌이 돼. 메이벌, 이게 불가사의가 아니고 뭐겠어?"

"그래, 알겠어."

"수벌은 수컷이겠지. 수벌은 중요하지 않아. 일벌은 모두 암컷이야. 물론 여왕벌도 암컷이지. 그런데 일벌은 산란능력이 없는 암컷이란 말이야. 일벌은 생식기관이 제대로 발달하지 못했거든. 반면 여왕벌은 엄청난 생식능력을 지녔어. 하루에 자기 몸무게만큼의 알을 낳을 수 있으니까."

그는 생각을 정리하느라 잠시 머뭇거렸다.

"그러니까 이런 거야. 여왕벌은 벌집을 돌아다니면서 소위 방이라는 곳에 알을 낳아. 벌집에 수백 개의 작은 구멍이 나 있는 거 알지? 어, 육아 방도 똑같아. 단지 그 안에 꿀이 아니라 알이 있다는 것뿐이야. 여왕벌이 방 하나에 한 개씩 알을 낳고, 3일이 지나면 이 알들이 부화하면서 작은 굼벵이 같은 게 나와. 이걸 애벌레라고 부르지. 이제 애벌레가 알에서 나오면 어린 일벌인 유모봉들이 애벌레를 둘러싸고 미친듯이 먹이를 먹여. 무얼 먹이는지 알아?"

"로열 젤리."

메이벌은 꾹 참으며 대답했다.

"맞아! 바로 그걸 먹이지. 유모봉은 자신의 머리에서 분비한 이 물질을 애벌레의 방에 쏟아부어. 그러면 무슨 일이 일어날 것 같아?"

그는 갑자기 말을 멈췄다. 그리고 그녀를 향해 뿌연 회색빛 작은 눈을 깜빡거렸다. 그러고는 앉은자리에서 천천히 옆으로 몸을 돌려 전날 밤 읽던 잡지를 집어들었다.

"그다음에 무슨 일이 벌어지는지 궁금해?"

그가 입술에 침을 바르며 물었다.

"빨리빨리 좀 말해."

"'로열 젤리만 먹는 꿀벌의 애벌레 몸무게가 5일 만에 천오백 배 증가하는 것으로 보아 이는 놀라운 영양물질임이 분명하다!'"

그는 큰소리로 읽었다.

"몇 배?"

"천오백 배. 인간의 몸무게로 따지면 어느 정도인지 알겠어?"

그는 목소리를 낮추어 말하더니 몸을 숙이고 작고 흐릿한 눈으로 그녀를 응시했다.

"그러니까 태어날 때 3.4킬로그램인 아기 몸무게가 5일 만에 5톤으로 늘어난다는 뜻이야!"

테일러 부인은 또다시 뜨개질을 멈췄다.

"메이벌, 곧이곧대로 받아들이면 안 돼."

"그대로 믿으면 안 된다고 누가 그래?"

"과학적인 표현 방법일 뿐이야."

"좋아, 계속해봐."

"이제부터 정말 중요한 이야기야. 로열 젤리가 왜 그렇게 놀라운 건지는 아직 말도 안 했잖아. 지금부터 로열 젤리가 실제로 생식기관도 하나 없는, 평범하고 못생긴 작은 일벌을 어떻게 크고 아름답고 번식력이 뛰어난 여왕벌로 바꾸어놓는지 보여줄게."

"당신, 지금 우리 아기가 너무 평범하고 못생겼다는 말이야?"

그녀가 퉁명스럽게 물었다.

"제발, 마음대로 말 좀 만들지 마. 그냥 들어. 성장했을 때 완전히 다른 여왕벌과 일벌이 똑같은 알에서 나온다는 사실 알아?"

"못 믿겠는데."

"사실 그대로야. 벌들은 언제든 알에서 일벌 대신 여왕벌을 만들고 싶으면 그렇게 할 수 있어."

"어떻게?"

"하!"

그는 그녀를 향해 두꺼운 집게손가락을 흔들어 보이면서 말을 이었다.

"지금 내가 그 말을 하려던 참이야. 그게 바로 내가 말하는 비결이라는 것이지. 메이벌, 어떻게 이런 기적이 일어난다고 생각해?"

"로열 젤리. 자기가 이미 말했잖아."

"그래, 로열 젤리야!"

그는 손뼉을 치면서 자리에서 벌떡 일어서며 외쳤다. 그의 크고 둥근 얼굴에는 흥분한 기색이 역력했고, 양쪽 뺨 위쪽은 밝은 진홍색으로 물들었다.

“이런 식이지. 내가 당신을 위해서 간단하게 설명할게. 새로운 여왕벌이 필요하잖아, 그러면 아주 커다란 방을 지어. 우리는 그것을 왕대라고 불러. 그리고 벌들은 그곳에 늙은 여왕벌이 알을 하나 낳게 해. 나머지 1,999개의 알은 평범한 일벌 방에 낳는 거야. 이제 알들이 부화해서 애벌레가 되면, 유모봉들이 주변에 모여 로열 젤리를 퍼붓기 시작하지. 여왕벌 애벌레건 일벌 애벌레건 모두 로열 젤리를 먹어. 하지만 중요한 사실이 있어. 메이벌, 잘 들어. 여기서 모든 게 결정이 되는 거야. 일벌 애벌레는 유충기의 처음 3일 동안만 이 놀라운 물질을 먹고 그 이후에는 먹이가 완전히 바뀌게 돼. 젖을 떼는 셈이야. 너무 갑자기 이루어지기 때문에 일반적인 이유(離乳)하고는 다르지만 말이야. 그 3일이 지나면 바로 보통 꿀벌들이 일반적으로 먹는 음식, 즉 꽃가루와 꿀을 먹게 돼. 그리고 2주 정도 지나면 육아 방에서 나가 일벌이 되는 거야. 그러나 왕대에 있는 애벌레는 달라! 이 애벌레는 유충기 내내 로열 젤리를 받아먹지. 유모봉들이 왕대 안에 로열 젤리를 너무 많이 쏟아붓기 때문에 사실 작은 애벌레가 그 속에서 떠다니는 꼴이야. 그렇게 해서 여왕벌이 되지!”

“증명할 수가 없잖아.”

“메이벌, 제발 바보 같은 소리 좀 하지 마. 수천 명의 사람들이 증명해 보였어. 전 세계 모든 나라의 유명한 과학자들이 말이야. 일벌 방의 애벌레를 꺼내 왕대에 넣기만 하면 된다고. 유모봉이 로열 젤리를 잘 공급해주기만 하면, 짜잔! 여왕벌이 되는 거지! 그래도 여전히 놀라운 사실은 여왕벌과 일벌이 성장했을 때 서로 너무나도 다르다는 거야. 복부 모양이 완전히 다르거든. 침도 다르고. 다리 모양도 다르고. 그리고……"

"다리가 어떻게 다른데?"

그녀는 남편을 시험해보려고 질문을 던졌다.

"다리? 음, 일벌의 다리에는 꽃가루를 나를 수 있도록 작은 바구니가 달려 있어. 여왕벌은 바구니가 없지. 그리고 여왕벌은 생식기관이 완전히 발달했는데, 일벌은 그렇지 않거든. 가장 신기한 사실은, 여왕벌은 평균 4년에서 6년은 산다는 거야. 일벌은 4개월에서 6개월도 채 못 살아. 이 모든 차이가 로열 젤리를 먹었느냐, 안 먹었느냐 때문이라니까!"

"정말 믿기 어렵네. 음식물 하나가 그렇게 대단하다니."

"물론 믿기 어렵지. 꿀벌의 또다른 불가사의야. 정말 대단하지. 수백 년 동안 내로라하는 과학자들도 밝혀내지 못하고 주저앉았으니 말이야. 잠깐만. 꼼짝 말고 거기 있어봐."

그는 다시 벌떡 일어나 책장으로 가서 책과 잡지를 뒤지기 시작했다.

"내가 보고서를 몇 개 찾아볼게. 아, 여기 있다. 이게 꿀벌의 불가사의에 대한 보고서야. 들어봐."

그는 〈미국꿀벌학회지〉를 큰소리로 읽기 시작했다.

"캐나다 국민들은 프레드릭 A. 밴팅 박사가 인슐린 발견을 통해 인류에 공헌하였음을 인정하여 그에게 연구소를 하나 세워주었다. 현재 토론토에 거주하는 밴팅 박사는 로열 젤리에 호기심을 갖게 되어 연구원들에게 기본적인 분석을 실시하라고 지시……"

그는 잠시 멈췄다.

"어, 이걸 전부 다 읽을 필요는 없는데. 여기 있다. '밴팅 박사팀은 태어난 지 이틀 된 애벌레가 들어 있는 왕대에서 로열 젤리를 꺼내 분석을 시작했다.' 뭘 발견했을 것 같아? 연구팀은 로열 젤리에 페놀과 스테린, 글리세릴, 포도당 그리고, 이게 진짜 중요한 건데, 80에서 85퍼센트의 밝혀지지 않은 산(酸)이 들어 있다는 사실을 발견했다고."

그는 손에 잡지를 든 채 책장 옆에 서서 의기양양해하며 능글맞게 웃었다. 메이벌은 기가 막히다는 듯한 표정으로 그를 바라보았다. 그는 큰 키는 아니었다. 그의 포동포동하고 물컹해 보이는 몸통은 짧은 다리 위에 얹혀 있어서 금방이라도 바닥에 닿을 것 같았다. 다리는 약간 휘었고 크고 둥근 머리는 짧고 뻣뻣한 머리카락으로 뒤덮여 있었다. 게다가 면도를 포기한 상태라 얼굴의 상당 부분이 2, 3센티미터의 황갈색 솜털에 가려졌다. 괴상망측해서 정말 쳐다보기 불편한 얼굴이었다.

"80에서 85퍼센트의 밝혀지지 않은 산이라, 신기하지 않아?"

그는 책장에서 다른 잡지를 뒤지기 시작했다.

"그게 무슨 말이야? 밝혀지지 않은 산이라니?"

"그게 문제라는 거 아니야! 아무도 모른다고! 밴팅 박사도 알아내지 못했어. 밴팅 박사 이름은 들어봤어?"

"아니."

"세계적으로 알아주는 박사야."

뻣뻣한 머리카락에 솜털로 뒤덮인 얼굴, 물컹물컹하고 통통한 몸으로 책장 앞을 이리저리 분주히 돌아다니는 남편을 보면서 그녀는 웬일인지 이 남자가 벌 같다는 느낌을 떨칠 수가 없었다. 그녀는 말을 타는 여자들이 자신이 타는 말처럼 변하고, 새 또는 불테리어나 포메라니안을 키우는 사람들이 사소한 면이기는 하지만 놀랍게도 자기들의 동물과 닮아가는 것을 종종 봤다. 그러나 지금까지 한 번도 남편이 벌과 닮았다는 생각은 해본 적이 없었다. 그녀는 약간 놀랐다.

"그러면 밴팅 박사는 먹어봤대? 그 로열 젤리 말이야."

"메이벌. 당연히 못 먹었지. 먹을 만큼 충분하지 않으니까.

아주 귀하다고."

"자기, 알고 있었어? 자기가 벌하고 좀 닮아가는 것 같아. 안 그래?"

그녀는 얼굴에 살짝 미소를 띠고 남편을 빤히 바라보며 말했다.

그는 그녀를 향해 몸을 돌렸다.

"턱수염 때문에 그런가봐. 수염 그만 길러. 수염 색깔도 벌하고 비슷해. 안 그래?"

"메이벌, 무슨 염병할 말 같지도 않은 소리를 지껄이는 거야?"

"앨버트, 말조심해."

"이야기 계속 들을 거야, 말 거야?"

"그래, 미안해. 그냥 농담이었어. 하던 얘기나 계속해봐."

그는 다시 책장에서 다른 잡지를 꺼내 페이지를 훌훌 넘기기 시작했다.

"메이벌, 잘 들어봐. '1939년 헤일은 태어난 지 21일 된 쥐에게 각기 다른 양의 로열 젤리를 주사하는 실험을 했다. 그 결과, 주사한 로열 젤리의 양에 비례하여 난포(卵包)가 정상보다 빠르게 발달한다는 사실을 발견했다.'"

"거봐! 그럴 줄 알았어!"

그녀가 소리쳤다.

"뭘 알아?"

"끔찍한 일이 생길 줄 알았다고."

"헛소리 좀 하지 마. 아무 문제 없어. 여기 또다른 이야기가 있네. '스틸과 버뎃은 불임이었던 수컷 쥐가 약간의 로열 젤리를 맞고 나서 여러 번 새끼를 갖게 되었음을 발견했다.'"

"앨버트, 이거 너무 세서 아기한테 주면 안 돼! 난 싫어."

"메이벌, 말도 안 돼."

"그럼 왜 이 사람들이 쥐한테만 실험을 했겠어? 말해봐! 왜 이 유명한 과학자들이 자기가 직접 먹지는 않느냐고? 현명한 거지. 자기 생식기가 어떻게 될지도 모르는데 밴팅 박사가 위험을 감수하겠어? 절대 아니지."

"아니, 사람한테도 먹였어. 여기 기사가 있네. 들어봐."

그는 페이지를 넘기고 다시 읽기 시작했다.

"'1953년 멕시코에서 일단의 의사들이 대뇌 신경염, 관절염, 당뇨병, 담배에 의한 자가 중독, 발기부전, 천식, 위막성 후두염, 통풍 등의 병을 앓는 환자들에게 소량의 로열 젤리를 처방하기 시작했다. (……) 이에 대한 확실한 증거는 많다. (……) 멕시코시티의 한 유명한 주식 중개인은 고질적인 건선 증세에 시달렸다. 그 결과 그의 외모는 흉하게 변해버렸고 고객도 하나둘씩 그를 떠나기 시작했다. 그의 사업도 기울어 갔다. 그는 지푸라기라도 잡겠다는 심정으로 식사 때마다 로열 젤리를 한 방울씩 복용하기 시작했다. 그런데 어찌된 일인지 2주 만에 그의 병이 씻은 듯이 나았다. 또 멕시코시티의 헤나라는 카페에서 일하는 한 종업원은 자기 아버지가 로열 젤리 캡슐을 조금 먹은 후 아흔 살에 건강한 자식을 낳았다고 했다. 아카풀코의 한 투우 흥행주는 황소가 무기력해 보이자 경기장에 들어가기 전에 황소에게 1그램의 로열 젤리(엄청난 양임)를 주사했다. 그러자 황소는 갑자기 사납게 돌변해서 기마 투우사 두 명을 비롯하여 투우사 세 명과 말 세 마리를 바로 죽이고는……'"

"잠깐 좀 들어봐. 아기가 우는 것 같아."

테일러 부인이 중간에서 말을 가로챘다.

앨버트는 책에서 눈을 떼고 위를 흘끗 쳐다보았다. 그랬다. 우렁찬 울음소리가 위층 침실에서 들려왔다.

"배고픈가봐."

그가 말했다.

그의 아내는 시계를 쳐다봤다.

"어머나! 세상에!"

벌떡 일어서며 그녀가 소리쳤다.

"벌써 우유 먹을 시간이 지났네! 앨버트! 내가 아기를 데려올 동안 빨리 우유 좀 타. 서둘러! 아기가 배고프면 안 되잖아."

30초 후 테일러 부인은 앙앙 울어대는 아기를 팔에 안고 내려왔다. 그녀는 건강한 아기가 밥 달라며 쉬지 않고 무시무시하게 울어대는 데 아직 익숙하지 않은 터라 정신을 못 차리고 당황했다.

"앨버트, 좀 빨리해! 서두르라고!"

그녀는 안락의자에 앉아 아기를 무릎에 내려놓으며 소리쳤다.

앨버트는 부엌에서 나와 따뜻한 젖병을 그녀에게 건네주었다.

"딱 적당해. 시험해볼 필요 없어."

그녀는 팔꿈치 안쪽으로 아기의 머리를 끌어당기고, 울어대는 아기의 벌어진 입에 바로 젖병을 밀어넣었다. 아기는 젖꼭지를 물고 빨기 시작했다. 아기의 울음소리가 멈췄다. 테일러 부인은 그제야 한숨을 돌렸다.

"오, 앨버트. 정말 사랑스럽지?"

"훌륭해. 로열 젤리 덕이지."

"여보, 나 다시는 그 이상한 얘기 듣고 싶지 않아. 소름 끼쳐."

"당신 크게 잘못 말하는 거야."

"두고볼 일이지, 뭐."

아기는 계속해서 젖병을 빨고 있었다.

"앨버트, 아기가 병에 있는 우유를 다 먹을 것 같은데."

"그럴 것 같네."

몇 분 후 우유는 전부 사라져버렸다.

"와, 대단하구나!"

테일러 부인은 아기 입에서 조심스럽게 젖꼭지를 빼면서 탄성을 질렀다. 아기는 젖병을 빼내려는 것을 눈치채고 젖병을 붙잡으려고 젖꼭지를 더 힘차게 빨았다. 부인이 젖병을 재빨리 가볍게 당기자, 퍽 소리를 내며 젖꼭지가 아기 입에서 빠졌다.

"앙! 앙! 앙! 앙! 앙!"

아기가 큰소리로 울었다.

"그래. 트림해야지."

테일러 부인은 자신의 어깨에 아기를 들쳐 안고 등을 가볍게 두드려주었다.

아기는 연거푸 두 번 트림을 했다.

"거봐, 그렇지. 아가야, 이제 괜찮을 거야."

잠시 울음이 멈췄다. 그러나 아기가 다시 울기 시작했다.

"계속 트림 시켜. 너무 빨리 먹었어."

앨버트가 말했다.

엄마는 아기를 다시 어깨에 올려 안았다. 그리고 아기의 등을 문질러주었다. 그리고 다시 아기를 다른 어깨에 바꿔 안았다. 아기를 자신의 넓적다리에 뒤집어 눕혔다가 다시 무릎에 세워 앉혔다. 그러나 아기는 트림은 더이상 하지 않고, 좀 전보다 더 큰소리로 쉬지 않고 울기만 했다.

"허파에 좋지. 아기들은 저렇게 해서 허파 운동을 한대. 그거 알고 있었어?"

앨버트 테일러는 빙긋 웃으며 말했다.

"오냐, 오냐, 오냐, 오냐, 오냐, 오냐."

테일러 부인은 아기의 얼굴에 뽀뽀를 해대며 아기를 얼렀다.

부부는 다시 5분을 기다렸다. 하지만 아기는 잠시도 울음을 멈추지 않았다.

"기저귀 갈아줘. 기저귀가 젖었어. 그래서 울었나봐."

앨버트가 말했다.

그는 부엌에서 깨끗한 기저귀를 가져왔고, 테일러 부인은 젖은 기저귀를 빼고 새 기저귀를 채워주었다.

그래도 아무 소용이 없었다.

"앙! 앙! 앙! 앙! 앙!"

아기는 큰소리로 울었다.

"메이벌, 옷핀이 아기 살을 찌르는 거 아냐?"

"그럴 리가 없는데."

그녀는 기저귀 안에 손을 넣고 혹시 아기가 핀에 찔리지 않았는지 더듬어보았다.

부부는 초조한 표정으로 안락의자에 마주보고 앉아, 엄마의 넓적다리에 누워 있는 아기가 제풀에 꺾여 울음을 그치기만 기다렸다.

"내 생각엔 말이야."

앨버트 테일러가 먼저 말을 꺼냈다.

"뭐?"

"아기가 아직도 배가 고픈 것 같아. 조금 더 먹고 싶은 거라고. 내가 더 가져다줄까?"

"앨버트, 그럴 필요 없어."

"그게 아기한테 좋을 거야. 내가 한 병 더 데워올게."

앨버트는 자리에서 일어서며 말했다.

그는 부엌으로 들어갔다. 그리고 몇 분 후 우유가 가득 든 젖병 하나를 들고 돌아왔다.

"두 배야. 240밀리리터. 만약을 대비해서."

"앨버트! 미쳤어? 많이 먹이는 것도 적게 먹이는 것만큼이나 안 좋다는 거 몰라?"

"메이블, 다 줄 필요 없어. 주고 싶은 만큼만 주고 젖병을 빼면 되잖아. 어서 줘."

아내 옆에 서서 그가 말했다.

테일러 부인은 젖꼭지 끝으로 아기의 입을 간질이기 시작했다. 아기의 작은 입이 고무젖꼭지를 물면서 굳게 닫히자 갑자기 방안에 정적이 감돌았다. 아기의 몸 전체에서 긴장이 풀리기 시작했다. 우유가 들어가자 아기는 완전히 황홀경에 빠진 표정이었다.

"메이벌, 거봐, 내 말이 맞지! 내가 뭐랬어?"

그녀는 아무런 대꾸도 하지 않았다.

"며칠 굶은 애처럼 먹네. 배고팠나봐. 빠는 것 좀 봐."

테일러 부인은 우유가 줄어드는 것을 지켜보았다. 우유는 빠른 속도로 줄어서 240밀리리터 중 90에서 120이 금세 사라져버렸다.

"그래, 그래, 이제 됐어."

"메이벌, 지금 빼면 안 돼."

"아니. 그만 빼야 돼."

"여보, 호들갑 좀 떨지 말고 나머지도 그냥 먹여."

"앨버트……"

"아기가 굶주렸다고. 모르겠어? 여보, 그냥 다 먹여."

"앨버트. 그럼 안 되는데."

아내는 대답은 그렇게 했지만 아기에게서 젖병을 빼앗지는 않았다.

"메이벌, 전에 못 먹은 걸 보충하는 거라고. 그뿐이야."

5분 후 병 속의 우유가 바닥났다. 테일러 부인은 가만히 젖꼭지를 빼냈다. 그러나 이번에는 아기로부터 아무런 저항도 없었다. 울지도 않았다. 만족감에 눈을 반짝이며, 입은 반쯤 벌리고, 입술에는 우유를 묻힌 채로 아기는 엄마 무릎에 평온하게 누워 있었다.

"메이블, 360밀리리터야! 정량의 세 배라고. 놀랍지 않아?"

테일러 부인은 아기를 내려다보았다. 그녀는 다시 예전처럼 입술을 깨물고 겁에 질려 불안해하기 시작했다.

"왜 그래? 이제는 걱정할 필요 없잖아. 겨우 120만 먹어서는 정상으로 돌아갈 수가 없어. 바보같이 굴지 마."

"앨버트, 이리 와봐."

"왜?"

"이리 와보라고."

그는 그녀에게로 다가갔다.

"잘 보고, 뭐 달라진 거 없나 말해봐."

앨버트는 아기를 자세히 들여다보았다.

"메이블, 아기가 큰 것 같은데. 그 말 하려는 거야? 크고 통통해졌어."

"들어봐. 어서. 안아보라구."

그는 손을 뻗어 엄마 무릎에 있던 아기를 들어올렸다.

"이런! 1톤은 나가겠네."

앨버트가 소리쳤다.

"내 말이 그 말이야."

"놀랍지 않아? 벌써 정상 체중으로 돌아온 게 틀림없다고!"

그가 싱글벙글거리며 말했다.

"앨버트, 난 겁나. 너무 빠르잖아."

"이 사람아, 말도 안 되는 소리 좀 하지 마."

"그 망측한 젤리 때문이라고. 로열 젤리라면 아주 끔찍해."

"로열 젤리가 망측할 것까지는 없어."

그가 분개하며 말했다.

"앨버트, 바보같이 굴지 마. 아기가 이런 속도로 살이 찌는 게 정상이라고 생각해?"

"당신은 항상 불만이었잖아! 아기가 살이 빠질 때는 놀라서 어쩔 줄 모르더니, 이제 아기가 살이 찌니까 완전히 겁을 집어먹고! 메이벌, 도대체 왜 그래?"

테일러 부인은 아기를 팔에 안은 채로 의자에서 일어나 문으로 향했다.

"그나마 내가 여기 있어서 다시는 당신이 아기에게 그걸 못 주게 할 수 있어서 다행이야. 그 말밖에는 할말이 없네."

그녀는 방을 나갔고, 앨버트는 열린 문 사이로 아내가 계단으로 향하는 것을 지켜보았다. 그녀는 서너 계단을 오른 후 무슨 생각이 들었는지 잠시 멈춰 섰다. 그러고는 뒤돌아서 급하게 계단을 내려와 다시 방으로 들어왔다.

"앨버트."

"왜? 무슨 일이야?"

"방금 아기한테 준 우유에는 로열 젤리 안 넣었지?"

"메이벌, 왜 그렇게 생각하는데?"

"앨버트!"

"왜 그래?"

그는 무슨 이야긴지 도무지 모르겠다는 듯 조용히 물었다.

"어떻게 그럴 수가!"

그녀가 소리쳤다.

앨버트 테일러의 수염 난 그 큰 얼굴에는 불안하면서도 난처한 표정이 역력했다.

"아기가 또 많이 먹었으니 기뻐해야 되는 거 아닌가? 솔직히 난 좋아. 정말 많이 먹었잖아. 메이벌, 날 믿어."

부인은 아기를 팔에 꼭 안고 문간 바로 안쪽에 서서 그 큰 눈으로 남편을 뚫어져라 노려보았다. 치밀어오르는 분노로 그녀의 몸은 뻣뻣하게 곧추섰고, 얼굴은 창백해졌으며, 굳게 다문 입술에는 힘이 잔뜩 들어갔다.

"메이벌, 내 말 잘 들어. 우리 아기가 전국 우량아 선발대회를 모두 휩쓸 거라고. 지금 아기 몸무게를 재보면 어때? 저울 가져다줄까?"

부인은 곧장 방 중앙에 놓인 커다란 탁자로 걸어가서 거기에 아기를 눕히고 아기 옷을 벗기기 시작했다.

"그래! 저울 가져와! 잠옷 벗겼어. 속옷도 벗겼고."

그녀는 느닷없이 소리쳤다.

그리고 그녀는 아기 기저귀의 옷핀을 빼고 기저귀를 벗겼다. 이제 아기는 탁자에 벌거벗은 채로 누워 있었다.

"메이벌! 기적이다. 강아지처럼 통통하네."

어제 이후 아기의 몸에 붙은 살의 양은 실로 놀라운 수준이었다. 갈비뼈가 드러났던 작고 앙상한 가슴은 토실토실 살이 쪄서 가운데가 불룩한 술통 같았고, 배는 하늘을 향해 불뚝 튀어나와 있었다. 하지만 신기하게도 팔과 다리는 그만큼 자라지 못한 듯 보였다. 팔과 다리는 여전히 짧고 말라붙은 것이 둥근 지방덩어리에 꽂힌 막대기 같았다.

"메이벌, 이것 좀 봐! 몸을 따뜻하게 하려고 배에 솜털이 나네!"

그는 손을 내밀어 손가락 끝으로 아기의 배에 갑자기 돋아나기 시작한 황갈색 고운 털을 문지르려 했다.

"만지지 마!"

그녀가 소리쳤다. 메이벌은 남편을 향해 두 눈을 부릅떴다. 갑자기 그녀가 새처럼 보였다. 작은 새 한 마리가 목을 앞으로 빼고 그의 얼굴에 달려들어 눈알이라도 쪼아낼 듯한 기세로 그를 노려보았다.

"잠깐만."

그가 뒤로 물러서며 말했다.

"당신 미쳤어!"

그녀가 소리쳤다.

"메이벌, 제발 잠깐만 기다려봐. 지금도 그게 위험하다고 생각한다면…… 그렇게 생각하는 거지, 그렇지? 좋아. 그럼 잘 들어봐. 내가 지금부터 당신에게 로열 젤리가 사람에게 전혀 해롭지 않다는 사실을 한번 증명해 보일게. 심지어 엄청난 양을 먹어도 말이야. 예를 들어보자. 왜 당신은 작년에 꿀 수확이 평년의 반밖에 안 됐다고 생각해? 말해봐."

그는 뒷걸음질을 쳐서 그녀로부터 3, 4미터 떨어져 있는 상태였기 때문에 다소 마음을 놓은 듯했다.

"작년 여름에 수확이 평년의 반밖에 안 됐던 것은 내가 벌통 백 개를 로열 젤리 생산으로 돌렸기 때문이야."

그는 목소리를 낮추고 천천히 말했다.

"뭐?"

"당신이 좀 놀랄 거라고 생각했어. 바로 당신 눈앞에서 로열 젤리를 만들어왔다고."

그는 아내를 향해 작은 눈을 번뜩이며 입가에 살며시 음흉한 미소를 지었다.

"당신은 그 이유를 상상도 못할걸. 지금까지는 얘기를 꺼내기가 두려웠는데…… 왜냐면 당신이 너무 놀랄까봐……"

잠시 정적이 흘렀다. 그는 가슴 높이에서 두 손을 맞잡고 손바닥을 비볐다. 손바닥 스치는 소리가 가볍게 들렸다.

"당신 내가 잡지에서 읽어준 기사 기억나? 쥐에 대한 기사 말이야. 어디 보자. 어떤 내용이더라? '스틸과 버뎃은 불임이었던 수컷 쥐가……'"

그는 잠시 머뭇거리더니 이를 드러내고 히죽 웃었다.

"메이벌, 내 말뜻 알겠어?"

그녀는 남편과 얼굴을 마주한 채로 가만히 서 있었다.

"메이벌, 그 문장을 처음 읽던 순간 난 자리에서 벌떡 일어나 이렇게 말했어. 쥐에게 효과가 있었다면 앨버트 테일러라고 안 될 이유가 없다."

그는 잠시 하던 말을 멈추고 목을 쭉 빼고 한쪽 눈으로 아내 쪽을 힐끗 쳐다보면서 아내가 무슨 말인가 하기를 기다렸다. 그러나 그녀는 아무 말도 하지 않았다.

"그리고 또 그걸 먹고 나니까 몸이 전과 달리 가뿐하더라고. 그래서 당신이 아기를 가졌다고 말한 다음에도 계속 먹었어. 지난 12개월 동안 먹은 양이 몇 동이는 될걸."

무언가에 쫓기는 듯 그녀는 커다란 눈으로 남편의 얼굴과 목을 샅샅이 훑었다. 목에는 맨살이 전혀 보이지 않았다. 심지어 귀밑 부분도 그랬다. 셔츠의 칼라 속까지 목 전체가 짧고 부드러운 황갈색 털로 뒤덮여 있었다.

"알겠어? 나같이 다 큰 사람보다는 작은 아기한테 효과가 더 좋을 거야. 보면 알잖아. 그렇게 생각 안 해?"

부인은 천천히 눈을 아래로 내리깔고 아기를 바라보았다. 아기는 하얗고 통통한 맨살을 드러내고 혼수상태에 빠진 듯 탁자에 누워 있었다. 그 모습은 유충기 말기에 위턱과 날개를 갖추고 곧 세상으로 나오려고 하는 거대한 애벌레와 흡사했다.

"메이벌, 아기 좀 덮어주지그래? 우리 여왕님이 감기에 걸리면 안 되잖아."

달리는 폭슬리

Galloping Foxley

나는 일주일에 5일을, 그것도 36년 동안, 여덟시 십이분 기차를 타고 런던으로 출근해왔다. 열차는 그리 붐비지 않을뿐더러 캐넌 스트리트 역까지 바로 들어간다. 거기서 걸어서 11분 30초면 오스틴 프라이어즈에 있는 내 사무실 문 앞에 도착한다.

나는 이 출근 과정이 늘 좋았다. 이 짧은 여정의 매 순간이 나에겐 즐거움이다. 거기에는 규칙적인 사람이 즐겁고 편안하게 느끼는 질서가 있다. 게다가 그 출근길은 나를 일상 업무의 바다로 부드럽게, 그러나 확실하게 미끄러져 들어가게 하는 일종의 다리 역할을 한다.

우리 역은 좀 작은 듯한 시골역으로, 기껏해야 열아홉 내지 스무 명이 모여 여덟시 십이분 기차를 탄다. 항상 같은 사람들이었기 때문에, 어쩌다 승강장에 낯선 얼굴이 나타나면 카나리아 새장에 낯선 새 한 마리가 들어왔을 때처럼 경계하는 분위기가 된다.

하지만 평소와 다름없이 내가 열차 출발 시각 4분 전에 역에 도착하면, 이 착하고 건실하고 변함없는 사람들은 언제나 그 우산에, 그 모자에, 그 넥타이에, 그 얼굴을 하고, 겨드랑이에는 신문을 낀 채 거기에 서 있다. 마치 여러 해 동안 우리집 거실에 있었고, 또 앞으로도 바뀌지 않을 가구들 같다. 나는 바로 그런 점이 좋다.

나는 또 내가 늘 앉는 창가 구석자리가 좋고, 기차의 소음과 흔들림에 맞춰 〈더 타임스〉(영국에서 가장 영향력 있는 보수 성향의 신문—옮긴이)를 읽는 것도 좋다. 이렇게 32분을 가게 되는데, 내 늙고 고달픈 몸과 머리를 달래주는 게 마치 오랫동안 개운한 안마를 받는 것 같다. 정말 그렇다. 마음의 평화를 유지하는 데는 똑같은 일상과 질서만한 것이 없다. 지금까지 매일 아침 거의 만 번을 이렇게 출근했는데도 출근길이 점점 더 즐겁게만 느껴진다. 또한 (엉뚱한 소리 같지만 재미있게도) 내 자신이 일종의 시계가 되어가고 있다. 지금 2분이 늦었는지, 아니면 3분 또는 4분이 늦었는지를 단번에 알 수 있고, 고개를 들어 지금 정차한 곳이 어느 역인지 볼 필요도 없다.

캐넌 스트리트 역에서 사무실까지는 그다지 멀지도 가깝지도 않은 거리이다. 나처럼 정해진 시간에 맞춰 사무실로 향하는 동료 통근자들로 붐비는 거리를 건강에 좋을 만큼 가볍게 걷는 정도이다. 길을 걷다보면 세계 이곳저곳을 나다니기보다는 착실하게 일을 하는, 믿음직스럽고 품위 있는 사람들과 같이 움직인다는 사실에 마음이 놓인다. 내 인생처럼 그들의 인생도 정확한 시계 초침에 맞춰 돌아가고 있으며, 우리는 그 길에서 매일 같은 시간, 같은 곳에서 마주친다.

예를 들어 세인트 스위딘 레인으로 꺾어지는 모퉁이를 돌 때면, 나는 어김없이 검은색 서류가방을 들고 코안경을 걸친 우아한 중년 여성과 마주친다. 일류 회계사, 아니면 직물업체 간부일 것이다. 스레드니들 스트리트에서 신호등을 건널 때면, 열이면 아홉은 단춧구멍에 매일 다른 꽃을 꽂는 신사를 지나치게 된다. 검정 바지에 회색 각반을 두른 그 신사는 분명 시간을 정확히 지키는 꼼꼼한 사람으로, 아마도 은행가이거나 아니면 나 같은 사무변호사일 것이다. 지난 25년 동안 그 길을 바삐 건너던 중 스치듯 지나치면서 서로를 인정한다는 듯 은근히 눈인사를 주고받은 적도 몇 번 있다.

이제 이 짧은 출근길에서 마주치는 얼굴 중 거의 절반이 익숙하다. 그리고 이들은 한결같이 착한 얼굴을 하고 있는 나와 같은 종류의 사람들이다. 즉, 노동당 정부나 사회주의식의료제도 등으로 세계를 뒤집으려는, 소위 똑똑하다는 사람들에게서 보이는 들뜬 분위기나 번뜩이는 눈빛은 찾아볼 수 없다. 이들은 착실하고 근면하고 사무적인 사람들이다.

그러므로 어느 모로 보나 내게는 행복한 출근길임이 틀림없다. 아니, 일주일 전까지는 행복한 출근길이었다고 말하는 쪽이 더 정확할 것이다. 방금 여러분이 읽은 이 짧은 자전적 이야기—우리 사무실 직원들에게 인생의 지침서로 돌리려고 했다—를 쓸 당시에는 그게 바로 나의 솔직한 심정이었다. 하지만 그건 일주일 전 일이고, 그후 조금 이상한 사건이 벌어졌다. 사실 그 사건은 지난 화요일, 내가 그 글의 초고를 주머니에 넣고 출근하던 바로 그날 아침에 시작되었다. 게다가 사건이 일어난 시간이며 우연의 일치를 생각하면, 그 일이 신의 뜻이라고 생각하지 않을 수 없다. 신이 내 짧은 글을 읽고 이렇게 말하는 것이다. "퍼킨스, 이 사람이 너무 자만하고 있군. 한 수 가르쳐줘야겠는걸." 솔직히 나는 이게 신의 의도라고 믿는다.

앞서 말한 대로 지난 화요일, 부활절 다음 화요일, 노란 햇살이 따뜻하게 내리쬐던 봄날 아침이었다. 겨드랑이에 〈더 타임스〉를 끼고, 주머니에는 「행복한 출근길」 초고를 넣고 우리 시골 동네의 작은 역 승강장으로 걸어가면서, 나는 뭔가 달라졌다는 사실을 금방 알아챘다. 실제로 내 동료 통근자들 사이에서 경계하는 듯한, 묘한 분위기를 느낄 수 있었다. 나는 걸음을 멈추고 주위를 둘러보았다. 낯선 사람이 팔짱을 끼고 다리를 벌리고는 승강장 중앙에 딱 버티고 서서, 마치 자기 땅이라도 되는 양 주변을 둘러보고 있었다. 그는 약간 큰 키에 다부진 체격의 남자로, 뒷모습까지도 거만하고 느끼하다는 인상을 강하게 풍겼다. 확실히 우리 같은 사람은 아니었다. 그는 우산 대신 지팡이를 들었고, 구두는 검은색이 아니라 갈색이었으며, 회색 모자는 웃기는 각도로 비뚜름하게 썼다. 어느 모로 보나 지나치게 번지르르해 보였다. 나는 더이상 살펴보려고도 하지 않았다. 기왕의 싸늘한 분위기를 더 냉랭하게 만들 심산으로, 하늘을 향해 얼굴을 쳐들고 그의 옆을 지나쳐 똑바로 걸었다.

기차가 도착했다. 그런데 이 낯선 남자가 뒤따라와서는 내 맞은편 자리에 앉았다. 내가 느꼈을 공포를 한번 상상해보라! 15년 동안 누구도 나에게 이런 적이 없었다. 내 출근길 동료들은 항상 나를 연장자로서 공경했다. 적어도 한 정거장, 때때로 두 정거장 아니 세 정거장까지 그 칸에서 혼자 갈 수 있다는 것이 나만의 특별한 작은 즐거움 중 하나였다. 그런데 글쎄 이 남자, 이 처음 본 사람이 건너편 의자에 다리를 벌리고 앉아 코를 풀고, 〈데일리 메일〉(흥미 위주의 기사가 많은 대중지—옮긴이)을 부스럭거리며 메스꺼운 파이프 담배에 불을 붙이고 있었다.

나는 신문을 내려놓으며 힐끗 그 얼굴을 훔쳐보았다. 예순 둘 아니면 셋, 나와 거의 비슷한 나이인 것 같았지만, 요즘 남성용 셔츠 광고에 나오는 모델처럼 불쾌할 정도로 잘생긴 갈색의 매끈한 얼굴이었다. 사자 사냥꾼과 폴로 선수, 에베레스트 등반가, 열대 탐험가, 요트 선수의 얼굴이 모두 한데 합쳐진 듯했다. 짙은 눈썹에 눈빛이 차가웠고, 단단하고 하얀 이 사이에 담배 파이프의 설대를 물고 있었다. 개인적으로 나는 잘생긴 남자는 누구도 믿지 않는다. 그들은 이 세상의 표면적인 즐거움이 너무 쉽게 굴러들어오기 때문에, 잘생긴 외모가 자기 덕인 양 세상을 활보하고 다닌다. 나는 예쁜 여자를 싫어하지는 않는다. 그건 이야기가 다르다. 하지만 남자의 경우는 유감스럽긴 하지만, 어쩐지 잘생긴 게 아주 불쾌하게 느껴진다. 어쨌든 여기 같은 칸, 내 바로 맞은편에 이 남자가 앉아 있다. 내가 〈더 타임스〉 너머로 남자를 보고 있는데, 그가 갑자기 고개를 드는 바람에 우리는 눈이 마주치게 되었다.

"파이프 좀 피워도 될까요?"

손가락 사이의 파이프를 치켜올리며 그가 물어보았다. 그게 그가 말한 전부였다. 그러나 그 목소리를 듣자 갑자기 이상한 느낌이 들었다. 사실 움찔했던 것 같다. 그리고 그 자리에 얼어붙은 채로 적어도 1분인가 그를 빤히 쳐다본 후에야 정신을 차리고 대답했다.

"금연 차량 아닙니다. 피우고 싶으면 피우세요."

"혹시 실례가 될까봐서요."

이상하게도 똑똑 끊어지는 것이 귀에 익은 목소리였다. 그는 말을 똑똑 끊어서 속사포가 산딸기 씨를 뱉어내듯이 짧고 강하게 내뱉었다. 어디서 들었더라? 왜 말 한마디 한마디가 내 기억 속의 작지만 아픈 상처를 건드리는 것 같을까? 어럽쇼. 정신 차려라. 무슨 말도 안 되는 소리인가?

그 남자는 다시 신문으로 눈을 돌렸다. 나도 신문을 보는 척했다. 그러나 정신이 너무도 혼란스러워 도무지 집중할 수가 없었다. 나는 신문 사설면 너머로 그를 힐끗힐끗 계속 훔쳐보았다. 정말이지 참을 수 없는, 그 천박하게 잘생긴 얼굴 전체에 호색기가 번들번들했다. 그런데 전에 언젠가 이런 얼굴을 본 적이 있던가? 그렇다는 생각이 들기 시작했다. 그 얼굴을 바라보는 순간 설명할 수 없는 이상한 불편함—고통과 폭력, 아니 어쩌면 공포와 연관된 무언가—이 느껴졌기 때문이다.

열차가 가는 동안 우리는 더이상 말을 하지는 않았지만, 그때쯤 내 일상 전체가 완전히 뒤죽박죽이 되었음은 가히 짐작할 수 있을 것이다. 나는 하루를 망쳤다. 거기다 점심식사 후 소화 기능까지 말썽을 부리는 바람에 내 말투에서 신경질적인 기분을 느낀 사무실 직원이 한둘이 아니었다.

다음날 아침, 혐오스럽게 잘생긴 얼굴에, 실크 스카프를 매고, 지팡이를 들고, 파이프 담배를 문 그 남자가 또 승강장 한가운데 서 있었다. 나는 그 남자를 지나쳐, 28년 이상을 나와 함께 출근했던 주식 중개인인 그러밋이라는 사람에게 다가갔다. 사실 그와 전에 이야기를 나눠본 적이 있다고는 말할 수 없다. 우리는 그 역에서 조용한 축에 드는 사람들이었다. 그러나 이런 위기 상황에서는 서먹서먹함이 문제가 되지 않았다.

"그러밋 씨, 저 예의도 모르는 사람이 누굽니까?"

나는 속삭이듯 말했다.

"모르겠어요."

"너무 불쾌해서."

"그렇죠?"

"계속 타진 않겠죠."

"설마!"

그때 열차가 도착했다.

이번에는 정말 다행히도 그 남자가 다른 쪽으로 갔다.

그러나 그다음날 아침, 나는 또다시 그 남자와 한자리에 앉게 되었다.

"음, 좋은 날이네요."

남자가 내 바로 건너편에 자리를 잡으면서 말했다. 다시 한 번 기억 속의 불쾌했던 느낌이 강하게 나를 사로잡았다. 알 듯 말 듯 했으나 그 느낌의 실체는 잡히지 않았다.

그러다가 그 주의 마지막 출근길인 금요일이 되었다. 역으로 차를 몰고 가는 길에 비가 왔던 기억이 난다. 그러나 따뜻한 봄비는 4, 5분간 잠깐 흩뿌렸을 뿐, 곧 그쳤다. 내가 승강장에 도착했을 무렵에는 다들 우산을 접은 상태였다. 하늘에는 햇빛이 밝게 비쳤고, 크고 하얀 구름이 둥둥 떠다니고 있었다. 그럼에도 불구하고 나는 우울했다. 나에게 출근길은 더 이상 즐겁지가 않았다. 그 남자가 또 나타날 것이 분명했다. 아니나다를까, 그는 자기가 그 자리의 주인이라도 되는 양 다리를 벌리고 서서, 이번에는 허공에 대고 지팡이를 앞뒤로 가볍게 흔들고 있었다.

지팡이! 그거였구나! 나는 총이라도 맞은 사람처럼 그 자리에 멈춰 섰다.

'그래, 폭슬리야! 달리는 폭슬리! 여전히 지팡이를 흔드는군.'

나는 속으로 외쳤다.

나는 남자를 더 자세히 보기 위해 가까이 다가갔다. 사실, 내 인생에서 그때처럼 놀란 적은 없었다. 폭슬리가 맞았다. 브루스 폭슬리. 아니, 우리가 부르던 이름대로 하면 '달리는 폭슬리'였다. 내가 그를 마지막으로 본 게 언제였더라. 학교 다닐 때, 그러니까 겨우 열두세 살 때였다.

그때 열차가 도착했다. 하늘도 무심하지, 그가 다시 내가 앉은 쪽으로 왔다. 그는 선반에 모자와 지팡이를 올려놓고, 자리에 앉은 후 파이프에 불을 붙이기 시작했다. 그리고 담배연기 사이로 그 작고 차가운 눈으로 나를 슬쩍 쳐다보고는 말했다.

"날씨 좋죠? 꼭 여름 같네요."

그 목소리가 틀림없었다. 조금도 변하지 않았다. 다만 내가 익숙하게 듣던 말과 내용이 달라졌을 뿐이다.

"좋아, 퍼킨스. 이 치사한 꼬맹이야. 너 다시 한번 맛 좀 봐라."

그는 그렇게 말하곤 했다.

그게 언제였더라? 거의 50년 전이 분명하다. 하지만 놀랍게도 얼굴 생김새는 거의 변하지 않았다. 그 오만해 보이는 턱선이며, 벌어진 콧구멍, 남을 경멸하듯 쏘아보는 눈빛. 작고 조금 몰린 듯한 두 눈은 보는 이를 불편하게 했다. 게다가 얼굴을 들이대고, 남의 일에 참견하고, 사람을 구석으로 모는 그 습관도 변하지 않았다. 심지어 내가 기억하는 그 머리 스타일, 거칠고 약간 곱슬기가 있으며 잘 버무린 샐러드처럼 머리 전체에 기름을 바른 모습까지 똑같았다. 그의 공부방 작은 탁자 위에는 항상 녹색 모발약이 든 병이 놓여 있었다. 어떤 방을 의무로 청소해야만 할 때는 그 방의 모든 물건을 속속들이 알게 되고 싫어하게 된다. 그 병의 상표에는 왕실의 문장(紋章)이 그려져 있었고, 본드 스트리트의 가게 이름이 하나 적혀 있었으며, 그 밑에 작은 글씨로 '왕실에서 지정한 에드워드 7세의 전용 이발사들'이라고 쓰여 있었다. 아무리 왕이라지만 사실 대머리나 다름없는 사람의 이발사임을 자랑한다는 사실이 하도 우스웠기에 특히 기억이 난다.

폭슬리는 이제 의자 깊숙이 몸을 묻고 신문을 읽기 시작하고 있었다. 50년 전 나를 너무 비참하게 만들어 한때 자살까지 생각하게 했던 그 남자. 그 남자가 겨우 1미터 거리에 앉아 있다니, 묘한 기분이 들었다. 그는 나를 알아보지 못했다. 내 콧수염 때문에 그럴 위험은 거의 없었다. 나는 안전하다는 생각이 들었다. 거기 그렇게 앉아서 내 마음대로 그를 쳐다볼 수도 있었다.

돌이켜 생각해보니, 학교에서의 처음 1년 동안 나는 브루스 폭슬리한테 몹시도 당했다. 당시에는 몰랐지만 그렇게 고생한 것은 바로 아버지 때문이었다. 참 우스운 이야기다. 내 나이 열두 살하고 반이 되었을 때 나는 오래된 명문 사립학교에 다니기 시작했다. 그러니까 그때가 1907년이었다. 아버지는 중산모를 쓰고 모닝코트를 입고, 역까지 나를 바래다주셨다. 승강장 여기저기에는 나무로 만든 과자 상자와 커다란 여행용 가방이 쌓여 있었고, 덩치 큰 소년들 수천 명이 치고 박고 떠들며 소리치는 것처럼 소란스러웠다. 그때 갑자기 누군가 우리 옆을 지나가려다 아버지의 등을 밀치는 바람에 아버지는 넘어질 뻔했다.

작은 키에 예의바르며 위엄을 갖춘 아버지는 재빨리 돌아서서 그 범인의 손목을 잡았다.

"이봐 젊은이, 이 학교에서는 예절도 제대로 안 가르치나?"

아버지보다 적어도 머리 하나는 더 큰 소년이 차갑고 조소어린 눈빛으로 아버지를 내려다보며 아무 말도 하지 않았다.

"사과를 하는 게 도리에 맞는 거 아닌가?"

소년을 향해 아버지가 말했다.

그러나 소년은 뻔뻔스럽고 거만한 웃음을 입가에 머금고는, 조롱하듯 아버지를 바라보기만 했다. 그의 턱이 점점 앞으로 튀어나왔다.

"건방지고 버릇없는 아이로구나. 이 학교에 너 같은 애가 또 없기를 바란다. 내 아들이 그런 버릇을 배울까 무섭구나."

아버지가 말했다.

그 순간, 소년은 고개를 내 쪽으로 돌리더니, 작고 차가운 두 눈을 가늘게 뜨고 내 눈을 들여다보았다. 그때는 그다지 두렵다거나 하지 않았다. 사립학교에서 상급생이 하급생에게 어떤 힘을 행사하는지 전혀 몰랐기 때문이다. 나는 내가 존경하고 우러러보는 아버지의 행동에 지지를 보내면서 그를 되쏘아보았던 기억이 난다.

아버지가 다시 말을 꺼내려 하자, 소년은 그냥 뒤돌아서서 사람들이 많은 쪽으로 천천히 걸어갔다.

브루스 폭슬리는 그 사건을 결코 잊지 않았다. 정말 재수가 없었던 것은 학교에 도착해보니 내가 그와 같은 기숙사에 배정되었다는 것이다. 그뿐이랴, 나는 공부방도 그와 같이 쓰게 되었다. 그는 졸업반에다 반장(우리는 '대빵'이라고 불렀다)이었기 때문에, 기숙사의 모든 하급생을 때리는 것이 공식적으로 용납되었다. 나는 자동적으로 그의 개인 노예로 전락해버렸다. 나는 그의 시종이자 요리사, 가정부, 심부름꾼이었으며, 정말 어쩔 수 없는 때를 제외하고 그가 손가락 하나 까딱하지 않도록 시중을 드는 것이 내 의무였다. 내가 알기로 이 세상 어느 사회의 하인도 우리 불쌍한 어린 하급생 심부름꾼들이 학교에서 대빵에게 당하는 만큼 괴롭힘을 당하지는 않는다. 춥고 눈이 오는 날에는 심지어 아침을 먹은 후, 폭슬리가 오기 전에 (난방이 안 되는 바깥) 화장실의 변기에 앉아서 따뜻하게 변기를 데워놓아야만 했다.

나는 그가 무릎에 힘을 빼고 우아하게 교실을 가로질러 걷던 모습을 기억한다. 그는 가는 길에 의자가 놓여 있으면 옆으로 밀쳐버렸기 때문에 내가 달려가서 제대로 다시 세워놓아야만 했다. 그는 실크 셔츠를 입었고, 항상 소매 위에 실크 손수건을 둘렀으며, 롭이라는 사람(그 또한 왕실의 문장을 사용했다)이 만든 구두를 신었다. 그 구두는 끝이 뾰족했는데, 매일 15분씩 뼛조각으로 구두 가죽을 문질러 광택을 내는 일이 나의 의무였다.

그러나 가장 끔찍했던 기억은 탈의실에서 있었던 일이다.

커다란 탈의실 문 바로 안쪽에 서 있는 창백한 얼굴의 왜소한 소년이 보인다. 파자마 차림에 침실용 슬리퍼를 신고 낙타모로 짠 갈색 가운을 입고 있다. 천장에서 내려오는 전기선에는 밝은 전구가 하나 매달려 있고, 사방 벽에 걸려 있는 검은색과 노란색 축구복의 땀냄새가 진동하는 가운데, 씨를 내뱉듯이 딱딱 끊어지는 목소리가 들린다.

"이번엔 어떻게 할래? 가운 입고 여섯 대, 아니면 벗고 네 대?"

나는 이 질문에 감히 한 번도 대답해본 적이 없다. 그저 잔뜩 겁에 질린 채 더러운 마룻바닥만 내려다보고 있다. 이 키 큰 소년은 곧 가늘고 긴 흰 막대기로 천천히, 과학적으로, 능숙하게, 합법적으로, 거기에다가 재미까지 느껴가면서 나를 내리칠 것이고, 내 몸에서는 피가 나게 될 거라는 생각뿐이다. 다섯 시간 전에 내가 그의 공부방에 불을 때놓지 못했기 때문이다. 나는 용돈을 털어서 불쏘시개 한 상자를 샀다. 그리고 난로 앞에 무릎을 꿇고 앉아 신문지를 난로 구멍에 가로질러 대고 연료받이 쇠살대 밑으로 있는 힘껏 공기를 불어넣었으나 석탄에는 불이 붙지 않았다.

"끝까지 대답 안 해? 그럼 내가 정해주지."

그 목소리가 말하고 있다.

어느 쪽을 선택해야 하는지 잘 알기 때문에, 나는 몹시도 대답하고 싶었다. 그것은 학교에 도착해서 가장 먼저 배우는 것이다. 언제나 가운을 입고 몇 대 더 맞는 쪽을 택해야 한다. 그러지 않으면 살이 찢어지게 된다. 옷 입고 세 대 맞는 쪽이 벗고 한 대 맞는 것보다 낫다.

"옷 벗고 저 구석으로 가서 발을 잡고 몸을 숙여. 네 대를 때려주지."

나는 천천히 옷을 벗어서 신발장 위 선반에 올려놓았다. 알몸에 면 파자마만 입은 채 떨면서 탈의실 구석으로 가만가만 걸어가는데, 갑자기 주변이 온통 환등기 사진처럼 밝고, 평평하고, 멀게만 보였다. 눈에 눈물이 고이면서 사물이 비현실적으로 크게 어른거렸다.

"발을 잡고 다리 쭉 펴."

그리고 그는 탈의실 반대편 끝으로 걸어갔고, 나는 다리 사이로 거꾸로 그를 쳐다보았다. 그는 문을 지나 두 계단을 내려가서 우리가 '세면대 복도'라고 부르는 곳으로 사라졌다. 그곳은 바닥이 돌로 된 긴 통로로 한쪽 벽을 따라 세면대가 늘어서 있고, 그 너머에는 욕실이 있었다. 폭슬리가 사라졌을 때 나는 그가 세면대 복도 저 끝까지 걸어가리라는 것을 알고 있었다. 폭슬리는 항상 그랬다. 그 끝에서부터 그가 뛰기 시작하면 돌바닥에 닿는 구두 소리가 세면대 복도에 크게 울렸고, 다리 사이로는 지팡이를 공중에 높이 든 채, 얼굴을 앞으로 쑥 내밀고, 탈의실로 연결되는 두 계단을 뛰어올라 나를 향해 달려오는 그의 모습이 보였다. 그 순간 나는 두 눈을 꼭 감고 쩍 내리치는 소리를 기다리면서, 무슨 일이 있어도 몸을 똑바로 일으켜서는 안 된다고 되뇌었다.

제대로 맞아본 사람이라면 진짜 고통은 맞고 나서 8분이나 10분쯤 후에 온다는 사실을 잘 알 것이다. 내리치는 순간에는 그저 소리만 크고, 엉덩이에 둔탁하게 일격이 가해진다는 느낌뿐, 사실 완전한 마비 상태다(총에 맞았을 때도 그렇다고 들었다). 그러나 조금 지나면 누군가 빨갛게 달아오른 부지깽이를 엉덩이 맨살에 들이대는 것 같아 손을 뒤로 뻗어 부지깽이를 부여잡지 않을 수가 없다.

폭슬리는 시간 간격에 대해서 잘 안다. 그는 총 15미터 거리를 천천히 되돌아 걸어가면서 매번 나의 고통이 절정에 달하고 나면 다음번 일격을 가했다.

네 대째에는 어김없이 몸을 일으키게 된다. 어쩔 수가 없다. 그것은 감당할 수 있는 수준을 넘어섰을 때 신체가 보이는 자동적인 방어 동작이었다.

"피했어! 이번 것은 세지 않는다. 다시 숙여."

폭슬리는 그렇게 말하곤 했다.

나는 다음번에는 잊지 않고 발목을 부여잡았다.

이윽고 그는 내가 엉덩이를 잡고 뻣뻣하게 서서 가운을 입으러 걸어가는 모습을 지켜보았고, 나는 얼굴을 보이지 않기 위해 항상 그에게서 얼굴을 돌렸다. 그리고 내가 그곳을 나서면, 이런 말이 이어졌다.

"야, 너! 다시 돌아와!"

그때쯤 복도에 들어선 나는 문간에서 걸음을 멈추고 뒤돌아섰다.

"야! 이리 와. 이리 돌아와. 뭐 잊은 거 없어?"

그 순간 내 머리에 떠오르는 것은 엉덩이에서 느껴지는, 그 타는 듯한 끔찍한 고통뿐이었다.

"건방지고 버릇없는 아이로구나. 이 학교에서는 예절도 제대로 안 가르치나?"

그는 우리 아버지 목소리를 흉내내며 말하곤 했다.

"고맙습니다…… 때려주셔서 고맙습니다……"

나는 더듬거리며 말했다.

그러고는 캄캄한 계단을 올라 기숙사로 돌아가면 상황은 훨씬 나아졌다. 왜냐하면 이제 전부 끝났고, 고통도 사라져가고, 여러 번 똑같은 고통을 겪은 친구들이 모여서 내 아픔에 공감해주기 때문이다.

"퍼킨스, 한번 보자."

"몇 대 맞았어?"

"다섯 대지. 여기서도 다 들려."

"자식, 자국 좀 보자."

나는 파자마를 벗고 서 있었고, 이 일단의 전문가들은 진지하게 나의 상처를 살펴보았다.

"띄엄띄엄 맞았네, 그치? 폭슬리가 보통 이렇게 때리지는 않는데."

"다섯 대 중 두 대는 가깝네. 거의 맞닿았는데. 이것 봐. 여기 두 개는 끝내주는데!"

"이 아래 상처는 엄청나다."

"세면대 복도로 내려가서 달리기 시작했어?"

"피했다고 또 한 대 맞았지, 그치?"

"어쩌냐, 퍼킨스. 폭슬리는 너한테 꼭 그러더라."

"피도 좀 나는데. 씻는 게 낫겠다."

그때 문이 열리고 폭슬리가 나타났다. 모두들 흩어져 이를 닦거나 기도를 하는 척했다. 나만 방 한가운데서 파자마 바지를 내린 채 서 있었다.

"무슨 일이야? 야, 퍼킨스! 파자마 제대로 입고 침대로 가."

그는 자신의 솜씨를 홱 쳐다보고는 말했다.

그렇게 하루가 끝났다.

일주일 내내 나 자신을 위한 시간은 전혀 없었다. 폭슬리는 공부방에서 내가 소설을 읽거나 우표책을 펼치는 모습을 보면 즉시 심부름 시킬 일을 찾아냈다. 특히 비가 올 때면 더 그랬다.

"야, 퍼킨스, 책상에 야생 붓꽃 한 다발 갖다놓으면 멋질 것 같은데."

야생 붓꽃은 오렌지 연못 주위에서만 자랐다. 오렌지 연못은 길을 따라 3킬로미터, 밭을 가로질러 8백 미터를 더 가야만 했다. 나는 의자에서 일어나 우비를 입고, 밀짚모자를 쓰고, 우산을 집어들고, 그 길고 외로운 여행을 떠나곤 했다. 실외에서는 언제나 밀짚모자를 써야만 하는데, 모자가 비에 쉽게 망가지기 때문에 모자를 보호하기 위해 우산이 필요했다. 하지만 나무가 우거진 제방을 돌아다니며 붓꽃을 찾는 동안은 우산을 들 수가 없기 때문에 모자를 땅에 내려놓고 우산으로 덮은 후 붓꽃을 찾아다녔다. 그래서 감기에 걸린 적도 숱하다.

그러나 가장 끔찍한 날은 일요일이었다. 공부방 청소날인 일요일. 정신없이 쓸고 닦은 뒤, 폭슬리가 검사하러 오기를 기다리던 그 일요일 아침의 공포를 나는 기억한다.

"끝났어?"

그가 묻곤 했다.

"그…… 그런 것 같은데요."

그러면 그는 자신의 책상 서랍으로 걸어가서 흰 장갑 한 짝을 꺼내 느릿느릿 오른손에 끼고, 손가락들을 장갑 깊숙이 집어넣은 다음, 액자 위를 비롯하여 굽도리 널, 선반, 창문틀, 전등갓 등을 집게손가락으로 문지르며 방안을 돌아다녔고, 나는 떨면서 그 모습을 지켜보고 서 있었다. 나는 그의 손가락에서 결코 눈을 떼지 않았다. 나에겐 그 손가락이 최후의 심판을 알리는 도구였다. 그의 손가락은 거의 빼놓지 않고 내가 간과했던, 아니 생각지도 못했던 작은 틈을 발견했고, 그러면 폭슬리는 천천히 몸을 돌려, 결코 미소라 할 수 없는 무시무시한 웃음을 슬쩍 지으며, 흰 장갑 낀 손을 들어 집게손가락에 희미하게 묻어난 먼지를 나에게 보여주었다.

"흠, 그러니깐 너는 게으른 아이인 거지. 그렇지?"

아무 대답도 할 수가 없었다.

"안 그래?"

"먼지를 전부 떤 줄 알았어요."

"네가 한심하고 게으른 애가 아니다 이거냐?"

"게으른 아입니다."

"그렇지만 너희 아버지는 네가 그렇게 크길 바라진 않겠지? 예절을 엄청 중요시하니까. 안 그래?"

나는 아무 대답도 할 수가 없었다.

"내가 물었지? 너희 아버지가 예절을 중요하게 여기느냐고."

"아마…… 그럴 거예요."

"그러니깐 내가 너를 벌주면, 아버지를 도와드리는 거겠지?"

"잘 모르겠어요."

"안 그렇다고?"

"그래요."

"그럼 나중에 봐. 기도 끝나고, 탈의실에서."

그날 내내 나는 다가올 저녁을 기다리며 괴로워했다.

아, 이제 그때의 기억들이 막 몰려온다. 일요일은 또 편지를 쓰는 날이었다.

> 사랑하는 어머니, 아버지께.
>
> 보내주신 편지 잘 받았어요. 건강하시기를 빌어요. 저도 감기만 빼면 건강해요. 비를 맞아서 감기에 걸렸는데 이제 다 나아가요. 어제는 슈르즈버리와의 경기에서 4 대 2로 이겼

어요. 저는 구경만 했고요. 아시죠? 우리 기숙사 반장 폭슬리가 한 골을 넣었어요. 케이크 맛있었어요. 사랑하는 윌리엄.

보통 편지를 쓸 때면 화장실이나 축구화를 쌓아둔 창고, 목욕탕 등 폭슬리가 오지 않을 곳으로 갔다. 그러나 시간을 잘 지켜야 했다. 세시 삼십분 차 마시는 시간에 맞춰 폭슬리의 토스트를 준비해야만 했으니까. 매일, 하루도 빠지지 않고. 그러나 주중에는 공부방에서 불을 쓸 수가 없었기 때문에, 하급생들이 도서관의 작은 불 주변으로 모여들었다. 하급생들은 토스트용 포크를 들고 서로 좋은 위치를 차지하려 밀고 당기며 각자의 공부방 반장에게 줄 토스트를 만들었다. 나는 이런 상황에서도 폭슬리의 토스트가 바삭하게 구워졌는지, 타지는 않았는지, 시간에 맞춰 따뜻하게 가져갈 수 있는지 살펴야만 했다. 이 조건 중 하나라도 맞추지 못하면 그건 '매로 다스릴 죄'였다.

"야! 이건 뭐야?"

"토스튼데요."

"이게 네 눈엔 토스트로 보여? 게을러서 제대로 못 만들었다 이거지?"

"잘 만들려고 했는데요."

"퍼킨스, 게으른 말한테 어떻게 하는지 알아?"

"모르겠는데요."

"너, 말이냐?"

"아닌데요."

"음, 어쨌든 당나귀(ass, 바보라는 뜻도 있음—옮긴이)는 되니까. 하하. 당나귀지만 말로 쳐주지. 조금 이따 보자."

아, 그 끔찍했던 날들. 폭슬리의 토스트를 태우면 '매로 다스릴 죄'였다. 폭슬리의 축구화에 묻은 진흙을 떨지 않아도 그랬다. 폭슬리의 우산을 다른 방향으로 잘못 말아도 그랬다. 폭슬리가 공부할 때 방문을 두드려도 그랬다. 폭슬리의 목욕물을 너무 뜨겁게 받아놓아도 그랬다. 폭슬리의 교련복 단추를 제대로 닦아놓지 않아도 그랬다. 푸른 광약이 교련복에 묻어도 그랬다. 폭슬리의 구두 밑창을 닦아놓지 않아도 그랬다. 잠시라도 폭슬리의 공부방이 지저분해도 그랬다. 사실 폭슬리에게는 나라는 인간 자체가 매로 다스려야 할 죄였다.

언뜻 창밖을 내다보았다. 아니, 벌써 거의 다 도착했네. 꽤 오랫동안 생각에 잠겼는지 〈더 타임스〉는 펼치지도 않고 있었다. 폭슬리는 내 맞은편 구석자리에 앉아 아직도 〈데일리 메일〉을 읽고 있었다. 그의 파이프에서 뿜어져나오는 푸른 연기 사이로 신문 위로 드러난 얼굴 윗부분, 작고 빛나는 눈과 주름진 이마, 윤기 흐르는 곱슬머리가 보였다.

시간이 흐른 후 이제 와서 그를 바라보니 기분이 묘하면서 다소 흥분되었다. 나는 이제 더이상 그가 위험하지 않다는 사실을 알지만, 과거의 기억이 아직도 생생해서 같이 있는 게 편치가 않았다. 길들여진 호랑이와 함께 우리에 갇힌 느낌이었다.

이게 대체 무슨 인연인가? 나는 스스로에게 물었다. 멍청하게 굴지 말자. 가서 저자에게 네 생각을 말하고 싶으면 그렇게 하면 되는 거야. 널 건드리진 못해. 흠, 그래도 되겠지!

아니지. 그런데 그럴 필요가 있을까? 그런 행동을 하기에는 나이도 있고, 지금도 저 인간에게 분노를 느끼는지 나도 잘 모르겠다.

그럼 어떻게 하지? 여기 이렇게 앉아 바보처럼 쳐다만 보고 있을 수는 없지 않아?

그 순간 조금 짓궂은 상상이 나를 사로잡았다. 몸을 앞으로 숙여 그 남자의 무릎을 가볍게 친 다음 내가 누군지 이야기해보는 건 어떨까? 나는 속으로 중얼거렸다. 그리고 그의 얼굴을 바라본다. 그러고 나서는 열차에 탄 사람 모두가 듣게 큰소리로 우리의 학창시절에 대해 이야기를 시작한다. 장난조로 그가 나를 어떻게 대했는지 이야기하고, 또 탈의실에서의 그 매질에 대해서 설명하면 그는 조금 난처해할 것이다. 내가 장난 좀 쳐서 그가 불쾌하게 느낀다고 해도 그게 해가 되지는 않을 것이다. 그러나 나에게는 엄청난 즐거움이 될 것이다.

갑자기 그 남자가 힐끗 위를 쳐다보았기 때문에, 나와 시선이 마주쳤다. 눈이 마주친 게 이번이 두번째였는데 순간적으로 그의 눈에서 짜증이 느껴졌다.

좋아. 나는 속으로 말했다. 시작해보자. 그러나 웃으면서, 친근하게, 정중하게 말해야 한다. 그래야 더 효과적이고, 그도 더 무안해질 것이다.

나는 그를 향해 웃으면서 예의를 갖춰 가볍게 목례를 했다. 그리고 목소리를 높이며 말했다.

"실례합니다. 제 소개를 좀 하지요."

그의 반응을 놓치지 않으려고 나는 몸을 숙여 그를 가까이에서 들여다보았다.

"저는 퍼킨스라고 합니다. 윌리엄 퍼킨스요. 1907년에 렙튼을 다녔습니다."

열차의 다른 승객들은 조용히 앉아 있었고 나는 그들 모두 내 말에 귀를 기울이며 무슨 일이 벌어질지 기다리고 있음을 눈치챌 수 있었다.

"반갑습니다."

그는 신문을 무릎에 내려놓으며 말을 이었다.

"저는 포티스큐, 조슬린 포티스큐라고 합니다. 1916년 이튼을 다녔지요."

소리 잡는 기계

The Sound Machine

어느 더운 여름날 오후에 클라우스너는 빠른 걸음으로 현관을 빠져나와 집 모퉁이를 돌아 뒤뜰의 정원으로 갔다. 그는 정원을 가로질러 나무로 지은 헛간으로 가서 자물쇠를 열고 안으로 들어가 문을 닫았다.

헛간 내부는 페인트칠이 되어 있지 않았다. 왼쪽 벽에 놓인 기다란 나무 작업대 위에는 철사와 배터리, 작고 날카로운 도구들이 흩어져 있고, 그 사이에 길이가 90센티미터가량 되는 작은 관 모양의 검은 상자가 놓여 있었다.

클라우스너는 실내를 가로질러 상자로 다가갔다. 그는 뚜껑이 열려 있는 상자 위로 몸을 굽히고 여러 색깔의 전선과 은빛 관 사이로 안을 들여다보며 여기저기 쑤석거리기 시작했다. 그러다가 상자 옆에 놓여 있던 종이 한 장을 집어들더니 자세히 들여다보고 내려놓았다. 그는 다시 상자 안을 들여다보며 전선 사이로 손가락을 움직여 연결이 잘되었는지 살짝 잡아당겨보고, 종이를 흘끗 보았다가 상자 안으로 시선을 옮기고, 다시 종이를 쳐다보고 선을 점검했다. 그는 한 시간가량이나 그러고 있었다.

이번에는 세 개의 다이얼이 붙은 상자 앞면으로 손을 뻗어 다이얼을 빙빙 돌리면서 상자 안에서 어떤 변화가 일어나는지 살폈다. 그러는 와중에도 끊임없이 작은 목소리로 혼잣말을 하고, 고개를 끄덕이고, 때때로 미소를 지으면서 상자 안에서 이리저리 손을 옮겨가며 손가락을 빠르고 민첩하게 움직였다. 일이 섬세함을 요하거나 어려울 때에는 입을 기괴한 모양으로 비틀기도 했다.

"그렇지…… 이번에는 이거…… 그렇지…… 그런데 이게 맞나? 어, 도안이 어디 갔지? 아, 그렇지…… 옳지…… 그렇지, 그래…… 이거야…… 이번에는…… 좋아…… 그래…… 그렇지. 그래, 그래."

그는 완전히 작업에 몰입해 있었다. 움직임은 재빨랐고, 숨죽인 다급한 작업 태도에는 강렬한 흥분이 감추어져 있었다.

문득 바깥에서 자갈 밟는 소리가 들려왔다. 그는 허리를 펴고 얼른 돌아섰다. 문이 벌컥 열리고 키 큰 남자가 들어왔다. 스콧이었다. 의사 스콧.

"이런, 이런, 자네가 오후마다 숨어 있는 곳이 여기였군."

"웬일이세요?"

"그냥 지나던 길이야. 자네가 어떤지 보려고 들렀어. 집에 아무도 없어서 이리로 왔지. 그래, 목은 좀 어떤가?"

"괜찮습니다. 다 나았어요."

"이왕 온 김에 한번 볼까."

"아뇨, 그러실 필요 없어요. 다 나았어요. 정말이에요."

의사는 실내에 감도는 긴장을 감지했다. 그는 작업대 위에 놓인 검은 상자에 눈길을 주었다가 다시 클라우스너를 쳐다보았다.

"실내에서 모자는 왜 쓰고 있나?"

"어, 그런가요?"

클라우스너가 모자를 벗어서 작업대 위에 놓았다.

의사가 다가와 허리를 굽혀 상자 안을 들여다보았다.

"이게 뭔가? 라디오 만드나?"

"아뇨, 그냥 재미삼아 하는 겁니다."

"굉장히 복잡해 보이는데?"

"좀 그렇죠?"

클라우스너는 뻣뻣하고 부자연스러워 보였다.

"도대체 이게 뭐지? 어딘지 무시무시한 느낌이야."

"아직 구상 수준입니다."

"구상?"

"소리하고 관련된 거예요."

"맙소사. 자네는 하루종일 소리하고 씨름하는 사람이잖아."

"제가 소리에 관심이 많잖아요."

"그런 것 같기는 하네만."

의사는 문 쪽으로 걸어가다 돌아보며 말했다.

"방해해서 미안하네. 목이 다 나았다니 다행이야."

그러면서도 계속 그 자리에 버티고 서서 상자를 바라보았다. 그는 굉장히 정교해 보이는 장치에 호기심이 생겼고, 이 특이한 환자가 무슨 일을 꾸미고 있는지 알고 싶었다.

"궁금해서 그러는데 말이야, 그게 진짜 뭔가?"

클라우스너가 상자를 내려다보다가 의사를 향해 고개를 들더니, 손을 들어 오른쪽 귓불을 슬슬 긁었다. 잠시 침묵이 흘렀다. 의사는 문간에 서서 미소 띤 얼굴로 기다렸다.

"좋아요. 궁금하시다니 말씀드릴게요."

또다시 침묵이 흘렀다. 의사는 클라우스너가 어떻게 말을 꺼내야 할지 몰라 머뭇거리고 있음을 알았다. 클라우스너는 몸을 좌우로 흔들면서 귓불을 잡아당기고 바닥을 내려다보더니 마침내 천천히 입을 열었다.

"사실은, 그게 말입니다…… 이론은 아주 간단해요. 사람 귀 말이죠…… 모든 소리를 다 들을 수는 없잖아요. 음역이 아주 낮거나 높으면 들을 수 없단 말입니다."

"그래. 그렇지."

"대략적으로 봤을 때, 1초에 만오천 번 이상 진동하는 소리는 들을 수가 없거든요. 개는 사람보다 청력이 좋아요. 음역이 너무 높아서 사람 귀에는 호루라기 소리가 들리지 않는 거 아시죠? 개는 그 소리도 다 듣거든요."

"그래, 나도 알아."

"물론 아시겠죠. 그리고 그 호루라기 소리보다 더 높은 음이 있어요. 정확히 말하자면 진동이지만 저는 음이라고 하고 싶어요. 그런 음도 역시 사람은 들을 수가 없죠. 그리고 그 위에 더 높은 음이 있고, 그 위에 더 높은 음이 있고, 그렇게 끝도 없이 계속해서 더 높은 음이 이어지는 거예요…… 무한한 음의 연속…… 우리는 들을 수 없지만 1초에 백만 번 진동하는 소리도 있어요…… 그리고 그보다 더 빠르게 진동하는 소리도…… 숫자가 무한히 뻗어가듯이 진동도 끝없이 높아질 수 있죠…… 말하자면…… 무한히…… 영원히…… 별보다도 멀리 말이죠."

클라우스너는 점점 열기를 띠었다. 왜소하고 약하고 예민하고 신경질적인 그는 끊임없이 손을 움직이고 있었다. 커다란 머리는 왼쪽으로 기울어져 있어서 연약한 목이 머리를 지탱하지 못하고 있는 것처럼 보였다. 매끄러운 얼굴은 창백하다못해 백지장 같았고, 금속 안경테 뒤에서 깜박이며 밖을 내다보는 옅은 잿빛 눈동자는 취한 듯 초점 없이 몽롱했다. 그는 연약하고 예민하고 신경질적이고 왜소한 사내, 정신없이 꿈속을 헤매다가 문득 날개를 파닥이며 날아오르는 나방 같은 사내였다. 의사는 그의 야릇하고 창백한 얼굴과 옅은 잿빛 눈동자를 바라보며, 이 볼품없는 사내의 마음이 그의 몸이 있는 곳에서 떠나 있음을, 헤아릴 수 없이 먼 곳으로 떠나 있음을 깨달았다.

의사는 잠자코 그를 지켜보았다. 클라우스너가 한숨을 내쉬더니 두 손을 꽉 맞잡았다.

"제 생각에는 말이죠."

이제 그의 말소리는 더욱더 느려졌다.

"우리 주변에는 우리가 듣지 못하는 소리가 언제나 가득차 있단 말입니다. 우리가 듣지 못하는 높은 음역에서 새롭고 멋진 음악이, 미묘한 화음이나 귀를 찢는 듯한 불협화음이. 너무나 강렬해서 듣기만 해도 미쳐버릴 수 있는 그런 음악이 들려올지도 몰라요. 정말 그럴지도 몰라요. 우리가 몰라서 그렇지……"

"그럴 수도 있겠지. 하지만 그럴 가능성이 높을 것 같지는 않은데."

"왜요? 왜 그렇게 생각하세요?"

클라우스너는 작업대에 놓인 작은 구리선 다발에 앉은 파리를 가리키며 말을 이었다.

"저 파리 보이시죠? 지금 저 파리에게서 무슨 소리가 들리세요? 아무 소리도 안 들리죠? 하지만 아주 높은 음으로 미친듯이 휘파람을 불고 있을지, 짖고 있을지, 울고 있을지, 노래를 부르고 있을지 어떻게 알겠어요? 파리한테도 입이 있잖아요, 안 그래요? 심지어 성대도 있단 말입니다."

의사가 파리를 바라보며 미소 지었다. 그는 여전히 손잡이에 손을 대고 문간에 서 있었다.

"그러니까 자네가 지금 그걸 알아보겠다는 건가?"

"얼마 전에 간단한 기계를 하나 만들었어요. 그걸 통해 사람 귀에는 들리지 않는 기묘한 소리가 많이 존재한다는 걸 알게 됐지요. 앉아서 그 기계의 바늘을 바라보면, 제 귀에는 아무 소리도 들리지 않는데 공기 중에 음파가 존재한다는 표시가 나타나는 거예요. 그 소리들을 듣고 싶어요. 그런 소리가 어디서 오는지, 누가, 무엇이 그런 소리를 내는지 궁금해요."

"그러니까 저 탁자에 있는 기계가 그런 소리를 들을 수 있게 해준다, 그 말이지?"

"네. 지금까지는 별로 신통한 결과를 얻지 못했지만, 모르는 일이잖아요. 제가 다시 손을 좀 봤거든요. 오늘밤에 실험해보려고요."

그가 상자에 손을 얹고 이어 말했다.

"이건 사람 귀에 들리지 않는 높은 음역의 음파를 잡아서 사람이 들을 수 있는 음으로 전환해주는 기계예요. 라디오처럼 주파수를 맞출 수 있죠."

"그게 무슨 소리지?"

"간단해요. 만약 박쥐 울음소리를 듣고 싶다고 해봐요. 박쥐 소리는 1초에 3만 번이나 진동하니까 주파수가 꽤 높은 소리죠. 보통 사람 귀로는 들을 수가 없어요. 만약 박쥐가 여길 날아다닌다고 하면, 기계의 주파수를 3만에 맞추는 거예요. 그러면 박쥐 울음소리를 아주 선명하게 들을 수 있어요. 음까지 정확하게 들을 수 있죠. 파 반올림인지, 레 반내림인지, 그런 것까지. 물론 낮은 파장으로 듣게 되는 겁니다. 무슨 얘긴지 아시겠죠?"

의사가 관처럼 생긴 검고 기다란 상자를 바라보며 물었다.

"오늘밤에 실험할 건가?"

"네."

"잘되길 빌겠네."

그가 손목시계를 흘끗 내려다보더니 외쳤다.

"이런! 이거 너무 늦었는걸. 잘 있게. 얘기해줘서 고마워. 언제 한번 들러서 어떤 결과가 나왔는지 들어보도록 하지."

의사가 밖으로 나가 문을 닫았다.

클라우스너는 얼마간을 더 검은 상자 속의 선들을 쑤석거리더니, 허리를 펴고 흥분된 목소리로 나지막이 중얼거렸다.

"이제 됐다…… 이번에는 정원으로 가져가서 실험해봐야지…… 그러면 아마도…… 더 좋은 결과가 나올 거야. 이제 이걸 들어서…… 조심스럽게…… 아이고, 되게 무겁네."

클라우스너는 상자를 들고 문 앞까지 와서야 그 상태로는 문을 열 수 없다는 사실을 깨달았다. 그는 도로 작업대로 돌아가서 상자를 내려놓고 문을 연 뒤, 다시 힘겹게 상자를 들어 정원으로 날랐다. 그는 잔디밭에 놓인 작은 나무 탁자 위에 조심스럽게 상자를 내려놓았다. 그리고 헛간으로 돌아가서 이어폰을 들고 와 기계에 연결한 뒤 귀에 꽂았다. 그의 손놀림은 민첩하고 정확했다. 클라우스너는 흥분한 듯 가쁜 숨을 요란하게 입으로 들이쉬고 내쉬었다. 그는 계속해서 혼잣말을 중얼거리며 스스로를 위로하고 격려했다. 기계가 작동하지 않으면 어떻게 하나, 작동한다면 또 어떤 결과가 나타날까 두려운 듯했다.

정원의 나무 탁자 곁에 선 그는 너무도 창백하고 작고 여위어서, 폐병 앓는 안경 낀 애늙은이 같았다. 해가 지고 있었다. 바람 한 점 없이 사방이 고요했다. 그가 선 자리에서 낮은 울타리 너머로 옆집 정원이 바라다보였다. 마침 그 집 안주인이 팔에 꽃바구니를 끼고 정원으로 걸어나왔다. 그는 아무 생각 없이 잠시 동안 그녀를 바라보았다. 그러다가 탁자에 놓인 상자 쪽으로 돌아서서 상자 앞면에 붙은 스위치를 눌렀다. 그는 왼손을 음량 조절기에 대고 오른손을 다이얼에 올렸다. 다이얼을 돌리면 라디오 주파수 계기판처럼 생긴 큼지막한 계기판의 바늘이 움직였다. 계기판에는 만오천부터 백만까지 주파수가 표시되어 있었다.

어느새 클라우스너는 기계 위로 몸을 구부리고 있었다. 잔뜩 긴장하여 촉각을 곤두세운 모양으로 고개가 삐딱하게 기울어져 있었다. 그는 오른손으로 다이얼을 돌리기 시작했다. 바늘이 계기판을 따라 아주 조금씩 움직였다. 그의 눈에도 바늘의 움직임이 보이지 않을 정도였다. 그때 이어폰을 통해 갑자기 희미한 소음이 들려왔다.

소음에 이어 낮게 윙윙거리는 소리가 들렸다. 기계에서 나는 소음이었다. 그 외에는 아무 소리도 들리지 않았다. 계속해서 귀를 기울이고 있는 동안 그는 기이한 감각을 느꼈다. 자신의 귀가 머리에서 길게 뻗어나가는 듯한 느낌이었다. 그는 두 귀와 머리를 연결하고 있는 촉수처럼 가늘고 단단한 선이 늘어나면서 비밀스럽고 금지된 영역으로, 인간의 귀가 닿아보지 못했고 그럴 권리도 없었던 위험한 초음파의 영역으로 자신의 귀가 계속해서 뻗어올라가는 듯한 기분을 느꼈다.

작은 바늘이 계기판을 따라 천천히 움직였다. 갑자기 날카롭고 소름 끼치는, 귀를 찢을 듯한 비명이 들려왔다. 그는 몸을 움찔하며 기계에서 손을 떼고 탁자 모서리를 붙잡았다. 비명을 지른 사람이 누구인지 찾아보려고 주위를 둘러보았다. 옆집 정원의 아주머니 말고는 아무도 없었으나 비명을 지른 것은 분명히 그녀가 아니었다. 그녀는 몸을 구부리고 노란 장미를 잘라 바구니에 넣고 있었다.

다시 한번 사람의 성대에서 나는 소리라고는 생각되지 않는, 찢어질 듯이 날카롭고 짧으면서도 매우 선명하고 차가운 무생물적인 소리가 들렸다. 한 번도 들어보지 못한 단음계의 금속성 소리였다. 클라우스너는 주위를 둘러보며 본능적으로 소리의 근원을 찾았다. 눈에 보이는 살아 있는 것이라고는 옆집 여자뿐이었다. 그는 그녀가 허리를 굽혀 한 손으로 장미 줄기를 잡고 가위로 자르는 모습을 바라보았다. 다시 비명이 들려왔다.

비명은 장미 줄기가 잘리는 바로 그 순간에 들렸다.

그녀가 허리를 펴더니 장미가 든 바구니에 가위를 넣고, 집 안으로 들어가려고 돌아섰다.

"손더스 부인!"

클라우스너가 외쳤다. 그의 목소리는 흥분으로 날카로웠다.

"저기요, 손더스 부인!"

여자가 고개를 돌려 잔디밭에 서 있는 이웃집 남자를 바라보았다. 작은 남자가 이어폰을 꽂은 채 팔을 흔들며 높고 큰 목소리로 외치고 있었다. 여자는 그 괴상한 모습에 덜컥 겁이 났다.

"하나만 더 잘라보세요! 빨리 하나만 더요!"

그녀는 꼼짝 않고 서서 그를 바라보았다.

"클라우스너 씨, 무슨 일 있으세요?"

"제 말대로 해주세요. 장미를 하나만 더 잘라보세요!"

손더스 부인은 늘 이웃집 남자가 별난 사람이라고 생각해왔다. 그런데 지금 보니 완전히 미치광이 같았다. 그녀는 집으로 뛰어들어가 남편을 데리고 나와야 하는 게 아닐까, 망설였다. 하지만 생각을 고쳐먹었다. 아니야, 날 어쩌지는 않을 거야. 시키는 대로 해보자.

"그럴게요, 클라우스너 씨."

말을 마친 그녀가 바구니에서 가위를 꺼내 허리를 굽히고 다시 장미 한 송이를 잘랐다.

다시금 이어폰을 통해 클라우스너의 귀에 소름 끼치는 기계음 소리가 들려왔다. 이번에도 장미의 줄기가 잘리는 순간과 정확히 일치했다. 그는 이어폰을 빼고 두 정원 사이를 가로막은 울타리를 향해 달려갔다.

"됐습니다. 이제 됐어요. 그만하세요. 제발 그만하세요."

그녀는 한 손에 노란 장미를, 다른 손에 정원 가위를 들고 선 채 그를 바라보았다.

"드릴 말씀이 있어요, 손더스 부인. 아마 믿기지 않으시겠지만요."

그는 울타리에 손을 얹고 두꺼운 안경을 통해 그녀를 뚫어지게 바라보았다.

"부인께서는 오늘 저녁에 장미 한 바구니를 자르셨죠. 날카로운 가위로 살아 있는 생명체의 줄기를 자른 겁니다. 부인께서 가위질을 할 때마다 장미들은 끔찍한 비명을 질렀습니다. 그 사실을 알고 계셨나요, 손더스 부인?"

"아니요. 전혀 몰랐는데요."

"안타깝지만 그랬습니다."

그는 여전히 가쁜 숨을 쉬면서 흥분을 억제하려고 애썼다.

"제가 그 비명소리를 들었습니다. 부인께서 장미 한 송이를 자를 때마다 고통스러운 비명이 들렸어요. 1초에 13만 2천 번 정도 진동하는 아주 높은 소리입니다. 부인께는 들리지 않았겠지만 저는 들었습니다."

그녀는 당장 집안으로 달려들어가고 싶었다.

"네, 정말입니다. 장미 덩굴에는 고통을 느낄 수 있는 신경계도 없고, 소리를 지를 수 있는 성대도 없어요. 맞습니다. 그런 건 없죠. 장미는 인간이 아니니까요. 하지만 어떻게 장담

할 수 있겠습니까, 손더스 부인?"

이 시점부터 그는 울타리 너머로 몸을 내밀고 사납게 속삭였다.

"누군가 당신의 손목을 정원 가위로 자른다면 분명히 아프시겠죠? 장미가 잘릴 때 그런 고통을 느끼지 않으리라고 어떻게 장담할 수 있겠습니까? 대답해보세요. 장미도 살아 있는 생명체 아닙니까? 안 그렇습니까?"

"그렇죠, 클라우스너 씨. 그렇고말고요. 그럼 안녕히 주무세요."

그녀는 홱 돌아서서 집 쪽으로 달음박질쳤다. 클라우스너는 탁자로 돌아왔다. 이어폰을 꽂고 잠시 귀를 기울이며 서 있었다. 여전히 희미한 소음과 기계의 윙윙거리는 소리만 들릴 뿐, 다른 소리는 없었다. 그는 허리를 굽혀 잔디밭에 핀 작고 흰 데이지의 줄기를 엄지와 검지로 잡았다. 그리고 천천히 양옆으로 흔들면서 위로 잡아당겨 줄기를 뜯었다.

그가 줄기를 잡아당기기 시작한 순간부터 줄기가 부러지는 순간까지 높은음의 울음소리가, 기이한 무생물적인 소리가 희미하지만 똑똑하게 이어폰을 통해 들려왔다. 그는 다른 데이지를 잡고 똑같이 해보았다. 이번에도 울음소리가 들렸다. 하지만 이제는 그것이 고통의 신음이라고 확신할 수 없었다. 아니야, 고통이 아니야. 놀라서 내는 소리야. 아니, 고통이 맞을까? 아니면 인간이 알고 있는 느낌이나 감정과는 무관할 지도 몰라. 그냥 외침, 중립적이고 냉담한 외침일 거야. 감정과는 상관없는, 아무것도 나타내지 않는 소리일 거야. 장미도 마찬가지였을 것이다. 그 비명을 고통의 울부짖음이라고 생각한 것은 잘못이었다. 꽃은 아픔을 느낀 것이 아니다. 인간이 알 수 없는 무언가—그걸 '아픔'이라고 하든, '하품'이라고 하든 아무래도 좋다—를 느꼈을 뿐이다.

그는 일어서서 이어폰을 뺐다. 사방이 어둑어둑해지면서 이웃집 창문으로 불빛이 새어나왔다. 그는 검은 상자를 조심스럽게 들어올려 헛간으로 들고 가 작업대 위에 놓았다. 그리고 헛간 밖으로 나와 문을 잠그고 집안으로 들어갔다.

다음날 아침, 클라우스너는 해가 뜨자마자 일어났다. 옷을 입고 바로 헛간으로 향했다. 그는 기계를 밖으로 날랐다. 두 손으로 상자를 가슴에 꽉 끌어안고는 무게를 이기지 못해 비틀거렸다. 클라우스너는 집을 나와 길 건너 공원으로 갔다. 공원에 도착한 뒤 잠시 쉬며 주위를 둘러보았다. 그는 다시 커다란 너도밤나무가 있는 곳까지 걸어가서 기계를 나무둥치 옆에 놓았다. 그러고는 서둘러 집으로 되돌아가서 광에서 도끼를 꺼내들고 길을 건너 공원으로 돌아와 도끼를 나무 옆에 놓았다.

그는 다시 한번 두꺼운 안경 너머로 주위를 둘러보며 꼼꼼하게 구석구석을 살폈다. 아무도 없었다. 이제 겨우 아침 여섯시였다.

그는 이어폰을 꽂고 기계를 켰다. 그리고 가만히 서서 이제는 익숙해진 희미한 소음에 귀를 기울였다. 이윽고 그는 도끼를 집어들더니 두 발을 넓게 벌리고 자세를 잡았다. 그리고 있는 힘껏 도끼를 휘둘러 나무둥치를 찍었다. 도끼날은 나무 깊숙이 들어가 박혔고, 도끼날이 닿는 순간 이어폰을 통해 괴이하기 짝이 없는 소리가 들려왔다. 이전에 들었던 소리와는 전혀 다른 새로운 소리, 거친 무성조의 굉음, 으르렁거리는 듯한 저음의 비명. 장미의 외침처럼 빠르지도 짧지도 않은 소리가 도끼날이 닿는 순간 가장 크게 울렸다가 1분 정도 흐느낌처럼 꼬리를 끌며 조금씩 잦아들더니 마침내 사라졌다.

클라우스너는 공포에 질려 도끼날이 나무의 살갗을 파고들어가 박힌 자리를 바라보다가 조심스럽게 도낏자루를 잡고 날을 움직여 빼낸 다음 도끼를 땅바닥에 던져버렸다. 그는 도끼날이 박혔던 자리를 손가락으로 어루만지면서 벌어진 상처를 오므리려는 듯이 상처 가장자리를 자꾸만 끌어당기며 중얼거렸다.

"나무야…… 나무야…… 정말 미안하다…… 정말 미안해…… 곧 나아질 거야…… 금세 괜찮아질 거야."

거대한 나무둥치에 손을 대고 한동안을 그대로 서 있던 그는 갑자기 돌아서서 허둥지둥 공원을 빠져나와 길을 건너 대문을 지나 집안으로 들어갔다. 그는 전화기 쪽으로 걸어가 전화번호부를 뒤적거리더니 번호를 누르고 기다렸다. 왼손으로 수화기를 꽉 움켜쥐고 오른손으로는 초조한 듯이 탁자를 두드렸다. 전화 저편에서 신호음이 울리더니 딸깍 하고 수화기 드는 소리와 함께 졸음에 겨운 남자 목소리가 들려왔다.

"네, 여보세요."

"스콧 선생님?"

"네, 말씀하세요."

"선생님, 빨리 좀 와주세요. 지금 당장요."

"누구십니까?"

"클라우스너예요. 지난밤에 제가 실험 얘기했던 거 기억하시죠? 소리를 듣는 실험을 할 거라고……"

"알아, 알아. 근데 무슨 일이야? 어디 아픈가?"

"아뇨, 제가 아픈 게 아니고……"

"아침 여섯시 반이야. 이 시간에 아프지도 않은 사람이 전화를 걸면 어쩌라는 건가?"

"좀 와주세요. 빨리요. 선생님도 들어보셔야 해요. 정말 굉장하다니까요. 도무지 믿을 수가 없어요……"

의사는 전화로 사고 소식을 알리며 빨리 와달라고 청하는 사람들의 목소리에서 느끼곤 했던, 필사적이다못해 거의 광적인 흥분을 사내의 목소리에서 느꼈다. 그가 천천히 말했다.

"정말 이 시간에 오란 얘긴가?"

"네. 당장, 지금 당장 와주세요."

"알았네. 기다리게."

클라우스너는 전화기 옆에 앉아 의사를 기다렸다. 나무의 비명이 어땠는지 떠올려보려고 했지만 소용없었다. 굉장히 크고 무시무시한 소리에 겁을 집어먹었던 기억만 남아 있었다. 땅에 버티고 서 있는데 누군가 작고 날카로운 무기를 휘둘러 다리를 찍는다면 인간은 어떤 소리를 지를까, 그는 상상해보았다. 나무의 비명과 비슷한 소리? 아니다. 전혀 다를 것이다. 나무의 소리는 음이 없는 소름 끼치는 무성음이라는 점에서 인간의 어떤 소리보다 끔찍했다. 그는 다른 생명체에 대해서도 궁금해졌다. 갑자기 밀밭이, 누렇게 익은 살아 있는 밀이 빽빽하게 선 밀밭이, 수확기가 밀고 나가며 1초에 5백 포기를 잘라내는 밀밭이 떠올랐다. 세상에, 그 소리가 어떠할 것인가? 5백 포기의 밀들이 동시에 내지르는 비명, 매초 5백 포기의 밀들이 잘리며 울부짖는…… 안 돼, 절대 밀밭으로는 이 기계를 들고 가지 말아야지. 갔다가는 다시는 빵을 먹을 수 없게 될 거야. 그렇다면 감자나 양배추나 당근이나 양파는 어떨까? 그리고 사과는? 아, 아니야. 사과는 괜찮아. 익으면 저절로 떨어지는 거잖아. 일부러 가지에서 따지 않고 그냥 떨어질 때까지 내버려둔다면 사과는 괜찮을 거야. 하지만 야채는 안 돼. 감자를 생각해봐. 감자는 분명히 비명을 지를 거야. 당근도, 양파도, 양배추도……

그는 대문 걸쇠가 딸깍이는 소리를 듣고 벌떡 일어나 현관 밖으로 나가서 작은 검정 손가방을 들고 이쪽으로 걸어오는 키 큰 의사를 바라보았다.

"아니, 이게 도대체 웬 난린가?"

"저를 따라오세요. 선생님도 들어보셔야 합니다. 선생님께만 말씀드렸기 때문에 전화드린 거예요. 길 건너 공원입니다. 같이 가시죠."

의사는 클라우스너를 바라보았다. 이제는 흥분이 가라앉은 것 같았다. 광기나 병적 흥분의 자취는 사라지고 그저 불안하고 들뜬 모습이었다.

그들은 길을 건너 공원으로 향했다. 클라우스너가 안내한 커다란 너도밤나무 발치에는 검은 관 모양의 기다란 기계와 도끼가 놓여 있었다.

"이걸 왜 여기까지 들고 왔나?"

의사가 물었다.

"나무가 필요했어요. 정원에는 큰 나무가 없거든요."

"도끼는 또 뭐야?"

"보시면 압니다. 우선 이 이어폰을 끼고 들어보세요. 잘 들고 어떤 소리가 들렸는지 이따 저한테 얘기해주세요. 확인하고 싶은 게 있어서요……"

의사가 빙그레 웃으며 이어폰을 집어 귀에 꽂았다.

클라우스너가 허리를 구부려 기계에 붙은 스위치를 켜더니, 도끼를 들고 양발을 벌려 자세를 잡았다. 잠시 그가 머뭇거렸다.

"무슨 소리 안 들리세요?"

"뭐라고?"

"무슨 소리 안 들리냐구요."

"그냥 윙윙 소리만 나는데."

클라우스너는 손에 든 도끼를 휘두르려 했지만, 나무가 지를 비명을 생각하니 차마 손이 나가지 않았다.

"지금 뭐하나?"

"아닙니다."

클라우스너가 이윽고 도끼를 치켜들어 나무를 향해 휘둘렀다. 도끼를 휘두르는 순간, 그는 딛고 선 땅이 움직이는 듯한 느낌을, 아니 분명히 움직이는 느낌을 느꼈다. 그는 나무뿌리가 땅 밑에서 요동이라도 친 것처럼 발밑의 땅이 약간 움찔하는 것을 느꼈다. 하지만 멈추기에는 이미 늦었고, 도끼날은 나무둥치에 깊숙이 박혔다. 바로 그 순간, 머리 위에서 나뭇가지가 부러지는 소리와 잎이 스치는 소리가 들렸다. 위를 올려다보던 의사가 함께 위를 올려다보던 클라우스너를 향해 외쳤다.

"조심해! 뛰어! 빨리 뛰어!"

의사는 이어폰을 잡아 빼고 허둥지둥 멀리 달아났다. 그러나 클라우스너는 홀린 듯 멈춰 서서, 적어도 20미터는 됨직한 거대한 가지가 나무줄기와 붙은 가장 굵은 부위에서 갈라져 천천히 아래로 떨어져 내리는 모습을 바라보았다. 나뭇가지가 덮치려는 순간, 클라우스너는 용케 옆으로 몸을 피했다. 나뭇가지는 기계 위로 떨어졌고, 기계는 박살이 났다.

"세상에!"

의사가 외치며 달려왔다.

"큰일날 뻔했잖아! 자네를 덮치는 줄 알았어."

클라우스너는 멍하니 나무를 바라보았다. 그의 커다란 머리는 한쪽으로 기울어졌고, 매끈하고 창백한 얼굴에는 긴장과 공포의 빛이 서려 있었다. 그는 천천히 나무를 향해 다가가 둥치에서 도끼날을 조심스럽게 잡아 뺐다.

"들으셨어요?"

그가 의사 쪽으로 돌아서며 물었다. 들릴락 말락 한 목소리였다.

"뭐?"

뜀박질을 한데다 놀라기까지 해서 의사는 아직 숨이 가빴

다.

"이어폰으로 말예요. 도끼가 박힐 때 무슨 소리 못 들으셨어요?"

의사는 뒷목을 문질렀다.

"글쎄, 그게 말이야……"

그는 말을 멈추고 얼굴을 찡그리더니 아랫입술을 깨물었다.

"잘 모르겠어. 확실치가 않아. 자네가 도끼를 내리치고는 바로 이어폰을 빼버린 것 같은데."

"그래도 무슨 소리를 들으셨을 거 아니에요?"

"몰라. 무슨 소리를 들었는지 모르겠어. 뭐…… 나뭇가지 부러지는 소리를 들었겠지."

의사는 조금 성가신 듯이 빠르게 말을 내뱉었다.

"그 소리가 어땠는데요?"

클라우스너가 고개를 빼고 의사를 뚫어지게 바라보았다.

"그 소리가 어땠는지 자세히 설명해보세요."

"아, 이거 참. 잘 모르겠다지 않아. 피하기 바빴단 말이야. 이제 그만하자고."

"스콧 선생님, 그 소리가 어땠습니까?"

"이런 젠장, 내가 그걸 어떻게 알아? 나무가 쪼개져서 덮치는데, 사람부터 살고 봐야지."

의사가 신경질을 냈다. 그제야 클라우스너도 눈치를 챘다. 그는 꼼짝 않고 서서 의사를 바라보며 한참 동안 입을 다물고 있었다. 의사가 어깨를 으쓱하더니 돌아가려고 발길을 돌렸다.

"됐으니, 이제 그만 가자고."

"잠깐만요."

왜소한 사내의 매끈하고 하얀 얼굴에 갑자기 화색이 돌았다.

"선생님, 상처를 꿰매주세요."

그는 방금 전 나무둥치에 도끼날이 박혔던 자리를 가리켰다.

"여기를 얼른 좀 꿰매주세요."

"지금 장난치나?"

의사가 말했다.

"제 말대로 해주세요. 어서 꿰매주세요."

도낏자루를 움켜쥔 클라우스너의 목소리는 부드러웠지만, 어딘지 모르게 위협적이었다.

"말도 안 되는 소리 그만해. 나무를 어떻게 꿰매나? 쓸데없는 소리 말고 어서 가자고."

"나무는 꿰맬 수가 없나요?"

"당연하지."

"가방에 소독약 있죠?"

"있으면?"

"그럼 상처에 소독약을 발라주세요. 따갑겠지만 바르는 게 나을 거예요."

"이것 봐."

의사가 자리를 뜨려는 듯 다시 몸을 돌리며 말했다.

"장난 그만하고 이제 집으로 돌아가서……"

"당장 상처에 소독약을 바르세요."

의사는 머뭇거렸다. 도낏자루를 움켜쥔 클라우스너의 손에 힘이 들어가는 것이 보였다. 시키는 대로 하지 않으려면 잽싸게 달아나는 수밖에 없겠지만, 그것은 그에게는 불가능한 일이었다.

"알았어. 바르지."

그는 3미터쯤 떨어진 풀밭에 놓여 있던 검은 가방을 가져와 소독약 병과 약솜을 꺼냈다. 그리고 나무둥치로 다가가서 소독약 병의 코르크 마개를 뽑고 약솜에 소독약을 적셔 허리를 구부린 채 상처에 솜을 대고 두드렸다. 그러면서 곁눈으로 도끼를 손에 든 채 꼼짝 않고 서 있는 클라우스너를 살폈다.

"제대로 바르세요."

"알았어."

"하나 더 있어요. 바로 그 위에."

의사는 시키는 대로 했다.

"이제 다 됐네."

의사는 허리를 펴고 자못 진지한 표정으로 소독약 바른 자리를 살피며 말했다.

"잘 나을 거야."

클라우스너가 다가와 엄숙하게 두 군데의 상처를 살폈다.

"그렇겠군요. 잘 나을 것 같아요."

그가 커다란 머리를 아래위로 천천히 끄덕이며 말했다.

그는 한 걸음 물러섰다.

"내일도 와서 봐주실 거죠?"

"그럼. 그러다마다."

"소독약도 발라주실 거죠?"

"필요하면 그렇게 하지."

"고맙습니다, 선생님."

클라우스너가 다시 고개를 끄덕거리더니 도끼를 내던지고 히죽 웃었다. 그것은 광기어린 미소였다. 의사가 얼른 다가와 조심스럽게 그의 팔을 잡으며 말했다.

"이제 그만 가세나."

돌연 그들은 입을 꾹 다문 채 걸음을 옮겼다. 조금은 허둥지둥 공원을 가로지르고 길을 건너 집으로 돌아갔다.

윌리엄과 메리

William and Mary

윌리엄 펄이 죽으면서 남긴 유산은 얼마 되지 않았기 때문에 유언은 간단했다. 친척들에게 남긴 유품 몇 가지를 빼고는 모두 아내 앞으로 되어 있었다.

펄 부인은 법률사무소에서 변호사와 함께 유언장을 꼼꼼히 살펴본 뒤 집으로 돌아가려고 자리에서 일어섰다. 변호사는 책상 위의 서류철에서 봉해진 편지봉투를 하나 꺼내 펄 부인에게 건넸다.

"이걸 전해드리라고 하셨습니다. 남편께서 돌아가시기 얼마 전에 이 편지를 제게 보내셨어요."

깔끔한 옷차림에 얼굴이 창백한 변호사는 미망인에 대한 예의로 시선을 내리깔고 머리를 한쪽으로 기울인 채 말을 이었다.

“사적인 편지처럼 보이는군요, 펄 부인. 당연히 집에 가서 조용히 읽고 싶으실 거라 생각합니다.”

펄 부인은 편지봉투를 받아들고 사무소를 나섰다. 그리고 잠시 보도 위에 멈춰 서서 봉투를 만지작거렸다. 윌리엄이 보낸 작별 편지일까? 아마 그럴 것이다. 분명 형식적이고 딱딱한 편지일 거야. 윌리엄은 그런 사람이었다. 평생 형식을 벗어난 행동은 하는 법이 없었다.

> 친애하는 메리, 내가 먼저 이 세상을 떠나는 것을 너무 슬퍼하지 않기 바라오. 그리고 우리 둘이 함께 사는 동안 당신을 올바른 길로 인도해준 생활지침들을 꾸준히 지켜나갔으면 좋겠소. 근면하게 살고 매사에 품위를 지키기 바라오. 그리고 돈 아껴 쓰는 것 명심하도록 하오. 항상 조심해서…… 기타 등등.

윌리엄의 편지라면 그런 내용일 것이다.

아니면 죽음을 앞두고 지금까지와는 다르게 낭만적인 편지를 쓸 수도 있지 않았을까? 어쩌면 진짜 낭만적이고 다정한 연애편지일지도 모르지. 당신의 30년을 나에게 바쳐주어서, 나를 위해 옷을 다려주고 맛있는 음식을 차려주고 잠자리를 준비해주어서 정말 고마웠다는 내용의 편지 말이다. 두고 두고 계속해서 읽고 싶은 편지, 적어도 하루 한 번씩은 꺼내 읽고 싶은 편지, 화장대 위의 브로치 상자에 평생 간직해두고 싶은 그런 편지일지도 모른다.

사람이 죽을 때가 되면 어떤 행동을 하게 될지 알 수 없어. 펄 부인은 그런 생각을 하며 편지를 겨드랑이에 낀 채 서둘러 집으로 향했다.

집에 도착한 펄 부인은 현관문을 들어서자마자 바로 거실로 가서 모자와 코트를 걸친 채 그대로 소파에 앉았다. 그녀는 봉투를 뜯어 편지를 꺼내보았다. 열다섯 장에서 스무 장가량 되는 줄쳐진 흰 종이가 한 번 접혀 있었고 왼쪽 귀퉁이는 클립으로 고정되어 있었다. 장마다 앞쪽으로 약간 기운 듯한, 작고 반듯한 글씨가 빽빽이 쓰여 있었다. 무척이나 익숙한 글씨였다. 그러나 편지의 장수가 너무 많고, 매우 사무적이고 깔끔하게 쓰여 있으며, 또 첫 장이 일반적인 편지글의 시작과 다르다는 것을 알게 되자 의심스러운 생각이 들기 시작했다.

펄 부인은 편지에서 눈을 떼고 담배에 불을 붙였다. 그리고 한 모금 빨아들인 후 재떨이에 내려놓았다.

이런 식으로 의심이 들기 시작한다면 편지를 읽고 싶지 않지. 펄 부인은 그런 생각이 들었다.

죽은 사람이 남긴 편지를 안 읽어도 될까?

물론이다.

그렇지만……

펄 부인은 벽난로 건너편에 있는 텅 빈 윌리엄의 의자를 보았다. 갈색 가죽으로 된 커다란 안락의자는 가운데가 내려앉아 있었다. 수십 년 동안 윌리엄이 앉은 흔적이었다. 그리고 등받이 위쪽 윌리엄의 머리가 닿던 부분에는 타원형의 거무스름한 자국이 남아 있었다. 윌리엄은 이 의자에 앉아 책을 읽었고 펄 부인은 반대쪽 소파에 앉아 단추를 달거나, 양말을 꿰매거나, 양복 윗도리 팔꿈치에 천을 대고 기웠다. 가끔씩 윌리엄은 눈을 들어 아내를 뚫어지게 바라보았으나 무언가를 계산하는 듯 이상하게도 전혀 감정이 담겨 있지 않았다. 펄 부인은 남편의 그런 눈빛이 싫었다. 남편의 작은 눈은 얼음장처럼 차갑고 냉정했으며, 다소 좁은 편인 미간에 두 줄의 세로 주름이 못마땅하다는 기색을 드러내고 있었다. 그 눈은 평생 펄 부인을 따라다녔다. 지금까지도, 이 집에 혼자 남은 지 일주일이 지난 지금까지도 펄 부인은 남편의 눈이 자기를 따라다니며 문간에서, 안락의자에서, 밤이 되면 창문 밖에서 자기를 바라보는 듯한 느낌이 들어 불안했다.

펄 부인은 천천히 손가방을 열고 안경을 꺼내 썼다. 그리고 편지를 높이 들고 등뒤의 창문으로 스며드는 늦은 오후의 햇빛을 조명 삼아 읽기 시작했다.

*

사랑하는 메리. 이 편지는 전적으로 당신을 위해 쓴 것이고 내가 죽자마자 당신에게 전해질 거요.

이 편지를 보고 놀라지 않기를 바라오. 이 편지는 랜디가 나에게 어떤 일을 할 것이고 왜 내가 랜디의 그런 행동에 동의를 했으며, 또 랜디의 이론은 무엇이고 그가 기대하는 것은 무엇인지 내 입장에서 당신에게 자세히 설명하기 위한 것에 불과하오. 당신은 내 아내고 전부 알 권리가 있소. 사실 당신이 꼭 알아야 하는 것들이지. 지난 며칠 동안 나는 당신에게 랜디 얘기를 하려고 했소. 하지만 당신은 도통 들으려 하지 않더군. 전에도 말했지만 그건 어리석은 태도요. 이기적이지 않다고 말하기 힘든 행동이지. 아마 몰라서 그랬을 테지. 하지만 나는 당신이 모든 사실을 알고 나면 생각을 바꾸리라 확신하고 있소. 바로 그렇기 때문에 내가 당신과 함께 있지 못하는 지금, 그러니까 신경쓸 일이 적은 지금 당신이 이 편지를 끝까지 자세히 읽어보기를 바라는 거요. 분명히 말하건대 내 얘기를 다 듣고 나면 당신의 반감은 사라질 거고 그 대신 깊은 관심이 생기게 될 거요. 내가 한 행동을 당신이 자랑스러워하리라는 희망도 생기는구려.

이 편지를 읽으면서 이렇게 냉정하게 쓸 수밖에 없는 나를, 가능하다면 용서해주기 바라오. 하지만 이렇게 해야만 내 뜻을 당신에게 분명히 전달할 수 있다고 생각했소. 마지막이 가까워질수록 내 머릿속이 온갖 감상적인 생각으로 가득차 오르니 말이오. 어쩌면 당연할지도 모르지. 매일매일 지나간 날들을 점점 더 그리워하게 되는데 저녁이 되면 특히 심해지오. 조심하지 않으면 이 편지가 감상적으로 흐를 것 같소.

당신 이야기를 좀 쓰고 싶구려. 그리고 당신이 그 긴 세월 동안 나에게 얼마나 훌륭한 아내였는지도 말하고 싶소. 기회가 있으면, 그리고 내게 힘이 남아 있으면, 꼭 그렇게 말하리라 스스로에게 다짐한다오.

지난 17년간 살면서 교편을 잡아온 옥스퍼드에 대해서도 얘기하고 싶소. 여기 옥스퍼드가 얼마나 아름다운 곳인지 말하고 싶군. 그리고 할 수만 있다면, 옥스퍼드에서 일한다는 사실이 내게 얼마나 중요했는지 당신에게 말해주고 싶소. 어두컴컴한 침실에 누워 있으려니 내가 무척이나 사랑했던 것들이 하나둘씩 떠오르는구려. 언제나 그랬듯이 환하고 아름다운 모습으로 말이오. 왠지 오늘따라 특히 더 선명하게 보이는군. 우스터대학 캠퍼스의 호수를 따라 난 오솔길이 생각나오. 러블레이스(Richard Lovelace, 17세기 영국의 시인—옮긴이)가 즐겨 산책하던 곳이기도 하지. 펨브룩의 정문도, 또 매그덜린 탑에서 서쪽으로 보이는 풍경도. 크라이스트 교회의 대

예배당. 세인트존의 작은 암석원에 핀 여러 종의 캄파눌라꽃. 그중에는 진귀하고 가냘픈 발트슈타이니아나도 있었지. 이 것 봐, 내가 말한 대로지! 시작도 안 했는데 벌써 감상적인 얘기만 늘어놓고 있잖소. 내가 하고자 하는 얘기는 지금부터요. 이제부터는 조금 천천히 읽도록 해요. 읽는 데 방해가 될 테니까 슬프거나 못마땅한 감정 따위는 잊어주었으면 좋겠소. 천천히 읽겠다고, 그리고 그전에 먼저 침착하고 느긋한 마음가짐을 갖겠다고 약속해줘요.

중년의 나를 갑자기 쓰러뜨린 내 병에 대해서는 당신도 자세히 알고 있겠지. 그러니 그 얘기로 지면을 낭비하지는 않겠소. 하지만 어리석게 왜 진작 병원에 가지 않았을까, 라는 말만은 해야겠소. 암은 현대의학으로도 치료할 수 없는 몇 안 되는 질병 중 하나지 않소. 그래도 그렇게 많이 퍼지지만 않았더라면 수술을 할 수도 있었을 거요. 그러나 내 경우에는 암세포가 너무 오랫동안 방치되었을 뿐 아니라 췌장에까지 전이되었기 때문에 수술도 어려웠고 살 가능성도 희박했지.

나에게 남은 시간은 한 달에서 여섯 달 정도였고 시간이 지날수록 우울한 생각만 들었는데, 그때 갑자기 랜디가 찾아왔소.

6주 전 화요일 아침, 당신이 병원에 오기 전인 매우 이른 시간이었지. 병실 문을 열고 랜디가 들어오는데, 순간 그에게 무슨 광기가 어린 듯한 느낌이 들더군. 병문안을 온 사람들이 으레 그런 것처럼 무슨 말을 해야 될지 몰라 난처해하며 살금살금 걸어들어오지 않더란 말이지. 미소를 띠며 당당하게 침대 머리맡까지 성큼성큼 걸어와서 나를 내려다보는데, 눈에서 광채가 났소. 그는 이렇게 말했지.

"윌리엄, 이보게 친구. 정말 완벽해. 자네야말로 내가 원하던 사람이야!"

이쯤에서 당신에게 설명을 좀 해야 할 듯한데, 존 랜디는 한 번도 우리집에 온 적이 없소. 당신이 그 친구를 만난 적은 아마 없을 거요. 하지만 난 적어도 9년 정도 그 친구와 알고 지냈소. 물론 나는 원래 철학 선생이었지만 당신도 알다시피 최근에는 심리학에도 깊은 관심을 가져왔지. 랜디와 나는 관심사가 같았소. 그 친구는 훌륭한 신경외과 의사로 그 분야의 최고 권위자 중 한 사람인데, 친절하게도 얼마 전부터 자기 연구 결과를 공부할 수 있게 도와주었소. 특히 전두엽 절제술이 여러 정신병 환자들에게 어떤 영향을 미치는지 알려주었지. 그러니까 화요일 아침 랜디가 갑자기 내 병실에 들이닥쳤을 때 우리는 이미 꽤 친한 사이였소.

랜디는 의자를 침대 쪽으로 바짝 당기며 이렇게 말했소.

"이봐! 몇 주만 있으면 자네는 죽을 거야. 맞지?"

랜디가 한 말이라 그런지 별로 몰인정하다는 생각은 안 들더군. 어떻게 보면 문병객이 해서는 안 될 말을 꺼내는 게 신선하기도 했소.

"이 방에서 끝을 맞을 테고. 그러면 죽은 자네를 데려다가 화장하겠지."

"매장하는 편이 낫네."

"그건 더 안 좋군. 그다음엔 뭔가? 천국에 갈 거라고 생각하나?"

"아닐 거야. 하지만 그렇게 생각하는 게 마음은 편하지 않겠나?"

"아니면 지옥?"

"솔직히 지옥에 갈 만큼 나쁜 짓을 했다고는 생각 안 하네."

"모르는 일이지, 윌리엄."

"무슨 말을 하려는 건가?"

랜디는 조심스럽게 나를 쳐다보더니 말을 꺼내더군.

"글쎄, 개인적으로 난 사람이 죽고 나면 모든 게 끝일 거라 생각하지. 하지만……"

그는 잠시 말을 멈추더니 미소를 띠고 내 쪽으로 몸을 숙였소.

"하지만 말이야, 자네를 내게 맡긴다면 이야기가 달라질 수도 있지. 한번 생각해보겠나?"

랜디는 나를 뚫어지게 바라보며 뭔가에 굶주린 듯한 묘한 눈으로 여기저기 살펴보고 평가하는 것 같더군. 그 모습을 보니 마치 난 푸줏간 카운터 위에 놓인 특상품 고깃덩어리고 랜디는 그 고깃덩어리가 포장되기를 기다리는 손님 같았소.

"난 심각하네, 윌리엄. 내 제안을 한번 들어보겠나?"

"무슨 말을 하는지 도통 모르겠어."

"내 얘기를 잘 들어봐. 들어줄 건가?"

"이야기해봐. 듣는다고 손해볼 건 없지."

"그 반대야. 얻는 게 많을 거야. 특히 죽은 다음에 더."

랜디는 자기가 그 말을 하면 내가 소스라치게 놀라리라 생각했던 것 같더군. 하지만 왜인지는 몰라도 나는 준비가 되어 있었소. 꼼짝 않고 누워 그의 얼굴에 천천히 번져가는 밝은 미소를 보았지. 랜디가 웃자 틀니를 고정하는 금걸쇠가 왼쪽 위 송곳니에 걸린 모습이 보이더군.

"윌리엄, 이건 지난 몇 년간 내가 조용히 연구해온 거야. 여기 병원에도 한두 사람 정도가 날 돕고 있는데, 특히 모리슨과 함께한 숱한 동물 실험에서 성공적인 결과를 얻었어. 이제 사람을 대상으로 할 때가 되었지. 이건 대단한 발견이야. 처음에는 말도 안 되는 것처럼 들리겠지만 외과적인 관점에서 볼 때 이 실험이 불가능할 이유는 전혀 없네."

랜디는 앞으로 몸을 숙이더니 두 손을 침대 가장자리에 올려놓더군. 랜디는 인물이 좋지. 좀 마른 듯하지만 잘생겼고 어딘지 모르게 다른 의사들하고는 좀 달라 보여. 거 알잖소. 대개 의사들이 어떤지. 의사들을 보면 대부분 두 눈에 '나만이 당신을 살릴 수 있어'라는 전광판이 어슴푸레 빛을 발하지 않소. 하지만 존 랜디는 달랐지. 큰 눈은 밝게 빛났고, 생기에 가득찬 눈동자 한가운데에서 불꽃이 춤을 추더군.

"오래전이었어."

랜디가 말을 꺼냈소.

"러시아에서 온 의학용 단편 다큐멘터리를 본 적이 있어. 섬뜩하기는 했지만 재미있었지. 인공심장이 뛰면서 완전히 절단된 개의 머리로 동맥과 정맥을 통해 정상적으로 혈액이 공급되는 장면이 나오더군. 내가 말하려는 게 바로 이거야. 개의 머리 말인데, 쟁반 같은 것 위에 개의 머리가 놓여 있었어. 산 채로 말이야. 뇌는 제 기능을 하고 있었어. 몇 가지 실험으로 이를 증명했지. 음식물을 입에 문지르니까 혀를 내밀어 핥더군. 그리고 방을 가로질러 지나가는 사람을 따라 눈동자가 움직였어. 그러니까 그 장면을 보고 난 머리와 뇌가 몸에 붙어 있어야 살아 있는 건 아니라는 결론을 내렸지. 물론 산소가 충분한 혈액이 계속 공급된다는 조건이 따르지만 말이야."

랜디는 계속해서 말을 이었소.

"그럼 내 생각을 말하겠네. 나는 그걸 보고 사람이 죽은 후에 두개골에서 뇌를 꺼내어 영원히 독립적인 기관으로 살려두겠다는 생각을 한 거야. 말하자면 자네가 죽은 후에 자네의 뇌로 그렇게 하겠다는 거지."

"싫어."

"아직 안 끝났어, 윌리엄. 마저 이야기하겠네. 실험을 계속 해보고 알아낸 사실인데, 뇌는 독특하게도 독립적으로 움직이는 기관이야. 스스로 뇌척수액을 생산해내지. 사고나 기억 같이 뇌 속에서 일어나는 신기한 작용은 사지나 몸통, 두개골이 없더라도 분명 아무 문제가 없어. 산소가 충분한 혈액이 적절한 조건 아래 공급되기만 한다면 말이야. 이보게, 윌리엄. 자네 뇌를 한번 생각해봐. 완벽하지 않은가. 평생 쌓아온 지식이 담겨 있잖아. 지금처럼 되기 위해 얼마나 많은 세월이 걸렸는가. 최고의 독창적인 생각이 막 나오려고 하잖아. 하지만 쓸데없이 췌장에 암이 퍼지는 바람에 자네의 뇌가 육체와 함께 죽어가고 있지."

"난 별로 생각 없네. 이제 그만하게나. 그건 끔찍한 생각이고, 그럴 리는 없겠지만, 만일 성공한다 해도 무의미한 짓이 될 거야. 말도 못하고 보지도 못하고 또 듣거나 느끼지도 못하는데 뇌만 살아 있는 게 무슨 의미냔 말이야. 이보다 더 기분 나쁜 얘기는 평생 들어본 적이 없는 것 같군."

"자네라면 말이 통할 줄 알았는데. 어느 정도의 시력은 살릴 수 있어. 우리, 천천히 생각해보자고. 나중에 다시 오겠네. 어쨌든 자네가 곧 죽는다는 건 사실이지 않은가. 그리고 내 말은 자네가 죽은 후에 모든 일이 시작된다는 거야. 이봐 윌리엄, 진정한 학자라면 과학을 위해서 자신의 죽은 몸을 바치는 일에 반대하지는 않을 거야."

"자네 말은 그런 뜻이 아니잖아. 내 생각에 자네의 실험이 끝날 즈음에는 내가 살았는지 죽었는지도 분명하지 않을 것 같은데."

"글쎄, 그 말이 맞는 것 같군. 하지만 이 일에 대해 자세히 알지도 못하면서 그렇게 서둘러 거절하면 쓰나."

"듣고 싶지 않다고 했어."

"담배나 한 대 피우게."

랜디는 담뱃갑을 내밀며 말하더군.

"담배 안 피워. 자네도 알다시피."

랜디는 담배 한 개비를 꺼내 물고 동전만한 작은 은빛 라이터로 불을 붙이더라고.

"내 실험기기를 만들어주는 사람들이 선물한 거야. 독창적이지 않나?"

나는 라이터를 받아 자세히 살펴보고 돌려주었지.

"계속해도 되겠나?"

"그만했으면 하는데."

"가만 누워서 듣기만 해. 재미있을 거야."

침대 머리맡에 있는 접시에 청포도가 있었소. 난 접시를 가슴 위에 올려놓고 포도를 먹기 시작했지.

"죽는 바로 그 순간, 내가 이 옆에 서 있어야 자네의 뇌가 죽지 않게 바로 조치를 취할 수 있어."

"뇌는 머리 안에 그대로 놔둘 텐가?"

"처음에는, 맞아. 그래야 하지."

"나중에는 어디에 옮겨둘 건데?"

"굳이 알고 싶다면, 일종의 대야 같은 곳에."

"정말인가?"

"물론이지."

"좋아. 계속해보게."

"심장이 멈추면 뇌에 공급되는 신선한 혈액과 산소도 끊기게 되고, 그렇게 되면 세포가 급격히 죽는다는 건 자네도 알겠지. 4분에서 6분 사이에 전부 죽게 되네. 3분만 지나도 심각한 손상을 입을 수 있어. 그렇기 때문에 이를 방지하기 위해 나는 재빨리 움직여야 해. 하지만 기계의 도움을 받는다면 아주 간단하게 해결되지."

"무슨 기계 말인가?"

"인공심장. 알렉시스 캐럴과 린드버그가 처음 개발한 인공심장을 변형한 건데 성능이 아주 좋아. 혈액에 산소를 공급하고, 적당한 온도를 유지하고, 또 적절한 압력으로 펌프질도 하고, 그 외에도 수많은 기능을 하지. 전혀 안 복잡해."

"내가 죽는 순간에는 무엇을 할 텐가? 제일 먼저 무엇을 할 거냐고?"

"자네, 뇌에 혈관이 어떻게 배치되어 있는지 알고 있나?"

"아니."

"그럼 들어봐. 어렵지는 않아. 뇌에 공급되는 혈액은 두 군데서 비롯되지. 내경동맥과 척추동맥 말이야. 각각 두 개씩이니까 모두 네 개인 셈이지. 알아듣겠나?"

"그래."

"반대의 경우는 훨씬 간단해. 혈액은 두 개의 정맥을 통해 빠져나가지. 내경정맥 말일세. 그러니까 혈액을 뇌에 공급하는 동맥 네 개가 위로 올라가고—물론 목을 따라 올라간다는 이야기야—혈액이 다시 심장으로 돌아오는 정맥 두 개가 아래로 내려오지. 뇌 주변에 이르면 갈라져 다른 혈관으로 이어지지만 그건 우리의 관심사가 아니야. 거기까지는 손대지 않으니까."

"좋아. 내가 죽었다고 해보세. 그럼 어쩔 텐가?"

"우선 목을 절개해서 동맥 네 개, 즉 내경동맥과 척추동맥을 찾은 후 관류(灌流)를 시킬 거야. 그러니까 각각의 동맥에 속이 빈 커다란 관을 꽂겠다는 소리지. 이 관 네 개는 인공심장으로 향하는 관에 연결되어 있어. 그런 다음 서둘러서 왼쪽과 오른쪽에 있는 내경정맥을 잘라 인공심장에 꽂으면 혈액이 지나가는 통로가 완성되는 셈이야. 물론 인공심장에는 자네와 같은 혈액형의 피가 주입되어 있지. 그리고 인공심장의 전원을 켜면 자네의 뇌는 다시 태어나는 거야. 뇌로 혈액이 다시 공급되는 거니까."

"아까 말한 러시아 개처럼 말이지."

"그렇지는 않을 거야. 우선 죽으면 의식을 잃는단 말이네. 한참 동안은 의식이 다시 돌아오지 않을 거라 생각하네. 결국엔 다시 돌아올 테지만 말이야. 하지만 의식이 있건 없건 간에 자네의 처지는 재미있어질 걸세. 몸은 죽어서 차갑고 뇌만 살아 있으니까."

랜디는 잠시 성공의 기쁜 순간을 상상하느라 말을 멈추더군. 자기 생각에 스스로 황홀해져서 정신이 멍해진 나머지 나도 당연히 자기와 같은 기분일 거라 여기는 듯했어.

"지금부터는 시간이 조금 있어. 또 정말 시간이 필요하기도 하지. 우선 자네를 수술실로 데려갈 거니까. 물론 인공심장과 함께 말일세. 인공심장은 펌프질을 멈추지 않을 거야. 다음은……"

"그만하게. 그걸로 됐어. 자세한 얘기는 듣고 싶지 않아."

"그래도 들어야 하네. 앞으로 자네에게 생길 일을 자세히 알아야 해. 나중에 의식이 돌아올 경우 자네 입장에서 볼 때 지금 자신이 있는 곳은 어디이며 어떻게 여기까지 오게 됐는지 안다면 훨씬 더 기분이 낫지 않겠나. 자네 마음이 편하기 위해서라도 꼭 알아야 하잖아. 안 그런가?"

나는 침대에 누운 채 랜디를 바라보았소.

"다음은 자네의 뇌를 있는 그대로 아무 손상 없이 죽은 몸에서 분리하는 거야. 이제 몸은 필요 없어. 사실 이미 썩기 시작했을지도 모르지. 두개골과 얼굴도 필요 없네. 거추장스럽기만 해서 오히려 있는 게 불편할 정도야. 내가 원하는 건 뇌뿐이야, 말짱하고 멋진. 그러니까 살아 있는 상태의 완벽한 뇌. 그리고 난 자네를 수술대 위에 눕히고 톱을, 작은 전기톱을 이용해 두개골의 윗부분을 잘라낼 거야. 그때까지 자네는 의식이 없는 상태이기 때문에 마취는 생각할 필요도 없지."

"마취를 안 하다니 말도 안 돼."

나는 너무 놀랐소.

"의식이 없을 텐데 뭘 그러나. 내 그건 장담할 수 있네, 윌리엄. 몇 분 전에 자네가 죽었다는 사실을 잊지 마."

"아무도 마취 없이 내 두개골에 톱질을 하지는 못해."

"어떻든 상관없어."

랜디가 어깨를 움츠리더니 말을 잇더군.

"자네가 원한다면 프로카인(국부 마취제—옮긴이) 정도야,

뭐. 그래서 기분이 나아진다면 자네 머릿속에 프로카인을 잔뜩 넣어줄 수도 있어. 목 위 머리 전체에 말이야."

"그거 대단히 고맙구먼."

"자네도 알다시피. 가끔 희한한 일도 일어나는 법이야. 지난주에 한 남자가 의식을 잃은 채 병원에 실려왔기에 나는 마취도 하지 않고 그 사람의 머리를 절개해서 작은 응혈을 제거한 적이 있어. 한창 수술을 하고 있는데 글쎄 이 사람이 깨어나서 말을 하지 뭔가.

'여기가 어디죠?'

그 환자가 묻더군.

'병원입니다.'

'어, 설마요.'

'환자분, 불편하신가요?'

'아니, 전혀요. 그런데 거기서 뭘 하세요?'

'당신 뇌 속의 응혈을 제거하는 중입니다.'

'뭐라고요?'

'가만히 계세요. 움직이면 안 됩니다. 거의 끝났어요.'

'그놈의 응혈 때문에 머리가 그렇게 아팠군요.'

글쎄 그렇게 말하지 뭔가."

랜디는 말을 멈추더니 그 일을 생각하며 미소를 지었소.

"그 남자가 한 말 그대로 옮긴 거네. 그리고 다음날이 되자 그 사람은 아무것도 기억하지 못하더군. 정말 신기하지, 뇌 말이야."

"나한테는 꼭 마취를 해줘."

"자네가 원한다면, 윌리엄. 그리고 아까 말했듯이 작은 전기톱으로 조심스럽게 두개관(頭蓋冠)을 제거할 거야. 뇌의 윗부분 말이네. 이렇게 하면 뇌의 절반 위쪽이 드러나지. 그보다는 뇌를 감싸고 있는 제일 바깥쪽 막이 드러난다는 말이 맞겠구먼. 뇌를 감싸는 별도의 삼중막이 있다는 걸 자네가 아는지 모르겠네. 가장 바깥쪽 막은 경질막, 또는 경막이라 하고 중간 것은 거미막, 그리고 가장 안쪽은 연질막, 또는 연막이라 하지. 잘 모르는 사람들은 뇌가 머릿속에서 액체에 둥둥 떠 있는 줄 알지만 사실은 아니야. 내가 말한 튼튼한 삼중막에 겹겹이 싸여 있어. 그리고 안쪽에 있는 두 개의 막 사이의 작은 틈을 거미막 밑공간이라고 하는데 거기에 뇌척수액이 흐르지. 아까도 말했지만 이 액체는 뇌에서 만들어지고 삼투압에 의해 정맥계로 흘러나간다네.

나는 삼중막은 건드리지 않을 거야. 경막, 거미막, 연막이라…… 정말 예쁜 이름이지 않은가? 어쨌든 나는 이것들은 고스란히 놔둘 거네. 그러는 데는 여러 이유가 있는데 가장 중요한 건 경막 안에 뇌에서 흘러나오는 혈액이 경정맥으로 흘러들어가는 정맥 통로가 있다는 점이야.

그럼 지금까지 두개골의 절반 윗부분을 떼어냈으니까 이제 제일 바깥쪽 막에 싸인 뇌의 꼭대기 부분이 드러나게 되지. 다음 단계가 좀 까다로워. 뇌 전체를 들어내 완전히 분리해서 뇌 아래쪽에 매달린 혈액 공급용 동맥 네 개와 정맥 두 개를 인공심장에 연결할 수 있게 하는 거니까. 상당히 시간이 걸리고 복잡하기도 하지. 세밀하게 뼈를 도려내고, 신경을 잘라내고, 수많은 핏줄을 잘라 다시 묶는 과정이 모두 포함되니까 말일세. 뇌를 완전히 드러낼 수 있는 유일한 방법은 골겸자로 천천히 두개골의 남은 부분을 벌리고 뇌의 옆과 아랫부분이 완전히 드러날 때까지 오렌지 껍질 까듯이 아래로 벗겨내는 거야. 이때 생길 수 있는 문제는 상당히 기술적인 거라서 그것까지는 말하지 않겠지만, 나는 전부 잘되리라 확신하네. 단순히 외과적인 기술과 인내심의 문제이지. 시간은 충분하다는 걸 잊지 않기 바라네. 왜냐하면 인공심장이 수술대 옆에서 계속 펌프질을 해서 뇌가 계속 살아 있도록 할 테니까 말이야.

자, 그럼 내가 자네 두개골을 벗겨내고 뇌의 양옆을 싸고 있는 모든 것을 다 제거했다고 가정해보세. 그렇게 되면 뇌의 아랫부분만 몸에 붙어 있는 셈인데, 굵은 정맥 두 개와 혈액을 공급하는 동맥 네 개, 그리고 척추가 뇌와 몸을 연결하지. 그럼 다음은 뭐냐고?

첫번째 경추 바로 위에서 척추를 잘라낼 건데, 그 부분에 있는 두 개의 척추동맥은 건드리지 않도록 최대한 조심해야 해. 또 뇌를 싸고 있는 제일 바깥쪽 막, 즉 경막이 뚫려 있다는 사실을 잊어서는 안 되네. 척추가 바로 여기로 지나가니까 말이야. 나는 경막에 난 구멍의 가장자리를 꿰매서 뚫린 부분을 막을 걸세. 이건 별문제 없네.

여기까지 하면 마지막 단계의 작업을 위한 준비가 끝난 셈이지. 테이블 한쪽에 모양이 특이한 대야를 두고 링거액이라는 액체를 채워둘 거야. 신경외과 쪽에서 세척할 때 사용하는 특수한 액이지. 그다음에는 혈액이 드나드는 동맥과 정맥을 잘라 뇌를 완전히 들어낼 거야. 그리고 손으로 뇌를 들어서 대야로 옮겨야지. 전체 과정 중 혈액의 흐름이 중단되는 유일한 순간이네. 하지만 뇌를 대야에 담고 동맥과 정맥을 다시 인공심장에 연결하는 데에는 시간이 얼마 걸리지 않아.

이제 자네는 다시 태어나는 거야. 자네의 뇌가 산 채로 대야에 담기는 거지. 그리고 앞으로 오랫동안—아마 수십 년이 될 수도 있겠지—더 살지 못한다는 법도 없네. 혈액이 공급되도록 인공심장을 제대로 관리하기만 한다면 말이야."

"하지만 뇌가 다시 기능을 할까?"

"이봐, 이 친구야. 내가 그걸 어찌 알겠나? 자네가 의식을 다시 찾을지도 아직 모르는데 말이야."

"만일 의식을 다시 찾는다면?"

"그렇다면 정말 최고지!"

"그럴까?"

난 랜디에게 다시 물었소. 마음 한구석에 의심이 남아 있었거든.

"물론이야. 대야에 담긴 채 자네의 뛰어난 사고력과 기억력을 다시 발휘하는 거야."

"하지만 보거나, 느끼거나, 냄새를 맡거나, 듣거나, 말할 수는 없단 말이지."

"아! 아, 그걸 깜빡했네! 눈 얘기를 안 했지. 들어보게. 시각 세포는 하나 남겨둘 셈이야. 시각 세포의 두께는 임상용 체온계 정도고 뇌와 눈 사이의 거리도 5센티미터밖에 안 되니까 가능하지. 시각 세포가 근사한 것은 다른 신경과 전혀 다르기 때문이야. 뇌의 연장선이라고나 할까. 그러니까 경막, 즉 뇌를 싸고 있는 막이 안구까지 연장되어 붙어 있는 셈이지. 그러니까 눈의 뒷면은 뇌에 바로 연결되어 있다고 할 수 있어. 그리고 뇌척수액도 거기까지 흐르지. 이 모두 내 실험 목적에 딱 들어맞네. 그렇기 때문에 눈 한 개는 살려둘 수 있다는 게 말이 되지. 나는 안구를 원래 자리에 두지는 않을 걸세. 안구를 따로 담아둘 작은 플라스틱 용기를 벌써 만들어놓았어. 뇌는 링거액에 담긴 채 대야에 있고 안구는 별도의 용기 속에

든 채 링거액 표면에 떠 있게 될 거야."

"천장을 보면서 말이지."

"아마 그렇겠지. 맞아. 하지만 근육이 없으니 안구를 이리저리 움직일 수는 없어. 하지만 가만히 평화롭게 누워 대야 위의 세계만 바라보는 것도 재미있을 듯하군."

"정말 대단하구먼. 귀 하나도 그대로 놔두는 게 어떤가?"

"이번에는 귀를 빼는 게 낫지 않겠나."

"귀도 해줘. 꼭 귀도 해주길 바라네."

"안 되겠는데."

"바흐를 듣고 싶어."

"그게 얼마나 어려운지 자넨 모를 거야."

랜디는 침착하게 말하더군.

"달팽이관이라고 하는 청각 기관 말인데, 어쨌든 이게 눈보다 훨씬 더 복잡해. 게다가 뼈에 싸여 있기까지 하지. 뇌에 연결된 청각 신경 쪽도 마찬가지야. 거기까지는 안 되네."

"그럼 뼈에 그대로 싸인 채 대야에 두면 안 될까?"

"아니."

랜디는 단호했어.

"이미 충분히 복잡해. 그리고 눈이 제 기능을 한다면 듣는 게 뭐 그리 중요한가? 읽을 수 있도록 글로 써서 대화할 수 있잖아. 뭐가 되고 안 되는지는 나에게 맡겨둬야 하네."

"아직 한다고 말 안 했어."

"알아, 윌리엄. 안다구."

"아직 그게 좋은 생각인지 잘 모르겠어."

"그럼 그냥 죽겠다는 말인가?"

"아마 그렇겠지. 나도 모르겠어. 말도 할 수 없을 텐데. 아닌가?"

"물론 못하지."

"그럼 어떻게 내 의사를 표현하란 말이야? 내가 의식이 돌아왔는지 어떻게 알겠어?"

"의식이 돌아왔는지 아닌지는 쉽게 알 수 있어. 뇌파 기록 장치로도 알 수 있네. 전극을 대야 속 자네 뇌의 전두엽에 붙여둘 거야."

"그럼 알 수 있나?"

"물론이지. 그 정도는 어느 병원에서나 다 하네."

"하지만 자네와 의사소통은 할 수 없잖아."

"사실, 난 가능하다고 보네. 나와 친분이 있는 런던의 베르트하이머라는 교수가 생각을 전달하는 문제에 대해 흥미로운 연구를 하고 있어. 자네 혹시 뇌가 생각을 할 때 전기화학적 물질이 배출된다는 거 알고 있나? 전자파처럼 파장의 형태로 말이야."

"조금은 알아."

"그래. 베르트하이머 교수가 뇌파 기록장치와 비슷한 걸 하나 만들었는데, 이게 훨씬 더 정밀하기는 하지만, 어쨌든 이 사람은 일정한 좁은 범위 안에서라면 뇌가 무슨 생각을 하고 있는지 알 수 있다고 주장하지. 베르트하이머 교수에게 여기 와서 자네를 한번 보라고 얘기해볼까?"

"아니."

난 거절했소. 랜디는 당연히 내가 실험에 응할 거라고 생각하고 있었고 난 그런 그의 태도에 화가 났지.

"이제 그만 가주겠나? 날 좀 내버려두게. 그렇게 서둘러서는 아무것도 안 될 걸세."

랜디는 즉시 자리에서 일어나 문 쪽으로 걸어갔지.

"질문 하나만 해도 되겠나?"

내가 물었소.

랜디는 한 손을 문 손잡이에 올려놓은 채 걸음을 멈추더군.

"좋아, 윌리엄."

"간단해. 자네 솔직히 내 뇌가 그 대야에 담겨서도 지금과 똑같이 기능할 거라 생각하나? 지금처럼 생각하고 판단할 수 있을 거라 생각하는 거야? 기억력도 그대로이고?"

"안 그럴 이유가 없지. 그 뇌가 바로 그 뇌잖아. 살아 있고, 아무 손상도 없지. 사실 손도 거의 대지 않았잖아. 경막도 열지 않은 채야. 물론 가장 큰 차이는 연결된 신경을 시각 신경만 빼고 모조리 잘라냈다는 거지. 하지만 이 말은 더이상 감각이 생각에 영향을 미치지 못하게 되었다는 뜻이기도 해. 엄청나게 순수한 곳에서 초연하게 세상을 살게 되는 거야. 더이상 성가실 것도 없고, 고통도 없지. 신경이 없으니 당연히 고통도 못 느껴. 어찌 보면 완벽한 상태라 할 수 있어. 걱정도 공포도 고통이나 배고픔도 갈증도 없어. 욕망조차 없지. 기억력과 사고력만 남는 거야. 그리고 남아 있는 눈 하나가 제 기능을 발휘한다면 책도 읽겠지. 나라면 좋을 것 같아."

"그렇군. 정말인가?"

"그럼 윌리엄. 그렇고말고. 철학과 교수에게는 특히 더 그렇지. 정말 멋진 경험이 될 거야. 지금까지 어느 누구도 경험해보지 못한 평온한 마음과 초연한 자세로 세상만사를 깊이 생각하게 될 거야. 그렇게 되면 못할 일이 뭐가 있겠나? 위대한 사상을 창조할 수도 있고 풀리지 않던 문제를 풀 수도 있지. 또 우리의 삶을 혁명적으로 바꾸어놓을 위대한 착상이 떠오를 수도 있지 않겠나! 할 수 있으면 한번 상상해보게. 자네가 도달할 수 있는 집중력이 얼마나 대단할지 말이야."

"실망도 있겠지."

"말도 안 돼. 실망은 없어. 욕망이 없으면 실망도 없네. 그리고 욕망을 갖는 건 불가능해. 적어도 육체적인 욕망은 안 되지.”

“분명히 내가 이전에 어떻게 살았는지 기억하겠지. 돌아가고 싶은 욕망이 생길 수도 있어.”

“뭐라고? 뒤죽박죽인 이 세상으로 다시 돌아오겠다고? 편안한 대야 속을 버리고 광란의 세상으로 오겠단 말이야!”

“한 가지만 더 물어보겠네. 얼마나 오랫동안 생명을 유지할 수 있을 거라 생각하나?”

“뇌 말인가? 누가 알겠어? 아마 수십 년은 되겠지. 조건만 이상적이라면 말이야. 인공심장 덕분에 뇌가 나빠질 일은 없지. 혈압도 항상 그대로일 테고. 실제 삶에서라면 불가능한 일이야. 체온 역시 그대로 유지될 테고. 혈액 내 화학조성도 거의 완벽에 가깝고. 바이러스나 박테리아 같은 불순물이 전혀 없지. 물론 어림잡는 건 좀 바보 같기는 하지만, 이런 조건이라면 2백 년에서 3백 년 정도는 끄떡없을 거라 생각하네. 그럼 이제 가봐도 되겠나? 내일 다시 오겠네.”

그는 서둘러 방을 나서더군. 당신도 짐작하겠지만 나만 혼란스럽게 남겨둔 채 말이오.

랜디가 방을 나선 후 나의 즉각적인 반응은 불쾌감 같은 것이었소. 전혀 기분좋을 게 없는 소리잖소. 나를 정신만 그대로 남겨둔 채 물에 잠긴 끈적끈적한 회색 덩어리로 만들겠다는 랜디의 말을 들으니 역겨운 생각이 들더군. 끔찍하고 소름 끼치는 사악한 생각이지. 또 하나 신경이 쓰인 부분은 랜디가 나를 대야 속에 넣고 나면 나는 혼자서 아무것도 할 수 없는 무력감을 느껴야만 한다는 점이었소. 그렇게 하고 나면 되돌릴 수도 없고, 내 생각을 말하거나 설명할 방법도 없게 될 텐데 말이오. 그 사람들이 나를 죽이지 않는 이상 꼼짝 못 하고 살겠지.

또 내가 참아내지 못하면 어떻게 되지? 만일 엄청나게 고통스러우면? 내가 이성을 잃게 되면?

도망갈 다리도 없고, 소리지를 목소리도 없고, 그야말로 아무것도 없지 않은가 말이야. 2백 년 동안 이를 악물고 참아야만 되잖소.

참, 입이 없으니 이를 악물 수도 없겠군.

그때 갑자기 궁금한 게 생겼지. 다리를 절단한 사람이 다리가 여전히 있다는 환상에 시달리는 경우가 종종 있지 않은가 하는 거였소. 있지도 않은 발가락이 미칠 듯이 계속 가렵다고 간호사에게 말하는 거 말이오. 얼마 전 그런 얘기를 들은 것도 같았거든.

바로 그거였소. 마찬가지 논리로 대야 속에 가만히 있던 내 뇌가 있지도 않은 몸에 대해 비슷한 환상을 가질 수도 있지 않을까? 어쨌든, 늘 그렇듯이 온몸이 쑤셔오고 아파오는데 아스피린은 먹을 수도 없지. 다리가 아파 못 견뎌하거나, 소화가 안 돼서 고통스러워하는 모습이 떠오를 때도 있을 테고, 또 당신도 알다시피 소변이 급해서 당장이라도 볼일을 보지 않으면 방광이 터질 것 같은 느낌이 들기도 하겠지.

그런 일이 없기를 바랄 뿐이지만 말이오.

나는 침대에 누워 한참 동안 이런 끔찍한 일들을 상상했소. 그때 갑자기, 아마 한낮쯤 되었을 거요, 기분이 확 달라지더란 말이오. 랜디가 한 제안의 불쾌한 면에는 더이상 신경이 쓰이지 않고 좀더 이성적으로 생각하게 되었지. 나는 스스로에게 물었소. 몇 주 뒤에 내 뇌까지 죽어서 사라져버릴 필요는 없다는 생각으로 위안을 삼을 수 있지 않을까? 그러고 보니 정말 그랬소. 난 내 뇌를 자랑스러워하는 편이잖소. 내 머리는 예민하고 명석하며 든 것도 많으니까. 막대한 양의 정보가 저장되어 있고 상상력 넘치는 독창적 이론이 늘 샘솟지 않소. 내 입으로 이런 말 하기는 좀 그렇지만, 난 지독히도 좋은 머리라며 혼자 중얼거렸소. 하지만 내 몸은, 불쌍한 내 몸, 랜디가 그렇게 버리고 싶어할 만하지. 맞아, 내 몸 중 뇌에 견줄 만한 건 하나도 없다는 생각에 당신도 고개를 끄덕일 거요.

난 똑바로 누워 포도를 먹었소. 정말 맛있더군. 포도알에 들어 있는 씨 세 개를 입에서 꺼내 쟁반 가장자리에 놓았지.

"하겠어."

난 조용히 혼잣말을 했소.

"좋아. 맹세코 꼭 할 거야. 랜디가 내일 다시 오면 하겠다고 바로 말해야지."

모든 일은 그렇게 빨리 일어났소. 그리고 그때부터 기분이 좋아지기 시작했지. 점심을 잔뜩 먹어치워 사람들을 놀라게 했고 그런 후 얼마 되지 않아 당신이 날 찾아왔소.

당신은 내가 좋아 보인다고 하더군. 밝아졌고 기분이 좋아 보인다고 했소. 무슨 일이라도 있었나요? 좋은 소식 있어요?

나는 그럼, 하고 대답했지. 그리고 당신이 기억할지 모르지만, 난 당신보고 편히 앉으라고 했고 무슨 일인지 설명하려고 했소.

하지만 이런, 당신은 들으려고도 하지 않더군. 제일 중요한 부분을 말하기도 전에 불같이 화를 내며 메스껍고 역겹다고, 끔찍해서 생각조차 하기 싫다고 했지. 난 계속 말하려 했지만 당신은 방에서 나가버렸소.

여보, 당신도 알겠지만 그후로 나는 이 일에 대해 당신과 여러 번 상의하려고 했소. 하지만 당신은 아예 들으려고도 하지 않더군. 이제 이 편지를 남김으로써 당신이 읽어주기를 바랄 뿐이오. 이 편지를 쓰는 데 무척이나 시간이 많이 걸렸소. 첫 문장을 쓴 후 벌써 보름이나 지났으니까 말이오. 난 지금 편지를 처음 시작할 때에 비해 몹시 쇠약해진 상태요. 더 쓸 힘이 남아 있지 않은 것 같소. 난 분명 당신에게 안녕이라고 말하지 않을 거요. 기회가, 가능성이 적긴 하지만, 아직 기회가 있으니까. 랜디가 실험에 성공하기만 하면 당신을 다시 볼 수 있겠지. 물론 당신이 날 찾아와야 하겠지만 말이오.

내가 죽고 일주일이 지나기 전에는 당신에게 이 편지를 전하지 말라고 했소. 지금쯤, 당신이 이 편지를 읽고 있을 즈음에는 랜디가 실험을 끝낸 후 7일이 지난 상태일 거요. 결과가 어떻게 나왔는지 이제는 알지도 모르지. 만일 모른다면, 어쩌면 일부러 모르는 척하고 관심을 보이고 싶지 않을지도 모르지만, 제발 생각을 바꾸고 랜디에게 전화해서 내가 어찌 되었는지 알아봐주기를 바라오. 그 정도는 해줄 수 있지 않나 싶소. 랜디에게는 7일째 되는 날 당신이 전화할지도 모른다고 말해두었소.

당신만을 사랑한 남편 윌리엄

추신 : 내가 가더라도 똑바로 행동하도록 해. 그리고 과부가 되는 게 아내가 되는 것보다 힘들다는 것 잊지 마. 칵테일 마시지 말도록. 담배도 안 돼. 페이스트리 빵 먹지 말고. 립스틱 바르지 마. 텔레비전은 사지 말도록. 그리고 내 장미 화단과 암석원에 잡초가 나지 않도록 잘 돌봐. 지금 생각나서 하는 말인데, 이제 나 전화 쓸 일 없으니까 아예 끊어버려. W.

*

펄 부인은 편지의 마지막 장을 소파 옆자리에 내려놓았다. 작은 입을 꽉 다물자 콧구멍 주위가 하얗게 변했다.

참나, 정말이지! 그 오랜 세월을 견뎌냈으니 과부로서 약간의 평화 정도야 누릴 권리가 있지 않느냐 말이야!

모든 일이 생각만 해도 끔찍했다. 비위 상하는 끔찍한 일이었다. 생각만으로도 몸서리가 쳐졌다.

펄 부인은 가방에서 담배 한 개비를 더 꺼냈다. 담배에 불을 붙여 깊이 빨아들인 후 온 방안이 가득차도록 연기를 내뿜었다. 담배연기 사이로 멋진 텔레비전이 보였다. 매끈하고 커다란 신형 텔레비전은 윌리엄이 쓰던 책상 위에서 도전적이면서도 약간은 수줍은 자세로 웅크리고 있었다.

윌리엄이 보면 뭐라 했을까? 갑자기 궁금해졌다.

펄 부인은 담배를 잠깐 내려놓고 담배 피우는 모습을 마지막으로 윌리엄에게 들켰을 때를 떠올렸다. 1년 전이었다. 부엌 창가에 앉아 윌리엄이 집에 돌아오기 전에 담배 한 대를 서둘러 피우고 있었다. 라디오를 크게 켜고 댄스 음악을 들으며 몸을 빙그르르 돌려 커피 한 잔을 더 따르려는 순간 부엌 앞에 서 있는 윌리엄이 보였다. 윌리엄은 눈을 험상궂게 부릅뜨고 아내를 바라보고 있었다. 눈 한가운데의 검은자위가 분노로 이글거렸다.

그후 4주 동안 윌리엄은 직접 생활비를 관리하면서 펄 부인에게 한 푼도 주지 않았다. 물론 아내가 싱크대 비누상자 안에 숨겨둔 돈 6파운드는 알 리가 없었다.

"왜 이러는 거죠?"

저녁식사를 하다가 펄 부인이 남편에게 물었다.

"내가 폐암이라도 걸릴까봐 걱정돼서 그래요?"

"아니."

"그럼 왜 담배를 못 피우게 해요?"

"내가 허락할 수 없으니까. 그게 이유야."

윌리엄은 아이도 허락하지 않았기 때문에 이들 부부에게는 아이가 없었다.

지금 윌리엄은 어디 있을까? 그녀의 윌리엄, 온통 안 되는 것뿐인 윌리엄은?

랜디는 전화를 기다리고 있을 것이다. 전화를 꼭 걸어야 하나?

글쎄, 그렇지는 않아. 아니고말고.

펄 부인은 담배를 다 피우고 나서 한 개비를 더 꺼낸 후 피우던 꽁초로 불을 붙였다. 그리고 책상 위 텔레비전 옆에 놓인 전화를 쳐다보았다. 윌리엄은 전화를 하라고 했다. 편지를 읽자마자 랜디에게 바로 전화하라고 특별히 부탁했다. 아직은 그런 의무감을 떨쳐내기 힘들었지만 펄 부인은 전화 걸기를 주저했다. 그러다가 부인은 천천히 자리에서 일어나 책상 위에 놓인 전화로 다가갔다. 수첩에서 번호를 찾아 다이얼을 돌리고 기다렸다.

"랜디 박사님 계신가요?"

"실례지만 어디시죠?"

"펄 부인이에요. 윌리엄 펄의 부인요."

"잠시만요."

기다려달라는 말이 끝나기 무섭게 랜디가 전화를 받았다.

"펄 부인?"

"예, 맞아요."

잠시 침묵이 흘렀다.

"전화주셔서 반갑네요, 펄 부인. 잘 지내시죠?"

랜디의 목소리는 차분했고 감정이 실리지 않았으며 정중했다.

"병원으로 오실 수 있겠어요? 드릴 말씀이 좀 있거든요. 결과가 굉장히 궁금하실 겁니다."

펄 부인은 아무 말도 하지 않았다.

"여러 면에서 모든 일이 순조롭게 진행되었다고 말씀드릴 수 있습니다. 사실 제가 기대했던 것보다 훨씬 더 좋습니다. 살아 있을 뿐만 아니라, 펄 부인, 의식도 돌아왔어요. 둘째 날이 되자 의식이 돌아왔더군요. 놀랍지 않습니까?"

펄 부인은 박사가 계속 말하도록 가만히 있었다.

"그리고 볼 수도 있습니다. 눈앞에 뭘 들이대면 뇌파 기록 장치에서 즉각 반응이 나타나기 때문에 확실히 알 수 있죠. 요즘에는 매일 신문을 보여줍니다."

"어떤 신문이요?"

펄 부인은 바로 물었다.

"〈데일리 미러〉지요. 글씨가 크거든요."

"윌리엄은 그 신문 싫어해요. 〈더 타임스〉를 주세요."

잠깐 침묵이 흘렀고 박사는 말을 이었다.

"예, 부인. 그러죠. 그걸 즐겁게 해주기 위해 저희는 뭐든 하고 싶습니다."

"윌리엄이겠죠. 그것이 아니고 윌리엄이에요."

"윌리엄이요. 예. 죄송합니다. 윌리엄을 기쁘게 해주기 위해서죠. 바로 그런 이유로 제가 부인께 되도록 빨리 방문해달라고 부탁하는 겁니다. 윌리엄도 부인을 보면 좋아할 거예요. 윌리엄과 다시 만나게 되어 얼마나 기쁜지 표현하셔도 됩니다. 미소를 보이고 키스해주고, 뭐 그런 것들 말입니다. 부인이 곁에 있다는 걸 알면 안심할 거예요."

둘은 한참 말이 없었다.

"그럼."

펄 부인이 입을 열었다. 갑자기 목소리에서 힘이 빠지며 고분고분해졌다.

"빨리 찾아가 그이가 어떤지 봐야겠어요."

"좋아요. 그러실 줄 알았어요. 기다리겠습니다. 2층 제 사무실로 바로 올라오십시오. 그럼."

30분 정도 지나 펄 부인은 병원에 도착했다.

"겉모습을 보고 놀라지 않으셨으면 합니다."

랜디는 펄 부인 옆에서 계단을 내려가며 말했다.

"알았어요."

"처음 보면 약간 충격을 받으실지도 모릅니다. 말씀드리기 좀 그렇지만 별로 보기 좋은 모습은 아닙니다."

"그이 생김새를 보고 결혼한 건 아니에요, 박사님."

랜디는 고개를 돌려 부인을 바라보았다. 커다란 눈에 무뚝뚝하고 화난 듯한 태도하며, 참 자그맣고 특이한 여자라는 생각이 들었다. 예전에는 꽤 미인이었을 법한 외모였지만 지금은 전혀 볼품이 없었다. 입은 처지고, 볼은 탄력 없이 늘어져 덜렁거렸으며, 얼굴 전체가 수십 년간의 지루한 결혼생활로 서서히, 그러나 눈에 띄게 시들어빠진 인상을 주었다. 둘은 말없이 한참을 걸었다.

"안에 들어가면 천천히 계시다 가십시오. 윌리엄은 눈 바로 위쪽에 얼굴을 들이밀 때까지는 부인이 온 걸 모를 겁니다. 눈은 항상 뜨고 있지만 전혀 움직이지 못하기 때문에 볼 수 있는 범위가 매우 좁습니다. 지금은 천장만 똑바로 쳐다보고 있지요. 물론 듣지는 못하니까 우리 맘대로 떠들 수도 있어요. 이 안에 있습니다."

랜디는 문을 열고 부인을 작은 정사각형 모양의 방으로 안내했다.

"아직은 가까이 가지 않는 게 좋겠습니다."

랜디는 그녀의 팔에 손을 얹으며 말했다.

"익숙해지실 때까지 여기에 저랑 같이 계시죠."

방 한가운데 높다란 흰색 테이블 위에 세숫대야 크기 정도 되는 큼직하고 하얀 에나멜 그릇이 놓여 있었고, 여섯 개가량의 플라스틱관이 그릇 안에서 밖으로 나와 있었다. 플라스틱관은 여러 개의 유리관과 연결되어 있었고 유리관을 통해 인공심장으로 혈액이 흘러들어가고 나오는 모습이 보였다. 인공심장에서 규칙적인 고동소리가 작게 들렸다.

"안에 있습니다."

랜디는 대야를 가리키며 말했다. 대야가 너무 높이 있어서 부인은 안을 들여다볼 수 없었다.

"조금만 더 가까이 가세요. 너무 가깝게는 말고요."

박사는 부인을 두 걸음 정도 앞으로 안내했다.

펄 부인은 목을 쭉 빼서 대야 속 액체의 표면을 바라보았다. 맑고 잔잔한 수면 위로 비둘기 알만한 작은 타원형 캡슐이 떠 있었다.

“그 안에 눈이 있어요. 보이세요?”

“네.”

“우리가 아는 한 상태는 아주 좋습니다. 오른쪽 눈이고 플라스틱 용기 위에는 윌리엄이 쓰던 안경과 같은 도수의 렌즈가 붙어 있습니다. 지금도 예전처럼 잘 볼 수 있습니다.”

“천장에는 별로 볼 게 없는데요.”

“그건 걱정 마세요. 윌리엄을 즐겁게 해주기 위한 프로그램을 개발중에 있습니다. 하지만 처음부터 너무 서두르고 싶지 않아서.”

“좋은 책을 주세요.”

“그럼요. 그래야죠. 괜찮으시죠, 펄 부인?”

“네.”

“그럼 좀더 앞으로 가시죠. 전체를 다 볼 수 있을 거예요.”

랜디가 펄 부인을 테이블 2미터 앞까지 데리고 가자 대야 속이 바로 보였다.

“자, 여깁니다. 윌리엄이 저 안에 있어요.”

윌리엄의 뇌는 부인이 생각했던 것보다 훨씬 컸고 색도 짙었다. 뇌 표면에 주름이 가득하고 여기저기 움푹하게 패어 있어서 꼭 물에 담가둔 호두 같다는 생각이 들었다. 뇌 밑부분에서 뻗어나온 굵은 동맥 네 개와 정맥 두 개는 깔끔하게 플라스틱 관에 연결되어 있었다. 인공심장이 펌프질을 할 때마다 혈액이 흐르는 관들이 한꺼번에 떨렸다.

"앞으로 좀 숙여보십시오. 부인의 예쁜 얼굴이 눈 바로 위쪽으로 향하게요. 그래야 볼 수 있습니다. 미소를 짓고 손키스를 보내세요. 내가 부인이라면 다정한 말도 할 것 같은데 말입니다. 윌리엄은 못 듣겠지만 무슨 말인지는 대강 알 겁니다."

"이이는 사람들이 손키스 보내는 걸 싫어했어요. 괜찮으시다면 전 하던 대로 하겠어요."

부인은 테이블 가로 가서 얼굴을 대야 바로 위쪽으로 들이밀고 윌리엄의 눈을 똑바로 내려다보았다.

"안녕, 여보! 저예요. 메리."

펄 부인은 작은 목소리로 속삭였다.

예전처럼 밝게 빛나는 눈은 윌리엄의 평소 눈초리대로 부인을 빤히 쳐다보았다.

"잘 있었어요, 여보?"

투명한 플라스틱 용기 안으로 안구 전체가 다 보였다. 안구 밑에서부터 뇌로 연결된 시신경이 마치 회색 국수가닥을 잘라놓은 것처럼 보였다.

"기분은 좀 어때요, 윌리엄?"

얼굴 없는 남편의 눈만 쳐다보고 있자니 이상한 기분이 들었다. 보이는 것은 눈뿐이라 계속 뚫어지게 보고 있자니까 눈이 조금씩 커져 나중에는 눈 말고는 아무것도 보이지 않게 되었다. 눈 자체가 얼굴처럼 보였다. 가느다란 붉은색 핏줄이 안구의 흰 표면 위로 뻗어 있었고, 얼음장처럼 차가운 푸른 눈에는 그보다 약간 짙은 색 줄 서너 개가 가운데 눈동자에서 바깥쪽을 향해 퍼져 있었다. 커다란 동공은 검은색이었고 가장자리에 불빛이 약간 반사되어 번쩍거렸다.

"여보, 당신 편지 받고 바로 달려오는 길이에요. 랜디 박사님이 당신 상태가 아주 좋다고 하셨어요. 내가 천천히 말하면 입 모양을 읽어 내 말을 알아들을 수 있을 거예요."

그 눈은 분명 펄 부인을 바라보고 있었다.

"이곳 사람들이 당신을 잘 돌봐주고 있네요, 여보. 이 신기한 기계가 쉬지 않고 펌프질을 하니까 여기 있는 사람들보다 당신 심장 상태가 더 좋을 거예요. 우리 심장은 언제 고장 날지 모르지만 당신 심장은 영원히 뛰잖아요."

펄 부인은 눈을 자세히 들여다보며 예전과 달라진 부분이 있는지 찾으려 애썼다.

"당신 좋아 보이네요. 정말 그래요."

펄 부인은 윌리엄의 눈이 전보다 훨씬 보기 좋아졌다고 생각했다. 어딘가 부드러움과 온화함이 흘렀으며, 전에는 본 적

없는 다정한 기색도 느껴졌다. 아마 눈 한가운데 있는 점, 그러니까 눈동자와 상관이 있는 게 아닐까 싶었다. 옛날 윌리엄의 눈동자는 까맣고 가느다란 바늘귀처럼 생겼었다. 그 눈은 사람들을 향해 번쩍였고, 머릿속을 꿰뚫어보는 듯 빤히 바라보았으며, 언제나 상대가 무슨 행동을 할지, 무슨 생각을 하는지 훤히 알고 있었다. 하지만 지금 그녀가 바라보고 있는 눈은 마치 소의 눈처럼 커다랗고 부드러우며 온화했다.

"의식이 있는 게 분명한가요?"

부인은 고개도 들지 않고 물었다.

"그럼요. 확실합니다."

"절 볼 수 있고요?"

"완벽하게요."

"놀라지 않을까요? 아마 무슨 일인지 궁금해할 거예요."

"그렇지 않습니다. 지금 있는 곳이 어디인지, 왜 여기 있는지 잘 알고 있어요. 절대 잊었을 리가 없죠."

"그럼 지금 대야 속에 있다는 걸 안단 말씀이세요?"

"물론입니다. 만일 말을 할 수만 있다면 지금 이 순간 멀쩡하게 부인과 대화를 나누고 있겠죠. 내가 아는 한 부인이 알던 윌리엄과 지금의 윌리엄은 정신적으로 볼 때 분명 달라진 게 없습니다."

"이런, 어머나."

펄 부인은 말을 마치고 잠시 지금의 재미있는 상황에 대해 곰곰 생각했다.

그리고 눈의 뒤쪽에서 물 위에 조용히 떠 있는, 커다랗고 축축한 회색 호두 같은 뇌를 쳐다보며 속으로 중얼거렸다. 저기 말이지, 내가 윌리엄의 지금 모습을 더 좋아하지 않는다고는 말 못하겠네. 사실 지금 상태라면 윌리엄과 편하게 같이 살 수 있을 것 같은데. 이 정도라면 내가 감당할 수 있지.

“말이 없겠죠, 네?”

부인이 물었다.

“당연히 말이 없죠.”

불평도, 비난도 없을 테고, 끝없이 늘어놓던 훈계도 없을 테고, 지켜야 할 규칙도 없고, 담배를 못 피우게 하지도 못할 테고, 저녁이면 책을 읽으며 쳐다보던 못마땅해하는 눈도 없고, 셔츠를 빨 필요도, 다릴 필요도, 식사 준비를 할 필요도 없을 것이다. 짜증나는 거라곤 인공심장 소리뿐이지만, 별로 시끄럽지 않으니까 텔레비전 소리를 방해하지도 않겠지.

펄 부인이 입을 열었다.

“선생님! 갑자기 이이에게 엄청난 애정이 느껴져요. 이상하게 들리세요?”

“충분히 이해합니다.”

“저렇게 작은 대야 속에서 물 위에 뜬 채 무력한 모습으로 조용히 있잖아요."

"예, 압니다."

"아기 같아요. 바로 그거예요. 작은 아기 같아요."

랜디는 그녀 옆에 서서 가만히 바라보았다.

"저기요."

부인이 조용히 대야 속을 바라보며 말했다.

"지금부터는 저 혼자서만 당신을 돌보겠어요. 이제 걱정할 거 하나도 없어요. 언제 이이를 집에 데려갈 수 있나요, 선생님?"

"뭐라구요?"

"이이를 언제 데려갈 수 있나요? 그러니까 집으로 언제 돌아갈 수 있냐고요?"

"농담이시겠죠."

랜디가 말했다.

펄 부인은 천천히 고개를 돌리고 랜디를 똑바로 쳐다보았다. 그리고 물었다.

"제가 왜 농담을 하죠?"

펄 부인의 표정은 밝아졌고 두 눈은 둥글게 빛나는 다이아몬드 같았다.

"이동은 안 됩니다."

"왜 안 되는지 모르겠네요."

"이건 실험이에요, 펄 부인."

"제 남편이에요, 랜디 박사님."

랜디의 얼굴에 긴장이 감도는 미소가 살짝 비쳤다.

"저……"

랜디는 말을 더듬었다.

"제 남편이라구요. 아시잖아요."

부인의 목소리에 노여움 따위는 섞여 있지 않았다. 그냥 랜디에게 단순한 사실을 일깨워주듯 조용한 목소리였다.

"그게 좀 복잡한 문제라서."

랜디는 입술을 축이며 말을 이었다.

"부인은 이제 미망인입니다. 전 부인이 체념하고 사실을 받아들이셔야 한다고 생각합니다."

펄 부인은 갑자기 몸을 돌려 테이블에서 창가를 향해 방을 가로질러 갔다.

"농담이 아니에요."

부인은 가방에서 담배를 꺼냈다.

"제가 데려가겠어요."

랜디는 펄 부인이 담배를 입에 물고 불을 붙이는 모습을 바라보았다. 내가 잘못 본 것이 아니라면 좀 이상한 구석이 있는 여자야. 랜디는 그렇게 생각했다. 남편이 대야 속에 있다는 사실을 기뻐하는 것처럼 보였다.

랜디는 자기 아내의 뇌가 대야 속에 들어 있고 아내의 눈이 용기 바깥쪽에 있는 자기를 쳐다보고 있으면 기분이 어떨지 상상해보려 애썼다.

아마 싫을 것이다.

"그럼 제 방으로 가실까요?"

랜디가 말했다.

펄 부인은 담배를 피우며 창가에 서 있었다. 겉으로 보기엔 매우 침착했고 긴장한 것 같지도 않았다.

"그러죠."

펄 부인은 테이블 옆을 지날 때 걸음을 멈추고 대야를 향해 몸을 한번 더 숙였다.

"메리는 이제 가요, 여보. 걱정할 거 하나도 없어요. 제 말 알죠? 당신을 제대로 돌볼 수 있는 집으로 가능한 한 빨리 데리고 가줄게요. 그리고 여보……"

여기까지 말을 하고 펄 부인은 담배를 한 모금 더 빨기 위해 입으로 가져갔다.

순간 윌리엄의 눈에서 번쩍하고 빛이 났다.

펄 부인은 윌리엄의 눈을 빤히 바라보다가 작지만 밝은 불빛이 번쩍이는 것을 보았다. 윌리엄의 눈동자는 분노로 이글거리며 가느다란 바늘귀만큼 수축되었다.

처음에 펄 부인은 꼼짝도 하지 않았다. 대야 쪽으로 몸을 기울이고 가만히 서서 입 가까이에 담배를 든 채 윌리엄의 눈을 쳐다보고 있었다.

그러고는 일부러 천천히 담배를 입에 물고 깊이 빨았다. 숨을 깊이 들이마셔 담배연기를 3초에서 4초 정도 폐에 담아두었다가 갑자기 후 하고 숨을 내쉬었다. 두 갈래 연기가 콧구멍에서 힘차게 나오자 대야 속의 물이 흔들렸고 순간 윌리엄의 눈이 푸른 연기로 덮였다.

랜디는 등을 돌린 채 펄 부인이 나오기를 기다리며 문가에 서 있었다.

"이쪽입니다. 부인."

랜디가 그녀를 불렀다.

"그렇게 노려보지 말아요, 윌리엄."

펄 부인은 나지막한 목소리로 말을 이었다.

"노려봐도 소용없어요."

랜디는 고개를 돌려 부인이 무엇을 하나 쳐다보았다.

"이제부터는 아무리 노려봐도 소용없다구요."

펄 부인은 계속해서 속삭였다.

"이제부터 당신은 내 애완동물이에요. 나 메리가 하라는 대로 하는 거죠. 알아들어요?"

"펄 부인?"

랜디가 부인 쪽을 향해 걸어오며 말했다.

"말썽꾸러기 애들처럼 굴지 말아요, 여보."

펄 부인은 담배를 한 모금 더 빨며 말했다.

"말썽꾸러기 애들은 호되게 벌을 받아야 하잖아요. 그 정도는 알아야죠."

랜디는 펄 부인 옆으로 가서는 힘주어 팔을 잡더니 천천히 끌어당겼다.

"잘 있어요, 여보."

펄 부인이 말했다.

"금방 올 거예요."

"그만하시죠, 부인!"

"우리 그이 정말 귀엽지 않아요?"

펄 부인은 크고 빛나는 눈으로 랜디를 쳐다보며 큰소리로 말했다.

"정말 그렇지 않나요? 그이를 빨리 집으로 데려가고 싶어 못 참겠어요."

천국으로 가는 길

The Way Up to Heaven

포스터 부인은 평생 기차, 비행기, 배 시간을 놓치는 것, 심지어 극장의 막이 올라가는 시간을 놓치는 것도 거의 병적으로 두려워했다. 다른 점에서 보자면 그녀는 별로 신경이 예민한 여자가 아니었다. 그러나 이런 일에 늦는다는 것은 생각만으로도 신경이 예민해져서 경련을 일으킬 정도였다. 이건 그리 심각한 것은 아니었다. 남몰래 윙크라도 하는 것처럼 왼쪽 눈꼬리 쪽 근육이 약간 씰룩거리는 정도였다. 정말 성가신 것은 열차든 비행기든 뭐든 안전하게 올라탄 뒤에도 한 시간 정도는 지나야 그 증상이 사라진다는 점이었다.

기차를 제시간에 타야 한다는 마음 졸임이 어떤 사람에게는 심각한 강박으로 커지기도 하는 것은 정말 이상한 일이다. 포스터 부인은 여유 있게 집을 나섰다고 할 수 있는 시간보다 적어도 30분은 먼저 모든 준비를 갖추고, 모자와 외투와 장갑까지 다 챙겨 자신의 방에서 엘리베이터를 타고 내려오곤 했다. 그러고 나서도 도저히 가만히 앉아 있을 수가 없어 안절부절못하고 이 방 저 방을 초조하게 옮겨다녔다. 그러면 그녀의 상태를 모를 리 없는 남편이 자기 방에서 느릿느릿 나타나 서늘하고 메마른 목소리로 말하곤 했다. 이제 출발하는 게 좋지 않겠소?

포스터 씨가 아내의 이런 어리석은 행동에 짜증을 내는 것은 당연할지 모른다. 그러나 일부러 시간을 지체하여 그녀를 더욱 비참하게 만든다면 그것은 용서받기 힘든 행동일 것이다. 아, 그렇다고 그가 일부러 그런다는 게 확실하다는 뜻은 아니다. 하지만 그들이 함께 어디를 갈 때마다, 그는 시간을 아주 정확하게 맞추었다. 정확하게 1, 2분 정도 늦었다는 이야기다. 또 그의 태도는 아주 침착했다. 따라서 그가 의도적으로 짓궂게 이 가엾은 부인을 고문하고 있는 게 아니라고 생각하기도 힘들었다. 어쨌든 그는 한 가지는 분명하게 알고 있었다. 그녀가 절대 그에게 서두르라고 말하지 않는다는 사실이었다. 그가 규율을 확실하게 잡아놓았기 때문이다. 그는 또 한 가지 사실을 분명하게 알고 있었는데, 그것은 그가 안전한 시간의 마지막 한계선을 넘을 각오만 한다면 그녀를 거의 제정신이 아닌 상태로 몰아갈 수 있다는 점이었다. 결혼생활 후반기에 특별히 한두 번, 그는 단지 이 가엾은 여자에게 더 큰 고통을 주려는 목적으로 기차를 일부러 놓치려는 듯이 행동한 일이 있었다.

확신할 수는 없는 일이지만 남편이 고의로 죄를 지었다고 가정할 때 그의 태도가 이중으로 불합리하게 여겨지는 것은 이 한 가지 작지만 본인도 어쩔 수 없는 약점을 제외하면 포스터 부인이 예나 지금이나 착하고 다정한 아내라는 사실 때문이었다. 지난 30여 년 동안 그녀는 남편을 성심껏 잘 섬겨왔다. 이 점에 대해서는 의심의 여지가 없다. 아주 겸손한 여자인 그녀조차 이 점에 대해서는 자부심이 있었다. 그리고 오랫동안 포스터 씨가 의도적으로 자신을 괴롭힌다고는 꿈에도 생각하지 않았다. 그러나 최근 들어 이따금 슬며시 의심이 들곤 했다.

곧 일흔을 바라보는 유진 포스터 씨는 이스트 62번가에 있는 커다란 6층 건물에서 부인과 함께 살고 있었다. 집에는 하인이 넷이었다. 집안은 어두컴컴했고 찾아오는 사람도 거의 없었다. 그러나 이 1월의 어느 날 아침, 집에는 생기가 돌았고 집안 여기저기가 소란스러웠다. 한 하녀가 먼지 방지용 천을 방마다 가져다놓았고, 또 한 하녀는 가구에 그 천을 씌우고 있었다. 집사는 옷가방들을 내려다 현관에 늘어놓았다. 주방장은 연신 부엌에서 튀어나와 집사와 이야기를 나누었다.

구식 모피 외투에 검은 모자를 쓴 포스터 부인은 방마다 바쁘게 옮겨다니며 하인들의 일을 감독하는 척했다. 그러나 사실 그녀의 머릿속에는 남편이 서재에서 빨리 나오지 않으면 비행기를 놓친다는 생각 외에는 아무것도 들어 있지 않았다.

"몇시죠, 워커?"

그녀가 집사 옆을 지나다가 물었다.

"아홉시 십분입니다."

"차가 왔나요?"

"네, 기다리고 있습니다. 바로 짐을 싣겠습니다."

"아이들와일드(존 F. 케네디 공항의 옛 이름—옮긴이)까지는 1시간이 걸려요. 내가 탈 비행기는 열한시에 떠나요. 수속을 밟으려면 30분 전에는 도착해야 해요. 이러다 늦을 거예요. 이러다간 분명히 늦는다고요."

"시간은 충분합니다."

집사는 다정하게 말을 이어갔다.

"포스터 씨한테 아홉시 십오분에는 떠나야 한다고 말씀을 드렸습니다. 아직 5분이 남았습니다."

"그래요, 워커, 알아요, 나도 알아. 그럼 어서 짐을 실어주겠어요?"

그녀는 현관 앞에서 왔다갔다하기 시작했다. 집사가 지나갈 때마다 시간을 물었다. 이건 절대 놓치면 안 되는 비행기야. 그녀는 속으로 계속 중얼거리고 있었다. 남편에게 가도 좋다는 허락을 얻어내는 데 몇 달이 걸렸다. 만일 비행기를 놓치면 남편은 잘됐다고, 이참에 다 취소해버리라고 이야기할 수도 있었다. 문제는 남편이 배웅을 하러 공항까지 가겠다고 고집을 부린다는 것이었다.

"맙소사."

그녀는 중얼거리고 있었다.

"이러다 놓치겠네. 정말, 정말, 정말 비행기를 놓친다고."

왼쪽 눈가의 근육이 미친듯이 씰룩거리기 시작했다. 눈에서는 당장이라도 눈물이 쏟아질 것 같았다.

"몇시예요, 워커?"

"십팔분입니다."

"정말 놓치겠네!"

그녀는 소리를 지르고는 덧붙였다.

"아, 빨리 나와야 하는데!"

포스터 부인에게는 중요한 여행이었다. 프랑스 사람과 결혼한 외동딸을 만나러 혼자서 파리까지 가는 길이었다. 포스터 부인은 프랑스인 사위는 별로 좋아하지 않았지만 딸은 좋아했다. 그리고 무엇보다도 손자 셋이 보고 싶어 미칠 지경이었다. 그녀는 딸이 보내준 수많은 사진을 통해서만 손자들과 만났다. 그 사진이 지금 집 전체를 도배하다시피 했다. 아이들은 아름다웠다. 그녀는 아이들에게 푹 빠졌다. 새로 사진이 올 때마다, 품에 지니고 다니기도 하고 오랫동안 손에 들고 다정한 눈길로 바라보며 앉아 있기도 했다. 그 작은 얼굴에서 혈육간의 닮은 모습을 찾아내며 만족하곤 했다. 그것이 그녀에게는 큰 의미가 있었다. 요즘 들어 이 아이들과 멀리 떨어진 곳에서 얼마 남지 않은 삶을 마감할 수는 없다는 생각이 강해졌다. 그녀는 아이들과 가까운 곳에 살면서 함께 산책을 나가고, 아이들에게 선물을 사주고, 아이들이 커가는 모습을 지켜보고 싶었다. 물론 남편이 살아 있는데 이런 생각을 하는 것은 잘못이고, 어떤 의미에서는 배신이기도 하다는 것을 잘 알고 있었다. 또 남편이 이제 여러 사업체의 경영 일선에서 거의 손을 떼었음에도, 뉴욕을 떠나 파리에서 살 생각이 전혀 없다는 것도 잘 알고 있었다. 그녀가 딸네 식구를 만나러 혼자 6주 동안 여행을 하게 해준 것만도 기적이었다. 하지만, 아, 거기서 계속 살았으면. 아이들과 가까운 곳에서 살 수 있었으면!

"워커, 몇시죠?"

"이십이분입니다."

그 말이 나오는 순간 문이 열리며 포스터 씨가 현관으로 나왔다. 그는 잠시 서서 아내를 뚫어져라 바라보았다. 그녀도 남편을 마주보았다. 남편은 작지만 아주 단정한 노인이었다.

턱수염을 잔뜩 기른 모습은 늙은 앤드루 카네기의 사진과 놀라울 정도로 흡사해 보였다.

"자, 그 비행기를 타려면 빨리 떠나는 게 좋을 것 같은데."

"그럼요, 여보! 다 준비됐어요. 차가 기다리고 있어요."

"잘됐군."

남편은 고개를 한쪽으로 기울이고 아내를 꼼꼼히 살폈다. 그는 머리를 한쪽으로 기울였다가 빠른 속도로 연거푸 홱홱 젖히는 독특한 버릇이 있었다. 이런 버릇 때문에, 그리고 두 손을 가슴께로 쳐들어 마주잡고 있었기 때문에 꼭 다람쥐가 서 있는 것처럼 보였다. 공원에서 볼 수 있는 잽싸고 영리한 늙은 다람쥐.

"여기 워커가 당신 외투를 들고 있어요. 어서 입으세요."

"금방 올게. 손 좀 씻어야겠어."

그녀는 남편을 기다렸다. 키가 큰 집사가 그녀 옆에 서서 외투와 모자를 들고 있었다.

"워커, 이러다 비행기를 놓치겠죠?"

"아뇨. 무사히 타실 겁니다."

이윽고 포스터 씨가 다시 나타났다. 집사는 그가 외투 입는 것을 거들었다. 포스터 부인은 얼른 밖으로 나가 세낸 캐딜락에 올라탔다. 남편도 그녀 뒤를 따라왔으나 계단을 내려오는 속도는 아주 느렸다. 중간에 멈추어 하늘을 살피기도 하고,

차가운 아침 공기 냄새를 맡기도 했다.

"안개가 좀 꼈군."

포스터 씨는 부인 옆에 앉으며 말을 이었다.

"공항에는 늘 안개가 더 심하단 말이야. 벌써 비행기 이륙이 취소되었더라도 놀랄 일은 아니겠군."

"그런 말 마세요, 여보. 제발."

그들은 차가 강을 건너 롱아일랜드에 이를 때까지 다시 입을 열지 않았다.

"하인들 일은 내가 다 처리해놓았소."

포스터 씨가 말하고 있었다.

"다들 오늘 떠날 거요. 6주 치 봉급의 반을 주었소. 워커한테는 하인들이 다시 필요할 때 전보를 치겠다고 했소."

"네. 워커가 저한테도 이야기를 하더군요."

"오늘밤에 클럽으로 들어갈 거요. 클럽에 머물면 기분 전환도 되고 좋을 거야."

"그래요, 여보. 편지할게요."

"가끔 집에 들러 아무 일 없는지 보고 우편물도 챙기겠소."

"그런데 정말로 워커가 집에서 이런저런 일을 챙기지 않아도 괜찮을 것 같아요?"

그녀가 온순하게 물었다.

"무슨 소리. 전혀 그럴 필요 없소. 또 그러면 급료를 그대로 주어야 하잖아."

"아, 그래요. 그러네요."

"게다가 사람이 혼자 남의 집에 있으면 무슨 생각을 하게 될지 모르는 거요."

포스터 씨는 강한 어조로 말하고 나더니 시가를 꺼내 은 칼로 끝을 잘라내고 황금 라이터로 불을 붙였다.

그녀는 무릎덮개 밑으로 두 손을 꼭 마주잡고 가만히 앉아 있었다.

"저한테 편지하실 거예요?"

"두고 보자구. 하지만 기다리지는 마. 당신도 내가 특별히 할 이야기가 없으면 편지 같은 건 안 쓴다는 거 잘 알잖소."

"그래요, 알죠, 여보. 그럼 귀찮게 쓰실 것 없어요."

그들은 퀸스대로를 따라 달렸다. 아이들와일드가 들어선 평평한 늪지에 이르자 안개가 짙어지기 시작하여 차는 속도를 늦출 수밖에 없었다.

"어머!"

포스터 부인이 소리를 지르더니 덧붙였다.

"이러다 정말 비행기를 놓치겠네! 지금 몇시예요?"

"법석 떨지 마."

노인이 말을 이었다.

"몇신지 알아봤자 소용없어. 어차피 지금쯤 이륙이 취소되었을 테니까. 이런 날씨에는 비행기가 절대로 안 뜬다구. 애초에 뭐하러 귀찮게 나왔는지 모르겠구먼."

확실치는 않았지만, 그의 목소리에 갑자기 새로운 음색이 섞여든 것 같았다. 그녀는 남편 쪽으로 고개를 돌렸다. 수염이 덥수룩한 그의 얼굴에서는 어떤 변화를 읽어내기가 어려웠다. 입이 중요했다. 입이라도 분명하게 볼 수 있었으면. 전에도 여러 번 품었던 소망이었다. 그의 눈은 격분했을 때를 제외하면 결코 속을 드러내는 일이 없었다.

"만에 하나 뜬다 하더라도, 나도 당신과 같은 생각이야. 이제는 시간에 댈 수 없어. 틀림없이 놓치고 말 거야. 이만 단념하는 게 어때?"

그녀는 고개를 반대로 돌려 창밖의 안개를 살폈다. 갈수록 짙어지는 것 같았다. 이제는 도로 가장자리와 도로에 인접한 풀밭밖에 보이지 않았다. 그녀는 남편이 계속 자신을 지켜보고 있다는 것을 알았다. 다시 흘끗 남편 쪽을 보니 남편은 자신의 왼쪽 눈꼬리 쪽을 유심히 살피고 있었다. 근육이 씰룩거리는 바로 그곳이었다. 그녀는 덜컥 공포심을 느꼈다.

"어때?"

"뭐가 어때요?"

"지금 간다 해도 놓칠 게 틀림없어. 이런 지저분한 날씨에는 빨리 달릴 수가 없거든."

남편은 그 말을 끝으로 입을 다물어버렸다. 차는 계속 기어갔다. 기사는 전조등의 노란 불빛으로 도로 가장자리를 비추면서 그것을 안내선 삼아 계속 앞으로 나아갔다. 다른 불빛, 때로는 희고 때로는 노란 불빛들이 안개를 헤치고 그들을 향해 다가왔다. 뒤에서는 아주 밝은 불빛이 계속해서 바짝 쫓아오고 있었다.

갑자기 기사가 차를 멈추었다.

"그것 봐!"

포스터 씨가 소리치더니 말을 이었다.

"길이 막힌 거야. 내 이럴 줄 알았어."

"아닙니다."

기사가 뒤를 돌아보며 덧붙였다

"다 왔습니다. 공항입니다."

포스터 부인은 아무 말 없이 차에서 내려, 서둘러 건물 입구로 걸어갔다. 안에는 사람들이 잔뜩 모여 있었다. 승객들이 우울한 표정으로 발권 카운터 주위에서 서성대고 있었다. 그녀는 사람들을 뚫고 들어가며 직원을 불렀다.

"네. 이 비행기는 잠시 출발이 지연되고 있습니다. 하지만 가지는 마십시오. 곧 날씨가 좋아질 것으로 예상되니까요."

그녀는 차로 돌아가 남편에게 소식을 전했다.

"하지만 당신은 기다리지 마세요. 그럴 필요 없잖아요."

"안 기다려. 기사가 나를 데려다줄 수만 있다면 말이야. 돌아갈 수 있겠소?"

"괜찮을 것 같습니다."

기사가 말했다.

"짐은 내렸소?"

"네."

"그럼 들어가세요."

포스터 부인이 차 안에 대고 말하며, 남편 뺨의 꺼끌꺼끌한 회색 수염 위에 가볍게 입을 맞추었다.

"잘 다녀와. 여행 잘하고."

남편이 말했다.

차는 떠났다. 포스터 부인은 혼자 남았다.

그날 나머지 시간은 그녀에게 악몽과 같았다. 그녀는 항공사 카운터에서 가장 가까운 의자에 앉아 있다가, 30분마다 일어나 직원에게 상황 변화가 있냐고 물었다. 그때마다 똑같은 대답이 돌아왔다. 기다려야 한다, 당장이라도 안개가 바람에 날아갈지 모르기 때문에 저녁 여섯시가 되어서야 마침내 비행기가 다음날 아침 열한시로 연기되었다는 방송이 나왔다.

포스터 부인은 그 소식을 들었을 때 어떻게 해야 좋을지 알 수가 없었다. 그녀는 앉은자리에서 적어도 30분은 더 죽치며, 피곤하고 몽롱한 가운데 어디서 밤을 보낼 것인지 생각했다. 공항을 떠나기는 싫었다. 남편을 보고 싶지 않았다. 남편이 결국 어떤 식으로든 그녀의 프랑스 여행을 막을 것이라고 생각하자 겁부터 났다. 그냥 앉은자리에서 그대로 밤을 새우는 게 좋을 것 같았다. 그것이 가장 안전할 것 같았다. 그러나 그녀는 이미 지쳤다. 나이든 여자가 그렇게 한다는 것은 청승맞은 일임을 깨닫는 데는 오랜 시간이 걸리지 않았다. 결국 그녀는 전화기로 가서 집에 전화를 했다.

막 클럽으로 가려던 남편이 직접 전화를 받았다. 그녀는 남편에게 소식을 전하고 하인들이 아직 집에 있냐고 물었다.

"나 갔소."

"그럼, 여보, 오늘밤에는 밖에서 잘게요. 당신은 신경쓰지 말아요."

"그런 멍청한 소리가 어디 있어. 당신 마음대로 할 수 있는 큰 집을 놔두고 말이야. 집에 와서 자요."

"하지만, 여보, 집은 텅 비었잖아요."

"그럼 내가 함께 있으면 되잖아."

"집에는 먹을 것도 없어요. 아무것도 없다고요."

"그럼 먹고 들어와. 멍청하게 굴지 말고. 당신은 무슨 일을 하든 꼭 유난을 떨고 싶어하는 것 같단 말이야."

"알았어요. 미안해요. 그럼 여기서 샌드위치를 먹고 들어가도록 할게요."

안개는 약간 걷혔다. 그래도 택시는 느릿느릿 오랫동안 달렸다. 그녀는 아주 늦은 시각에야 62번가의 집에 도착할 수 있었다.

그녀가 들어오는 소리를 듣자 남편이 서재에서 나왔다. 그가 서재 문간에 서서 물었다.

"그래, 파리는 어땠소?"

"아침 열한시에 떠난대요. 확실하대요."

"안개가 걷힌다면 그렇단 얘기겠지."

"지금도 걷히고 있어요. 바람이 불어요."

"피곤해 보이는군. 불안에 떨며 하루를 보냈을 테니."

"별로 편치는 않았죠. 바로 자고 싶어요."

"아침에 차를 대기시키라고 했소. 아홉시에."

"아, 고마워요, 여보. 내일은 굳이 거기까지 나오지 않으셔도 될 것 같아요."

"그래."

남편은 천천히 말을 이었다.

"그럴 것까지는 없을 것 같군. 하지만 가는 길에 나를 클럽에 내려주고 가면 좋겠구려."

그녀는 남편을 보았다. 그 순간 남편이 그녀로부터 멀리 떨어진 곳에, 어떤 경계선 너머에 서 있는 사람처럼 느껴졌다.

갑자기 남편이 너무 멀게, 너무 작게 느껴져, 그가 무엇을 하는지, 무슨 생각을 하는지, 심지어 어떤 사람인지 도무지 알 수가 없었다.

"클럽은 시내에 있잖아요. 공항 가는 길하고는 달라요."

"하지만 시간은 충분하잖소. 나를 클럽에 내려주고 가기 싫다는 거야?"

"아니에요, 그럴 리가 있나요."

"그럼 됐소. 아침 아홉시에 봅시다."

그녀는 3층의 침실로 올라갔다. 너무 지쳐 눕자마자 잠이 들었다.

다음날 아침 포스터 부인은 일찍 일어났다. 그녀는 여덟시 삼십분에 떠날 채비를 갖추고 아래층에 내려가 있었다.

아홉시가 조금 지나 남편이 나타났다.

"혹시 커피 끓여놓았소?"

남편이 물었다.

"아뇨, 여보. 클럽에 가서 제대로 아침을 드실 줄 알았죠. 차가 와서 기다리고 있어요. 저는 준비 다 됐어요."

그들은 현관에 서 있었다. 요즘에는 늘 현관에서 만나는 것 같았다. 그녀는 모자와 외투 차림에 지갑을 들고 있었고, 남편은 묘하게 재단한 에드워드 시대풍의 목깃이 높은 재킷 차림이었다.

"짐은?"

"공항에 있어요."

"그렇군. 당연히 그렇지. 가다가 클럽에 나를 내려주려면 빨리 떠나는 게 좋겠군, 안 그렇소?"

"그래요!"

그녀는 큰소리로 대꾸하고 나서 덧붙였다.

"그렇고말고요, 어서 가요!"

"가서 시가 몇 대만 가져오겠소. 금방 올 거야. 차에 타고 기다려요."

그녀는 몸을 돌려 기사가 서 있는 쪽으로 나갔다. 기사는 그녀가 다가오는 것을 보고 자동차 문을 열어주었다.

"몇시죠?"

그녀가 기사에게 물었다.

"아홉시 십오분쯤 되었습니다."

포스터 씨는 5분 뒤에 나왔다. 계단을 천천히 내려오는 모습을 보고 있자니, 좁은 홀태바지에 싸인 두 다리가 염소 다리 같다는 생각이 들었다. 그는 어제와 마찬가지로 계단 중간에 멈춰 서서 공기 냄새를 맡고 하늘을 살폈다. 안개는 아직 말끔히 개지 않았지만, 그래도 희미하게나마 해가 얼굴을 내밀고 있었다.

"어쩌면 오늘은 당신 운이 좋을 것 같군."

그는 차에 올라타 그녀 옆에 앉으며 말했다.

"서둘러주세요."

그녀는 기사에게 말하고 있었다.

"무릎덮개는 됐어요. 내가 알아서 할게요. 어서 가기나 해 주세요. 늦었어요."

기사는 운전대로 가더니 시동을 걸었다.

"잠깐!"

포스터 씨가 갑자기 내뱉더니 말을 이었다.

"잠깐만 기다려주겠소, 기사 양반?"

"무슨 일이에요, 여보?"

남편은 외투 호주머니를 뒤지고 있었다.

"당신이 엘렌한테 전해주었으면 하는 작은 선물이 하나 있었는데. 도대체 어디로 갔지? 분명히 들고 내려왔는데."

"당신 손에는 아무것도 없던데요. 어떤 선물인데요?"

"하얀 종이로 싼 작은 상자야. 어제 깜빡 잊고 당신한테 주지 못했소. 오늘은 잊으면 안 되는데."

"작은 상자라뇨!"

포스터 부인의 목소리가 커지고 있었다.

"저는 작은 상자라곤 본 적이 없어요!"

그녀는 미친듯이 뒷좌석을 뒤지기 시작했다.

남편은 계속 외투 호주머니를 뒤졌다. 이어 외투 단추를 풀더니 재킷 호주머니를 뒤지기 시작했다.

"젠장. 방에 두고 온 모양이로군. 금방 다녀오리다."

"오, 제발!"

그녀가 소리쳤다.

"시간이 없어요! 제발 그냥 가요! 소포로 부쳐도 되잖아요. 어차피 시시한 빗 같은 걸 텐데. 당신은 늘 그애한테 빗을 주잖아요."

"빗이 어디가 어때서?"

그녀가 깜빡 분수를 잊고 주제넘게 나선 것에 남편은 격분했다.

"아니에요, 여보. 뭐가 어떻다는 게 아니에요. 하지만……"

"기다려!"

남편은 명령을 하고는 덧붙였다.

"가서 가져올 테니까."

"얼른 와요, 여보! 제발 빨리 갔다 오세요!"

그녀는 가만히 앉아 기다리고 또 기다렸다.

"기사 양반, 몇시예요?"

남자는 차고 있던 손목시계를 보았다.

"아홉시 삼십분이 다 되었는데요."

"1시간이면 공항에 갈 수 있을까요?"

"얼추 그 정도 걸릴 겁니다."

순간 포스터 부인은 남편이 앉아 있던 자리의 갈라진 틈에 하얀 상자가 꽂혀 있는 것을 보았다. 그녀는 팔을 뻗어 종이에 싸인 작은 상자를 끄집어냈다. 순간 그녀는 그 상자가 힘껏 밀어넣은 것처럼 단단하게 깊이 박혀 있다는 것을 알아채지 않을 수 없었다.

"여기 있어요!"

그녀는 소리치고 있었다.

"제가 찾았어요! 이런, 이이는 저 위에서 이걸 마냥 찾고 있을 거야! 기사 양반, 얼른, 얼른 안에 들어가 내려오시라고 좀 해주겠어요?"

아일랜드인 특유의 작고 반항적인 입이 두드러져 보이는 기사는 이런 일이 영 마음에 들지 않았지만, 그래도 차에서 내려 현관 계단을 올라갔다. 그는 잠시 후에 다시 내려왔다.

"문이 잠겼습니다. 열쇠 있습니까?"

"네, 잠깐만요."

그녀는 미친듯이 핸드백을 뒤졌다. 작은 얼굴은 불안으로 완전히 일그러져 있었고, 입술은 새로 돋는 싹처럼 앞으로 튀어나와 있었다.

"여기 있어요! 아니, 내가 갔다 올게요. 그게 더 빠를 거예요. 이 양반이 어디 있는지 내가 아니까."

그녀는 서둘러 차에서 내려, 손에 열쇠를 쥐고 현관 계단을 올라갔다. 그녀는 열쇠를 열쇠 구멍에 넣고 돌리려다가 그대로 멈추었다. 고개를 들었다. 꼼짝도 하지 않고 그대로 서 있었다. 그녀의 몸 전체가 열쇠를 돌려 집안으로 들어가려고 서두르던 그 동작 중간에 딱 멈추어 있었다. 그녀는 기다렸다. 5초, 6초, 7초, 8초, 9초, 10초. 그녀는 허공에 머리를 쳐들고 몸을 바짝 긴장시킨 채 그대로 서 있었다. 마치 조금 전에 집안 먼 곳에서 들렸던 어떤 소리가 다시 들리기를 기다리는 것처럼 보였다.

그랬다. 그녀는 뭔가에 귀를 기울이고 있는 것이 분명했다. 그녀의 자세는 뭔가를 듣는 자세였다. 실제로 한쪽 귀를 문에 바짝, 더 바짝 갖다대고 있었다. 이제 귀는 문에 닿았다. 그런 자세로 그녀는 몇 초 더 기다렸다. 고개를 쳐들고, 귀를 문에 대고, 열쇠를 손에 들고, 막 들어가려는 것 같지만 실제로 들어가지는 않는 자세로. 대신 집안 깊은 곳에서 희미하게 들리는 소리를 듣고 분석하는 자세로.

그러다 어느 순간 그녀는 다시 움직이기 시작했다. 그녀는 열쇠를 문에서 빼고 계단을 달려 내려왔다.

“너무 늦었어요!”

그녀는 기사에게 소리치고 있었다.

“저이를 기다릴 수 없어요. 도저히 못 기다려요. 이러다 비행기를 놓칠 거예요. 서둘러요, 기사 양반, 서둘러줘요! 공항으로!"

만일 운전사가 그녀를 꼼꼼히 살폈다면 그녀의 얼굴이 새하얘지고 표정이 완전히 바뀌었다는 것을 알아차렸을지도 모른다. 이제는 부드럽고 멍청해 보이는 표정이 아니었다. 대신 이목구비가 단단하게 굳어버린 듯한 묘한 느낌이었다. 보통 축 늘어져 보이던 작은 입은 가늘고 팽팽했다. 눈은 반짝거렸다. 말하는 목소리에도 새롭게 권위가 담겨 있었다.

"서둘러요, 기사 양반, 어서!"

"남편이 함께 여행하시는 게 아닙니까?"

기사가 깜짝 놀라 물었다.

"아니에요! 남편은 클럽에 내려주려던 거였어요. 하지만 상관없어요. 남편도 이해할 거예요. 택시를 타고 가겠죠. 앉아서 중얼거리지만 말고 어서 가요! 파리행 비행기를 타야 한단 말이에요!"

포스터 부인이 뒷자리에서 재촉을 해대는 바람에 기사는 내내 빠른 속도로 차를 몰았다. 덕분에 그녀는 몇 분을 남겨두고 아슬아슬하게 비행기에 올라탈 수 있었다. 이내 그녀는 파리를 향해 대서양 높이 떠오른 비행기의 의자에 편안히 몸을 기대고 엔진이 윙윙거리는 소리에 귀를 기울이고 있었다. 그녀는 여전히 사람이 바뀐 듯한 모습 그대로였다. 몸에 힘이 넘치는 듯했다. 묘한 느낌이기는 하지만, 어쨌든 아주 좋아

보였다. 그녀는 약간 숨을 헐떡이고 있었다. 무엇보다도 자신이 한 일에 스스로 놀랐기 때문이었다. 비행기가 뉴욕의 이스트 62번가로부터 멀어질수록 점점 평안함이 찾아오기 시작했다. 파리에 도착했을 때에는 더이상 바랄 수 없을 만큼 힘이 넘쳤고, 상쾌했고, 차분했다.

그녀는 손자들을 만났다. 사진으로 볼 때보다 훨씬 더 아름다웠다. 천사 같구나. 그녀는 중얼거렸다. 정말 아름다워. 그녀는 아이들과 매일 산책을 나가고, 아이들에게 케이크를 먹이고, 선물을 사주고, 재미있는 이야기를 해주었다.

일주일에 한 번 화요일에는 남편에게 편지를 썼다. 상냥하고 수다스러운 편지였다. 소식과 소문이 가득했다. 편지는 늘 똑같은 말로 끝을 맺었다.

"식사 꼬박꼬박 챙겨 드시우, 여보. 제일 걱정이 되는 게 그거예요."

6주째가 되어 그녀가 남편이 있는 미국으로 돌아가야 할 때가 오자 모두 슬퍼했다. 그녀만 빼고 모두. 놀랍게도 그녀는 크게 마음을 쓰는 것 같지 않았다. 작별 입맞춤을 할 때 그녀는 자신의 태도와 말을 통해 머지않은 미래에 다시 돌아올 가능성을 암시하는 것 같았다.

그녀는 충실한 아내답게 정해진 시간을 넘기지는 않았다. 딱 6주가 지나자 남편에게 전보를 보내고 뉴욕으로 돌아가는 비행기를 탔다.

아이들와일드에 도착했을 때 포스터 부인은 그녀를 마중 나온 차가 없다는 것을 알고 재미있어했다. 약간 즐거워했다고 해도 틀린 말은 아닐 것이다. 그러나 그녀는 매우 차분했으며, 택시에 짐을 실어준 짐꾼에게 특별히 더 많은 팁을 주지도 않았다.

뉴욕은 파리보다 추웠다. 거리의 하수구에는 더러운 눈이 덩어리로 쌓여 있었다. 택시는 62번가의 집 앞에 멈추었다. 포스터 부인은 기사에게 커다란 가방 두 개를 계단 위까지 들어달라고 부탁했다. 그녀는 그곳에서 택시비를 주고 초인종을 눌렀다. 그녀는 기다렸다. 아무런 응답이 없었다. 확인을 위해 다시 초인종을 눌렀다. 멀리 집안 뒤쪽 식료품 저장소에서 날카롭게 딸랑거리는 소리가 들렸다. 그래도 아무도 나오지 않았다.

결국 그녀는 자기 열쇠를 꺼내 직접 문을 열었다.

집안으로 들어갔을 때 처음 그녀의 눈에 띈 것은 바닥에 쌓여 있는 엄청난 우편물 더미였다. 우편함을 통과한 뒤 그대로 바닥에 떨어져 쌓인 것들이었다. 집안은 어둡고 쌀쌀했다. 커다란 벽시계에는 여전히 먼지 방지용 천이 덮여 있었다. 추위에도 불구하고 묘하게 답답한 느낌이었다. 전에 맡아보지 못한 야릇한 냄새가 희미하게 풍겼다.

그녀는 얼른 현관을 가로질러 왼쪽 모퉁이를 돌아 뒤편으로 사라졌다. 어떤 의도와 목적을 가진 행동이었다. 소문을 조사하거나 의심을 확인하러 나선 여자의 태도였다. 몇 초 뒤 돌아온 그녀의 얼굴에는 만족스러운 표정이 빛나고 있었다.

그녀는 현관 한가운데 멈추어 있었다. 다음에 무엇을 할지 생각하는 듯한 표정이었다. 순간 갑자기 몸을 돌려 남편의 서재로 들어갔다. 책상에는 주소록이 있었다. 그녀는 잠시 뒤적인 다음에 전화를 집어들고 다이얼을 돌렸다.

"여보세요. 네, 여기 이스트 62번가 9번지예요…… 네, 그래요. 가급적 빨리 사람 좀 보내주실 수 있겠어요? 네, 2층과 3층 사이에 걸린 것 같아요. 네, 표시기가 그렇게 가리키고 있네요…… 바로요? 아, 정말 고맙군요. 내가 다리가 시원치 않아 계단을 올라다니기가 힘들거든요. 정말 고마워요. 안녕히 계세요."

그녀는 수화기를 내려놓고 남편의 책상에 앉아 엘리베이터 수리공이 오기를 참을성 있게 기다렸다.

도살장으로 끌려가는 어린 양

Lamb to the Slaughter

방은 따뜻하고 깨끗했다. 커튼은 드리워져 있었다. 식탁의 램프 두 개에는 불이 밝혀져 있었다. 그녀 쪽에 하나, 그리고 맞은편 빈 의자 쪽에 하나. 그녀 뒤쪽의 식기 받침대에는 키가 큰 잔 두 개, 소다수, 위스키가 놓여 있었다. 보온 물통에는 새로 채운 얼음 조각이 가득했다.

메리 멀로니는 남편이 퇴근하기를 기다리고 있었다.

그녀는 이따금 시계를 올려다보았다. 그러나 불안 때문은 아니었다. 오히려 1분이 흐르면 그만큼 남편이 돌아오는 시간도 가까워진다고 생각하자 기분이 좋아졌다. 그녀는 언제 봐도 천천히 미소를 짓는 듯한 표정이었다. 무슨 일을 할 때나 그랬다. 뜨개질감으로 고개를 숙일 때는 밑으로 떨어지는 머리가 묘하게 고요한 느낌을 주었다. 피부는 놀라울 정도로 투명했다. 임신 6개월이었기 때문이다. 입매는 부드러웠고, 새롭게 평온한 분위기가 찾아든 눈은 전보다 더 크고 검어 보였다.

시계가 다섯시 10분 전을 가리켰을 때, 그녀는 귀를 기울이기 시작했다. 몇 분 뒤, 평소와 다름없는 정확한 시간에 타이어가 바깥의 자갈을 밟는 소리가 들렸다. 이어 자동차 문이 쾅 하고 닫히는 소리, 창문 옆을 지나가는 발소리, 자물쇠에서 열쇠가 돌아가는 소리. 그녀는 뜨개질감을 옆으로 치우고 일어서서 앞으로 나아가 들어오는 남자에게 입을 맞추었다.

"어서 와요, 여보."

그녀가 말했다.

"다녀왔어."

남편이 대답했다.

그녀는 남편의 저고리를 받아 옷장에 걸었다. 이어 반대편으로 걸어가 마실 것을 만들기 시작했다. 남편을 위해서는 좀 강한 것, 자기 것으로는 좀 약한 것을 만들었다. 곧 그녀는 다시 의자로 돌아와 뜨개질감을 집어들었다. 남편은 맞은편 의자에 앉아 높은 잔을 두 손으로 잡고 흔들었다. 얼음 조각들이 유리에 부딪혀 딸랑거리는 소리를 냈다.

그녀에게는 지금이 하루 가운데 가장 행복한 시간이었다. 그녀는 남자가 첫 잔을 비울 때까지는 말을 별로 하고 싶어

하지 않는다는 것을 알았다. 그녀는 오랜 시간을 집에서 혼자 보낸 뒤에 이렇게 그와 함께 가만히 앉아 고요를 즐기는 것만으로도 만족스러웠다. 그녀는 이 남자의 존재감에 푹 빠져드는 것을, 둘만 함께 있을 때 그에게서 그녀에게로 뿜어져 나오는 따뜻한 남성적인 빛을 쬐는 것—마치 일광욕을 하듯이—을 무척 좋아했다. 그녀는 그가 의자에 긴장을 풀고 앉아 있는 모습 때문에, 그가 문으로 들어오는 모습 때문에, 큰 보폭으로 느릿느릿 방안을 가로질러 오는 모습 때문에 이 남자를 사랑했다. 그녀는 자신을 바라보는 남자의 눈에 담긴 그 강렬하면서도 초연한 듯한 표정, 입의 재미있는 생김새, 특히 위스키가 피로를 어느 정도 가셔줄 때까지 가만히 앉아 입을 다물고 있는 모습을 사랑했다.

"피곤해요, 여보?"

"응, 피곤해."

그는 말하면서 평소와 다른 행동을 했다. 잔을 들어올리더니 반이 남았는데도, 적어도 반은 남았는데도, 단숨에 다 마셔버린 것이다. 사실 그녀는 남편을 지켜보고 있지는 않았지만, 그가 팔을 내렸을 때 빈 잔 바닥에 얼음 조각들이 떨어지는 소리를 듣고 남편의 행동을 알 수 있었다. 그는 잠시 가만히 있다가 의자에 앉은 채 몸을 앞으로 기울이더니, 이윽고 자리에서 일어나 한 잔을 더 가지러 느릿느릿 걸어갔다.

"제가 가져올게요!"

그녀가 소리를 지르며 벌떡 일어섰다.

"앉아 있어."

남편이 말했다.

남편이 돌아왔을 때 그녀는 새로 채운 잔이 위스키가 많이 들어 있어 짙은 호박색을 띠는 것을 알았다.

"여보, 슬리퍼 갖다줄까요?"

"됐어."

그녀는 남편이 짙은 노란색 술을 홀짝거리는 것을 지켜보았다. 술이 너무 독해서 액체 안에 기름을 탄 것처럼 작은 소용돌이가 일었다.

"당신처럼 나이가 들 만큼 든 경찰관을 하루종일 걸어다니게 하다니 말도 안 돼요."

남편은 대답하지 않았다. 그래서 그녀는 다시 고개를 숙이고 바느질을 계속했다. 남편이 술잔을 입으로 들어올릴 때마다 얼음 조각들이 유리 옆면에 부딪히며 달그락거리는 소리를 냈다.

"여보, 치즈 좀 갖다줄까요? 오늘은 목요일이라서 저녁을 준비하지 않았어요."

"됐어."

남편이 말했다.

"너무 피곤해서 외식하기 싫으면 지금이라도 얼마든지 저녁 준비를 할 수 있어요. 냉장고에 고기하고 다른 재료가 잔뜩 있거든요. 바로 이 자리에서 먹을 수 있어요. 의자에서 일어날 필요도 없어요."

그녀의 눈길은 웃음, 가벼운 끄덕임 같은 대답을 기다리며 그에게 머물렀다. 그러나 그는 아무런 반응이 없었다.

"어쨌든 치즈하고 크래커 좀 먼저 갖다줄게요."

"필요 없어."

그녀는 의자에서 불편하게 몸을 들썩였다. 커다란 눈은 여전히 남편의 얼굴을 살피고 있었다.

"하지만 저녁은 먹어야죠. 금방 차릴 수 있어요. 그러고 싶어요. 양고기를 먹으면 돼요. 아니면 돼지고기나. 뭐든 당신 원하는 대로요. 냉장고에 다 있어요."

"됐다니까."

"하지만, 여보, 뭘 좀 먹어야죠! 일단 차릴게요. 그다음에는 당신 좋을 대로 해요."

그녀는 일어서며 뜨개질감을 램프 옆 탁자에 내려놓았다.

"앉아 있어. 잠깐만이라도 좀 앉아 있어."

순간 그녀는 겁을 먹기 시작했다. 남편이 덧붙였다.

"그래, 좀 앉아."

그녀는 다시 천천히 의자에 앉으면서도 당혹감이 가득한

커다란 눈으로 줄곧 남편을 살폈다. 그는 이미 두번째 잔을 다 비우고 찌푸린 얼굴로 잔 속을 들여다보고 있었다.

"잘 들어, 당신한테 할 애기가 있어."

"뭐예요, 여보? 무슨 일이에요?"

그는 이제 꼼짝도 하지 않았다. 고개를 숙이고 있었기 때문에 옆에 있는 램프의 불빛은 그의 얼굴 위쪽만 비추었고, 턱과 입은 어둠 속에 잠겨 있었다. 그녀는 그의 왼쪽 눈 근처에서 근육이 약간 움직이는 것을 보았다.

"당신한테는 좀 충격적일 거야. 그래도 내 딴에는 생각을 많이 해보고, 즉시 당신한테 말하는 것이 유일한 방법이라고 결론을 내렸어. 나를 너무 탓하지 말았으면 좋겠어."

이어 남편은 그녀에게 이야기를 했다. 오래 걸리지는 않았다. 기껏해야 4, 5분이나 지났을까. 그녀는 남편이 말하는 동안 내내 가만히 앉아, 공포 같은 느낌에 사로잡힌 채 얼떨떨한 기분으로 남편만 보고 있었다. 남편은 한마디 할 때마다 그만큼 그녀에게서 멀어지고 있었다.

"그렇게 된 거야. 나도 당신한테 이런 말을 하기에는 때가 좋지 않다는 걸 알지만 다른 방법이 없었어. 물론 당신은 돈도 받을 거고, 부족한 것 없이 보살핌도 받을 수 있을 거야. 그러니까 소란 떨 것 없어. 어쨌든 그런 일은 없었으면 해. 그랬다간 내 직장생활에도 안 좋을 수 있고 말이야."

그녀는 본능적으로 그 말을 믿지 않으려 했다. 다 거부하려 했다. 어쩌면 이 사람은 아무 말도 하지 않은 것인지도 몰라. 내가 상상하고 있는 것인지도 몰라. 혹시 내가 내 할일만 하고 아무 이야기도 못 들은 것처럼 행동하면, 나중에, 그러니까 이 상태에서 깨어나면, 아무 일도 없었던 것처럼 전과 똑같은 상태가 이어질지도 몰라.

"저녁 차릴게요."

그녀는 간신히 작은 목소리로 말했다. 이번에는 남편도 그녀를 제지하지 않았다.

방을 가로지르는데 발이 바닥에 닿는 느낌이 없었다. 아무것도 느낄 수 없었다. 약간의 현기증과 함께 토하고 싶은 욕구뿐이었다. 그녀는 자동인형처럼 움직였다. 지하실 층계를 내려가고, 불을 켜고, 속이 깊은 냉장고를 열고, 손에 닿는 첫 번째 물건을 잡았다. 그녀는 그것을 꺼내보았다. 그것은 종이에 싸여 있었다. 종이를 찢어버리고 다시 보았다.

양다리였다.

그래. 좋아, 저녁으로 양을 먹자. 그녀는 뼈가 드러난 가느다란 쪽을 두 손으로 잡고 층계를 올라왔다. 그녀는 거실을 통과하려다가 남편이 그녀를 등지고 창가에 서 있는 것을 보았다. 그녀는 발을 멈추었다.

"참 나."

남편은 그녀가 움직이는 소리를 듣자 돌아보지도 않고 말하고 있었다.

"저녁은 차리지 말라니까. 나 나갈 거야."

순간 메리 멀로니는 남편의 뒤로 걸어가, 동작의 중단 없이 얼어붙은 커다란 양다리를 높이 들어올려 있는 힘을 다해 남편의 뒤통수를 내리쳤다.

쇠몽둥이로 친 것이나 다름없었다.

그녀는 한 걸음 물러나 기다렸다. 이상한 일이지만, 남편은 그 자리에 적어도 4, 5초는 그대로 서 있었다. 이윽고 몸이 가볍게 흔들리더니 양탄자로 무너져내렸다.

갑자기 무너져내리는 동작, 그 소리, 뒤집힌 작은 탁자, 이런 것들 때문에 그녀는 충격 상태에서 벗어났다. 그녀는 천천히 그 상태에서 빠져나오며 추위를 느꼈다. 몹시 놀랐다. 한동안 눈을 깜빡거리며 남편의 몸을 보았다. 여전히 양손으로 그 우스꽝스러운 고깃덩어리를 꽉 움켜쥐고 있었다.

그래. 그녀는 속으로 중얼거렸다. 그래, 내가 이 사람을 죽인 거야.

이상하게도 정신이 갑자기 맑아졌다. 그녀는 아주 빠르게 머리를 굴리기 시작했다. 형사의 부인으로서 그녀는 자신이 어떤 벌을 받을지 잘 알고 있었다. 그것은 좋았다. 아무래도 상관없었다. 사실 마음이 편해지는 면도 있었다. 하지만 아이는 어쩌지? 임신한 살인자에 대한 법이 어떻게 되더라? 둘 다 죽이던가, 어머니와 아이 모두? 아니면 열 달이 되기를 기다려주던가? 어떻게 하더라?

메리 멀로니는 답을 알지 못했다. 그리고 모험을 할 생각도 없었다.

그녀는 고기를 부엌으로 가져가 팬에 올리고, 오븐을 높은 온도로 튼 다음 팬을 오븐 안에 집어넣었다. 이어 손을 씻고 위층 침실로 달려 올라갔다. 그녀는 거울 앞에 앉아, 머리를 매만지고 입술과 얼굴에 화장을 했다. 그녀는 웃음을 지어보려 했다. 약간 어설픈 웃음이 그려졌다. 다시 웃어보았다.

"안녕하세요, 샘."

그녀는 밝고 큰 목소리로 말해보았다. 목소리도 어색하게 들렸다.

"감자 좀 사려고요, 샘. 그래요, 콩도 한 통 주시고요."

좀 나아졌다. 표정과 목소리가 이제 좀 괜찮았다. 그녀는 몇 번 더 연습을 했다. 이어 그녀는 아래층으로 달려 내려가 외투를 입고 뒷문을 나가 정원을 통해 거리로 나섰다.

아직 여섯시 전이었다. 식품점에는 불이 꺼지지 않았다.

"안녕하세요, 샘."

그녀는 밝은 목소리로 말하며, 카운터 뒤의 남자를 향해 웃음을 지었다.

"아, 안녕하세요, 멀로니 부인. 어쩐 일이세요?"

"감자 좀 사려고요, 샘. 그래요, 콩도 한 통 주시고요."

주인은 몸을 돌려 콩 선반으로 팔을 뻗었다.

"패트릭이 피곤하다면서 오늘밤에는 외식을 하지 않겠다지 뭐예요."

그녀는 주인을 향해 말을 이어나갔다.

"우린 목요일에는 보통 외식을 하거든요. 그래서 집에 야채가 하나도 없어요."

"그럼 고기는요, 멀로니 부인?"

"아, 고기는 있어요. 냉장고에 양다리가 좋은 게 하나 있어요."

"아."

"언 걸 그대로 쓰는 건 저도 좋아하지 않아요, 샘. 하지만 지금은 어쩔 수가 없네요. 괜찮겠죠?"

"제 생각으로는 아무런 차이가 없을 것 같은데요. 이 아이다호 감자로 드릴까요?"

"아, 네, 그게 좋겠어요. 두 개 주세요."

"다른 건 됐나요?"

식품점 주인은 고개를 한쪽으로 기울이고 유쾌한 표정으로 그녀를 보며 말을 이었다.

"후식은요? 후식으로는 뭘 내놓을 생각이시죠?"

"어, 뭐 권할 만한 게 있나요, 샘?"

남자는 가게를 둘러보았다.

"맛있는 치즈케이크를 큼지막하게 잘라 내놓는 게 어떨까요? 멀로니 씨가 그걸 좋아하거든요."

"그거 좋네요. 그이가 정말 좋아하죠."

포장을 마치고 돈을 치르자, 그녀는 아주 환한 웃음을 지으며 말했다.

"고마워요, 샘. 안녕히 계세요."

"안녕히 가십시오, 멀로니 부인. 고맙습니다."

그녀는 서둘러 집으로 돌아가면서 속으로 중얼거렸다. 내가 지금 하는 일은 남편이 있는 집으로 돌아가는 거야. 남편은 저녁을 기다리고 있어. 나는 저녁을 잘 차려야 해. 최대한 맛있게 만들어야 해. 가엾은 남편은 지쳤거든. 만일 집안에 들어서는데 뭔가 특이한 것, 또는 비극적인 것, 또는 끔찍한 것이 눈에 띈다면, 나는 당연히 충격을 받겠지. 슬픔과 공포 때문에 제정신이 아닐 거야. 하지만 잊지 마, 나는 뭔가가 눈에 띌 거라고 예상하고 있는 게 아니야. 나는 그냥 야채를 사들고 집에 가는 중이야. 패트릭 멀로니 부인은 목요일 저녁에 남편을 위해 저녁을 차리려고 야채를 사들고 집에 가는 중이야.

그거야. 모든 것을 제대로 자연스럽게 하는 거야. 아주 자연스럽게 하는 게 중요해. 꾸며서 연기를 할 필요가 없어.

그래서 뒷문을 통해 부엌에 들어갔을 때 그녀는 혼자 콧노래를 부르며 웃음을 짓고 있었다.

"패트릭!"

그녀는 소리쳤다.

"나 왔어요, 여보."

그녀는 짐을 식탁에 놓고 거실로 들어갔다. 그녀는 남편이 두 다리를 겹친 상태에서 한쪽 팔을 비틀어 몸 밑으로 집어넣은 자세로 쓰러져 있는 것을 보자, 정말로 약간 충격을 받았다. 남편에 대한 오랜 사랑과 갈망이 안쪽 깊은 데서부터 솟구쳐올랐다. 그녀는 남편에게 다가가 옆에 무릎을 꿇고 목이 터져라 울기 시작했다. 쉬운 일이었다. 연기는 필요 없었다.

몇 분 뒤 그녀는 일어서서 전화기로 갔다. 그녀는 경찰서 전화번호를 알고 있었다. 상대방이 전화를 받자 그녀는 소리를 질렀다.

"빨리! 빨리 와주세요! 패트릭이 죽었어요!"

"누구십니까?"

"멀로니 부인이에요. 패트릭 멀로니 부인."

"패트릭 멀로니가 죽었단 말씀입니까?"

"그런 것 같아요."

그녀는 흐느끼며 말을 이었다.

"바닥에 쓰러져 있는데 죽은 것 같아요."

"바로 가겠습니다."

상대방이 말했다.

차는 아주 빨리 왔다. 그녀가 문을 열자 경찰관 두 명이 들어왔다. 둘 다 아는 사람이었다. 사실 그녀는 이곳 경찰서 사람들을 거의 다 알고 있었다. 그녀는 곧바로 잭 누넌의 품에 쓰러져, 히스테리에 사로잡힌 듯 울어댔다. 누넌은 그녀를 조심조심 의자에 앉히고, 동료 경찰관이 있는 곳으로 다가갔다. 오말리는 시신 옆에 무릎을 꿇고 있었다.

"죽었나요?"

그녀가 소리쳤다.

"안됐지만 그런 것 같습니다. 어떻게 된 겁니까?"

그녀는 식료품점에 갔다 왔더니 남편이 바닥에 쓰러져 있었다고 간단하게 이야기했다. 그녀가 이야기하다가 울고 또 이야기를 하는 동안 누넌은 시신의 머리에 응고된 핏덩이가 달려 있는 것을 발견했다. 누넌이 그것을 오말리에게 보여주자 오말리는 얼른 일어나 전화기로 달려갔다.

곧 다른 사람들이 집안으로 들어오기 시작했다. 처음에는 의사, 이어 형사 두 명이 들어왔다. 형사 가운데 한 사람은 그녀가 이름까지 아는 사람이었다. 조금 있다가 경찰 사진사가 와서 사진을 찍었다. 그리고 지문 감식 전문가도 왔다. 사람들은 시신 옆에서 계속 소곤거리고 중얼거렸다. 형사들은 그녀에게 계속 질문을 해댔다. 그러나 변함없이 상냥한 태도를 보여주었다. 그녀는 아까 했던 이야기를 다시 했다. 이번에는 처음부터, 패트릭이 퇴근했을 때부터 이야기를 했다. 그녀는 뜨개질을 하고 있었고 남편은 피곤한 얼굴이었다. 너무 피곤해서 외식을 하고 싶지 않다고 했다. 그녀는 고기를 오븐에 집어넣고—"지금 굽고 있는 저거예요."—식품점에 야채를 사러 갔다. 돌아와보니 남편이 바닥에 쓰러져 있었다.

"어느 식품점입니까?"

한 형사가 물었다.

그녀는 대답했다. 형사는 고개를 돌리더니 다른 형사에게 뭔가 소곤거렸고, 이야기를 들은 형사는 곧바로 집밖으로 나갔다.

나갔던 형사는 15분 뒤에 뭔가를 적은 종이 한 장을 들고 돌아왔다. 다시 소곤거리는 소리가 들렸다. 그녀는 흐느끼는 사이사이 소곤거리는 말 몇 마디를 알아들었다……"평상시와 다름없이 행동을 했다고…… 아주 명랑했고…… 저녁을 잘 차려주고 싶어서…… 콩…… 치즈케이크…… 저 여자는 절대……"

한참 뒤에 사진사와 의사가 떠나고, 또다른 두 사람이 들어와 시신을 들것에 싣고 나갔다. 지문 감식 전문가도 떠났다. 형사 두 사람과 경찰관 두 사람은 남아 있었다. 그들은 그녀에게 특별히 친절했다. 잭 누넌은 그녀에게 다른 곳에 가 있지 않아도 괜찮겠냐고 물었다. 예를 들어 언니네 집 같은데. 아니면 자기 집에 가서 하룻밤 자도 좋다고, 자기 부인이 잘 돌봐줄 거라고 말했다.

괜찮아요. 그녀가 말했다. 지금은 한 걸음도 못 움직일 것 같아요. 정신이 좀 들 때까지 여기 그대로 있으면 안 될까요? 지금은 몸이 별로 안 좋아요, 정말 안 좋아요.

그럼 침대에 좀 누워 계시는 게 낫지 않을까요? 잭 누넌이 물었다.

아뇨, 그녀는 말했다. 그냥 지금 있는 곳에 있고 싶어요, 이 의자에. 조금 있다가, 좀 나아지면, 움직이도록 할게요.

그래서 그들은 그녀를 그대로 내버려둔 채 자기들 할일을 했다. 주로 집을 수색하는 일이었다. 이따금 형사가 그녀에게 질문을 던졌다. 가끔 잭 누넌이 지나가다가 다정한 말을 건넸다. 그가 해준 말에 따르면, 그녀의 남편은 무거운 둔기에 뒤통수를 맞아 숨졌다. 커다란 쇠뭉치인 게 틀림없다. 그들은 무기를 찾고 있다. 살인자가 가져갔을 수도 있지만, 집 주변에 버리거나 감추었을 수도 있다.

"오래된 이야기죠. 무기를 찾아라, 그럼 범인도 찾는다."

나중에 형사 한 명이 다가와 그녀 옆에 앉았다. 그는 혹시 집안에 흉기로 쓰일 만한 물건이 있는지 물었다. 그리고 없어진 것이 있나 한번 살펴봐달라고는 했다. 예를 들어 커다란 스패너나 무거운 금속 꽃병 같은 것.

집에 무거운 금속 꽃병은 없었다. 그녀는 그대로 말했다.

"큰 스패너는요?"

큰 스패너도 없는 것 같았다. 하지만 차고에 그 비슷한 것이 있을 수는 있었다.

수색은 계속되었다. 그녀는 집 주위 정원에 다른 경찰관들이 와 있는 것을 알고 있었다. 바깥에서 그들이 자갈을 밟고 다니는 소리가 들렸다. 이따금 커튼의 갈라진 틈으로 손전등 불빛이 번쩍 비치기도 했다. 일이 늦어지고 있었다. 벽난로 위의 시계를 보니 거의 아홉시였다. 집안을 수색하는 네 사람도 지치는 것 같았다. 약도 약간 오른 것 같았다.

"잭."

누넌 경사가 다시 지나갈 때 그녀가 불렀다.

"뭐 한 잔만 주시겠어요?"

"그럼요, 드리고말고요. 이 위스키로 할까요?"

"네, 부탁드려요. 하지만 조금만 주세요. 좀 마시면 기운이 날 것도 같네요."

그는 잔을 건네주었다.

"잭도 한잔 드시지 그래요. 피곤하실 텐데 어서요. 덕분에 지금까지 많은 위로가 되었어요."

"글쎄요. 엄격하게 말하자면 마실 수가 없는 건데. 하지만 일을 계속하려면 조금은 괜찮겠지요."

다른 사람들도 하나씩 들어왔고, 모두들 못 이기는 체하며 조금씩 위스키를 마셨다. 그들은 손에 잔을 들고 약간 어색한 자세로 빙 둘러서 있었다. 그녀가 있어 불편한 것 같았다. 뭔가 그녀를 위로할 수 있는 말을 찾으려고 애쓰는 듯했다. 누넌 경사가 어슬렁어슬렁 부엌으로 들어갔다가 얼른 돌아나오며 말했다.

"멀로니 부인, 오븐을 계속 켜놓으셨네요. 안에 고기가 그대로 있는데요."

"어머, 내 정신 좀 봐!"

그녀가 소리치고는 덧붙였다.

"정말 그러네."

"제가 끌까요?"

"그래주시겠어요, 잭? 정말 고마워요."

경사가 다시 돌아왔을 때, 그녀는 눈물이 그렁그렁한 크고 검은 눈으로 그를 바라보았다.

"잭 누넌."

"네?"

"작은 부탁 하나만 들어주시겠어요? 잭하고 여기 계신 분들이?"

“말씀해보세요, 멀로니 부인.”

“어, 여기 계신 분들이 다 패트릭의 좋은 친구들인데, 지금 범인을 잡으려고 애쓰시잖아요. 지금 다들 몹시 시장하실 거예요. 저녁식사 시간이 이미 많이 지났으니까요. 아마 패트릭이—하느님, 그이의 영혼을 거두어주소서—저를 절대 용서하지 않을 거예요. 여러분이 이렇게 그이 집에 계시는데, 제가 제대로 대접도 안 하면 말이에요. 저 오븐에 있는 양고기를 드시는 게 어떻겠어요. 지금쯤은 다 익었을 거예요.”

“말도 안 됩니다.”

누넌 경사가 말했다.

“제발요.”

그녀가 간절한 목소리로 말을 이었다.

“그렇게 해주세요. 저는 아무것도 입에 못 대겠어요. 그이가 여기 있을 때 이 집에 있던 건 말이에요. 하지만 여러분들이야 괜찮겠죠. 여러분이 저걸 다 드시면 그게 저를 도와주시는 거예요. 다 드시고 나서 다시 일을 하시면 되잖아요.”

네 명의 경찰관은 매우 망설이는 표정이었지만, 배가 몹시 고픈 것은 사실이었다. 결국 그들은 부엌에 들어가서 양고기를 먹기로 했다. 여자는 자리에서 움직이지 않고, 열린 문을 통해 그들의 이야기에 귀를 기울였다. 그들이 자기들끼리 하는 말을 들을 수 있었다. 입에 고기를 가득 물고 있어서 목소리는 탁하고 불분명했다.

"더 들지 그래, 찰리?"

"아냐. 다 먹지 않는 게 좋겠어."

"우리가 다 먹기를 원하잖아. 조금 전에 그랬다고. 도와드려야지."

"좋아, 그럼. 조금 더 줘."

"아주 큰 곤봉으로 때린 것 같아."

한 사람이 말하고 있었다.

"의사 말이 큰 쇠망치로 때린 것처럼 두개골이 으스러졌다던데."

"그러니까 찾기도 쉬울 거야."

"내 말이 그 말이야."

"누가 그런 짓을 했건, 일을 끝내고도 그런 걸 계속 들고 다니지는 못할 거 아냐."

한 사람이 트림을 했다.

"내 생각으로는 여기 이 집 어딘가에 있을 것 같아."

"바로 우리 눈앞에 있을 텐데 말야. 어떻게 생각하나, 잭?"

건너편에서 메리 멀로니가 소리 죽여 웃기 시작했다.

클로드의 개

로알드 달 베스트 단편 2

1판 1쇄 2021년 1월 4일
1판 3쇄 2023년 11월 1일

지은이 로알드 달 | 옮긴이 정영목 박종윤 손명희 이혜정 정해영 최희영

편집 신정민 이희연 | 디자인 윤종윤 이주영 | 마케팅 정민호 김경환
홍보 함유지 함근아 고보미 박민재 김희숙 정승민 배진성
저작권 김지영 이영은 김하림 | 모니터링 양은희
제작 강신은 김동욱 이순호 | 제작처 한영문화사

펴낸곳 (주)교유당 | 펴낸이 신정민
출판등록 2019년 5월 24일 제406-2019-000052호

주소 10881 경기도 파주시 회동길 210
전화 031-955-8891(마케팅) | 031-955-2680(편집) | 031-955-8855(팩스)
전자우편 gyoyudang@munhak.com

인스타그램 @gyoyu_books | 트위터 @gyoyu_books | 페이스북 @gyoyubooks

ISBN 979-11-91278-02-6 04840
979-11-91278-00-2 (세트)

* 이 도서의 국립중앙도서관 출판예정도서목록(CIP)은 서지정보유통지원시스템 홈페이지(http://seoji.nl.go.kr)와 국가자료종합목록 구축시스템(http://kolis-net.nl.go.kr)에서 이용하실 수 있습니다. (CIP제어번호: CIP2020050619)